CLAIRE KINGSLEY
LUCY SCORE

Sidecar Crush

CLAIRE KINGSLEY
LUCY SCORE

Sidecar Crush

ROMAN

AUS DEM AMERIKANISCHEN
VON JUNA-ROSE HASSEL

more
Immer mit Liebe

Titel der Originalausgabe
Sidecar Crush

MIX
Papier | Fördert gute Waldnutzung
FSC® C083411

ISBN 978-3-98751-033-5

More ist eine Marke der Aufbau Verlage GmbH & Co. KG

1. Auflage 2023

www.aufbau-verlage.de
10969 Berlin, Prinzenstraße 85

Satz LVD GmbH, Berlin
Druck und Binden CPI books GmbH, Leck, Germany

Printed in Germany

Für die Liebenden und die Künstler, die in uns allen stecken

1
Jameson

Egal, was meine Schwester sagte – heute Abend hier zu sein, war nicht *gut für mich*.

Sie hatte mich mindestens ein halbes Dutzend Mal angerufen und darauf bestanden, dass ich aus dem Haus gehe. Warum? Wer konnte das bei Scarlett schon wissen? Wenn sich diese Frau etwas in den Kopf gesetzt hatte, war es verdammt schwer, sie davon abzubringen. Und offenbar hatte Miss Scarlett Rose entschieden, dass ihr Bruder heute einen Drink im Lookout brauchte.

Und nun, da ich hier schon eine ganze Weile herumsaß, war mir klar geworden, dass sie sich getäuscht hatte. Ich sollte nicht hier sein. Viel glücklicher wäre ich gewesen, wenn ich in meiner Werkstatt geblieben wäre. Ich verdiente meine Brötchen als Metallkünstler und arbeitete gerade an einem großen Auftrag – damit hatte ich weiß Gott genug zu tun. Wie jeder Kerl trank ich natürlich gern ein kaltes Bier, und Nicoletta schenkte gut ein. Was ich aber nicht mochte, war, dass die Hälfte der Leute zu mir herüberschaute.

Sie dachten, sie würden es verdammt geschickt anstellen. Kurze Schulterblicke. Dann Köpfe zusammenstecken und tuscheln.

Ich wandte mich wieder meinem Tisch zu und rutschte auf meinem Barhocker herum. Das Geräusch von einem Dutzend Gespräche waberte um mich herum. Ich wusste, worüber die Leute tuschelten. Wir Bodines wussten das alle. Sie fragten sich, ob unser Dad – der nicht mehr unter den Lebenden weilte – verantwortlich war für das Verschwinden und die mutmaßliche Ermordung von Callie Kendall vor zwölf Jahren.

Ob ich glaubte, dass er es getan hatte? Das wusste ich nicht so recht.

Mein Vater und ich hatten uns nicht gerade geliebt, aber das hieß nicht, dass ich ihn für einen Mörder hielt.

Überhaupt konnte zwischen uns und unserem Vater von Liebe keine Rede sein, mit Ausnahme von Scarlett. Sie hatte sich immer am meisten um ihn bemüht. Vielleicht, weil sie die Jüngste war oder das einzige Mädchen. Verdammt, wenn ich das nur wüsste.

Es hatte auch gute Zeiten mit ihm gegeben und mit unserer Mama auch. Ziemlich oft sogar. Doch Dad hatte es uns schwer gemacht. Hatte viel zu viel getrunken. Hatte uns Kindern die Schuld an jedem einzelnen Problem in seinem Leben gegeben. Mein Bruder Gibson hatte das Schlimmste abbekommen. Er war zu einem ganz fiesen Mistkerl herangewachsen, vor allem denen gegenüber, die nicht mit ihm verwandt waren. Manchmal aber auch uns Geschwistern gegenüber. Bowie schien beschlossen zu haben, das Gegenteil von Dad zu werden. Netter Kerl, unser Bowie. Eine Art aufrechter Bürger. Unser Halbbruder Jonah, der nach unserem Vater benannt worden war, hatte nicht das Vergnügen – beziehungsweise Missvergnügen – gehabt, mit unserem Dad aufzuwachsen. Soweit ich das beurteilen konnte, schien das ein Segen gewesen zu sein.

Und ich? Ich war ihm immer aus dem Weg gegangen. Hatte den Kopf eingezogen. Mich unsichtbar gemacht. Das tat ich generell, und meistens bewährte sich das auch.

Aber jetzt klappte das nicht mehr. Nicht, wenn das ganze Städtchen über Jonah Bodine senior und Callie Kendalls verdammte Strickjacke tuschelte. Jetzt zog ich die Blicke auf mich, und das gefiel mir nicht. Ganz und gar nicht.

Kondenswasser hatte sich auf meiner Bierflasche gebildet, und ein Hauch von Knoblauch-Pommes und Whiskey stieg mir in die Nase. Ich trank einen Schluck und fuhr mit dem Daumen über das kalte Glas der Flasche.

Gegenüber von mir saß Bowie und starrte in sein Bier. Normalerweise war er ein bisschen gesprächiger, doch heute war er ruhiger als sonst. Ich hatte ihn nicht nach dem Grund dafür gefragt. Neben ihm saß June Tucker, sie war in ein Buch vertieft. Ich mochte Juney. Manchmal verwirrte sie mich, aber sie quatschte nicht zu viel und erwartete das auch nicht von mir. Allerdings neigte sie dazu, unangenehme Fragen zu stellen.

Auf ihrer anderen Seite saß Jonah. Wir hatten erst vor ein paar Monaten, als er hier aufgetaucht war und uns gesucht hatte, mitbekommen, dass es ihn überhaupt gab. Er hatte von Dads Tod erfahren und herausgefunden, dass er Geschwister hatte, die er nicht kannte. Natürlich hatte ihn Scarlett ungefähr neunzig Sekunden, nachdem wir ihn kennengelernt hatten, als Bodine anerkannt. Und das war wohl auch richtig so. Jonah war ein anständiger Kerl. Er war sich nicht sicher gewesen, ob er in Bootleg bleiben wollte, und ich wusste nicht, ob er sich hier langfristig niederlassen würde. Keine Ahnung, wie genau es dazu gekommen war, da die Abmachung im sechsten Inning eines Softballspiels der Bootleg Cock Spurs getroffen wurde und ich vom Selbstgebrannten schon total hinüber war –, aber Jonah ist neuerdings mein Mitbewohner.

Ich trank noch einen Schluck Bier, und Scarlett bedachte mich mit einem liebreizenden Lächeln. Sie stand mit ihrem Beau, Devlin, an einem anderen Tisch. Meine Brüder und ich hatten widerstrebend eingewilligt, dass Dev okay war für Scarlett. Wir mussten ihr versprechen, dass wir ihn nicht noch mal in den See werfen würden. Wir haben uns eine Hintertür offengehalten, indem wir versprachen, es nur zu tun, wenn er es verdient hätte. Irgendwann würde sie uns bestimmt dankbar dafür sein. Devlin war offensichtlich völlig vernarrt in Scar, aber jeder Kerl hatte es verdient, dass man hin und wieder seinen Hintern im See versenkte. Selbst die guten.

Normalerweise brach ich kein Gespräch vom Zaun und mischte nur mit, wenn schon eins stattfand, doch nun sah ich June an. »Wo ist Cass heute Abend, Juney?«

Sie zwinkerte mich ganz kurz an. »Sie hat ein Date.«

Mein Blick flackerte zu Bowie. Er presste die Kiefer zusammen, sein Augenlid zuckte. Jetzt wusste ich, dass Bowie heute Abend die Rolle des niedergeschlagenen Bodine übernehmen würde. Er hatte mehr als nur ein Auge auf Junes Schwester, Cassidy Tucker, geworfen, doch aus Gründen, die keiner von uns begreifen konnte, hatte er dahin gehend nie etwas unternommen.

»Soso, ein Date, was?«, meinte ich. »Mit wem trifft sie sich denn?«

»Mit jemandem, den sie online kennengelernt hat«, erwiderte June. »Ich habe ihr erklärt, dass die Wahrscheinlichkeit, mithilfe einer geeigneten Online-Ressource einen passenden Partner zu finden, sehr hoch ist.«

»*Du* hast ihr diesen Floh ins Ohr gesetzt?«, fragte Bowie.

»Das ist vollkommen logisch«, sagte June. »Cassidy würde gern einen Mann kennenlernen und daten, der sich voraussichtlich längerfristig binden will. Die Benutzung einer Dating-App wird die Auswahl möglicher Sexualpartner vergrößern.«

»Sexualpartner?«, hakte Jonah nach. »Bei dir klingt das, als wäre sie ein Tier.«

»Streng genommen sind wir alle Tiere«, erklärte June. »Der *Homo sapiens* wird dem Tierreich zugeordnet.«

»Danke für die Lektion in Naturwissenschaften, Juney«, sagte Bowie.

»Bowie, verspürst du ein Gefühl der Eifersucht, weil Cassidy eine womöglich romantische Begegnung mit einem anderen Mann hat?«, fragte June völlig nüchtern. In ihrer Frage lag weder Sarkasmus noch Witz – sie wollte es einfach nur wissen.

Ich versuchte, mein Grinsen zu verbergen, indem ich einen Schluck Bier trank.

»Nein«, erwiderte Bowie. »Mir geht es gut.«

June zuckte mit den Schultern und wandte sich wieder ihrem Buch zu.

Scarlett tauchte neben mir auf und versetzte mir mit dem Ellbogen einen Rippenstoß. »Siehst du, Jame? Hab ich doch gleich gesagt, dass dir das guttun würde. Bist du nicht froh, dass du aus deinem Schneckenhaus herausgekommen bist?«

»Nicht besonders.«

»Oh, stopp jetzt mal«, hielt sie dagegen. »Was seid ihr denn bloß alle so negativ drauf? Bowie, guck nicht so finster. Du siehst schon aus wie Gibs.«

»Wer sieht aus wie ich?«, fragte Gibs.

Er war hinter Scarlett getreten, in der Hand eine Flasche Wasser. Der Älteste und die Jüngste der Bodines waren totale Gegensätze, und zwar nicht nur, was das Geschlecht anging. Scarlett war winzig, während Gibson der größte von uns allen war. Und er ähnelte Dad am meisten, was ihm bestimmt überhaupt nicht gefiel.

»Bowie«, meinte Scarlett. »Er versucht da drüben gerade, sein Bier sauer zu machen.«

Gibson grunzte nur.

»Ihr seid echt ein trauriger Haufen«, sagte Scarlett. »Und ihr wisst genau, warum.«

»Warum denn?«, fragte Bowie.

Ich hätte ihn gern unter dem Tisch getreten, da er sie auch noch ermutigte.

»Weil ihr Singles seid«, entgegnete Scarlett. »Hier bin ich, die Jüngste der Bodines, und ich habe diesen atemberaubenden Mann. Und ihr armen Kerle wartet immer noch darauf, dass ihr jemanden findet.«

»Wer sagt denn, dass wir das wollen?«, hakte Gibson nach.

Sie schlug ihm auf den Arm. »Um dich geht es doch gar nicht, du Miesepeter. Solltest du eine Frau finden, die es mit dir aufnimmt, dann schwöre ich, kochen zu lernen, damit ich ihr den besten Pecan Pie in ganz Olamette County backen kann. Den hat sie sich dann verdient.«

Gibson schnaubte und trank einen Schluck Wasser.

»Aber ihr anderen.« Sie deutete auf uns Übrigen am Tisch. »Ihr solltet darüber nachdenken. Sucht euch jemanden. Lasst euch nieder. Das würde euch guttun.«

»So wie es mir guttut, auf ein Bier hierherzukommen?«, fragte ich.

»Ja«, sagte sie und bohrte mir den Zeigefinger in die Schulter. »Genau so, nur besser. Komm schon, Jame, diese Frau, mit der du da zusammen bist, zählt nicht, wenn du sie nicht mal mitbringst, damit sie deine Familie kennenlernt.«

»Ich bin nicht mehr mit ihr zusammen.«

»Was?«, fragte Scarlett, und ihre Stimme hob sich dabei um mehrere Oktaven. Devlin, der hinter ihr aufgetaucht war, hielt inne, als wäre er sich nicht sicher, ob er näher kommen oder lieber abwarten sollte, ob es gefährlich wurde. »Seit wann denn das?«

Ich verdrehte die Augen und beugte mich über mein Bier. Die Hälfte der übrigen Gäste sah nun unverhohlen zu uns herüber. Die andere Hälfte spitzte die Ohren.

»Himmel, jetzt mach doch keine Szene«, sagte ich. »Es ist schon eine ganze Weile beendet. Und das ist gut so.«

Ich war ein paar Jahre lang mit Willa Sawyer zusammen gewesen, einer Frau, die drüben in Maryland lebte. Es war so eine On-off-Geschichte gewesen. Fernbeziehung. Manchmal war sie hierher zu mir gekommen, manchmal ich zu ihr. So richtig ernst war es nie, aber wenn wir uns sahen, hatten wir eine gute Zeit miteinander gehabt. Dann hatte sie etwas Festeres gewollt, als ich ihr geben konnte. Sie hatte einen anderen kennengelernt und wollte bald heiraten. Ich hatte nichts dergleichen und stand allein da, aber ich freute mich für sie. Sie war sehr nett und hatte es verdient.

»Na, das hättest du uns doch sagen können«, meinte Scarlett. »Ich dachte, du hättest deine Gründe, sie vor uns geheim zu halten. Weil du dich für uns schämst oder so.«

Devlin schien beschlossen zu haben, dass es ungefährlich war, näher zu kommen. Er trat neben Scarlett und schlang ihr den Arm um die Taille.

»Sei nicht albern, Scar«, antwortete ich. »Ich habe sie nicht geheim gehalten, und du weißt genau, dass ich mich nicht für euch schäme. Es war eben nur nichts Ernstes.«

»Ein Jammer, dass es vorbei ist«, sagte Gibson. »Scheint, als hättest du da was Gutes am Laufen gehabt. Ein wenig Action, wenn dir danach ist, und sonst keine Scherereien.«

»Ist das nicht genau die Art von Beziehung, wie du sie hast?«, fragte Scarlett. Ihr Tonfall verriet, was sie von Gibsons Dating-Gepflogenheiten – beziehungsweise dem Mangel daran – hielt. »Action, wenn einem danach ist. Keine Scherereien ... Das heißt, keine Verpflichtungen gegenüber jemandem, keine feste Bindung.«

»Scarlett, nur weil ihr euch wie liebeskranke Welpen aufführt, heißt das noch lange nicht, dass wir Übrigen nun alle losziehen müssen, um uns zu binden«, sagte Gibson.

Scarlett verdrehte die Augen und wandte ihm den Rücken zu. »Was ist mit dir, June? Hast du ein Auge auf irgendjemand Bestimmtes geworfen?«

June sah sie über den Rand ihres Buches hinweg an. »Nein.«

»Jonah?«, fragte Scarlett.

»Sorry, Scarlett«, erwiderte Jonah. »Eigentlich nicht.«

Scarlett schnaubte und packte Devlin am Arm. »Ihr seid alle langweilig. Komm, lass uns Billard spielen gehen.«

Sobald Scarlett weg war, wurde es an unserem Tisch merklich ruhiger. Sie tänzelte um den Billardtisch herum und wackelte mit ihrem Hinterteil vor Devlin herum. Es brachte mich noch immer auf die Palme, wie er sie anschaute, und ich musste mir ins Gedächtnis rufen, dass Scarlett nun seine Freundin war. Er durfte sie so anschauen. Ehrlich gesagt, *sollte* er sie sogar so anschauen.

Wahrscheinlich konnte überhaupt kein Kerl in Scarletts Leben je gewinnen, nicht mit uns als ihren Brüdern. Wenn er sie mit diesem hungrigen Blick ansah, hätte ich ihm am liebsten eine reingehauen. Aber wenn er sie nicht so angeschaut hätte, hätte ich ihn dafür gehasst, dass er sie nicht zu schätzen wüsste.

Der Fernseher hinter mir erregte meine Aufmerksamkeit, und der Geräuschpegel in der Bar senkte sich ein wenig. Nicolette hatte soeben zu einer Realityshow mit dem Titel *Roughing It* umgeschaltet.

Das Konzept hinter der Show war nichts Besonderes. Eine Gruppe

B-Promis steckte in einer Hütte im Wald oder sonst wo fest und musste ohne modernen Komfort zurechtkommen. Meistens kam es dann zu irgendwelchen Dramen zwischen den Mitwirkenden, während sie durch den Wald stolperten. Eindeutig nichts, was ich mir unter normalen Umständen anschauen würde.

Doch mein Interesse – und das Interesse aller anderen in Bootleg – rührte von der Tatsache her, dass Leah Mae Larkin in der Show mitspielte.

Leah Mae war eine von uns. Eine aus Bootleg. Sie hatte hier gelebt, bis sie zwölf war. Dann hatte sich ihre Mama von ihrem Daddy scheiden lassen und war mit ihr weggezogen. Danach hatte sie eine Zeit lang den Sommer hier verbracht – bis der Rest der Welt gemerkt hatte, wie hübsch sie war, und sie Model wurde. Inzwischen ließ sie das Mae in ihrem Namen weg und nannte sich Leah Larkin.

Damals, als sie noch Leah Mae gewesen war, gehörte sie zu meinen wenigen Freunden. Vielleicht war sie sogar meine beste Freundin gewesen.

Ich hatte sie schon lange nicht mehr gesehen. Und es war auch nicht so, dass ich irgendwelche törichten unerwiderten Gefühle für sie hegte. Im Prinzip war sie ja nun berühmt. Mich interessierte nur, was sie machte, schließlich war nicht jeden Tag jemand aus Bootleg im Fernsehen.

Ich verlagerte mein Gewicht ein wenig auf meinem Hocker, um den Bildschirm besser sehen zu können. Da war sie: Leah Mae stand vor dem Spiegel und fasste ihre langen blonden Haare zu einem Pferdeschwanz zusammen. Sie wollte schon immer ins Fernsehen. Als Kind hatte sie sich immer Stücke ausgedacht und die Hauptrolle darin gespielt. Ich konnte gar nicht zählen, wie viele Stunden wir damit verbracht hatten. Sie hatte sich verkleidet und war herumgewirbelt. Dabei hatte sie mir erzählt, dass sie später mal eine berühmte Schauspielerin werden wollte.

Es folgte ein Schnitt, und die Kandidatinnen und Kandidaten waren zu sehen, die auf den nahe gelegenen See hinausruderten, um zu angeln. Wohl eine dieser Challenges, die sie immer bewältigen mussten. Jede Woche wurde jemand vom Publikum aus der Show herausgewählt, und Leah Mae hatte es bisher immer geschafft, drinzubleiben.

Ich versuchte, dem Ganzen nicht allzu viel Aufmerksamkeit zu schenken, doch dann wurde gezeigt, wie Leah Mae mit ihrer Angelrute kämpfte. Irgendwie sah es so aus, als wüsste sie nicht, wo vorne und hinten war, aber das konnte gar nicht sein. Leah Mae würde es beim Angeln mit jedem aufnehmen, und das wussten wir alle. Klar, bei dem glamourösen Lebensstil, den sie inzwischen pflegte, posierte sie für Fotos und spazierte über den Laufsteg. Bestimmt kam sie da nicht oft zum Angeln. Aber Angeln war wie Fahrradfahren, man verlernte es nicht.

Der Kerl, der mit ihr im Boot saß, fragte sie, ob sie Hilfe brauchte. Brock Winston. Das Weichei mit der Gitarre. Seine Musik war gar nicht so übel, dennoch hatte ich ihn von der ersten Minute, in der ich ihn mit Leah Mae in dieser Show gesehen hatte, gehasst. Er war mit einer Schauspielerin verheiratet, aber offensichtlich schmiss er sich auf eine Art und Weise an Leah Mae ran, wie es ein Mann, der bereits vergeben war, nicht tun sollte.

Verdammte Promis. Genügte diesem Typen nicht *eine* berühmte Frau? Musste er auch noch mit einer anderen flirten?

Brock richtete die Angelrute, und die Kamera zoomte heran. Ihre Augen erregten meine Aufmerksamkeit, bannten mich. Damals, als wir Kinder waren, hatte sie immer dieses Funkeln in den Augen gehabt, wenn sie eine Rolle gespielt hatte. Doch jetzt war da kein Funkeln mehr. Ihre Augen waren ausdruckslos. Sie war zwar immer noch verdammt hübsch, aber das war nicht Leah Mae. Sie sah gar nicht mehr wie das Mädchen aus, das ich einst kannte. Sondern wie eine Frau, die man in einen Käfig gesperrt hatte und dazu zwang, Kunststückchen aufzuführen.

Leah Mae wandte sich Brock zu, und die Kamera schwenkte auf ihn. Er sah sie mit einem Blick an, den ich nur allzu gut kannte. Ein eindeutiger *Ich-will-dich-heute-Nacht-ficken*-Blick. Den hatten alle Männer drauf, und bei aufmerksamer Beobachtung konnten wir ihn bei den anderen wahrnehmen. Und genau so sah Brock Winston nun Leah Mae Larkin auf Nicolettes dämlichem Großbildschirm an.

Ich wandte mich wieder meinem Bier zu. Den Rest wollte ich gar nicht sehen.

»Ich wette, die beiden treiben es miteinander, sobald die Kameras aus sind«, sagte Rhett Ginsler hinter mir.

»Meinst du?«, fragte Trent McCultry.

»Hundertpro«, erwiderte Rhett. »Sie tut so unschuldig, aber ich wette zehn Dollar und eine Flasche Selbstgebrannten, dass sie sich nachts von diesem Brock nageln lässt.«

Meine Rückenmuskeln verkrampften sich, und ich umklammerte mein Bier.

»Vielleicht dreht sie nur für die Kamera so auf«, meinte Trent.

»Kann sein«, räumte Rhett ein. »Aber Leah Mae ist ohnehin ein geltungssüchtiges Luder.«

Ich stand so schnell auf, dass mein Hocker hinter mir umfiel und mit lautem Krachen auf dem Boden aufschlug. Ohne mir dessen bewusst zu sein, wie ich dort hingeraten war, stand ich plötzlich hinter Rhett und Trent, die Hände zu Fäusten geballt.

»Du hörst jetzt mal besser auf, Scheiße über sie zu labern«, knurrte ich leise.

Ehe ich den Satz zu Ende gebracht hatte, flankierten mich bereits Bowie und Gibs, zum Kampf bereit. Wahrscheinlich hatten sie gar nicht mitbekommen, was mich so in Rage versetzt hatte, aber das war ihnen ohnehin egal. So wurden die Dinge bei uns eben geregelt. Wir standen einander bei. Vielleicht traten sie mir später dafür in den Hintern, falls ich sie in etwas Dummes hineinzog – allerdings war es meist Gibson, der uns in etwas Dummes hineinzog, nicht ich. Ich war gewillt, die Konsequenzen zu tragen. Niemand benutzte das Wort *Luder* in einem Satz, in dem Leah Maes Name vorkam. Jedenfalls nicht in meiner Hörweite.

Rhett drehte sich auf seinem Hocker zu mir um. »Was geht's dich an?«

»Sie ist eine von uns.«

Er schnaubte und trank einen Schluck von seinem Bier. »Ja, klar. Und wie lange ist es her, seit sie einen Fuß nach Bootleg gesetzt hat?«

»Das spielt keine Rolle«, sagte Bowie, und Gibson knurrte zustimmend. »Jameson hat recht.«

»Und dagegen willst du wohl was unternehmen?«, fragte Rhett.

Alle Blicke waren nun auf uns geheftet. Grenzen wurden gezogen. Ein paar weitere Typen standen in der Nähe, sie waren eindeutig auf Rhetts Seite. Als würde mich das jucken. Jonah stand zu Gibsons Rechten. Er war zwar nicht hier aufgewachsen, wusste aber, wie der Hase lief.

»Da hast du verdammt recht, dagegen werde ich etwas unternehmen«, sagte ich.

Rhett stand auf. Er war ungefähr so groß wie ich und konnte mir in die Augen sehen. Ich starrte mit hartem Gesicht und zusammengepressten Kiefern zurück.

»Ihr tretet mal besser von meiner Bar zurück, wenn ihr euch prügeln wollt«, meinte Nicolette.

»Ach, Shit.« Scarletts Stimme.

Devlin tauchte neben Bowie auf, er krempelte die Ärmel hoch, doch dann beugte er sich vor und sagte leise: »Ruhig, Jungs. Ihr sollt euch von Ärger fernhalten.«

»Gerechtigkeit à la Bootleg, Dev«, entgegnete Bowie, wobei er Rhett und Trent keine Sekunde aus den Augen ließ.

»Ich weiß, ich weiß«, sagte Devlin.

Ich war nicht dumm. Zuerst zuzuschlagen, war keine gute Idee, wenn es sich vermeiden ließ. Aber wenn ich nicht zuerst zuschlug ...

»Warum hängst du hier überhaupt ab, Rhett?«, fragte ich. »Solltest du nicht besser deine Freundin im Auge behalten?«

»Was soll das denn heißen?«, wollte Rhett wissen.

Ich zuckte mit den Schultern. »Die Leute sagen, Misty Lynn macht mit Wade Zirkel rum. Wahrscheinlich kriegst du keinen hoch, so dass sie sich anderswo umschauen muss.«

»Du Wichser.« Rhett holte mit der Faust aus, und ich ließ es auf mich zukommen. Er erwischte mich am Kiefer.

Rhetts Schlag war die Einladung, die ich gebraucht hatte. Ich versetzte ihm voll eins auf die Nase, während um mich herum die Hölle losbrach. Rhett hielt sich die Hände vors Gesicht und brüllte, Blut tropfte ihm vom Kinn. Gibson und Bowie stürzten sich ins Getümmel, stießen und schlugen alle, die ihnen entgegentraten. Sogar Dev und Jonah mischten mit.

Das Handgemenge war schnell vorbei, und ich ließ zu, dass mich jemand nach hinten zog. Ich hatte Rhett die Nase blutig geschlagen, und das erfüllte mich mit Genugtuung. Wie es aussah, war niemand schwer in Mitleidenschaft gezogen worden. Rhett war der Einzige, der blutete, aber Trent sah aus, als würde er ein blaues Auge bekommen. Gibson bog ein paarmal die Finger durch. Alle anderen funkelten sich gegenseitig finster an und gingen dann zurück auf ihre Plätze.

»Jameson, was zum Teufel sollte das denn?«, fragte Scarlett. Sie fasste mir an den Kiefer und neigte mein Gesicht nach hinten, um nachzusehen, ob ich verletzt war.

»Rhett sollte sich mal zusammenreißen, das ist alles«, sagte ich und befreite mit einem Ruck mein Kinn aus ihrem Griff. »Ich gehe nach Hause. Wir sehen uns.«

»Wenn du so dringend nach Hause wolltest, hättest du auch einfach gehen können, ohne zuerst jemandem ins verdammte Gesicht zu boxen«, rief Scarlett mir nach.

Ich trat hinaus und ignorierte dabei die Blicke, die mir folgten. Ja, wenn man eine Schlägerei anfing, schauten die Leute her – und tratschten. Allerdings war ein kleines Handgemenge freitagabends im Lookout an der Tagesordnung. Aber ich konnte nicht hinnehmen, dass Rhett Ginsler, der nutzlos und dumm war wie eine Amöbe, so über Leah Mae redete. Ich war mal mit ihr befreundet gewesen, und das bedeutete mir immer noch was. Der Volltrottel sollte sich an seine Manieren erinnern.

Als ich zu Hause war, scrollte ich möglicherweise ein wenig durch ihren Instagram-Account. Und möglicherweise hatte ich mir das in letzter Zeit ein wenig angewöhnt. Eine Angewohnheit, die ziemlich dumm war, und das wusste ich. Zwischen mir und Leah Mae war nie was gelaufen, als sie noch ein normales Mädchen gewesen war und im Sommer ihren Daddy besucht hatte. Und ganz sicher würde es nie dazu kommen, dass je etwas zwischen uns laufen würde.

2
Leah Mae

Die Landschaft rauschte als grün-brauner Streifen an uns vorbei. Ich hatte mich auf diese Fahrt gefreut – ich war schon so lange nicht mehr da draußen gewesen –, aber ich konnte an nichts anderes denken als an die Episode von *Roughing It* gestern Abend.

»Wie konnten sie mir das nur antun?«, fragte ich.

Kelvin hatte die Hände am Lenkrad unseres Mietwagens, sein Handy steckte in einem Halter am Armaturenbrett und zeigte eine Karte mit der Route nach Bootleg Springs. Er trug ein Hemd von Ralph Lauren und graue Slacks. Auf seiner Nase prangte eine Versace-Sonnenbrille. Kelvin Graham sah wie ein Model aus, auch wenn ich diejenige war, die in dieser Branche Karriere machte. Aber er hatte im zarten Alter von sechzehn ebenfalls als Model angefangen. Er hatte diesen adretten Abercrombie-and-Fitch-Look. Dunkles Haar und haselnussbraune Augen. Muskulöser Körper. Perfekter Knochenbau.

Allerdings gefiel ihm der geschäftliche Teil der Modelbranche mehr, als selbst vor der Kamera zu stehen. Er war nicht der Typ, der sich gern sagen ließ, was er zu tun hatte. Inzwischen hatte er seine eigene Agentur und managte meine Karriere und die Dutzender anderer Models. So konnte er sich Bartstoppeln wachsen lassen, seine Haare schneiden oder ein paar extra Kilo magerer Muskeln zulegen, und niemand konnte ihm das verbieten.

»Babe, du machst aus einer Mücke einen Elefanten«, sagte er, ohne mich anzusehen. »Wir wussten beide, dass sie es so aussehen lassen würden, als würdet Brock und du flirten.«

»Das haben wir aber nicht. Und ich sage dir, die Angelrute hat irgendwer manipuliert. Ich weiß, wie man angelt. Sie haben mich absichtlich wie eine Idiotin hingestellt.«

»Du hast großartig ausgesehen.« Er lächelte mich an.

Ich blickte auf mein Handy hinunter. Die Klatschspalten quollen davon über, ob sich wohl zwischen Leah Larkin und Brock Winston aus *Roughing It* etwas anbahnen würde. Würde sie Brock seiner liebreizenden Ehefrau Maisie Miller ausspannen?

Es war zum Kotzen. Beim Dreh hatte Brock wie ein netter Kerl gewirkt, doch selbst wenn wir beide Single gewesen wären, hätte ich mich nicht für ihn interessiert. Er war zu oberflächlich. Zu eindimensional. Er hatte eine schöne Singstimme, aber er schrieb keine eigenen Songs. So kreativ war er nicht. Bei den Dreharbeiten hatte ich viel Zeit mit ihm verbracht – keine Ahnung, ob er überhaupt je eigenständig gedacht hatte.

Und Brock war definitiv nicht Single. Er hatte in aller Öffentlichkeit eine Liebesaffäre mit Maisie Miller angefangen, als sie in der Promi-Jury von *Talent USA* gesessen hatten. Das ganze Land war gefesselt gewesen von ihren schmachtenden Blicken und geflüsterten Koketterien vor der Kamera. Als die Paparazzi sie eines Abends in einem abgelegenen Bistro bei einem Kuss erwischt hatten, waren alle durchgedreht. Die Leute hatten die Daumen gedrückt, dass sie sich ineinander verliebten, und als es dann passierte, war es so etwas wie das große Happy End, auf das die ganze Welt gewartet hatte. Und nun prophezeiten alle, dass ich das Luder war, das diese perfekte Liebe zerrüttete.

Nun, das hatte ich aber nicht getan. Die Dreharbeiten für die Show waren bereits beendet, und soweit ich wusste, war Brock inzwischen wieder bei Maisie in L. A. Sie hatten sich ruhig verhalten in den sozialen Medien, genau wie alle anderen Mitwirkenden auch. Unsere Verträge legten fest, was wir vor der Ausstrahlung der Episoden preisgeben durften und was nicht, deshalb war es am einfachsten, für eine Weile abzutauchen.

Ich blickte auf den Ring an meiner linken Hand hinunter. Ich war auch kein Single mehr, auch wenn die Welt das noch nicht wusste.

Kelvin hatte darauf bestanden, dass wir unsere Verlobung geheim hielten, bis die komplette Staffel von *Roughing It* ausgestrahlt wäre. Während der Dreharbeiten hatte ich meinen Ring zu Hause gelassen, wir mussten es also allen noch mitteilen außer meiner Mom und meinem Stiefvater. Und die hielten es unter Verschluss.

Nun waren wir unterwegs in meine Heimatstadt, um es meinem Dad zu sagen.

Ich war in Bootleg Springs, West Virginia, aufgewachsen, und nach der Scheidung meiner Eltern hatte ich dort immer den Sommer bei meinem Dad verbracht. Ich hatte so viele gute Erinnerungen an Bootleg. Lange Tage draußen in der Sonne, Limonade und Eisteeschlürfen. In den See springen, der warm wie Badewasser war. Durch die Wälder pirschen. Bei Sonnenuntergang hungrig, schmutzig und müde nach Hause kommen.

Mit sechzehn war ich zum letzten Mal in Bootleg gewesen. Das war der Sommer gewesen, in dem Callie Kendall verschwunden war. Sie war in meinem Alter gewesen und hatte ebenfalls jeden Sommer in Bootleg verbracht. Sobald meine Mutter von ihrem Verschwinden erfahren hatte, hatte sie darauf bestanden, dass ich nach Jacksonville zurückkehrte.

Kurz danach hatte meine Modelkarriere Fahrt aufgenommen. Dauernd hatte ich Vorsprechen und Castings, Fotoshootings und Modenschauen. Alles ging schnell, und mein Leben hatte sich praktisch über Nacht völlig verändert. Es war leichter gewesen, meinen Dad im Flieger dorthin kommen zu lassen, wo immer ich mich gerade aufhielt, als selbst den Trip nach West Virginia auf mich zu nehmen.

Doch dieses Jahr war es meinem Dad nicht besonders gut gegangen. Er hatte zwar schon vor Jahren mit dem Rauchen aufgehört, aber trotzdem andauernd Lungenprobleme. Letzten Winter war er mit einer Lungenentzündung ins Krankenhaus gekommen und hatte mir erst davon erzählt, als er schon wieder zu Hause war. Ich war immer noch sauer auf ihn, weil er mir das verheimlicht hatte, aber er hatte verhindern wollen, dass ich mir Sorgen machte.

Er war mein Daddy. Natürlich hätte ich mir Sorgen gemacht.

Ich hatte ein schlechtes Gewissen, weil ich ihn nicht schon früher besuchen gekommen war. Aber die Dreharbeiten zu *Roughing It* waren dazwischengekommen, und danach musste ich noch ein paar Fotoshootings über mich ergehen lassen. Doch für die absehbare Zukunft war mein Terminplan übersichtlicher, Kelvin und ich wollten über meinen nächsten Karriereschritt nachdenken. Weil wir ausnahmsweise mal freihatten und obendrein nun verlobt waren, hatte ich beschlossen, dass es an der Zeit war, mal wieder nach Bootleg Springs zu fahren.

Auch wenn ich seit gut zwölf Jahren nicht mehr hier gewesen war, war mir die Straße immer noch vertraut. Und als wir in das Städtchen hineinfuhren, schien es mir, als würde ich eine Zeitreise machen.

»Willst du mich verarschen?«, entfuhr es Kelvin, als die ersten Gebäude in Sicht kamen.

»Was?«, fragte ich.

Er blickte mich über seine Sonnenbrille hinweg an. »Nichts. Es ist nur ... du hattest gesagt, es sei eine Kleinstadt in West Virginia. Mir war nicht klar, dass du *Kuhkaff* in West Virginia meintest.«

»Komm schon, Kelvin, sei kein Snob. Es ist bezaubernd hier.«

»Das ist nicht das Wort, das ich verwenden würde«, erwiderte er. »Aber okay.«

Ich verdrehte die Augen und sah aus dem Fenster. Man musste um das Städtchen herumfahren, um zum Haus meines Vaters zu gelangen. Ich würde Kelvin später herumführen. Soweit ich sehen konnte, sah Bootleg Springs noch so aus, wie ich es in Erinnerung hatte. Dad hatte mir erzählt, es sei gewachsen, weil die Touristen die heißen Quellen für sich entdeckt hätten. Doch bisher hatte es noch denselben Charme, an den ich mich noch so gut erinnerte.

Mein Dad wohnte etwa fünf Minuten außerhalb. Kelvin warf mir einen fragenden Blick zu, als wir auf die geschotterte Zufahrt abbogen, sagte aber nichts. Wir holperten über die Schotterpiste, bis das Haus in Sicht kam.

Dads Haus war ein wenig heruntergekommener, als ich es in Erinnerung hatte. Die Holzlatten waren verwittert, und die Veranda vorne hing neuerdings ein bisschen durch.

Ein Grinsen stahl sich auf mein Gesicht, als ich meinen Dad entdeckte. Er saß in seinem alten Schaukelstuhl auf der Veranda, genau wie immer. Kelvin hielt an, und ich sprang aus dem Wagen.

»Hey, Daddy.«

Mein Herz zog sich zusammen, als ich sah, wie langsam er sich aus dem Stuhl erhob. Und dann auch noch der Schlauch unter seiner Nase, der an ein Sauerstoffgerät angeschlossen war – fast wäre ich in Tränen ausgebrochen bei seinem Anblick.

»Leah Mae, mein Sonnenschein«, grüßte er mich und streckte die Arme aus. Sein Haar war inzwischen eher grau als blond, und die Falten in seinen Augenwinkeln und auf der Stirn waren tiefer geworden. Er trug ein verwaschenes gestreiftes Arbeitshemd und eine Jeans, die schon bessere Tage gesehen hatte.

Ich ging die knarrenden Stufen hinauf. »Dad, du hast mir gar nicht erzählt, dass du Sauerstoff brauchst.«

»Ach das?«, sagte er und zupfte an dem durchsichtigen Gummischlauch. »Das ist nichts. Nur ein bisschen zusätzliche Unterstützung. Ich brauche das nicht mehr lang.«

Vorsichtig erwiderte ich seine Umarmung und war überrascht, wie weit meine Arme um ihn herumreichten. Dad war immer ein kräftiger Mann gewesen – hochgewachsen, mit einem Brustkorb wie ein Fass und von harter Arbeit gestählten Armen. Groß war er noch immer – ich maß knapp eins achtzig, doch neben seinen eins fünfundneunzig kam ich mir immer noch ein wenig wie ein kleines Mädchen vor. Aber er fühlte sich so viel schmaler an – sein Umfang schwand, sei es durch das Alter oder durch seine Krankheit.

Er war erst vierundfünfzig – viel zu jung für so etwas.

»Wie schön, dich zu sehen«, sagte ich, während ich mich von ihm löste. Hinter mir knarrten die Stufen unter Kelvins Füßen. »Daddy, das ist Kelvin Graham. Kelvin, das ist mein Dad, Clay Larkin.«

Das Lächeln verschwand aus Dads Gesicht, und er richtete sich auf. Er war knapp zehn Zentimeter größer als Kelvin, und offenbar wollte er dieses Pfund in die Waagschale werfen.

»Mr. Larkin«, sagte Kelvin glatt, während er seine Hand ausstreckte.

Dad zögerte einen Moment, ehe er sie schüttelte. »Kelvin, was?«

Kelvins Blick flackerte zu mir, als wäre er nicht sicher, wie er darauf reagieren sollte. »Ja, also schön, Sie endlich kennenzulernen. Ich glaube, als Sie Leah das letzte Mal besucht haben, war ich geschäftlich unterwegs.«

»Das mag sein«, sagte Dad.

Ich hatte schon damit gerechnet, dass mein Dad Kelvin gegenüber anfangs ein wenig unterkühlt wäre. So war das mit den Vätern aus Bootleg. Er würde sich bestimmt bald für ihn erwärmen.

Hoffte ich.

»Na, Daddy, dürfen wir reinkommen? Es war eine lange Fahrt vom Flughafen hierher.«

Dads Lächeln kehrte zurück. »Natürlich, Liebes. Komm rein.«

Kelvin trat zurück und blickte mit den Händen in den Hosentaschen am Haus hinauf, während Dad hineinschlurfte. Sein Sauerstoffgerät zog er hinter sich her.

Drinnen war es sauber und gemütlich, in der Ecke standen ein Holzofen und ein durchgewetztes Sofa, auf dem eine Decke ausgebreitet war. Es roch ein wenig nach Kiefern und Zimt. An den Wänden hingen in nicht zusammenpassenden Bilderrahmen ein paar Fotos von mir als kleines Mädchen.

Dad ging zu seinem alten Fernsehsessel hinüber und ließ sich hineinsinken. Es dauerte einen Moment, bis er seine Schläuche zurechtgerückt hatte. Kelvin folgte mir hinein, blieb aber stehen, während ich mich auf die Couch setzte.

»Schön hast du es hier«, sagte ich. »Betsy Stirling kommt doch noch her und hilft dir, oder?«

»Ja, Betsy kommt regelmäßig«, erwiderte er. »Sie sieht nach mir und hilft mir, hier Ordnung zu halten.«

Dad hatte sich dagegen gesträubt, jemanden einzustellen, der ihm im Haushalt unter die Arme griff, doch nach seinem Krankenhausaufenthalt hatte ich darauf bestanden. Und Betsy Stirling war perfekt. Sie arbeitete Teilzeit als Krankenschwester unten in der Bootleg Springs Clinic und hatte nach einem Nebenjob gesucht. Betsy unterstützte Dad beim Einkaufen und Putzen, und außerdem hatte sie ein Auge auf seine Gesundheit. Ich fühlte mich viel besser, seit sie da war.

»Wie lange habt ihr vor, hierzubleiben?«, fragte Dad.

»Ein paar Tage«, sagte Kelvin.

Ich blickte zu ihm auf und zog die Augenbrauen nach oben. Unser Rückflug nach L. A. war erst in einer Woche. Aber wir würden Bootleg Springs am Freitagnachmittag verlassen, weil Kelvin darauf bestanden hatte, von Pittsburgh aus zu fliegen – als wäre mit den Flughäfen in West Virginia irgendwas nicht in Ordnung. Trotzdem waren das mehr als *ein paar Tage*.

»Eigentlich sind wir bis Freitag hier.«

Kelvin räusperte sich, widersprach jedoch nicht.

»Jedenfalls gibt es da etwas, worüber Kelvin und ich mit dir sprechen wollten.« Mein Herz schlug schneller, und meine Finger prickelten. Ich wusste nicht, weshalb es mich so nervös machte, ihm zu erzählen, dass wir heiraten würden. Bei Mom war es nicht so schwierig gewesen. Aber bei ihr konnte ich besser einschätzen, wie sie reagieren würde. Bei Dad? Da konnte es so und so laufen. Und so hinfällig, wie er gerade schien, wollte ich ihn nicht zu sehr schockieren.

»Okay«, sagte er und legte die Hände auf den Oberschenkeln ab. Sein Blick flackerte kurz zu Kelvin hinüber, ehe er wieder auf mir ruhte.

»Nun, du weißt, dass Kelvin und ich schon ein paar Jahre zusammen sind«, begann ich. »Wir haben beschlossen zu heiraten.«

»Ach«, sagte Dad. »Ist das so?«

»Ja.« Ich bemühte mich, meine Stimme weiterhin fröhlich klingen zu lassen. »Wir können noch nicht in der Öffentlichkeit darüber reden, aber wir wollten es dir mitteilen, solange wir hier sind.«

Dad verschränkte die Arme und musterte Kelvin mit hartem Blick. »Hast du schon um ihre Hand angehalten?«

Kelvin blinzelte. »Um ihre Hand angehalten? Wir haben beschlossen zu heiraten, ja.«

»Hast du da nicht was vergessen, mein Junge?«, fragte Dad.

»Ich glaube, ich verstehe nicht ...«

»Ich erinnere mich nicht daran, dass du je zu mir gekommen bist und mich um Erlaubnis gefragt hast.«

Kelvin zog die Augenbrauen zusammen und brachte ein kleines Lächeln zustande. »Na ja, nein, aber das ist auch ein sehr altmodischer Brauch, finden Sie nicht?«

»Hier wird das aber so gemacht«, erwiderte Dad.

»Okay ...«, sagte Kelvin. »Aber Leah ist eine achtundzwanzigjährige Frau, kein Mädchen, das mit einer Mitgift übergeben wird.«

»Daddy.« Ich legte ihm die Hand aufs Knie. »Kelvin hat nicht gewusst, dass dir das so wichtig ist. So etwas macht inzwischen nicht mehr jeder. Es ist meine Schuld, ich hätte es ihm sagen sollen.«

Dad sah mich an, sein Blick bohrte sich tief in meine Augen. »Willst du diesen Mann heiraten?«

»Ähm, ja.«

Er hielt meinen Blick noch eine Sekunde länger, nahm mich unter die Lupe. Ich bemühte mich, nicht herumzuzappeln. Er seufzte, als würde er sich mit etwas Unangenehmem abfinden. »Wann ist die Hochzeit?«

»Wir haben noch kein Datum festgelegt.«

»Das hängt von unseren Terminkalendern ab«, erklärte Kelvin. »Wahrscheinlich haben wir gar keine Zeit für etwas Ausgefallenes. Ich habe mir gedacht, wir fliegen einfach nach Vegas, sobald *Roughing It* ausgestrahlt wurde.«

Überrascht sah ich Kelvin an. Er hatte bisher noch nie erwähnt, dass er in Vegas heiraten wollte. »Du willst keine Hochzeitsfeier?«

»Die können wir immer noch nachholen, Babe«, sagte er. »Aber so können wir es irgendwo dazwischenschieben, wenn wir beide ein paar

Tage freihaben. Komm schon, willst du etwa nicht von Elvis verheiratet werden?«

Mir fiel die Kinnlade herunter. »Nein, ich will nicht von Elvis verheiratet werden.«

Er lächelte. »Weißt du, was? Du hast ja recht. Wenn wir eine pompöse Hochzeitsfeier veranstalten, könnten wir das in eine große PR-Nummer umwandeln. Wir könnten die Rechte an unseren Hochzeitsfotos verkaufen.«

Ich glotzte ihn an. »Wir werden die Rechte an unseren Hochzeitsfotos nicht verkaufen. Wovon sprichst du eigentlich?«

»Gut, dass du es angesprochen hast«, sagte Kelvin. »Wir wären verrückt, wenn wir das nicht täten. Wir sollten sofort anfangen zu planen, wenn wir aus deinem Auftritt in der Show Kapital schlagen wollen.«

Er ging nach draußen und zog unterwegs sein Handy aus der Tasche. Die Fliegengittertür knallte hinter ihm zu.

»Echt jetzt?«, fragte Dad.

Ich seufzte. »Ich weiß, er wirkt ... opportunistisch. So ist er eben. Deshalb ist er so erfolgreich.«

Dad zog die Augenbrauen nach oben. Das kaufte er mir nicht ab.

»Er ist einfach nur nicht ... der Bootleg-Typ«, sagte ich.

»Nein, das ist er nicht.«

»Aber das heißt nicht, dass er nicht andere gute Seiten hat«, wandte ich ein. »Er ist nur anders als das, was du gewohnt bist.«

»Leah Mae, ich kenne den Menschenschlag, mit dem du jetzt verkehrst. Aalglatte Großstädter. Schwätzer. Ich gebe zu, dass ich nichts von alldem halte. Aber das ist dein Traum, und ich bin stolz auf dich und sonst nichts. Und wenn es das ist, was du willst, dann freue ich mich für dich.«

»Danke, Dad.« Ich drückte seine Hand. »Hör mal, ich fahre mit Kelvin in die Stadt und zeige ihm alles. Wenn wir zurückkommen, bringen wir Abendessen für uns alle mit. Danach checken wir in unsere Ferienhütte ein. Brauchst du etwas aus dem Laden?«

»Nein, alles gut.«

Das glaubte ich ihm nicht. Ich würde für alle Fälle ein paar Sachen holen. »Wir sind bald wieder zurück.«

Ich stand auf und ging auf die Veranda, wo Kelvin gerade etwas in sein Handy tippte. Wahrscheinlich schrieb er an seine Assistentin und bat sie darum, nach einer Location für unsere Hochzeit zu suchen. Wieder seufzte ich. Typisch Kelvin, immer volle Kraft voraus. Ich sollte mich wohl glücklich schätzen, dass ich ihm diese hanebüchene Nach-Vegas-durchbrennen-Idee so schnell hatte ausreden können. Nicht immer ließ er sich so rasch umstimmen.

»Komm, lass uns in die Stadt fahren«, schlug ich vor. »Und später bringen wir uns etwas zu essen mit.«

»Werden wir dort überhaupt ein Lokal finden, das glutenfreies Essen und Paleo anbietet?«

Ich unterdrückte ein Seufzen. Die Chancen standen mehr als schlecht, aber ich wollte nicht, dass er einen Groll auf meine Heimatstadt bekam, noch ehe er alles gesehen hatte. In Sachen Gesundheit war er sowieso nur ein Mitläufer, es war nicht so, dass er irgendwelche echten Unverträglichkeiten hätte. »Da bin ich mir nicht so sicher. Wir schauen uns einfach mal um.«

Wir stiegen wieder ins Auto und machten uns auf den Weg in die Stadt.

3
Jameson

Es war voll im Pop In. Aber das war um diese Jahreszeit normal, vor allem samstags. Im Sommer platzte Bootleg aus allen Nähten vor lauter Touristen, die meisten von ihnen wohnten in Ferienhütten rund um den See. Ich wollte nur kurz rein und dann so schnell wie möglich wieder raus.

Mein Kiefer fühlte sich heute okay an. Rhett hatte nicht besonders hart zugeschlagen. Herrgott, von meinen Brüdern hatte ich mehr als nur einmal schlimmere Prügel bezogen. Es war nicht mal blau geworden.

Ich ging durch die Regale und nahm mir, was ich brauchte. An der Kasse war keine Schlange, deshalb stellte ich meine Einkäufe auf den Tresen und zog den Geldbeutel heraus. Opal Bodine arbeitete heute hier.

»Hey, Jameson«, sagte sie.

»Opal.«

»Das ist alles?«

Ich beäugte meine Einkäufe. »Ich könnte wohl noch etwas Süßes vertragen. Hast du etwas Gutes da?«

»Klar doch«, sagte sie. »Zwei Zimtschnecken sind noch da, falls du welche willst.«

Ich überlegte, beide zu nehmen und Jonah eine davon mitzubringen, aber er würde mir nur wieder erklären, dass wir nicht so viel Zucker essen sollten. Wenn ich beide kaufte und er seine nicht äße, bliebe mir natürlich keine andere Wahl, als seine ebenfalls zu essen.

»Ich nehme beide.«

»Klingt gut«, entgegnete sie. »Bin gleich wieder da.«

Jemand streifte mich im Vorbeigehen, und ich zuckte zusammen. Das hasste ich. So klein war der Laden nun auch wieder nicht, kein Grund, die Leute anzurempeln. Ich sah demjenigen nach, aber es war niemand, den ich kannte, und er ging ohnehin gerade zur Tür hinaus. Achselzuckend ging ich darüber hinweg und hielt Ausschau nach Opal und meinen Zimtschnecken.

Hinter mir hatte sich eine junge Frau angestellt, und ich musste zweimal hinschauen, als ich sie sah. Meine Kinnlade fiel praktisch bis auf den Boden herunter. Oder wäre heruntergefallen, wenn mein Kiefer dazu in der Lage gewesen wäre. Es war Leah Mae Larkin.

Sie war groß und gertenschlank, mit endlos langen Gliedern. Ihr blondes Haar fiel ihr in Wellen über den Rücken, ihre Haut war wie Milch und Honig, mit ein paar Sommersprossen auf der Nase. Strahlende Augen, die einen so verblüffenden Grünton hatten, dass man unwillkürlich ganz fasziniert war.

Ich schluckte, und es fiel mir extrem schwer, etwas anderes zu tun, als sie anzustarren.

»Jameson?«

Ihre Stimme war sanft und melodisch, und als sie lächelte, fiel mir die kleine Lücke zwischen ihren Schneidezähnen auf. Die hatte sie schon immer gehabt – und schon immer gehasst –, aber sie war zu ihrem Markenzeichen als Model geworden.

»H-hey, Leah Mae.« Ich ärgerte mich, dass meine Stimme so erstickt klang. Es passierte öfter, dass ich einen Knoten in der Zunge hatte, wenn ich mit einer hübschen Frau sprach, aber das hier war eine ganz andere Liga.

»Jameson Bodine?«, fragte sie, als hätte sie meinen Namen nicht gerade eben schon gesagt.

Ich bemerkte, dass ihr Akzent verschwunden war. Das war mir schon im Fernsehen aufgefallen, aber diesen nördlichen Einschlag hier, in Bootleg Springs, zu hören, war umso auffälliger.

»Ja«, erwiderte ich. *Na toll, du Idiot. Mit deinem Charme wirst du sie bestimmt im Sturm erobern.*

»Wow, das ist echt lange her.« Leah Mae musterte mich von oben bis unten.

Plötzlich war ich froh, dass Jonah mich dazu überredet hatte, mit ihm und Devlin zu trainieren. Ich hielt mich auch sonst in Form, aber in letzter Zeit hatte ich dadurch ein paar Muskeln zugelegt.

Nicht, dass das eine Rolle spielen würde. Das war Leah Mae, nicht irgendeine x-beliebige Frau, die ich versuchte zu beeindrucken.

Ich klappte den Mund auf, um noch etwas zu sagen, aber es kamen keine Worte heraus. Verdammt. Das passierte mir echt oft. Mir ging so viel durch den Kopf, nur manchmal wollten die Worte einfach nicht den Weg von meinem Gehirn zu meinem Mund finden.

Was würde Gibson jetzt tun? Nein, ihn sollte ich mir jetzt nicht zum Vorbild nehmen. Bowie? Nee, Bowie würde einfach so tun, als wäre er nicht interessiert. Jonah hatte ich noch nicht oft genug mit Frauen gesehen, um zu wissen, wie er sich benahm. Und Dev ... na ja, er war in meine Schwester verliebt, das machte das Ganze seltsam.

Verdammt. Ich sagte immer noch nichts.

»Ja, ganz schön lange«, brachte ich heraus.

»Wie ist es dir so ergangen?«

Nun ja, mein Dad ist gestorben, und jetzt ist er im Callie-Kendall-Fall eine Person von polizeilichem Interesse. Nein, sag das nicht. Himmelherrgott, Jameson, was zum Teufel ist bloß los mit dir?

»Ähm, ganz okay. Und dir?«

»Auch gut«, sagte sie. »Ich hab mich schon gefragt, ob ich dir wohl über den Weg laufen würde, solange ich hier bin.«

»Du bist wohl zu Besuch bei deinem Dad?«

Sie nickte und rückte die Einkäufe zurecht, die sie mit den Armen umklammerte. »Ja, heute angekommen.«

»Warte, ich helfe dir.« Ich nahm ihr einen Brotlaib, zwei Liter Milch und ein paar andere Dinge ab. Dann schob ich mit dem Ellbogen meine Sachen beiseite, um Platz auf der Theke für sie zu schaffen.

»Oh, danke«, sagte sie.

Sie lächelte mich an, und mir blieb das Herz stehen. Überraschenderweise kippte ich nicht gleich hier und jetzt, im Pop In, um. Konnte man weiterleben, wenn das Herz aussetzte?

»Bitte.«

Ich stand eine weitere Sekunde lang da, unfähig, zu entscheiden, ob ich froh sein sollte, dass Opal sich ewig Zeit ließ, oder nicht. Eigentlich wollte ich gar nicht aufhören, mit Leah Mae zu plaudern, auch wenn *plaudern* ein sehr großzügig ausgelegter Begriff für das war, was vor sich ging. Aber ich scheiterte gerade kläglich, und es wäre besser, wenn mich jemand lieber früher als später von meinem Elend erlöste.

»Ich habe mir deine Show angeschaut«, sagte ich.

»Echt?«

Ich nickte. »Klar. Die ganze Stadt ist mächtig stolz auf dich.«

»Oh, ja, die Stadt«, sagte sie.

»Nicht jeden Tag ist jemand aus Bootleg im Fernsehen zu sehen.«

Sie strich sich das Haar hinter die Ohren. »Wow, ich hätte nicht gedacht, dass sich das alle hier anschauen.«

»Doch, alle sind ganz aus dem Häuschen. Es läuft im Lookout, und ein paar Leute haben sogar Partys organisiert, auf denen es geschaut wurde.«

Ihre Wangen färbten sich ein wenig rosa, und sie schob die Zähne über die Unterlippe. Das tat sie immer, wenn sie nervös war. »Ich nehme an ... ich hoffe, allen gefällt es.«

»Ich glaube schon.« Die Anspannung in meinen Schultern ließ ein wenig nach, und die Worte kamen mir dadurch etwas leichter über die Lippen. »War interessant zu sehen, was du so machst, auch wenn du weit weg bist.«

Wieder lächelte sie, und dieses Mal gelang es mir sogar zurückzulächeln.

Ein Mann trat neben sie, und mein Lächeln verblasste. Er hatte dunkles Haar und eine markante Kieferpartie. Augen, die ziemlich geringschätzig im Laden umherblickten. Er erinnerte mich an einige der reichen Touristen, die durch die Stadt fegten und dachten, sie wären etwas Besseres als wir Einheimische. Seinen Klamotten nach sah er aus wie jemand, der in ein Büro gehörte und nicht in einen Mini-Markt in irgendeinem Provinznest wie unserem.

»Hey, Babe, haben wir alles?«, fragte er.

Er stand ganz dicht bei Leah Mae, und da wurde mir klar, was ich übersehen hatte. Sie hatte einen Ring am Finger.

Ich hatte mich vorhin getäuscht, als ich geglaubt hatte, mein Herz hätte ausgesetzt. Hatte es nicht. Es hatte in seinem gleichmäßigen Rhythmus weitergeschlagen. Aber jetzt hörte es auf damit. Hielt abrupt inne in meiner Brust.

Ich musterte den Typen rasch. Er trug keinen Ring, und es gab zwei Möglichkeiten, was das bedeuten konnte: Entweder sie waren noch nicht verheiratet, oder sie waren verheiratet, und er trug keinen. Wenn Letzteres der Fall war, war er ein Mistkerl. Bei Ersterem gäbe es noch ein wenig Hoffnung.

Hoffnung? Worauf? Dass Leah Mae und ich nach zwölf Jahren noch an etwas anknüpfen konnten? Als würden wir zusammen losziehen und in Kindheitserinnerungen schwelgen. Oder uns über die Sommer unterhalten, als wir Teenager gewesen waren und ich zu schüchtern gewesen war, die Initiative zu ergreifen.

Nicht, dass ich das gewollt hätte. Leah Mae und ich waren nur Freunde. Schon immer.

Verdammt, ich redete schon wieder nicht. Wo zum Teufel blieb Opal?

»Kelvin, das ist Jameson Bodine«, sagte Leah Mae und deutete auf mich. »Wir sind zusammen aufgewachsen.«

Zum ersten Mal schien Kelvin Notiz von mir zu nehmen. Mit raschem Blick musterte er mich von oben bis unten. Ich war nicht so schick und ausgefallen angezogen wie er. Aber ich trug ein sauberes T-Shirt und eine ordentliche Jeans – nichts, was ich in meiner Werkstatt trug. Dort bekamen die Kleider dauernd Brandlöcher ab.

»Jameson, das ist Kelvin Graham«, sagte Leah Mae.

»Leahs Verlobter«, erklärte Kelvin.

Leah Mae blickte ihn an, als würde sie das, was er gerade gesagt hatte, überraschen. Kelvin hob das Kinn, während er mich ansah.

Ich beschloss, Größe zu zeigen, und streckte ihm die Hand hin. Manche Dinge musste man wie ein Gentleman regeln. »Schön, dich kennenzulernen.«

Kelvin hatte einen festen Händedruck, und da tauchte auch Opal endlich wieder auf. Sie sah Leah Mae und Kelvin an, dann mich, und zuckte kaum merklich mit der Schulter.

»Babe, ist das der einzige Laden in dieser Stadt?«, fragte Kelvin Leah Mae, während Opal damit begann, meine Einkäufe einzutippen.

Ich wandte mich von den beiden ab und konzentrierte mich darauf, mein Geld herauszuholen. Dabei blendete ich das Gespräch aus, das sie führten. Ich bezahlte, und Opal reichte mir die Tüte.

»Bis dann, Jameson«, sagte sie.

Ich wollte schon gehen, ohne noch etwas hinzuzufügen, doch mein Stolz gewann die Oberhand. Ich hatte Leah Mae *doch* noch was mitzuteilen und würde nicht einfach so weggehen. Daher blieb ich stehen und drehte mich zu ihr um. Unsere Blicke trafen sich. »Ich weiß, dass das mit der Angel nicht deine Schuld war. Sie sah gefakt aus, wenn ich das mal so sagen darf.«

Sie nickte langsam. »Ja, danke.«

»Schön, dich wiedergesehen zu haben, Leah Mae«, sagte ich. »Ich hoffe, du genießt deinen Aufenthalt.«

Ihr Lächeln erhellte die ganze Welt. »Danke, Jameson. Ich freue mich auch, dass wir uns gesehen haben.«

Ich umklammerte meine Tüte, nickte ihr zu und wandte mich zur Tür. Weil ich ein Gentleman war, warf ich einen Blick über die Schulter und hob das Kinn in Richtung ihres Verlobten. »Kevin.«

»Ich heiße Kelvin …«

Die Tür fiel hinter mir zu, ehe ich hören konnte, was er sonst noch zu sagen hatte. Falls er noch etwas zu sagen hatte.

Mein Puls raste, als ich in meinen Truck stieg und die Einkäufe auf den Beifahrersitz schob. Hatte ich gerade wirklich Leah Mae Larkin im Pop In gesehen? Oder befand ich mich mitten in einem seltsamen, schrecklichen Traum, in dem meine Kindheitsfreundin die schönste Frau war, die ich je gesehen hatte und die nun einen Ring am Finger trug, den ihr ein anderer Mann geschenkt hatte?

Verdammt. Das war kein Traum, es war alles wahr.

Ich schüttelte den Kopf, als würde das gegen meine Benommenheit helfen. Ich musste mich zusammenreißen. War ja klar, dass ich Leah Mae früher oder später über den Weg laufen würde. Ihr Dad lebte hier, deshalb war die Wahrscheinlichkeit hoch, dass sie ihn irgendwann besuchen kam. Und wir waren alt genug, dass die Möglichkeit bestand, dass einer von uns verlobt oder verheiratet wäre.

Nicht, dass ich je auch nur annähernd mit einem Mädchen so weit gewesen wäre. In der Highschool hatte ich Cheyenne Hastings eine Zeit lang gedatet, aber sie hatte mich für Cody Wyatt verlassen. Danach war ich mit einer Handvoll anderer Mädchen ausgegangen, nichts davon war von Dauer gewesen. Dann war da noch Willa Sawyer. Doch das war keine richtige Beziehung gewesen. Sie war jemand gewesen, an den ich mich wenden konnte, wenn es notwendig war, aber keiner von uns hat viel vom anderen erwartet. Wir hatten beide gewusst, dass das nicht ewig halten würde.

Nun war also Leah Mae hier, und sie war verlobt. Das war in Ordnung. Ich sollte mich für sie freuen. Immerhin waren wir früher befreundet gewesen. Sollte man nicht glücklich sein, wenn den eigenen Freunden etwas Gutes widerfuhr?

Doch als ich zurück nach Hause fuhr, war ich alles andere als glücklich.

4

Leah Mae

Die Sonne schien in die kleine Küche unseres Ferienhauses. Ich stand an der Spüle und sah auf den See hinaus. Ich war weit in der Welt herumgekommen, aber nichts ging über einen Bergsee in West Virginia. Besonders an einem Sommertag. Das Wasser glitzerte, und die Bäume schwankten im Wind. Ich öffnete das Fenster und ließ die frische, saubere Luft herein, schloss die Augen und atmete tief durch.

Kelvin saß am Küchentisch vor seinem Laptop. Eigentlich hatten wir diese Woche frei, nur dass er überhaupt nicht wusste, was *freihaben* bedeutete. Ich hatte gehofft, er würde sich ein wenig entspannen, aber bisher war er so beschäftigt, als wären wir in L. A.

Wir waren nun schon ein paar Tage hier, und mir stand deutlich vor Augen, dass wir am Freitagnachmittag schon wieder abreisten. Die Zeit war so knapp. Es fühlte sich an, als hätten wir nicht mal ein Viertel der Dinge unternommen, die ich vorgehabt hatte. Bisher hatten wir die meiste Zeit hier im Ferienhaus verbracht. Nachmittags hatte ich meinen Dad besucht, aber ansonsten waren wir nicht viel rausgekommen. Kelvin war frustriert, weil er in den einheimischen Restaurants seine glutenfreie Paleo-Ernährung nicht durchziehen konnte, deshalb kochten wir abends selbst. Und er war so mit seiner Arbeit beschäftigt, dass wir kaum etwas besichtigt hatten.

Ich nahm den pfeifenden Teekessel vom Herd und füllte Wasser in meine Tasse. Tunkte den Teebeutel ein paarmal ein. Kiefernduft wehte durchs offene Fenster herein und erfüllte die Luft, während Kelvins Finger über die Tastatur klapperten.

Jameson war ich nicht noch mal begegnet. Nicht, seit wir im Pop In an der Kasse angestanden hatten. Ich hatte ihn sofort erkannt, auch wenn er ein bisschen anders aussah, als ich ihn in Erinnerung gehabt hatte. Er hatte immer noch kurze dunkle Haare und freundliche blaue Augen. Aber er war reifer geworden – seine Gesichtszüge waren markanter, und er hatte diese starke, von Bartstoppeln bedeckte Bodine'sche Kieferpartie. Das jungenhafte Gesicht war verschwunden. Er war nun ein Mann.

Jameson Bodine. Gleich nach meinem Daddy war er mein Lieblingsmensch gewesen, als ich ein kleines Mädchen war. Ich war zwar auch mit Mädchen in meinem Alter befreundet gewesen, doch zwischen Jameson und mir bestand ein ganz besonderes Band. Wir hatten endlose Stunden miteinander verbracht, waren über Pfade gewandert, im See geschwommen, in Schlammpfützen gesprungen. In der Gegenwart anderer war er ein stilles Kind, doch wenn wir Zeit miteinander verbrachten, öffnete er sich. Er hatte mit mir über alle möglichen Dinge gesprochen. Dadurch hatte ich mich wie eine Auserwählte gefühlt. Als würde ich ein Geheimnis kennen. Ich bekam etwas zu sehen, was niemand anderes sehen durfte – die Dinge, die er in seinem Inneren verbarg.

Diese Verantwortung hatte ich sehr ernst genommen. Ich hütete seine Geheimnisse – solche, wie wir sie als Kinder eben hatten – sehr sorgfältig. Ich hielt sie in meinem Herzen unter Verschluss wie kleine Geschenke, die mir allein gehörten. Manchmal hatte ich im Unterricht beobachtet, wie er mit gesenktem Kopf auf seinen Papieren herumkritzelte, und war mir wie etwas ganz Besonderes vorgekommen, weil ich Dinge über Jameson Bodine wusste, die kein anderer kannte.

Mir brach das Herz, als meine Eltern mir eröffneten, dass sie sich scheiden ließen und meine Mom und ich wegzögen. Ausgerechnet nach Florida. Ich hatte gewusst, dass ich meinen Daddy vermissen würde und meine Freundinnen von der Schule. Bootleg Springs war der einzige Ort, den ich kannte – mein einziges Zuhause.

Aber am allerschlimmsten war es gewesen, Jameson Bodine zu verlassen. Sein niedergeschlagenes Gesicht, als ich ihm erzählte, dass ich wegziehen würde, war mir immer noch wie ins Gedächtnis eingebrannt. Seine blauen Augen waren plötzlich dunkel und aufgewühlt gewesen, sein Kiefer zusammengepresst. Er hatte mit den Tränen gekämpft, woraufhin ich heulte wie ein Baby. Da hatte er die mageren Arme eines Zwölfjährigen um mich geschlungen, mich fest umarmt und mir versichert, dass alles gut werden würde.

Als ich im folgenden Sommer zurückkam, um ihn bei meinem Dad zu verbringen, war ich schnurstracks zum Haus der Bodines gegangen. Und es war gewesen, als wären Jameson und ich nicht mehr als einen Tag voneinander getrennt gewesen. Die langen Sommertage hatten wir damit verbracht, durch das Städtchen zu streifen, hinunter zum See, durch den Wald. Zuerst hatten wir uns gegenseitig erzählt, was im letzten Schuljahr alles passiert war. Er brachte mich in Bezug auf den Klatsch und Tratsch in Bootleg auf den neuesten Stand; ich berichtete ihm von meinem Leben in Florida. Danach ging zwischen uns alles so weiter wie immer. Wir hingen zusammen ab und rannten bei Sonnenuntergang nach Hause, wie alle anderen Kids, die hier lebten.

Und so war es dann ein paar Jahre lang gelaufen. Während des Schuljahrs hatte ich bei meiner Mom in Jacksonville gewohnt. In der Schule hatte ich Freundinnen. War der Theater-AG beigetreten und spielte in Stücken mit. Nahm an Talentwettbewerben teil. Machte meine Hausaufgaben, hing zu viel am Handy – normale Teenager-Dinge eben.

Doch ich lebte für die Sommer, wenn ich bei meinem Dad in Bootleg Springs war. Jameson würde an meinem ersten Tag in der Stadt auf den Stufen vor dem Haus der Bodines auf mich warten, und wir würden dort anknüpfen, wo wir aufgehört hatten, als wären wir überhaupt nicht voneinander getrennt gewesen.

Das alles hatte sich in dem Sommer, in dem Callie Kendall verschwunden war, geändert. Meine Mom hatte es in den Nachrichten gehört und den nächsten Flug, den sie kriegen konnte, nach West Virginia genommen. Callie und ich waren im selben Alter gewesen, und meine Mom war davon überzeugt, dass Bootleg plötzlich gefährlich geworden war. Zu gefährlich für ihre Tochter, die so unbeaufsichtigt umherstreifte. Auch ihr zu sagen, dass ich selten allein war, obwohl Dad den ganzen Tag arbeitete, hatte nicht geholfen. Denn zum ersten Mal schien ihr klar geworden zu sein, dass ich den ganzen Sommer lang mit *einem dieser Bodine-Jungs* herumrannte.

Ich hatte gehört, wie Mom und Dad sich stritten, deshalb ging ich in die Stadt, um Jameson zu finden. Er hatte sich im Moonshine in eine Nische mit mir gesetzt. Mir einen Schokomilchshake gekauft, damit ich mich besser fühlte. Und am nächsten Tag war ich mit meiner Mom nach Hause geflogen. Seitdem war ich nicht mehr hier gewesen.

Ich hatte in all den Jahren so oft an Jameson gedacht. Hatte mich gefragt, wie es ihm wohl ging. Wie sein Leben aussah. Ich war erleichtert gewesen, als ich herausfand, dass er immer noch hier war. Wenn Jameson Bodine Bootleg Springs verlassen hätte, hätte der Ort einen Teil seines Zaubers für mich verloren. Zu wissen, dass sich manche Dinge nicht geändert hatten, gab mir Halt.

Ich schlang die Hände um meine heiße Tasse und ging nach draußen. Sanft strich mir der Wind über das Gesicht, und die Sonne glitzerte auf dem Wasser. Hier roch es auf eine Art nach Sommer wie nirgendwo anders. Es erinnerte mich an diese magischen Sommer, die ich hier verbracht hatte. Und an Jameson.

Ich wollte ihn wiedersehen. Und zwar nicht nur so kurz wie bei unserer Begegnung im Mini-Markt. Ich wollte mit ihm reden, etwas über sein Leben erfahren. Ich hatte seine Nummer nicht und wusste auch nicht, wo er jetzt wohnte, aber das herauszufinden, konnte nicht schwer sein. Das Ferienhaus, in dem wir wohnten, gehörte Scarlett, seiner jüngeren Schwester. Ich hatte nicht mit ihr gesprochen – Kelvins Assistentin hatte die Reservierung veranlasst –, aber ich war mir sicher, dass ich einen Weg finden konnte, Kontakt mit ihr aufzunehmen.

Ich beschloss herauszufinden, wo Jameson wohnte, und ihm Hallo sagen zu gehen. Heute würde das wahrscheinlich nicht mehr klappen, aber morgen bestimmt. Kelvin war ohnehin beschäftigt. Je nachdem, wie Jameson Zeit hatte, könnte ich mit ihm zu Mittag essen und anschließend Dad besuchen. Oder mit Dad essen und nachmittags mit Jameson Kaffee trinken gehen. Dann wäre ich rechtzeitig zum Abendessen mit Kelvin wieder zurück.

Zufrieden mit meinem Plan nahm ich meinen Tee mit nach drinnen und setzte mich Kelvin gegenüber an den Tisch. »Womit bist du denn die ganze Zeit so beschäftigt?«

Er hielt den Blick weiterhin auf seinen Laptop geheftet. »Mit allem Möglichen.«

»Zum Beispiel?«

»Abgesehen davon, dass ich eine Multimillionen-Dollar-Modelagentur leite?«, fragte er. »Und versuche, deine Karriere zu retten?«

»Zu retten?«, fragte ich. »Was heißt hier retten?«

»Du stehst an einem Scheideweg«, erklärte er. »Du wirst nicht jünger und hast nie Supermodelstatus erlangt. Es ist ein Wunder, dass deine Modelkarriere überhaupt so lange angedauert hat.«

»Was soll das heißen?«

»Das ist nicht persönlich gemeint, Leah«, sagte er. »Du kennst die Verlaufskurve einer Modelkarriere genauso gut wie ich. Du schaffst es, wenn du jung bist und ein frisches Gesicht mitbringst. Du tust dein Bestes, um im Geschäft zu bleiben. Einige wenige schaffen es nach ganz oben und können auch noch mit Ende zwanzig Arbeit finden. Noch weniger auch darüber hinaus. Du hattest einen großartigen Lauf, aber in dieser Liga spielst du nicht, Babe. Und Jahr für Jahr treten immer mehr neue Gesichter auf den Plan. Teenager mit makelloser Haut. Keine Retuschen notwendig.«

»Tut mir leid, dass ich so schrecklich gealtert bin«, sagte ich, und meine Stimme triefte vor Sarkasmus. »Es überrascht mich, dass du meinen Anblick überhaupt noch ertragen kannst.«

Er verdrehte die Augen. »Nun sei doch nicht so. Warum, glaubst du, reiße ich mir hier den Arsch auf, um dieses Schauspieler-Ding für dich zum Laufen zu kriegen? *Roughing It* kam genau zur richtigen Zeit, aber wir müssen schleunigst daran arbeiten, die Aufmerksamkeit, die du dadurch erhalten hast, auszuschlachten.«

»Ob die Aufmerksamkeit, die ich bekomme, so gut ist? Ich glaube, die Leute hassen mich allmählich. Sie glauben, ich würde versuchen, Brock Maisie auszuspannen.«

»Gut.«

»Was?«

Er seufzte, als würde er einem begriffsstutzigen Kind etwas erklären. »Jeder liebt es, einen Bösewicht zu hassen. Die Art von Publicity lässt sich nicht mit Geld erkaufen. Wenn du Glück hast, zimmern sie für die Show eine ganze Beziehung zwischen dir und Brock zusammen. Babe, die Angebote werden nur so hereinströmen.«

Ich starrte ihn an. »Ich will nicht, dass alle Welt glaubt, ich würde Brock Winston verführen und ihn davon überzeugen, seine Frau zu betrügen.«

»Wen kümmert es?«

»*Mich* kümmert es. Weil es schrecklich ist«, sagte ich. »So etwas würde ich nie tun. Das bin nicht ich.«

»Du willst doch Schauspielerin sein, nicht wahr?«, fragte er. »Wenn dein süßes kleines Landei-Ego in *Roughing It* das Luder geben kann, wirst du damit beweisen, dass du jeder Rolle gewachsen bist.«

Ich atmete langsam aus. Da hatte er nicht unrecht. Auch wenn es angeblich eine Realityshow war, hatte ich eindeutig eine Rolle gespielt. Die Produzenten hatten mich darauf trainiert, auf bestimmte Weise zu handeln, und das hatte ich dann auch gemacht. Mir wurde die Rolle der *Femme fatale* zuteil – der heißblütigen Single-Frau, die mit allen Männern in der Show flirtete. Das entsprach mir nicht, aber ich hatte es für eine gute Übung gehalten. Und auch wenn die Öffentlichkeit nicht wusste, wie gestellt die Show tatsächlich war, so wussten es wenigstens die Casting-Direktoren und Produzenten.

Deshalb hatte ich überhaupt erst zugestimmt, in der Show aufzutreten. Kelvin hatte recht, wenn er sagte, dass es mit meiner Modelkarriere abwärts ging. In Modeljahren gerechnet, war ich steinalt. Meine Karriere in der Modewelt hatte ein Verfallsdatum, und das kam rasch näher. Schauspielern wollte ich schon immer, deshalb war es der perfekte Zeitpunkt, diesen Übergang zu machen.

Kelvin hatte versucht, Vorsprechtermine für mich zu kriegen, aber vor *Roughing It* war nichts dabei herausgekommen. Ich konnte nicht verstehen, warum. Schließlich war ich kein nichtssagendes Model, das ein hübsches Gesicht vorzuweisen hatte und sonst nichts. Ich hatte jahrelang Schauspielunterricht genommen. Dialekt-Coaching, um meinen Appalachen-Akzent loszuwerden. In meinen Jugendjahren hatte ich Hauptrollen in Theaterstücken und Musicals bekommen.

Kelvin hatte mich davon überzeugt, dass mir *Roughing It* Türen öffnen würde. Die Show war nun zur Hälfte vorbei, aber bisher war noch keine Tür aufgegangen. Und ich befürchtete, dass sich eher noch weitere schließen würden.

»Ich mache mir nur Sorgen, dass es nicht so laufen wird, wie wir uns das vorgestellt haben«, sagte ich. »Wenn ich das verhasste Luder bin, wird niemand mit mir arbeiten wollen. Haben wir eigentlich schon Rückmeldung von Burberry erhalten? Wegen der Winterkollektion?«

»Sie haben abgesagt.«

»Was?« Ich arbeitete seit zehn Jahren für Burberry. »Sie haben abgesagt? Aber warum?«

»Babe, wir haben doch schon darüber gesprochen«, sagte er. »Dass es eher früher als später passieren würde.«

»Meinst du, es geht um mein Alter? Nicht um die Show?«

»Wahrscheinlich beides.«

Ich stand auf, mein Stuhl schabte über den Holzboden. Meine Karriere zerrann mir allmählich zwischen den Fingern. Ich konnte es förmlich spüren. Ganz egal, wie oft mir Kelvin versicherte, dass alles gut werden würde – dass ich einen nahtlosen Übergang zur Schauspielerin schaffen würde –, ich machte mir Sorgen. Ich verdiente damit meinen Lebensunterhalt. Und zu sehen, wie Dad um seine Gesundheit rang, machte es umso wichtiger, dass ich Arbeit hatte. Jemand musste für ihn sorgen, und die Zeit, in der er mich brauchen würde, näherte sich schneller, als ich gedacht hatte. Von Betsy hatte ich erfahren, dass er seit Weihnachten nur Teilzeit arbeitete. Ich wusste nicht, wie lange er sich noch selbst würde durchbringen können.

Er hatte sonst niemanden. Er hatte nicht wieder geheiratet, und ich hatte keine Geschwister. Es war an mir, für ihn zu sorgen.

Kelvin klappte den Laptop zu und kam herüber zu mir. Er stellte sich vor mich und strich mir über die Arme. »Babe, mach dir keine Sorgen. Ich habe da ein paar Dinge in der Mache, die echt aufregend sind. Alles wird gut.«

Ich nickte. Die letzten zehn Jahre hatte ich meine Karriere in seine Hände gelegt. Ich musste ihm auch weiterhin vertrauen.

Jemand klopfte an die Tür, und Kelvin stöhnte auf. Der erste Tag war ruhig gewesen, aber gestern war Millie Waggle mit einem Teller Brownies vorbeigekommen, und Maribel Schilling hatte uns eine Kasserolle Kroketten gebracht. Ich hatte versucht zu erklären, dass das in Bootleg eben so gemacht wurde. Bootlegger waren freundlich und zugleich neugierig – fast schon naseweis. Und es war schließlich nicht meine Schuld, dass er sich geweigert hatte, Millies Brownies zu essen. Da hatte er wirklich etwas verpasst. Sie waren köstlich gewesen.

»Klopf, klopf«, erklang vor dem Haus eine putzmuntere Frauenstimme. »Jemand zu Hause? Darf ich reinkommen?«

Unwillkürlich lächelte ich die zierliche Brünette an, die in einem Tanktop und abgeschnittenen Shorts hereinkam. »Scarlett Bodine?«

»Leah Mae«, sagte sie. »Weißt du, ich habe gehört, dass du hier übernachtest, und wollte es erst gar nicht glauben! Dein Name stand nämlich nirgends auf der Reservierung. Aber da bist du! Sieh an, sieh an, Leah Mae Larkin, du bist bildschön wie immer. Und obendrein auch noch berühmt.«

»Ich freue mich so, dich zu sehen. Gehört die Hütte dir? Scheint ja ganz gut zu laufen bei dir.«

»Ich kann nicht klagen.« Sie kam herein und legte ein in Alufolie gewickeltes Päckchen auf die Küchentheke. »Das kann gefahrlos verzehrt werden, ich habe es drüben bei Clarabell im Moonshine gekauft. Eine Peperoni-Roll.«

Ich schnappte nach Luft. »O mein Gott, das habe ich ja seit Jahren nicht mehr gegessen.«

Scarlett schüttelte den Kopf und schnalzte mit der Zunge. »Süße, da hast du was verpasst!«

»Danke, das ist wirklich sehr nett von dir.«

»Gerne.« Sie strahlte mich an. »Alles okay mit dem Häuschen?«

»Ja, es ist schön hier.« Ich blickte zu Kelvin hinüber, um zu sehen, ob er irgendetwas hinzuzufügen hatte, aber er saß schon wieder vor seinem Laptop. »Scarlett, das ist Kelvin Graham.«

»Schön, dich kennenzulernen«, sagte Scarlett.

Kelvin blickte auf und nickte, danach wandte er sich wieder dem Bildschirm zu.

»Gut, dann. Meldet euch einfach bei mir, falls ihr was braucht«, sagte sie. »Ich will euch nicht länger aufhalten. Ich hatte nur Gewissensbisse, weil ich mich noch nicht habe blicken lassen. Nicht sehr nachbarschaftlich von mir, aber ich hatte diese Woche viel zu tun.«

Ich folgte Scarlett bis zur Haustür. »Danke, ich freue mich, dass du vorbeigekommen bist.« Ich verstummte, plötzlich nervös, es anzusprechen. »Ähm, Scarlett ... Wegen deinem Bruder, Jameson ...«

Scarlett erstarrte und drehte sich langsam auf dem Absatz um. »Was ist mit meinem Bruder Jameson?«

»Na ja, ich dachte mir, es wäre schön, ihn mal zu treffen. Ihm Hallo zu sagen.«

Langsam breitete sich ein Lächeln auf Scarletts Gesicht aus. »Willst du seine Nummer haben?«

»Das wäre toll.« Ich zog mein Handy aus der Handtasche, die neben der Tür hing. »Natürlich nur, wenn du glaubst, dass ihm das nichts ausmachen würde.«

»Oh, ach was, ich bin mir ziemlich sicher, dass Jameson das überhaupt nichts ausmachen würde«, beteuerte sie. »Ich gebe dir auch seine Adresse, wenn du willst.«

»Ja, gern.« Ich wusste nicht so recht, weshalb sie so breit lächelte, aber ich tippte Jamesons Nummer und seine Adresse in mein Handy ein. »Vielen, vielen Dank. Es wäre schön zu hören, wie es ihm ergangen ist. Es ist schon so lange her.«

»In der Tat«, meinte sie und lächelte immer noch. »Dann macht's mal gut, ihr zwei. Genießt euren Aufenthalt.«

Scarlett verabschiedete sich, und ich ging zurück in die Küche. Kelvin musterte mich.

»Was ist?«, fragte ich.

»Wie viele werden denn noch mit Essen vor unserer Haustür stehen?«

Ich zuckte mit den Schultern. »Schwer zu sagen. Ein paar schon noch.«

Er verdrehte die Augen. »Was ist bloß los mit diesem Kaff?«

Ich ignorierte ihn und blickte auf den Eintrag in meinem Handy hinab. Mein Herz flatterte ein wenig beim Anblick von Jamesons Namen. Irgendwie albern. In unserer Kindheit war er mein Freund gewesen, aber nun war er im Grunde ein Fremder.

Allerdings fiel es mir schwer, mir diese blauen Augen aus dem Kopf zu schlagen.

»Ich fahre zu Dad«, sagte ich. »Bin zum Abendessen wieder zurück.«

Kelvin murmelte zerstreut vor sich hin. Ich schnappte mir die Autoschlüssel und meine Handtasche und setzte eine Sonnenbrille auf. Vielleicht konnte ich Jameson von Dad aus anrufen. Oder bis morgen früh damit warten. Nun, da ich seine Nummer hatte, machte es mich plötzlich nervös, sie zu benutzen. Was, wenn er mich nicht sehen wollte? Oder zu beschäftigt war? Es wäre so enttäuschend, wenn es bei diesen flüchtigen fünf Minuten vor der Kasse im Pop In bleiben würde.

Ich würde mir ein wenig Zeit geben, um Mut zu sammeln, und ihn dann anrufen. Oder ihm vielleicht einfach eine Nachricht schicken.

Das entsprach eher Jamesons Stil. Er hatte nie gern am Telefon gesprochen und würde bei einer fremden Nummer wahrscheinlich gar nicht rangehen.

Mit diesem Gedanken stieg ich in unseren Mietwagen und fuhr rüber zu Dad.

5
Jameson

Die Hitze der Esse setzte mir zu. Schweißtropfen standen auf meiner Stirn, rannen mir den Rücken hinunter. Die Stille meiner Werkstatt umgab mich. Nichts als das Klirren von Metall auf Metall, das leise Tosen der Flammen. Hier hatte ich meine innere Ruhe, allein mit meiner Arbeit.

Mit einer schweren Zange hob ich eine Metallscheibe aus dem Feuer und brachte sie hinüber zum Amboss. Die Scheibe war früher Teil einer Maschine gewesen, die längst ausrangiert war. Aber durch Hitze und Umformung würde ich ihr ein neues Leben schenken. Ich liebte das. Aus etwas, das weggeworfen worden war, etwas Schönes herzustellen.

Ich beugte mich vor und formte die Scheibe, während sie abkühlte, mithilfe zweier Zangen. Ich würde mehrmals Hitze zuführen müssen, bis sie so aussah, wie ich es haben wollte. Mit Schrott zu arbeiten, konnte mühselig sein. Ich fügte meinen Werken immer unzählige Details hinzu. Aber so sah ich sie eben vor meinem inneren Auge. Ich hatte jede Kurve, jeden Winkel vor mir. Jetzt ging es nur darum, meine Vision umzusetzen.

Auf der Werkbank vibrierte mein Handy. Ich legte die Zangen weg und wischte mir mit dem Unterarm den Schweiß von der Stirn. Checkte, wer anrief.

Es war Deanna Silvers, meine Kunsthändlerin. Vor ein paar Jahren hatte sie meine Arbeit für sich entdeckt, und nun fand sie Käufer für mich, vor allem für meine größeren Werke. Sie hatte den Auftrag klargemacht, an dem ich gerade arbeitete, eine Installation für ein brandneues Gebäude in Charlotte, North Carolina. Es war das größte Stück, das ich je angefertigt hatte, und auch das teuerste. Der Kunde hatte mir überraschend viel künstlerische Freiheit zugesichert und wollte einfach eine Skulptur, die vor seinem Gebäude schön aussehen würde. Ihm gefiel mein Stil, und er vertraute darauf, dass ich etwas Tolles zaubern würde.

Für die Summe, die er mir dafür bezahlte, musste es wirklich spektakulär werden.

Ich nahm mein Handy und ging ran. »Hey, Dee.«

»Hi, Jameson.« Sie hatte einen leichten New Yorker Einschlag. »Wie läuft es mit dem Stück?«

»Ganz gut«, antwortete ich ein wenig ausweichend, weil ich mir immer noch nicht ganz sicher war, wie das fertige Werk aussehen sollte. Bis letzte Woche war es eigentlich sonnenklar gewesen. Doch jetzt war eine andere Vision in meinem Kopf aufgetaucht, die ich nicht abschütteln konnte. Dadurch wurde es schwierig, mich weiterhin auf diese hier zu konzentrieren. Normalerweise wusste ich genau, wie jedes Stück aussehen sollte, doch dieses Mal war es anders.

»Falls du Probleme hast, rechtzeitig zu liefern, dann musst du es mir so früh wie möglich mitteilen«, sagte sie. »Der Auftrag verändert alles. Der Kunde liebt deine Arbeit, aber ich würde mich nicht darauf verlassen, dass er eine nicht eingehaltene Deadline verzeihen würde.«

»Ja, ich weiß. Du brauchst dir keine Sorgen zu machen.«

»Na schön«, erwiderte sie, aber ich merkte, dass sie nicht überzeugt war. »Da ist noch was, was ich mit dir besprechen muss, und das wird dir nicht gefallen.«

Ich klemmte mir das Handy zwischen Schulter und Ohr. »Und zwar?«

»Es wird eine große Eröffnungsfeier für das Gebäude geben«, sagte sie. »Dabei soll dein Kunstwerk enthüllt werden. Und du musst dabei sein.«

»Ach, verdammt, Dee. Die brauchen mich dort nicht.«

»Das ist Teil der Abmachung, Jameson. Du musst hin und wieder dein Gesicht zeigen. Die Leute wollen das Genie sehen, das hinter der Kunst steckt.«

»Ich bin kein Genie.«

»Da bin ich anderer Ansicht«, sagte sie. »Auch wenn die Tatsache, dass dir das gar nicht bewusst ist, einen Teil deines Charmes ausmacht. Zerbrich dir darüber jetzt noch nicht den Kopf, wir haben Zeit. Ich werde auch da sein. Und du kannst mitbringen, wen du willst – deine Freundin zum Beispiel.«

»Ich habe keine Freundin.«

»Nun, dann müssen wir dir womöglich eine besorgen«, meinte sie. »Ein Typ wie du sollte nicht Single sein.«

»Ich weiß nicht so recht, ob du als meine Kunsthändlerin befugt bist, mein Privatleben zu kommentieren«, sagte ich absichtlich locker, damit sie wusste, dass ich sie nur ärgern wollte. Sie gab *immer* Kommentare zu meinem Privatleben ab. Oder eben zum Mangel eines solchen.

Sie lachte. »Du weißt ja gar nicht, wie sehr ich mich bei dir zurückhalte, Bodine. Junge, Junge, ich würde zu gern die Heiratsvermittlerin spielen. Ich kenne da ein paar Frauen, die ...«

»Nein danke«, schnitt ich ihr das Wort ab, ehe sie fortfahren konnte. »Du brauchst dir meinetwegen keine Gedanken zu machen.«

»Okay«, sagte sie. »Aber lass es mich wissen, falls du deine Meinung änderst. Meine Nichte ...«

»Nein, Dee.« Wir hatten diese Diskussion schon so oft geführt. »Ich bin mir sicher, dass deine Nichte wundervoll ist, aber es ist nicht notwendig, dass du mich mit jemandem verkuppelst.«

»Na schön, zurück zum Geschäftlichen. Halt mich über deine Fortschritte auf dem Laufenden. Und schreib dir für Oktober einen Ausflug nach Charlotte in den Kalender. Du gehst hin, und wenn ich zu dir rauskommen und dich an den Haaren hinschleifen muss.«

Ich zweifelte nicht daran, dass sie genau das tun würde. »Ordnungsgemäß notiert. Mach's gut, Dee.«

»Bis bald.«

Ich beendete das Gespräch und legte gerade das Handy weg, als Jonah den Kopf durch die Tür streckte.

»Bist du bereit?«, fragte er. »Wir sollen gleich bei Bowie sein.«

»Ja, klar. Gib mir eine Minute.«

Er nickte. »Klingt gut.«

Jayme, unsere Familienanwältin, wollte anrufen und uns über die Ermittlungen auf den neuesten Stand bringen, deshalb trafen wir uns bei Bowie. Die Polizei hatte die Strickjacke, die Scarlett gefunden hatte, mitgenommen und einen Durchsuchungsbefehl für Dads Haus besorgt. Bisher hatten wir nichts darüber gehört, ob sie irgendetwas Neues gefunden hatten oder wann wir Dads Haus wieder betreten durften. Hoffentlich hatte Jayme gute Nachrichten für uns.

Ich nahm meinen Lederschurz ab und hängte ihn an den Haken. Meine Werkstatt befand sich in einer alten umfunktionierten Scheune neben meinem Haus. Sie umfasste eine Esse und mehrere Werkbänke. Ich hatte robuste Regale gebaut, auf denen ich all den Schrott lagerte, den ich sammelte, und es gab eine große Freifläche, auf der ich an größeren Stücken arbeitete. Das Ganze war nichts Besonderes, aber für meine Zwecke genau richtig. Mir gefiel es hier – ich mochte die Ruhe. Wenn ich Dinge erschuf, war ich in meinem Element. Manchmal kam mir das übrige Leben lediglich wie eine Reihe von Unterbrechungen vor.

Jonah hantierte in der Küche, als ich ins Haus kam. Ich war betrunken gewesen, als mir mein Mitbewohner aufs Auge gedrückt worden war, aber das Gute daran: Jonah konnte kochen. Ich aß tausendmal besser als in der Zeit, bevor er bei mir gewohnt hatte.

»Ich muss mich nur kurz umziehen«, sagte ich, während ich an ihm vorbeiging.

Meine Jeans hatte ein paar Brandlöcher, und ich war ziemlich verschwitzt, deshalb waren saubere Klamotten angesagt. Ich duschte mich kurz ab und zog dann ein T-Shirt und eine frische Jeans an. Meine Ausgeh-Jeans, nicht meine Arbeitsjeans. Meine Arbeitskleider waren letztendlich immer versengt oder hatten Brandlöcher. Meine Hände und Unterarme hatten auch etliche Narben abbekommen. Überwiegend kleine, ich hatte mich nie ernsthaft verletzt, aber kleine Verbrennungen gehörten einfach zum Leben, wenn man die ganze Zeit mit heißem Metall arbeitete.

Jonah und ich fuhren die kurze Strecke zu Bowies Haus. Er wohnte in einer Doppelhaushälfte im Zentrum von Bootleg, nicht weit von der Highschool entfernt. Gibsons Charger stand bereits davor, aber Scarletts Truck war nirgends zu sehen. Bowie ließ uns herein und holte für jeden ein Bier aus dem Kühlschrank. Ich setzte mich auf die Couch und trank einen Schluck.

Gibson saß auf der anderen Seite der Couch und starrte finster auf sein Handy hinunter. Ich fragte lieber nicht, was los war. Darüber wollte er entweder nicht sprechen und würde mir sagen, dass ich die Klappe halten soll, oder er würde es uns von selbst mitteilen. Dazwischen gab es bei Gibs nichts.

»Also, ich habe nachgedacht«, begann Jonah, während er es sich in einem Sessel bequem machte. »Ich würde gern einen Fünf-Kilometer-Lauf durch Bootleg organisieren. Was haltet ihr davon? Würden die Leute mitmachen?«

»Du solltest einen Moonshine-Lauf daraus machen«, sagte ich. »Wer durchs Ziel geht, bekommt einen Selbstgebrannten.«

»Muss sich immer alles um Schnaps drehen?«, fragte Jonah.

Bowie und ich sahen ihn mit zusammengezogenen Augenbrauen an. »Einen normalen Fünf-Kilometer-Lauf kann man ja überall absolvieren«, erklärte ich. »Das hier ist Bootleg Springs.«

»Schon kapiert«, sagte Jonah.

Mit einem breiten Lächeln im Gesicht kam Scarlett hereingestürmt. Die Art von Lächeln, die mich nervös machte. Sie führte etwas im Schilde. »Hi, zusammen. Ratet mal, wer genau in diesem Moment in der Stadt ist und in einer meiner Ferienwohnungen wohnt.«

Ich blickte auf. »Leah Mae Larkin?«

Ihre freudige Miene fiel in sich zusammen, sie klappte den Mund auf und ließ die Schultern sinken. »Was? Woher weißt du das?«

»Bin ihr im Pop In über den Weg gelaufen.«

»Du kannst einem wirklich den Spaß verderben.« Sie verschränkte die Arme. »Ich hatte gehofft, dich zu überraschen.«

»Tut mir leid.«

Scarletts Grinsen kehrte zurück. »Schon gut. Ich hab aber noch mehr für dich.« Sie legte eine Pause ein, zweifellos wollte sie die Spannung erhöhen.

»Na los, raus damit«, sagte Bowie und forderte sie mit einer Geste auf, fortzufahren.

»Sie hat nach dir gefragt.« Scarlett zeigte mit dem Finger direkt auf meine Nase.

»Nach mir?«

»Ja, nach dir.« Ihre Augen funkelten fröhlich. »Und ich hab ihr deine Nummer gegeben.«

Ich blinzelte meine Schwester an, den Mund halb geöffnet. Darauf fiel mir nichts ein.

»Ich habe wohl was verpasst«, sagte Jonah.

»Jameson und Leah Mae Larkin waren als Kinder befreundet«, erklärte ihm Scarlett. »Und jetzt ist sie Model und tritt im Fernsehen auf.«

»Den Teil mit dem Fernsehen kenne ich«, erwiderte Jonah. »Jetzt weiß ich auch, weshalb du neulich abends die Prügelei mit Rhett angezettelt hast.«

Ich rutschte ein wenig tiefer auf der Couch. »Es war einfach nicht richtig von ihm, das ist alles.«

»Hmm«, sagte Scarlett. »Na ja, jedenfalls gehst du mal besser ans Telefon, wenn sie anruft.«

Ich grunzte unverbindlich.

»Meldet sich Jayme nun oder was?«, fragte Gibson.

Bowie zog sein Handy heraus. »Ich rufe sie an. Hab nur gewartet, bis alle da sind.« Er wählte und stellte sein Handy auf Lautsprecher.

»Bodines«, sagte Jayme, als sie ranging. »Sind alle da?«

»Ja, Ma'am«, erwiderte Bowie.

»Gut, hier kommt das Neueste«, begann sie. »Die Strickjacke wurde positiv auf Blut getestet. Es müssen weitere DNA-Analysen durchgeführt werden, um zu bestimmen, wessen Blut, auch wenn die Chancen gering stehen, dass es sich nicht um Callie Kendalls handelt. Trotzdem bleibt uns nichts anderes übrig, als auf den forensischen Befund zu warten.«

»Okay«, sagte Bowie. »Was ist mit dem Haus?«

»Sie werden bald fertig sein«, entgegnete sie. »Ich mache schon Druck, damit sie es freigeben. Sie hatten nun wahrlich genug Zeit. Wenn es etwas zu finden gab, hätten sie es inzwischen entdeckt.«

»Dann haben sie also nichts weiter gefunden?«, fragte Bowie.

»Wenn ja, wurde ich nicht darüber informiert«, meinte sie. »Sie haben wohl kaum ihre Leiche im Garten ausgegraben, denn das hätten wir mit Sicherheit alle mitbekommen.«

»Hey!«, bellte Gibson. »Kein Grund, unsensibel zu werden.«

Ich sah Gibson an und nickte. Er hatte recht. Callie war ein Mädchen aus Bootleg, deshalb ging sie uns alle an. Tot oder lebendig – wir standen zu ihr.

Jayme schwieg, ehe sie sagte: »Verzeihung. Was ich damit sagen wollte, aller Wahrscheinlichkeit nach haben sie überhaupt nichts Neues gefunden.«

»Was kommt da auf uns zu?«, fragte Bowie. »Dad kann für gar nichts mehr belangt werden, oder? Man kann einen toten Mann nicht des Mordes anklagen.«

»Nein, das kann man nicht«, erwiderte Jayme. »Selbst wenn erdrückende Beweise vorliegen würden, würde keine Strafanzeige erstattet. Aber da es sich um den Fall einer vermissten Person handelt, werden sie sich bemühen, zu rekonstruieren, was passiert ist. Man wird versuchen, die Leiche zu finden und festzustellen, ob sonst noch jemand verwickelt war. Das andere, worüber Sie sich Gedanken machen müssen, sind Richter Kendall und seine Frau.«

»Was ist mit ihnen?«, fragte Scarlett und verschränkte die Arme, als fühlte sie sich unbehaglich.

»Sie könnten eventuell eine Klage wegen widerrechtlicher Tötung gegen den Grundbesitz Ihres Vaters anstrengen«, erklärte Jayme.

»Wegen einer Strickjacke?«, fragte Scarlett.

»Die Beweislast ist bei einer Klage wegen widerrechtlicher Tötung eine andere als in einem Kriminalfall«, sagte Jayme. »Ich weiß nicht, ob das Auffinden der Strickjacke dafür ausreicht, aber es ist eine Gefahr, derer wir uns bewusst sein sollten.«

Gibson machte ein finsteres Gesicht. »Gegen seinen Grundbesitz. Nicht, dass es da irgendetwas von Wert gäbe.«

»Da ist das Haus«, entgegnete Scarlett.

»Lassen Sie uns nichts übereilen«, sagte Jayme. »Halten Sie sich vorerst weiterhin bedeckt. Und hören Sie auf damit, Kneipenschlägereien anzuzetteln.«

Alle sahen mich an, doch ich hielt den Blick gesenkt.

»Das ist vorläufig alles«, meinte Jayme. »Ich gebe Ihnen Bescheid, wenn Sie das Haus Ihres Vaters wieder betreten dürfen.«

»Danke, Jayme«, sagte Bowie. »Vielen Dank für Ihre Zeit.«

»Gerne.« Sie beendete das Gespräch, ohne sich zu verabschieden.

»Na, wenn das keine Riesenscheiße ist«, knurrte Gibson.

»Das wird schon alles gut gehen«, sagte Bowie. Immer optimistisch, mein Bruder. Ich war mir nicht so sicher, ob alles gut gehen würde, doch ich hielt den Mund. Ich hatte nicht viel hinzuzufügen, was nicht ohnehin schon gesagt worden war.

»Sind wir hier fertig?«, fragte Gibson, der bereits aufgestanden war und sich auf halber Strecke zur Tür befand.

»Ciao, Gibs«, sagte Scarlett.

Gibson grunzte beim Rausgehen.

»Ich glaube, die Neuigkeiten sind so gut, wie wir nur hoffen konnten«, sagte Bowie.

»Wollen wir noch zusammen zu Abend essen?«, fragte Scarlett.

In meiner Tasche vibrierte das Handy, und Adrenalin schoss durch meine Adern. Hatte Scarlett Leah Mae wirklich meine Nummer gegeben? Oder hatte sie mich nur veräppelt?

Während Scarlett mit Bowie und Jonah das Abendessen plante, zog ich vorsichtig mein Handy aus der Tasche und spähte auf das Display. Ich hatte eine SMS, kannte aber die Nummer nicht. Meine Hände zitterten ein wenig, doch ich wollte keine Aufmerksamkeit erregen.

Ich wischte mit dem Daumen über das Display. Tippte auf die SMS. *Hey Jameson. Hier ist Leah. Ich hoffe, es ist okay, wenn ich dir schreibe. Ich dachte mir, wir könnten uns treffen und gegenseitig auf den neuesten Stand bringen. Morgen? Was meinst du?*

Rasch schloss ich die Nachricht wieder, damit niemand einen Blick darauf erhaschte. Ich wollte im Moment keine Fragen dazu beantworten.

»Was ist mit dir, Jameson?«, fragte Bowie. »Abendessen? Devlin ist auch dabei.«

Ich stand auf, steckte mein Handy ein und hielt den Blick gesenkt. »Heute nicht.«

»Och, komm schon, Jame«, sagte Scarlett.

»Soll ich dich zu Hause absetzen?«, fragte Jonah.

»Nee, lass mal«, erwiderte ich. »Euch noch viel Spaß. Ich habe mich in letzter Zeit so in meiner Werkstatt vergraben, dass ich ein wenig frische Luft vertragen kann. Ich gehe zu Fuß.«

»Da kann ich wohl nicht widersprechen, wenn du schon mal ein wenig rauswillst«, meinte Scarlett. »Ist wirklich alles okay bei dir?«

»Alles bestens, Scar.« Ich bedachte sie über die Schulter hinweg mit einem Lächeln. »Euch allen einen schönen Abend.«

Die Luft draußen kühlte sich allmählich ab. Das war kein dummer Vorwand gewesen – ich brauchte wirklich frische Luft. Aber nicht, weil ich so viel arbeitete. Eine winzige SMS von Leah Mae, und schon schwitzten meine Handflächen.

Das war lächerlich. Sie war nur eine Frau, die ich früher gekannt hatte.

Zumindest redete ich mir das ein.

Dann hatte sie Scarlett also tatsächlich nach mir gefragt. Und ich hatte noch gedacht, dass ich sie nach dieser Begegnung im Pop In bestimmt nicht mehr wiedersehen würde.

Ich holte tief Luft und kam mir mächtig albern vor, dass das nötig war. Ich nahm mein Handy zur Hand. Ging ein Stück die Straße entlang, für den Fall, dass eines meiner neugierigen Geschwister herauskäme.

Ich: Hey, Leah Mae. Ja, das wäre schön. Wann hast du Zeit?

Leah Mae: *Wirklich? Oh, toll! Was hältst du von Mittagessen?*

Ich: Mittagessen ist super. Um zwölf im Moonshine?

Leah Mae: *Perfekt. Wir sehen uns.*

Fast hätte ich *Dann haben wir ja ein Date* geschrieben, konnte mich aber noch zurückhalten. Das war kein *Date.* Nur zwei alte Freunde, die sich auf den neuesten Stand brachten. Ohnehin würde sie wahrscheinlich bald die Stadt verlassen. Ihr Leben fand nicht hier statt. Sie war berühmt. Heiratete einen anderen.

Trotzdem wäre es schön, ein wenig Zeit mit ihr zu verbringen. Zu erfahren, wie es ihr wirklich ging. Vielleicht konnte ich herausfinden, warum ihre Augen nicht mehr so funkelten wie früher. Das Bild von dem Mädchen im Käfig aus meinem Kopf vertreiben, damit ich wieder fokussiert war. Denn im Moment war dieses Bild alles, was ich sehen konnte.

6
Jameson

In solchen Momenten wünschte ich, ich wäre ein wenig mehr wie Gibson. Oder wenigstens wie Bowie. Ich konnte mir nicht vorstellen, dass meine Brüder so nervös wären wie ich. Jedenfalls nicht wegen einer Frau. Vor allem nicht wegen einer, mit der man nur befreundet war.

Natürlich waren beide älter als ich, und keiner von ihnen machte Anstalten, sich zu binden. Deshalb sollte ich sie mir vielleicht nicht zum Vorbild nehmen.

Trotzdem fühlte ich mich dämlich, weil mein Herz hämmerte und mir die Nervosität auf den Magen schlug. Ich parkte ein Stückchen vom Moonshine entfernt an der Straße und blickte mich suchend um, ob Leah Mae schon da war. Ein paar Leute gingen die Straße entlang, aber keine Spur von ihr.

Ich stieg gerade aus, als ein Wagen am Straßenrand gegenüber hielt. Mein Herz sank geradewegs auf den Asphalt unter meinen Füßen, als ich sah, dass Leah Mae und ihr Verlobter ausstiegen. Verdammt, er war auch dabei?

Der Gedanke, ich könnte wieder in meinen Truck steigen und davonfahren, ohne dass sie mich entdeckte, schoss mir durch den Kopf. Doch ich verwarf ihn so schnell, wie er mir gekommen war. Ich hatte gute Manieren und würde sie nicht versetzen, auch wenn ich gedacht hatte, es wären nur wir beide. So war es nicht dasselbe, aber ich würde das Beste daraus machen.

Sie sah auf, und unsere Blicke trafen sich. Sie lächelte, und ich wusste, dass ich in Schwierigkeiten steckte. Verdammt, war sie hübsch.

Ich schob die Hände in die Taschen und ging über den Gehweg auf sie zu. Beziehungsweise auf sie beide.

»Hi, Jameson«, sagte sie. »Danke, dass du gekommen bist.«

»Gerne.« Ich sah Kelvin an. Er starrte zurück, die Arme vor der Brust verschränkt.

Dann flackerte sein Blick auf den Boden hinter mir. »Was ist das?«

Mona Lisa McNugget, Bootlegs Henne, pickte auf dem Gehweg herum. Neben meinem Fuß blieb sie stehen und scharrte, um nach kleinen Leckerbissen auf dem Boden zu suchen.

»Das ist ein Huhn«, sagte Leah Mae und klang amüsiert.

»Ich weiß, dass es ein Huhn ist«, antwortete Kelvin. »Aber was macht es hier?«

»Das ist Mona Lisa McNugget«, erklärte ich.

»Da läuft einfach so ... ein Huhn herum?«, fragte er.

Als würde sie seine Geringschätzung spüren, stürzte Mona auf Kelvin zu und versuchte, an seinem Knöchel zu picken. Er machte einen Satz rückwärts, als wäre sie eine Riesenspinne oder so, keine ganz gewöhnliche alte Henne. Mona Lisa setzte ihm nach, mit wippendem Kopf und hackendem Schnabel.

»Was zum Teufel soll das?«, fragte er. »Dieses Huhn will mich angreifen.«

Leah Mae fing an zu lachen und schlug die Hand vor den Mund. Ich ließ die Hände in den Hosentaschen und sah zu. Ich hatte noch nie erlebt, dass sich Mona Lisa so auf jemanden stürzte. Wahrscheinlich hätte ich sie verscheuchen können, aber ich war nicht erpicht darauf, mich einzumischen.

»Hey zusammen«, sagte Bowie hinter mir und schlug mir auf den Rücken. »Was geht?«

»Nicht viel«, entgegnete ich.

»Jemand soll dieses Huhn von mir wegnehmen«, rief Kelvin und hüpfte von einem Bein auf das andere.

»Kelvin, geh ihr einfach aus dem Weg«, seufzte Leah Mae. »Dann lässt sie dich in Ruhe.«

»Wenn das mal nicht Leah Mae Larkin ist«, sagte Bowie.

»Hi Bowie«, erwiderte Leah Mae.

Gibson kam aus der anderen Richtung. Er warf einen kurzen Blick auf das Huhn, das immer noch versuchte, nach Kelvin zu picken, und blieb dann vor uns Übrigen stehen.

»Leah Mae.« Er nickte ihr zu, als wäre es nichts Ungewöhnliches, sie hier anzutreffen. Oder vielleicht war ihm das auch einfach egal. Bei Gibs konnte man das nie wissen. Er sah Bowie und mich an. »Gehen wir jetzt essen oder was?«

»Was wollt ihr alle hier?«, fragte ich.

Bowie zuckte mit den Schultern. »Mittagessenszeit.«

O mein Gott. Würde jetzt meine ganze Familie hier aufkreuzen?

»Oh, hey zusammen!«

Ich schloss die Augen und schüttelte den Kopf, als ich Scarletts Stimme hörte. Natürlich war sie auch dabei.

»Na, wenn das mal nicht toll ist«, sagte Scarlett. Sie kam Arm in Arm mit Devlin herübergeschlendert. »Wie eine Art Wiedervereinigung.«

»Hi, Scarlett. Hört mal alle her, das ist Kelvin Graham.« Leah Mae wollte auf Kelvin zeigen, aber er war den Gehweg entlang gehopst in dem Versuch, die hartnäckig pickende Mona Lisa McNugget abzuschütteln. »Kelvin, was machst du?«

»Das verdammte Huhn lässt mich einfach nicht in Ruhe.«

»Wir suchen uns schon mal einen Tisch«, sagte Bowie. Er nickte Kelvin zu. »Schön, dich kennengelernt zu haben, Kevin.«

Kelvin hielt an. »Ich heiße *Kelvin.* Autsch, was zum Teufel …?«

»Tu ihr nicht weh«, ermahnte ihn Leah Mae.

Ich unterdrückte nur mühsam ein Lachen, aber es gelang mir. Gibson, Scarlett und Devlin folgten Bowie ins Moonshine und ignorierten die Federviehattacke auf dem Gehsteig.

»Kommst du nun mit essen?«, fragte Leah Mae Kelvin. »Oder gehst du zurück zur Hütte, um zu arbeiten?«

Kelvin trat ein paar rasche Schritte auf uns zu, während Mona Lisa McNugget von irgendetwas auf dem Gehweg abgelenkt wurde. »Herrgott, was für ein verrücktes Kaff. Hier esse ich nicht, ich gehe lieber zurück ins Ferienhaus.«

Leah Mae sah mich an und zwinkerte mir kaum merklich zu. »Okay, bist du sicher?«

Kelvin beäugte das Huhn. »Ja, absolut. Ihr wollt nur zu Mittag essen?«

»Ja, das habe ich dir doch schon gesagt«, erwiderte sie und verdrehte dabei die Augen. »Und du hättest nicht mit in die Stadt zu kommen brauchen. Ich hätte selbst fahren können.«

Er musterte mich mit hartem Blick. Ich sah ihn ausdruckslos an. Was Leah Mae betraf, hatte er nichts vor mir zu befürchten. Ich war nicht der Typ, der mit der Frau eines anderen herummachte. Doch das wusste er nicht, und ich sah keine Notwendigkeit, dies klarzustellen. Wenn er Leah Mae nicht vertraute, war das sein Problem, nicht meins.

»Ruf mich an, wenn ihr fertig seid«, sagte er. »Dann komme ich dich abholen.«

»Okay«, erwiderte sie.

Er packte sie um die Taille und drückte ihr einen Kuss auf die Stirn. Vielleicht bildete ich mir das nur ein, aber es schien, als würde sie sich versteifen. Mit einem weiteren Blick auf mich drehte er sich zu seinem Wagen um. Mona Lisa McNugget machte sich wieder über seinen Fußknöchel her, deshalb hastete er über die Straße. Er stieg ein, und das Huhn stolzierte die Straße entlang.

»Macht Mona Lisa McNugget das immer?«, fragte Leah Mae.

»Nee, normalerweise ist sie ganz lieb«, sagte ich.

Leah Mae lachte, und ich warf einen Blick ins Moonshine. Meine Geschwister saßen in einer Nische, ihre Getränke standen bereits vor ihnen.

»Hast du Lust, im Pop In etwas zum Mitnehmen zu kaufen? Wir könnten runter zum See gehen und ... all das vermeiden.« Ich deutete auf den Tisch voller Bodines. Und Devlin, aber der war jetzt einer von uns, auch wenn er nie unseren Nachnamen tragen würde. Wobei es natürlich sein konnte, dass Scarlett ihn am Ende dazu brachte, ihren Namen anzunehmen.

»Ich hatte gehofft, dass du das vorschlagen würdest«, sagte sie.

Ziemlich erleichtert ging ich mit Leah Mae die Straße runter zum Pop In. Ich holte uns Sandwichs und etwas zu trinken. Das war zwar kein Date, aber ich bestand trotzdem darauf, zu bezahlen. Dann liefen wir hinunter zum See und suchten uns einen freien Picknicktisch.

»Erstaunlich, wie vertraut dieser Ort ist«, sagte sie und setzte sich auf die andere Seite des Tisches. »Manche Dinge sind ein bisschen anders, aber es ist dennoch Bootleg Springs. Ergibt das einen Sinn?«

»Klar tut es das«, erwiderte ich. »Das macht wohl einen Teil seines Charmes aus.«

»Ich vermisse es.« Sie packte ihr Sandwich aus. »Ich habe gehört, dass dein Dad gestorben ist. Das tut mir echt leid.«

»Danke«, sagte ich. »Es kam nicht unerwartet.«

»Trotzdem muss es ein Schlag gewesen sein.«

Ich nickte. Eigentlich hatte ich keine Lust, das mit Callie anzusprechen, aber ich wollte, dass Leah Mae es zuerst von mir erfuhr, wenn sie es nicht ohnehin schon wusste. »Ja. Keine Ahnung, ob du das Gerede schon gehört hast, aber es liegen Beweise vor, nach denen Dad etwas mit Callie Kendalls Verschwinden vor all den Jahren zu tun haben könnte.«

Ihre Lippen öffneten sich, und sie legte ihr Sandwich ab. »O mein Gott.«

»Scarlett hat zu Hause bei Dad Callies Strickjacke in einer alten Truhe gefunden.« Ich schluckte die Übelkeit hinunter, die in meiner Kehle aufstieg. »Die Polizei hat die Ermittlungen wieder aufgenommen, sein Haus durchsucht. Wenn du lange genug hier bist, wirst du hören, wie die Leute spekulieren.«

»Wow. Das ist schrecklich. Hast du eine Ahnung, wie die Strickjacke ins Haus deines Vaters gekommen ist?« Sie hob die Hand, als wollte sie mich davon abhalten zu antworten. »Tut mir leid, die Frage war unhöflich. Natürlich weißt du das nicht.«

»Nein, ich weiß es nicht. Eigentlich ist es verwirrend. Ich will glauben, dass es ein Zufall ist. Dass er nichts damit zu tun hatte. Nach all den Jahren lässt sich das schwer sagen. Und es ist ganz bestimmt nichts, womit man den eigenen Vater in Zusammenhang bringen möchte.«

Sie bedachte mich mit einem einfühlsamen Lächeln, ihr Blick voller Wärme. »Nein, natürlich nicht. Ich erinnere mich an deinen Dad und weiß, dass er nicht immer nett war. Aber ich glaube nicht …« Sie hielt inne und holte tief Luft. »Was immer passiert ist – ich hoffe, dass sie eines Tages die Wahrheit herauskriegen und alle ihren Frieden finden.«

»Danke. Das hoffe ich auch.« Ich widerstand dem Drang, den Arm auszustrecken und ihr die Hand zu drücken. Ich wollte nicht mehr über meinen Dad sprechen. »Wie geht es denn deiner Mom so?«

»Es geht ihr gut. Sie wohnt immer noch in Jacksonville und hat kurz nach meinem Highschoolabschluss wieder geheiratet. Einen Stan Michaels. Er ist ein netter Kerl, leitet eine Versicherungsgesellschaft. Ich glaube, sie sind glücklich.«

»Weiß sie, dass du hier bist?«

»Ja«, sagte sie lächelnd. »Als ich mit dem Modeln anfing, musste sie sich daran gewöhnen, dass ich viel in der Welt herumreise. Ich glaube kaum, dass sie sich wegen Bootleg Springs noch Sorgen macht.«

»Gut so.« Ich fand die Hysterie ihrer Mutter in Bezug auf Bootleg schon immer total fehl am Platz. Trotz Callie Kendalls Verschwinden war es hier weit sicherer als fast überall anders. Die Menschen passten hier aufeinander auf. »Und du? Wo lebst du zurzeit?«

»Los Angeles«, sagte sie. »Tatsächlich hat Kelvin vor Kurzem unseren Umzug organisiert. Ich hab das neue Haus noch gar nicht gesehen. Er hat sich um alles gekümmert, aber mein ganzes Zeug ist noch in Umzugskartons. Er hat es gefunden, während ich bei den Dreharbeiten für die Show war, seitdem war ich viel unterwegs und hab in Hotels gewohnt.«

Für sie schien dieses Arrangement in Ordnung zu sein, aber irgendetwas störte mich daran. »Hört sich so an, als hättest du nirgendwo Wurzeln.«

»Ja, das kann schon sein.« Sie biss von ihrem Sandwich ab, und ich tat es ihr nach. »Hör mal, Jameson, tut mir leid, dass ich es nicht geschafft habe, den Kontakt zu halten.«

»Kein Grund, sich zu entschuldigen. Ich hab's ja auch nicht besser hingekriegt.« Das entsprach der Wahrheit. Dass wir so auseinandergedriftet waren, war wahrscheinlich eher meine Schuld als ihre. Wir hätten unsere Freundschaft wenigstens per E-Mail aufrechterhalten können. Aber sie hatte dann einen Freund in Florida, und ich hatte Cheyenne Hastings gedatet. Ich hatte Leah Mae zwar vermisst, doch damals schien es leichter zu sein, einfach loszulassen. Und seitdem sie angefangen hatte, als Model zu arbeiten, war es mir ohnehin so vorgekommen, als wäre sie in eine andere Welt umgezogen. Eine, die zu weit weg war von meinem Leben in Bootleg Springs, als dass wir je wieder befreundet sein konnten.

»Mag sein«, sagte sie. »Aber ich hätte mich mehr anstrengen können. Irgendwie sah es jedes Jahr so aus, als würde ich hierher zu Besuch kommen, und jedes Mal kam etwas dazwischen.«

»In deinem Leben wird dir ziemlich viel geboten«, sagte ich. »Und alles ist viel nobler, als es hier je sein wird.«

»Nicht immer ist es so nobel, wie es den Anschein hat.« Da war es wieder – das, was ich in ihren Augen gesehen hatte. Eine Dämpfung des Lichts. »Es ist ganz seltsam, aber seit ich hier bin, habe ich das Gefühl, die Verbindung zu etwas verloren zu haben. Ich bin schon so lange total beschäftigt, dass ich ganz vergessen habe, wie es ist, mal langsam zu machen und einfach nur zu *sein.*«

»Dafür ist Bootleg genau richtig.«

»Das stimmt.« Sie nahm einen Bissen von ihrem Sandwich und legte es wieder ab. »Aber was ist mit dir? Ich weiß nicht mal, womit du deinen Lebensunterhalt verdienst.«

»Ich bin Künstler«, sagte ich achselzuckend.

»Wirklich?«, fragte sie, und ein Lächeln brachte ihr Gesicht zum Leuchten. »Du kannst von deiner Kunst leben?«

»Ja, klar.«

»Das ist phantastisch. Hast du irgendeinen Schwerpunkt?«

»Metallskulpturen. Ich habe zu Hause eine Werkstatt.«

»Wow«, sagte sie. »Ich würde sehr gern ein paar von deinen Arbeiten sehen.«

Ich hielt die Leute zwar nicht absichtlich von meiner Werkstatt fern, aber ich lud auch nicht besonders oft jemanden dorthin ein. Doch mir gefiel die Vorstellung, ihr alles zu zeigen.

»Na, wenn du vor deiner Abreise noch Zeit hast, kannst du ja vorbeikommen und dir alles anschauen.«

»Das würde ich sehr gern«, sagte sie. »Kann aber sein, dass es knapp wird, bevor wir wegfahren. Wir müssen morgen Nachmittag schon nach Pittsburgh. Kann ich dir eine Nachricht schreiben?«

Ich lächelte sie an. In Leah Maes Gegenwart zu lächeln, fiel mir furchtbar leicht. »Ja, natürlich kannst du das. Jederzeit.«

Sie lächelte ebenfalls, ihre grünen Augen funkelten. »Tut mir leid, dass ich dich dauernd anstarre. Aber es ist einfach so schön, dich wiederzusehen. Fühlt sich irgendwie wie diese Sommer an, als ich zurückgekommen bin und du auf den Verandastufen gesessen hast. Ich habe mir immer vorgestellt, dass du dort sitzt und auf mich wartest.«

»So war das auch.«

»Echt?«

»Klar. Vom letzten Schultag an saß ich dort jeden Tag, bis du aufgetaucht bist.« Peinlich berührt wandte ich den Blick ab. Ich konnte nicht fassen, dass ich das gerade zu ihr gesagt hatte.

»Das ist echt lieb.«

Wir aßen unser Mittagessen und plauderten noch ein wenig über unser Leben. Sie erzählte ein bisschen von ihren Erfahrungen als Model. Klang für mich so, als hätte sie hart gearbeitet, aber keine Zeit gehabt, es zu genießen. Sie wollte alles über mich wissen, doch es gab nicht viel zu erzählen. Meiner Meinung nach jedenfalls.

Der Nachmittag verstrich, und ich merkte kaum, wie die Zeit verging. Wir unterhielten uns einfach weiter. Ich hätte ewig so mit ihr dasitzen können, irgendwann sagte sie allerdings, dass sie nun gehen müsse. Sie wolle Kelvin anrufen, damit er sie abholte, doch ich bestand darauf, sie zurück zu ihrem Ferienhaus zu bringen. Es war nicht weit, und es machte mir nichts aus.

Das hatte überhaupt nichts damit zu tun, dass ich gern noch ein paar Minuten länger mit ihr verbringen wollte.

Ich begleitete sie nicht bis zur Tür – das schien mir ein bisschen viel, wo sie doch verlobt war und alles –, aber ich wartete, bis sie nach drinnen verschwunden war, bevor ich losfuhr. Sie winkte mir noch, ehe sie die Tür schloss. Ich winkte zurück, und das Herz wurde mir schwer. Wir hatten einander versprochen, in Kontakt zu bleiben, und das hatte ich auch vor.

Aber ich vermisste sie jetzt schon.

7

Leah Mae

»Was hast du denn da an?«, fragte Kelvin.

Ich blickte an mir hinab. Ich trug ein weites türkisfarbenes Hemd, das ich aus einem alten Kleid angefertigt hatte, und meine eng anliegende Lieblingsjeans. Aus einem Impuls heraus hatte ich mir gestern ein Paar Cowboystiefel gekauft, die mein Outfit perfekt ergänzten.

»Kleider, so wie es aussieht.«

»Cowboystiefel?«, fragte er. »Bitte sag mir, dass du die hierlässt.«

»Auf keinen Fall. Die sind fabelhaft.«

Er schüttelte den Kopf und schnappte sich seine Schlüssel. »Dann gehen wir jetzt wohl aus. In Stiefeln.«

»Wenn du langweilige Schuhe tragen willst, nur zu. Ich für meinen Teil werde in meinen hübschen, neuen Stiefeln Spaß haben.«

Wir gingen hinaus zum Wagen, die abendliche Luft war frisch und kühl. Nachdem Jameson mich abgesetzt hatte, hatte Kelvin versucht, einen Streit vom Zaun zu brechen. Er hatte gesagt, er hätte vorgehabt, mich abzuholen. Ich erwiderte, dass Jameson es mir angeboten hatte und das nett von ihm gewesen war. Es war albern von Kelvin, dass er so wütend war.

Ich konnte nicht verstehen, warum Kelvin so einen Wirbel darum machte, dass ich Jameson heute hatte treffen wollen. Er war in seine Arbeit versunken gewesen, bis ich ihm mitgeteilt hatte, dass ich mich mit einem alten Freund zum Mittagessen treffen wollte. Plötzlich interessierte er sich sehr dafür, was ich machte. Als ich erwähnte, dass es sich um Jameson Bodine handelte, war er wie der Blitz aufgesprungen. Er hatte darauf bestanden, mich in die Stadt zu fahren, obwohl er noch fünf Minuten zuvor herumgemault hatte, weil er so viel zu tun hatte.

Das Ganze war wirklich albern. Ich war die ganze Zeit von Männern umgeben. Männer, die mich entkleideten, bis ich nackt war, und wieder anzogen. Männer, die meine Körperhaare mit Wachs entfernten, verdammt noch mal – und zwar *überall*. Natürlich waren in der Modewelt die meisten Männer schwul. Trotzdem. So hatte sich Kelvin noch nie aufgeführt.

Das ganze Abendessen über war er übellaunig gewesen, deshalb beschloss ich, auszugehen – mit ihm oder ohne ihn. Als ich ihm mitgeteilt hatte, dass ich im Lookout etwas trinken gehen wollte, hatte er gesagt, er würde mitkommen, als täte er mir damit einen Gefallen.

Wir fuhren den Hügel hinauf, wo die Bar auf einer Klippe stand. Ich hatte ihm von Bootlegs historischer Rolle beim Alkoholschmuggel erzählt und dass man vom Lookout aus verfolgt hatte, wie Selbstgebrannter über den See nach Maryland geschmuggelt wurde. Er schien gelangweilt und hatte sich dann erkundigt, ob die Geschichte wahr sei.

Ich stieg aus und strich mir die Bluse glatt. Blickte auf meine Stiefel hinunter. Sie waren süß, egal, was Kelvin sagte. Er legte mir die Hand auf den unteren Rücken und führte mich zum Eingang. Musik wehte in die Abendluft heraus, als Kelvin die Tür öffnete. Ich trat ein und war ein wenig aufgeregt. Ich war noch nie im Lookout gewesen. Als ich das letzte Mal nach Bootleg Springs gekommen war, war ich noch zu jung gewesen.

Es war genau, wie ich mir eine Bar in der Provinz West Virginias vorgestellt hatte – nur besser. Neonbierreklamen. Erdnussschalen auf dem Boden. Gibson Bodine und zwei andere machten auf der winzigen Bühne Musik. Davor wurde auf der Tanzfläche getanzt. Die Leute saßen an Tischen, noch mehr spielten Billard. Jeans und Cowboystiefel, so weit das Auge reichte.

Ich war begeistert.

Kelvin schien weniger beeindruckt. Er schnitt eine Grimasse, als hätte er Angst, irgendetwas anzufassen.

»Komm schon«, sagte ich. »Lass uns nicht an der Tür stehen bleiben.«

Er beugte sich vor, um die Musik zu übertönen. »Hier willst du den Abend verbringen?«

»Ja. Du hast die ganze Zeit nur gearbeitet. Lass uns was trinken. Ein bisschen leben.«

»Ich habe an allen möglichen Orten ein bisschen gelebt«, sagte er. »Mailand, Paris, London, New York. Ich glaube kaum, dass ich der Liste ein Kuhdorf in West Virginia hinzufügen muss.«

»Du bist unmöglich.«

Ich blickte mich um und fragte mich, ob Jameson wohl da war, doch ich konnte ihn nirgends sehen.

Aber ich entdeckte Scarlett an einem Tisch mit zwei anderen Frauen – Cassidy und June Tucker. Scarlett lächelte und winkte, deshalb ging ich hinüber zu ihnen.

»Leah Mae«, sagte Cassidy lächelnd. »Scarlett hat erzählt, dass du hier bist. Schön, dich wiederzusehen.«

Ich stellte sie Kelvin vor. Zum Glück war er höflich, auch wenn er sich immer noch mit leicht entsetzter Miene umsah.

»Stimmt es, dass du eine verbotene Affäre mit Brock Winston hattest?«, fragte June. »Oder haben das die Produzenten ersonnen, damit Konflikt entsteht und sich die Einschaltquoten verbessern?«

»Oh, Juney«, sagte Scarlett.

»Schon gut«, erwiderte ich. »Die Show wurde den Quoten zuliebe eindeutig bearbeitet.«

»Mich fasziniert, wie der Durchschnittszuschauer glauben kann, Realityshows würden in irgendeiner Weise der Realität entsprechen«, verkündete June.

Ich sollte eigentlich nicht zugeben, wie viel Coaching ich während des Drehs erhielt. Man hatte mich angewiesen zu behaupten, dass alles an der Show authentisch sei. Ich wollte niemanden anlügen, deshalb begnügte ich mich mit meiner Standardantwort. »Die Show zu drehen, war eine interessante Erfahrung.«

»Bist du vertraglich dazu verpflichtet, vage Antworten zu geben?«, wollte June wissen.

Ich lachte, und Cassidy schaltete sich ein: »Na ja, wenn es so ist, lassen wir das mal lieber auf sich beruhen.«

»Na dann«, sagte Scarlett. »Wie ist es denn mit Mona Lisa McNugget noch ausgegangen, Kevin?«

»*Kelvin,* bitte«, entgegnete er. »Und irgendjemand sollte Suppe aus diesem Huhn kochen.«

Scarlett und Cassidy schnappten nach Luft.

»Deputy Tucker, ich glaube, jemand hat gerade das Leben unserer geliebten Mona Lisa McNugget bedroht«, sagte Scarlett. »Das ist ein Verstoß, der bestimmt mit einer Verhaftung geahndet werden kann.«

»Mona Lisa ist eine nette kleine Henne.« Cassidy verschränkte die Arme. »Wenn ich du wäre, wäre ich vorsichtig mit einfach so dahingesagten Drohungen gegen unser Gemeinde-Huhn.«

Ich schlug die Hand vor den Mund, um nicht zu lachen. June ignorierte uns alle.

»Ich habe nicht ... was?«, fragte Kelvin.

»Ich hole uns mal was zu trinken.« Ich tätschelte ihm den Arm.

»Ich mache das schon.« Kopfschüttelnd entfernte er sich.

An der Bar war viel los; es würde eine Weile dauern, bis er bedient würde. Cassidy zog einen der freien Hocker unter dem Tisch hervor, und ich nahm Platz.

»Mir gefällt deine Bluse«, sagte Cassidy. »Sie sieht toll aus. Wo hast du sie her?«

»Oh, die habe ich selbst gemacht«, erklärte ich. »Na ja, nicht von Grund auf. Sie war mal ein Kleid, aber ich habe es geändert.«

»Ach, Mist, und ich hatte gehofft, ich könnte mir auch so eine kaufen«, sagte Cassidy.

»Ich auch«, warf Scarlett ein. »Ich würde sie Tag und Nacht tragen. Auch wenn du mindestens dreißig Zentimeter größer bist als ich. Bei mir wäre es dann eben immer noch ein Kleid.«

»Es würde dir kaum über den Hintern reichen«, sagte Cassidy.

Scarlett zuckte mit den Schultern. »Aber mit Stiefeln wäre es trotzdem süß.«

»Genau.« Ich streckte den Fuß aus, damit wir alle mit *Oohs* und *Aahs* meine Cowboystiefel bewundern konnten.

»Wie ist das denn, wenn man im Fernsehen ist und all so was?«, fragte Cassidy. »Das ist sicherlich total aufregend.«

Ich klappte den Mund auf, um zu antworten, zögerte aber. Eigentlich hatte ich sagen wollen, dass es phantastisch war. Dass ich endlich ganz kurz davor war, meinen Traum zu leben. Ich wollte davon schwärmen, was für ein herrliches Leben ich führte. Doch die Worte kamen mir nicht über die Lippen.

»Es ist ganz okay«, meinte ich. »Die Show war nicht ganz so, wie ich es erwartet hätte. Aber ich habe immer noch die Hoffnung, dass sie mir ein paar neue Türen öffnet.«

»Wie ist Brock Wilson denn in echt?«, fragte Scarlett. »Er ist ein verdammter Adonis, sieht aber aus, als wäre er strohdumm.«

Ich lachte. »Ich darf eigentlich nicht über meine Kandidatenkollegen sprechen. Aber unter uns gesagt, ja, ist er.«

»Wusste ich es doch«, rief Scarlett und nahm einen Schluck Bier. »Er sieht nicht gerade aus, als wäre er besonders helle.«

»Ich weiß nicht so recht, was Maisie Miller an ihm findet«, fügte Cassidy hinzu. »Hast du sie auch kennengelernt?«

»Nein. Eigentlich sollte sie auch in der Show mitspielen, aber sie hat sich das Bein gebrochen und konnte beim Dreh nicht dabei sein.«

Scarlett blickte zur Bar hinüber und wandte sich dann wieder mir zu. »Wie war denn das Mittagessen mit Jameson? Wir haben euch im Moonshine vermisst.«

Meine Wangen wurden heiß, und ich hoffte, dass das Licht ausreichend gedämpft war, damit es die anderen nicht mitbekämen. Allein die Erwähnung von Jamesons Name sollte mich doch eigentlich nicht zum Erröten bringen. »Wir haben beschlossen, unser Mittagessen mit runter zum See zu nehmen. Es war sehr nett.«

»Hmm«, sagte Scarlett und trank noch einen Schluck.

»Oh, nun hör schon auf mit diesem *hmm*«, meinte Cassidy.

»Ich glaube, sie will damit andeuten, dass Leah Mae romantische

Absichten in Bezug auf Jameson hegt«, mutmaßte June. »Vielleicht auch umgekehrt.«

Meine Wangen brannten inzwischen.

»Ich will damit gar nichts andeuten.« Scarlett grinste.

»Sehr subtil«, entgegnete Cassidy.

»Wir haben uns nur auf den neuesten Stand gebracht«, verteidigte ich mich.

»Guter Mann, unser Jameson«, sagte Scarlett. »Er ist zwar ruhig, aber verlässlich. Und hast du seine Kunst gesehen? Die ist absolut unglaublich.«

»Nein, hab ich nicht. Ich hatte gehofft, dass ich Zeit hätte, seine Werkstatt zu besichtigen, aber ich bin mir nicht sicher, ob das klappt.«

»Er hat dich in seine Werkstatt eingeladen?«, fragte Scarlett mit aufgerissenen Augen.

»Ja, klar«, antwortete ich. »Ist das denn so ungewöhnlich?«

»Das habe ich noch nie erlebt!«, sagte Cassidy.

»Er will wohl einfach nur seine Privatsphäre haben«, meinte Scarlett. »Ich habe ihn schon bei der Arbeit gesehen, aber das zählt wohl kaum, immerhin bin ich seine Schwester. Du solltest ihn dort besuchen, Leah Mae. Es ist total lieb von ihm, dass er das anbietet.«

»Ich würde ja gern, aber ...«

Ich wurde von einem plötzlichen lauten Tumult an der Bar unterbrochen. Scarlett und Cassidy drehten sich um, und ich spähte ebenfalls hinüber, um zu sehen, was da los war.

»O Gott.« Ich sprang von meinem Hocker.

Kelvin wich gerade von der Bar zurück, während zwei rotgesichtige Männer mit T-Shirts, auf denen *Bootleg Cock Spurs* stand, auf ihn zu staksten.

Scarlett packte mich sanft am Handgelenk. »Am besten, sie machen das unter sich aus.«

»Was werden sie tun?«, fragte ich.

»Kommt darauf an«, sagte sie.

»Worauf?«

»Darauf, was er ausgefressen hat.«

Ich entzog mich Scarletts Griff – sie hatte mich nicht besonders fest gehalten – und eilte zu Kelvin hinüber.

»Entschuldigt mal.« Ich fuchtelte mit der Hand, um die Aufmerksamkeit der Männer zu erlangen. »Was immer passiert ist, ich bin mir sicher, dass es ihm leidtut. Können wir einfach für heute Abend alle miteinander auskommen?«

»Ich würde lieber aus dem Weg gehen, Ma'am«, knurrte einer der beiden.

Ich glaubte, ihn zu kennen. »Otto? Otto Holt?«

Er sah mich an. »Ja?«

»Dachte ich mir doch, dass du das bist«, sagte ich. »Ich bin es, Lea Mae Larkin. Erinnerst du dich an mich? Clay Larkins Tochter.«

Otto musterte mich, der andere Mann verschränkte die Arme vor der breiten Brust.

»Klar erinnere ich mich«, sagte Otto.

»Er ist mit mir hier.« Ich tätschelte Kelvin den Arm. »Vielleicht könnten wir, was immer ihr tun wolltet ... einfach lassen. Ihr genießt euren Abend, und wir halten uns von euch fern.«

Der Kräftigere der beiden hielt die Arme weiterhin verschränkt und musterte Kelvin von oben bis unten, sein ungepflegtes, finsteres Gesicht hatte einen fiesen Ausdruck.

Otto kniff die Augen zusammen. »Er ist die Mühe ohnehin nicht wert.«

»Diese Leute sind völlig gestört«, sagte Kelvin.

Ich beugte mich zu ihm vor. »Vielleicht bist du lieber mal still.«

Otto wandte sich wieder der Bar zu. Sein wütender Freund tat, als würde er sich auf Kelvin stürzen, und lachte dann, als dieser zusammenzuckte. Aber zum Glück zog er sich auch zurück.

»Wir gehen«, sagte Kelvin scharf.

Ich seufzte. Natürlich mussten wir jetzt gehen. Ich wusste nicht, was er getan hatte, dass diese Typen so sauer waren, aber ich hatte das Gefühl, dass sie es ihm kein zweites Mal durchgehen lassen würden. Ich winkte Scarlett, Cassidy und June zum Abschied rasch zu und folgte Kelvin zur Tür.

Er stieß sie hart auf, und Jameson konnte gerade noch aus dem Weg springen. Kelvin packte mich am Handgelenk und zerrte mich Richtung Auto.

»Alles okay, Leah Mae?«, fragte Jameson und kam auf uns zu, während Kelvin mich auf den Parkplatz zog.

»Ja, alles gut«, sagte ich über meine Schulter hinweg. Ich entwand mich Kelvins Griff und blieb stehen. »Drinnen gab es ein wenig Ärger. Wir müssen gehen.«

»Alles klar«, entgegnete er. »Wenn du dir da sicher bist.«

»Steig schon ein, Leah«, befahl Kelvin.

»Ganz sicher«, sagte ich. »Er ist nur stinkig.«

Kelvin stöhnte, dann stieg er ein und knallte die Tür hinter sich zu.

Ich verdrehte die Augen und schüttelte den Kopf. »Ich weiß zwar nicht, was da drin los war, aber sein Stolz hat eine Delle abbekommen. Er wird sich schon wieder beruhigen.«

»Bist du sicher, dass das alles ist?« Jameson kam noch einen Schritt näher. »Oder brauchst du Hilfe?«

»Nein, alles okay«, sagte ich. »Ehrenwort.«

»Na schön«, erwiderte Jameson, doch er klang skeptisch. »Du siehst übrigens gut aus. Deine Stiefel gefallen mir.«

Ich lächelte und öffnete die Beifahrertür. »Danke. Dir noch einen schönen Abend.«

»Dir auch.«

»Bist du jetzt fertig?«, fragte Kelvin, als ich einstieg.

»Fertig womit? Er hat gerade gesehen, wie du mich zum Auto zerrst. Wäre es besser gewesen, wenn ich ihn ignoriert hätte?«

»Diese Stadt ist komplett gaga.«

»Was ist da drin passiert?«

»Nichts«, behauptete er. »Ich habe versucht, etwas zu trinken zu bestellen.«

»Na ja, irgendwas muss doch passiert sein«, sagte ich. »Bist du jemandem auf den Stiefel getreten?«

Er sah mich finster an. »Nein.«

»Was hast du bestellt?«

Er ließ den Motor an und stieß zurück. »Ich habe einen Manhattan bestellt, und die Barkeeperin fragte, ob ich neu in der Gegend bin. Ich sagte Ja, und sie fragte, ob ich den Selbstgebrannten probieren will.«

»Und was hast du geantwortet?«

»›Wenn ich einen Redneck-Drink gewollt hätte, hätte ich auch einen bestellt.‹«

Ich schlug mir mit der Hand auf die Stirn. »Na, das war wirklich ein beschissener Spruch. Und die Typen haben dich gehört? Haben sie dich deshalb angestarrt, als wollten sie dich gleich nach draußen schleifen?«

»Einer von ihnen hat gesagt: ›Hier gibt's keine Rednecks‹, und ich habe angemerkt, dass er und sein Kumpel T-Shirts mit einem Hahn tragen, auf denen *Bootleg Cock Spurs* steht, was auf das Gegenteil hindeute.«

»Warum sagst du denn so was?«

Er zuckte mit den Schultern. »Weil es stimmt.«

»Nein, es stimmt nicht«, sagte ich. »Das ist ein nettes Städtchen mit anständigen Menschen. Und du tust schon die ganze Woche so, als wärst du etwas Besseres.«

»Ich tue gar nicht so, als wäre ich etwas Besseres. Ich habe die ganze Woche geschuftet wie ein Esel. Für dich, wenn ich das mal so sagen darf. Ich weiß, dass du herkommen musstest, um deinen Dad zu sehen, und das ist in Ordnung. Aber Herrgott noch mal, was bin ich froh, dass wir bald in die reale Welt zurückkehren.«

Ich lehnte mich zurück und sah aus dem Fenster. Eine bessere Entschuldigung würde ich nicht aus ihm herauskriegen – dabei war es eigentlich gar keine Entschuldigung. Ich hatte keine Ahnung, weshalb er sich in Bezug auf Bootleg wie ein Volltrottel benahm. Dann war es hier eben ein wenig anders. Wir waren an vielen Orten gewesen, die anders waren, und er hatte sich nie so aufgeführt.

Mein Handy vibrierte, weil ich eine Nachricht bekommen hatte. Ich zog es heraus, um nachzusehen.

Jameson: Sicher, dass alles in Ordnung ist?

Ich: Ja, Ehrenwort. Aber danke, dass du fragst.

Jameson: Keine Ursache.

Kelvin sagte auf der kurzen Fahrt zur Hütte nichts mehr. Ich auch nicht. Als wir dort angelangt waren, hatte der Mistkerl die Stirn zu glauben, er könnte sich an mich ranmachen. Ich erklärte, dass ich ein Bad nehmen wollte – allein – und schloss mich im Badezimmer ein. Da konnte er herumnörgeln, so lange er wollte. Er hatte mir den Abend ruiniert, und das Letzte, was ich jetzt wollte, war, mit ihm zu schlafen.

Ich lag im warmen Wasser und ließ die Gedanken schweifen. Ich wünschte, ich hätte im Lookout bleiben können. Vielleicht zu ein paar Liedern tanzen. Nicht dass Kelvin mit mir getanzt hätte, aber die Mädels hätten das bestimmt getan. Und Jameson war genau zu dem Zeitpunkt gekommen, als wir gegangen waren. Ich hätte mich eine Weile mit ihm unterhalten können, wenn wir noch geblieben wären.

Waren wir aber nicht, und morgen reisten wir ab. Ich würde ein letztes Mal meinen Dad besuchen, und dann würden wir zurück nach Pittsburgh fahren, um am Samstagfrüh nach L.A. zu fliegen. In ein Zuhause, das ich noch nicht gesehen hatte, in eine Nachbarschaft, die ich nicht kannte. In eine ungewisse Zukunft.

Nachdem Kelvin zu Bett gegangen war, blieb ich noch lange wach, fühlte mich verloren und fragte mich, was genau ich mit meinem Leben anfangen wollte.

8
Leah Mae

Ich fuhr vor dem Haus meines Dads vor, auf dem Beifahrersitz lag eine braune Papiertüte mit Frühstück. Kelvin hatte ich im Ferienhaus zurückgelassen. Ich war immer noch sauer auf ihn wegen gestern Abend. Außerdem war die Atmosphäre zwischen ihm und meinem Dad angespannt. Ich hatte gehofft, dass sich Dad für ihn erwärmen würde, wenn er ihn erst mal kannte. Inzwischen hielt ich es für besser, die beiden voneinander fernzuhalten. Dad schien Kelvin zwar nicht zu hassen, war aber auch nicht besonders beeindruckt von ihm. Und ich wollte, dass mein letzter Besuch bei meinem Dad schön war.

Ehrlich gesagt, wusste ich gerade nicht, was ich für Kelvin empfand. Vielleicht lag es nur daran, dass wir gestritten hatten und ich immer noch wegen gestern verärgert war. Wir hatten nicht zum ersten Mal gestritten, aber dieses Mal fühlte es sich anders an. Als würde etwas in mir aufbrechen. Ich hatte ein wenig Angst vor diesem Gefühl – Angst, mich dem zu stellen, was es bedeuten könnte.

Ich hatte Kelvin eine Menge zu verdanken. Wir hatten uns kennengelernt, als ich um die zwanzig gewesen war und einen neuen Agenten brauchte. Ich meldete mich in seiner Agentur an, und er war mir behilflich, meine Karriere aufzubauen. Erst vor zwei Jahren war es zwischen uns romantisch geworden. Aber unsere Beziehung war auf natürliche Weise gewachsen, hauptsächlich, weil wir so viel Zeit miteinander verbracht hatten.

Ich war immer so viel auf Reisen, mal hier, mal dort, dass es wenige Konstanten in meinem Leben gab. Vor allem, was Menschen anging. Ich hatte eine Reihe von Mitbewohnerinnen gehabt, die alle Models waren, hatte vorübergehend in Mietwohnungen gewohnt, immer umgeben von einem Meer wechselnder Gesichter.

Kelvin war eine Konstante gewesen. Er war derjenige gewesen, der mich am Flughafen abholte. Der mir half, alles zu planen – angefangen von Reiserouten bis hin zu Karriereschritten. Wenn ich erschöpft war oder frustriert von meinem Zeitplan – wenn mich die weniger glamouröse Seite des Modeldaseins überwältigt hatte –, war er derjenige gewesen, den ich anrief. Der, der mich verstand. Genau wie ich lebte er dieses Geschäft. Es war schwierig, Gemeinsamkeiten mit Leuten zu finden, deren Lebensstil man nicht teilte, und die Modelwelt war unser verbindendes Element gewesen.

Doch wie viel von unserer Beziehung beruhte auf meinem Erfolg? Wenn meine Karriere morgen den Bach runterginge – falls ich niemals als Schauspielerin engagiert würde und in Vergessenheit geriete –, würde mich Kelvin dann noch mögen? Er hatte mir immer das Gefühl gegeben, dass er sich um mich kümmerte. Aber ich hatte ihm auch eine Menge Geld eingebracht. Was, wenn diese Geldquelle versiegte? Wenn ich nicht mehr seine Starklientin wäre? Würde er mich dann immer noch wollen? Und was sagte es über unsere Beziehung aus, dass ich die Antwort auf diese Frage nicht kannte?

Ich schnappte mir die Frühstückstüte und stieg aus. Die Sonne fühlte sich warm auf meiner Haut an, im Garten zwitscherten die Vögel in den Bäumen. Dad wohnte nicht weit von der Stadt entfernt, aber über dem Haus lag eine sanfte Ruhe. Mein Ring glitzerte in der Sonne, ich hielt inne und blickte auf meine Hand hinunter.

Als ich eingewilligt hatte, Kelvin zu heiraten, schien dies eine einfache Entscheidung zu sein. Er hatte mir keinen richtigen Antrag im traditionellen Sinne gemacht. Vielmehr hatte er die Idee aufgebracht, und wir hatten darüber geredet, dass das Sinn ergab. Wir waren gerade aus New York nach Los Angeles zurückgekommen und waren auf dem Sprung nach Wyoming zu den Dreharbeiten zu *Roughing It*. Zu heiraten war uns wie der logische nächste Schritt vorgekommen. Ich war angesichts meines Verlobungsrings nicht auf Wolke sieben gewesen oder hatte zu kreischen angefangen. Der Ring selbst kam nachträglich, wir kauften ihn ein paar Tage später, als wir ohnehin shoppen waren. Aber es war uns vernünftig erschienen zu heiraten.

Das Ganze fühlte sich wie eine geschäftliche Vereinbarung an. Als würde ich mich in seiner Modelagentur anmelden, nur lebenslänglich.

Wahrscheinlich dramatisierte ich das alles nur wegen dem, was gestern Abend im Lookout vorgefallen war. Kelvin war hier nicht in seinem Element, und ja, er benahm sich deswegen wie ein Trottel. Aber so war er nicht immer. Bootleg Springs war ihm nicht so ans Herz gewachsen, wie ich gehofft hatte, es war einfach kein Ort nach seinem Geschmack. Er war ein Großstadt-Typ – geboren und aufgewachsen in L. A. Für ihn war eine Stadt mit weniger als einer Million Einwohner eine Kleinstadt. Ein Ort wie Bootleg Springs in seinen Augen kaum mehr als eine Ansiedlung. Ich war hier aufgewachsen, deshalb wusste ich, wie es hier war. Er hegte nicht dieselbe Nostalgie wie ich. Ich konnte nicht von ihm erwarten, dass er sich in diesen Ort verliebte, nur weil ich als Kind hier gelebt hatte.

Bestimmt würde alles wieder normal sein, sobald wir zurück in L. A. waren. Er würde sich meinen nächsten Karriereschritt überlegen, wir würden heiraten, und alles wäre gut. Wie er gesagt hatte, stand ich an einem Scheideweg. Ich sollte mich auf die Zukunft freuen, die er für mich in petto hatte.

Jetzt würde ich erst mal meinen Dad besuchen – vorerst zum letzten Mal.

Ich klopfte an die Haustür und öffnete sie dann gleich. Natürlich war sie nicht abgeschlossen. In Bootleg schloss niemand die Tür ab. Es wurde einfach nicht gemacht.

»Hey, Daddy«, sagte ich beim Eintreten. »Ich habe Frühstück mitgebracht.«

Er hatte nicht auf der Veranda gesessen, was aufgrund des schönen Wetters seltsam war. Und er saß auch nicht in seinem Fernsehsessel. Sein Truck stand draußen, deshalb wusste ich, dass er zu Hause sein musste. Doch ich konnte ihn nirgends entdecken.

»Daddy?«

Betsy Stirling kam aus dem hinteren Schlafzimmer. Sie war knapp fünfzig – hübsch, mit ein wenig Grau in ihrem kurzen blonden Haar. »Oh, gut, ich wollte dich gerade anrufen.«

»Ist alles in Ordnung mit Dad?«

»Nun, ja und nein«, sagte sie. »Er hatte heute Morgen ein wenig Mühe zu atmen. Ich habe ihn dazu gebracht, Doc Trevor anzurufen. Der Doc meinte, es wäre okay, wenn Clay zu Hause bliebe, solange er sich ausruht und das Ganze nicht schlimmer wird. Wenn nicht, muss er im Krankenhaus durchgecheckt werden.«

»O nein.«

»Ich hatte alle Hände voll zu tun, ihn davon abzuhalten, wegen jeder Kleinigkeit aufzustehen. Ich sage dir eins, Leah Mae, Männer tun entweder so, als würden sie gleich sterben, wenn sie nur eine klitzekleine Erkältung haben, oder aber sie stehen auf und arbeiten, auch wenn der Tod bereits an ihre Tür klopft. Dazwischen gibt es nichts.«

Ich seufzte und stellte unser Essen auf die Küchentheke. »Danke, dass du nach ihm gesehen hast. Das weiß ich wirklich zu schätzen.«

»Gar kein Problem, Liebes«, sagte sie. »Aber wenn es dir nichts ausmacht, erledige ich hier jetzt ein paar Dinge. Und du übernimmst die Aufgabe, deinen Daddy im Bett zu halten.«

»Klar doch. Danke dir.« Ich ließ Betsy ihre Arbeit machen, packte unser Frühstück aus und stellte alles auf ein Tablett, das ich im Schrank fand. Eigentlich waren es nur Muffins, aber ich wollte dafür sorgen, dass Dad nicht aufstand. Wenn er sich ausruhen sollte, dann würde ich dafür sorgen, dass er das auch tat.

Dad lag im Bett, den Kopf auf zwei Kissen. Sein Sauerstoffgerät stand am Fußende, der Gummischlauch verlief an der Seite entlang. Seine Haut war blass, beinahe aschfahl, und er hustete, als ich eintrat.

»Hey, Daddy.« Ich stellte das Tablett auf seiner Kommode ab. »Ich habe Frühstück mitgebracht.«

Wieder hustete er, und es gefiel mir gar nicht, wie das klang. So kratzend. »Danke, Sonnenschein.«

»Dein Husten klingt aber nicht gut.«

»Es geht mir ganz okay«, sagte er.

Seufzend half ich ihm, sich ein wenig aufzurichten, damit er essen konnte. »Das sagst du bestimmt nur, damit ich mir keine Sorgen mache.« Ich zog einen Stuhl neben das Bett und setzte mich mit meinem Teller.

»Ich will kein großes Tamtam.« Ehe er zu essen anfing, hustete er wieder.

»*Kein großes Tamtam* könnte bedeuten, dass du wieder im Krankenhaus landest«, sagte ich.

Er grunzte nur.

»Daddy, es ist okay zuzugeben, dass es dir nicht gut geht.«

»Ich will nur nicht, dass du meinetwegen deine Pläne änderst. Ich komme ganz gut zurecht.«

»Nun, das lass mal *meine* Sorge sein«, erwiderte ich. »Du musst etwas für mich tun.«

»Und das wäre?«

»Du musst ehrlich zu mir sein. Wenn du krank wirst, musst du mich anrufen. Wenn du dich schlechter fühlst, musst du mir das sagen. Lass mich dir helfen. Es ist schlimmer für mich, erst im Nachhinein herauszufinden, dass du krank warst. Selbst wenn ich es nicht nach Hause schaffe, kann ich immer noch herumtelefonieren und dafür sorgen, dass du die Hilfe bekommst, die du brauchst. Wenn du das nicht tust, werde ich Betsy bestechen, damit sie dir nachspioniert und mir alles berichtet.«

Die Krähenfüße in seinen Augenwinkeln wurden tiefer, als er lächelte. »Na schön, Liebes. Wird gemacht.«

»Versprochen?«

Er legte seine schwielige Hand auf meine und drückte sie. »Versprochen.«

Wir beendeten unser Frühstück, und ich blieb noch eine Weile. Er musste sich ausruhen, deshalb störte ich ihn nicht, aber gehen wollte ich auch nicht. Ich setzte mich draußen auf der Veranda in seinen

Schaukelstuhl und blickte zu den Bäumen hinüber. Lauschte dem Wind. Es war ein herrlicher Tag – nicht zu heiß. Perfekt, um eine Runde in den See zu springen. Oder durch die Wälder zu streifen.

Was hätten Jameson und ich heute gemacht, wenn wir noch Kinder gewesen wären? Wahrscheinlich wären wir durch den Wald gestreift. An nicht allzu heißen Tagen waren wir immer auf Erkundungstour gegangen. Vielleicht hätte er mir einen neuen Kletterbaum gezeigt. Oder ein Vogelnest, das er gefunden hatte. Er war so gut darin, Dinge zu entdecken, die anderen Kindern entgingen.

Ich fuhr in die Stadt, um dafür zu sorgen, dass Dad jede Menge Lebensmittel im Haus hatte, ehe ich abreiste. Ich legte einen Vorrat an Dingen an, die sich leicht zubereiten ließen.

Als ich damit zurückkehrte, schlief Dad tief und fest. Er brauchte seine Ruhe, deshalb weckte ich ihn nicht auf. Stattdessen hinterließ ich ihm eine Nachricht, dass ich ihn anrufen würde, wenn ich wieder in L. A. war.

Mir brach das Herz, weil ich meinen Dad verlassen musste. Und Bootleg. Ich brauchte ein wenig Comfort Food, deshalb schrieb ich Kelvin, dass ich im Moonshine essen würde – mit ihm oder ohne ihn. Er schrieb zurück, dass er mitkommen würde, deshalb fuhr ich zum Ferienhaus hinaus, um ihn abzuholen.

Das Moonshine war eine Institution in Bootleg Springs, hier gab es das beste Essen, das man sich vorstellen konnte. Die lächelnde Clarabell mit ihrer kupferroten Beehive-Frisur wies uns eine Nische am Fenster zu.

»Große Güte, Leah Mae Larkin«, sagte Clarabell, als sie an unseren Tisch kam, um die Bestellung aufzunehmen. »Wie schön, dich hier in Bootleg Springs zu sehen.«

»Danke. Es ist schön, wieder zu Hause zu sein.«

Kelvin zog die Augenbraue hoch. »Zu Hause?«

»Bootleg Springs fühlt sich immer wie zu Hause an«, bestätigte Clarabell mit einem Augenzwinkern. »Was darf ich euch bringen?«

»Ich nehme den Hackbraten mit Kartoffelpüree«, sagte ich.

»Haben Sie etwas Glutenfreies?«, fragte Kelvin, der immer noch die Karte studierte.

»Hmm«, machte Clarabell und tippte sich mit dem Stift ans Kinn. »Ich fürchte, hier in Bootleg haben wir gar nichts gegen Gluten im Essen. Darf ich einen Salat vorschlagen?«

»Bestell doch einfach was«, sagte ich. »Nimm das Truthahnsandwich. Es ist superlecker.«

»Du weißt genau, dass ich so etwas nicht esse«, entgegnete Kelvin.

Ich seufzte. »Es schadet doch nichts, mal eine Ausnahme zu machen. Es ist ja nicht so, dass du tatsächlich eine Glutenintoleranz hast.«

»Ich bekomme Blähungen«, sagte er mit zu einem Flüstern gesenkter Stimme.

Clarabell sah aus, als würde sie sich mühsam das Grinsen verkneifen.

»Salat«, sagte er. »Und das Dressing bitte extra.«

»Wird gemacht.« Clarabell sammelte die Speisekarten ein.

»Musst du noch packen oder bist du fertig?«, fragte Kelvin. »Ich will so bald wie möglich los.«

Ich fuhr mit dem Finger einen kleinen Kratzer auf der Tischplatte nach. Ich wusste, was ich zu tun hatte. Ich hatte den ganzen Tag darüber nachgedacht. Aber ich wusste auch, dass Kelvin etwas dagegen hätte.

»Ich habe nachgedacht«, begann ich. »Ich glaube, ich sollte noch nicht wegfahren.«

»Was?«, fragte Kelvin. »Was meinst du damit?«

»Ich meine damit, dass ich noch eine Weile hierbleiben sollte. Mein Dad wird gerade wieder krank. Wenn es schlimmer wird, landet er womöglich wieder im Krankenhaus. Ich fühle mich nicht wohl damit, ihn allein zu lassen.«

»Leah, seit wie vielen Jahren kommt er nun schon allein zurecht?«

»In den meisten dieser Jahre ist er aber nicht krank gewesen«, wandte ich ein. »Bei mir stehen gerade keine Jobs an, deshalb ist es nicht so, dass ich woanders gebraucht würde.«

»Noch nicht«, erwiderte er. Um seine Mundwinkel zuckte ein Grinsen.

»Was gibt es da zu grinsen?«

»Ich habe mit dem Produzenten der Verity Studios gesprochen«, begann er. »Sie planen eine Show, in die du ihrer Meinung nach perfekt reinpassen würdest.«

»Was für eine Show? Macht Verity nicht nur Reality TV?«

»Stell dir *The Bachelor* vor, nur mit sechs Männern anstatt einem«, sagte er. »Datingshows sind inzwischen bis zum Erbrechen ausgereizt worden, aber diese enthält eine nie da gewesene Wendung.«

»Moment mal, jetzt bin ich verwirrt. Kehren wir zunächst zu der Tatsache zurück, dass du gerade *Datingshow* gesagt hast. Was meinst du mit sechs Männern? Dass jeder von ihnen eine Frau wählt?«

»Nein, dass sie alle zusammen eine wählen«, sagte er. »Und sie müssen sich darauf einigen, wer es sein wird.«

»Sechs Männer, alle mit derselben Frau?«

»Es nennt sich umgekehrter Harem«, erklärte er. »Sehr fortschrittlich. Positives Frauenbild. Legt jede Menge Einfluss in die Hände der Frau. Die Leute werden es verschlingen.«

Ich starrte ihn an. »Das kann nicht dein Ernst sein.«

»Natürlich ist es mein Ernst.«

»Kelvin, ich kann nicht in einer Datingshow auftreten. Ganz zu schweigen von einer Datingshow mit sechs Männern. Das ist obszön.«

»Jetzt übertreibst du aber.«

»Ich übertreibe nicht«, widersprach ich. »Ich kann nicht glauben, dass du mir so etwas vorschlägst.«

»Das Studio ist begeistert von deiner Leistung in *Roughing It«*, entgegnete er. »Und das, was in den nächsten Episoden noch kommt, bereitet dich perfekt auf diese Show vor.«

»Was kommt in den nächsten Episoden?«

»Ich kenne die Details nicht«, räumte er ein. »Aber so haben sie es mir gesagt.«

»Auf keinen Fall.«

»Du hast noch nicht gehört, was dabei rausspringt.«

»Es ist mir egal, was dabei rausspringt«, sagte ich. »Die Antwort lautet Nein.«

»Das wirst du nicht mehr sagen, wenn ich dir den Vertrag zeige«, behauptete er. »Ihnen ist klar, dass es viel verlangt ist, deshalb sind sie bereit, dich zu entschädigen. Und Leah, es ist nicht so, dass andere Angebote reinkommen.«

»Oh, ich kann mir gar nicht vorstellen, weshalb! Vielleicht liegt es ja daran, dass ich in ihrer derzeitigen Realityshow wie eine Schlampe rüberkomme.«

Kelvin verdrehte die Augen. »Du machst aus einer Mücke einen Elefanten. Diese Show wird der Knaller.«

Clarabell brachte unser Essen, aber mir war der Appetit vergangen. »Ich will nicht als Reality-TV-Hure bekannt werden. Eine solche Show lenkt meine Karriere in die falsche Richtung.«

»Überlass deine Karriere ruhig mir. Es reicht, wenn du weiterhin zum Anbeißen aussiehst.«

Ich starrte ihn an. »Ich kann nicht fassen, dass du das gerade zu mir gesagt hast. Warum willst du überhaupt, dass ich in einer Datingshow mitmache? Ich dachte, wir sind verlobt.«

»Das sind wir auch«, erwiderte er. »Aber das braucht die Welt ja nicht zu wissen. Wenn die Show im Kasten ist, können wir heiraten. Keine große Sache.«

»Was, wenn ich beschließe, lieber mit den sechs Junggesellen zusammen zu sein und einen Harem zu gründen?«

Er zog die Augenbraue nach oben. »Das ist wohl ein Risiko, das ich eingehen muss.«

»Meld mich nicht für diese Show an.«

»Wir haben Zeit«, sagte er. »Das Casting wird erst nächsten Monat durchgeführt.«

Ich stocherte in meinem Essen herum, widersprach aber nicht mehr. Er würde nur noch sturer werden, wenn ich mich weigerte. Ich würde eine Weile warten und es dann wieder aufs Tapet bringen, wenn er weniger defensiv wäre. Vielleicht würde auch ein besseres Angebot reinkommen, und ich bräuchte mir gar keine Sorgen mehr zu machen.

»Ich meine es ernst, dass ich hier in Bootleg bleibe. Ich reise heute nicht ab.«

Sein Kiefer wurde zu einer harten Linie. »Ich will nicht, dass du hierbleibst.«

»Das ist nicht deine Entscheidung. Es geht um meinen *Vater,* Kelvin.«

Er starrte mich eine Sekunde lang an, und ich fragte mich schon, wie schwer er es mir machen würde. Ich starrte geradewegs zurück.

Schließlich schüttelte er den Kopf und atmete langsam aus. »Also gut. Bleib hier. Aber wenn etwas reinkommt, musst du bereit sein, den Flieger nach L.A. zu nehmen.«

»Auf jeden Fall. Und ich kann bei meinem Dad wohnen. Er hat zwar kein extra Bett, aber ich kann auf der Couch schlafen.«

Ein weiterer Seufzer, der allerdings schon weniger streitlustig klang. »Nein, ich werde zusehen, dass du das Ferienhaus behalten kannst.«

»Ich rufe Scarlett an«, sagte ich. »Wenn es nicht verfügbar ist, fällt ihr vielleicht etwas anderes ein.«

»Gut. Aber bleib nicht zu lange hier. Es hat jede Menge Dialekt-Coaching gebraucht, bis du deinen Akzent losgeworden bist. Komm mir nicht als Landei zurück.«

»Da mach dir mal kein' Kopf drum«, sagte ich in meinem besten Appalachen-Akzent.

Kelvin verdrehte nur die Augen.

9
Jameson

Äußerst widerwillig folgte ich Jonah ins Moonshine. Der Duft von frischem Kaffee und Pancakes, die in der Pfanne brutzelten, begrüßte uns. Normalerweise hatte ich nichts gegen ein Familientreffen am frühen Samstagmorgen. Whit buk die besten Waffeln in Olamette County, das war eine Tatsache. Doch selbst die Verheißung auf Waffeln zum Frühstück reichte an diesem Morgen nicht aus, meine Laune zu verbessern.

Leah Mae war gestern abgereist.

Ich bemühte mich, so zu tun, als wäre alles in Ordnung. Wollte mir nicht eingestehen, dass ich sie jetzt schon vermisste. Wie sollte ich das auch erklären? Es stand mir nicht zu, sie zu vermissen. Sie kehrte dorthin zurück, wohin sie gehörte. Das war für alle Beteiligten das Beste.

Mein Kopf glaubte das irgendwie, aber da war dieses Gefühl in meiner Brust – ein Schmerz, der nicht verschwinden wollte und der besagte, dass mein Herz ganz anderer Meinung war.

Wieder blickte ich auf mein Handy hinab und fragte mich, ob sie sich wohl von mir verabschieden würde. Das tat womöglich am meisten weh. Ich hatte kein Wort von ihr gehört. Ich konnte verstehen, dass sie keine Zeit gefunden hatte, zu mir in die Werkstatt zu kommen. Sie hatte gesagt, dass sie nicht sicher war, es zu schaffen, wo doch ihr Daddy nun auch noch krank war. Das machte mir nichts aus. Aber ich hatte gehofft, dass sie mir wenigstens eine Nachricht schicken würde, in der sie mir mitteilte, dass sie nun wegfuhr. Mein Handy hatte jedoch nicht gepiept.

All diese Gedanken um Leah Mae versetzten mich nicht gerade in die richtige Stimmung, meine Geschwister zu ertragen. Aber Jayme hatte Bowie angerufen und ihm mitgeteilt, dass wir Dads Haus wieder betreten durften. Deshalb war es an der Zeit, einen Plan zu machen.

Bowie saß bereits vor einer Tasse Kaffee in einer der Nischen. Jonah und ich ließen uns gerade neben ihn gleiten, als Scarlett und Devlin auftauchten. Beide sahen müde aus. Ich fragte mich, was sie wohl wach gehalten haben konnte, beschloss aber rasch, dass ich das gar nicht so genau wissen wollte.

»Guten Morgen zusammen«, sagte Scarlett. »Clarabell, hier braucht jemand Koffein, und zwar massenhaft.«

»Kommt sofort«, antwortete sie.

Gibson kam herein, hob das Kinn in Richtung Clarabell. Dann zog er einen Stuhl heran und setzte sich ans Kopfende des Tisches. Clarabell füllte unsere Tassen und nahm unsere Bestellung auf, ehe sie nach den anderen Gästen sah.

Ich schaufelte Zucker in meinen Kaffee und ignorierte dabei den Blick, den Jonah mir zuwarf. Er kritisierte mich immer, weil ich so viel Zucker zu mir nahm.

»Na, dann machen wir mal Nägel mit Köpfen«, schlug Bowie vor. »Jayme hat gesagt, wir können ab heute wieder in Dads Haus. Es gibt immer noch jede Menge Zeug, das wir durchsehen müssen. Und dann muss das alles noch weggeschafft werden. Müllkippe, Secondhandladen und so weiter.«

»Klingt gut«, erwiderte Scarlett. »Gibs und ich können es dann entsorgen. Aber wir brauchen dazu auch eure Hilfe. Vergesst das nicht.«

»Wir sind dabei«, sagte Bowie.

Jonah und ich nickten. Gibson grunzte und nippte an seinem Kaffee.

»Wann können wir damit anfangen? An welchem Tag passt es euch allen?«, fragte Bowie. »Morgen ist Feiertag, und am Montag ist der Fünfte, das scheidet schon mal aus.«

Alle nickten. Der fünfte Juli war für alle in Bootleg tabu. Clarabell machte das Moonshine auf, und höchstwahrscheinlich waren auch das Pop In und ein paar andere Dinge geöffnet – vor allem für die Touristen, die nicht wussten, wie der Hase lief. Aber am Tag nach dem vierten Juli arbeitete hier in der Gegend ansonsten kein Mensch. Bootleg Springs nahm die Festlichkeiten zum Unabhängigkeitstag sehr ernst. Was bedeutete, dass der Schnaps in Strömen fließen und danach alle mit einem schweren Kater herumlaufen würden.

»Lasst uns den Dienstag ins Auge fassen«, sagte Bowie. »Zuerst treffen wir uns hier zum Frühstück, anschließend nehmen wir das Haus in Angriff. Wir erledigen an dem Tag so viel wie möglich, und dann sehen wir weiter.«

Clarabell brachte unser Frühstück, teilte Teller aus, auf denen sich Essen türmte. Meine Waffeln sahen lecker aus, aber irgendwie war ich immer noch nicht in Stimmung dafür.

»Klingt gut«, meinte Scarlett.

»Ich bin da und helfe mit«, bot Jonah an.

Scarlett lächelte ihn an. »Du bist einer von den Guten, Jonah Bodine.«

»Danke, Scarlett. Ich weiß das zu schätzen.«

Die Tür ging auf, und ich hob den Blick. Ein unbehagliches Bauchgefühl beschlich mich. Richter Kendall und seine Frau kamen herein. Er war ein großer Mann mit Kugelbauch, beginnender Glatze und kurzem weißem Bart. Sein Blick schweifte durchs Restaurant und blieb kurz an unserem Tisch hängen. Seine Frau umklammerte ihre kleine gelbe Handtasche und hielt den Blick zu Boden gerichtet. Er schob sie vorwärts, und sie schlurfte voraus zu einem Tisch.

Schon immer hatte es sich ein wenig seltsam angefühlt, den Richter und seine Frau hier zu sehen. Sie lebten nicht das ganze Jahr in Bootleg Springs, sondern verbrachten hier nur den Sommer. Sogar nachdem Callie verschwunden war. Sie taten mir leid. Es tat mir leid, dass sie mit dem Ort konfrontiert wurden, an dem ihre Tochter zum letzten Mal gesehen worden und an dem sie vermutlich gestorben war. Ich wusste nicht so recht, weshalb sie immer noch Jahr für Jahr nach Bootleg kamen. Aber vielleicht half es ihnen irgendwie, sich damit auseinanderzusetzen. Das war schwer zu sagen.

Meine Geschwister plauderten über ihrem Frühstück, vor allem über morgen. Am Unabhängigkeitstag war in Bootleg immer viel los, und Scarlett wollte sich vergewissern, dass wir uns alle auf den Festlichkeiten zeigten. Ich würde hingehen, befürchtete aber, dass ich ebenso wenig in Stimmung für eine Party wäre wie heute Morgen für meine Waffeln.

Clarabell wandte sich vom Tisch des Richters ab, und dieser erhob sich. Er kam herüber und blieb vor uns stehen.

Was immer Scarlett gerade sagen wollte, erstarb auf ihren Lippen, als sie zum Richter aufblickte.

»Bitte, entschuldigen Sie die Störung«, begann er. Seine Stimme war tief und glatt – beinahe weich für einen so großen Mann. »Ich wollte nur, dass Sie alle wissen, dass ich Ihren Daddy nicht für das verantwortlich mache, was mit meiner Tochter passiert ist. Mir ist bewusst, was in seinem Haus gefunden wurde, aber meine Frau und ich hegen keinen Groll gegen Ihre Familie.«

»Danke, Sir«, erwiderte Bowie. »Wir sind froh, das zu hören.«

Richter Kendall nickte. »Ehrlich gesagt, wünschten wir, sie würden die Ermittlungen ganz einstellen. Es ist so schwer für meine Frau. Sie ist sehr fragil, und das alles hat schmerzliche Erinnerungen in ihr geweckt.«

»Das kann ich mir vorstellen«, meinte Bowie.

Wir Übrigen blieben still und ließen Bowie für uns sprechen.

»Meine Tochter war ... zerrüttet«, sagte der Richter. »Das habe ich der Polizei viele Male gesagt. Das liegt bei ihrer Mutter in der Familie, fürchte ich.« Er blickte zu seiner Frau hinüber, die auf die Tischplatte hinabstarrte. »Wir haben versucht, Hilfe für sie zu bekommen, doch nicht einmal Bootleg hat es geschafft, sie zu kurieren.«

Callie Kendall war in meinem Alter gewesen, allerdings hatte ich sie nicht gut gekannt. Mit Mädchen zu sprechen, die nicht Leah Mae waren, hatte damals nicht gerade zu meinen Stärken gehört. Aber Callie war am See oder wo immer wir Kids uns im Sommer aufhielten, mit dabei gewesen. »Zerrüttet« wäre nicht das Wort gewesen, mit dem ich sie beschrieben hätte, aber man wusste ja nie, was die Menschen verbargen. Nachdenklich vielleicht. Ängstlich manchmal. Aber auch lieb und freundlich. Ihr Vater hatte immer den Standpunkt vertreten, dass es ein Suizid war, aber irgendetwas daran konnte ich nur schwer verdauen.

Wenn natürlich die Alternative war, dass mein Vater sie umgebracht hatte, wusste ich nicht so recht, was ich schlimmer fände. Suizid war schrecklich und tragisch. Aber herauszufinden, dass mein Vater womöglich ein sechzehnjähriges Mädchen ermordet hatte, wäre entsetzlich.

»Schauen wir mal, was die Polizei aus alldem macht«, sagte Scarlett.

Scarlett glaubte, dass sich der Richter in Bezug auf Callie täuschte. Das sah ich in ihren Augen. Sie war ein Temperamentbolzen, aber klug genug, sich nicht mit Richter Kendall anzulegen. Doch ich merkte, dass es sie in den Fingern juckte, mehr dazu zu sagen.

»Na, dann lasse ich Sie mal in Ruhe weiter frühstücken«, meinte Richter Kendall. »Ich wollte nur das Schweigen zwischen uns nicht länger als unbedingt notwendig ausdehnen. Was Callie getan hat, war tragisch, und ich hoffe, die Polizei lässt es auf sich beruhen, damit meine Frau und ich ein wenig Frieden finden.«

»Ich danke Ihnen, Richter Kendall«, sagte Bowie. »Passen Sie auf sich auf.«

Mit einem leichten Kopfnicken ging Richter Kendall zurück zu seinem Tisch.

»Na, das kam unerwartet«, murmelte Scarlett.

»Ich nehme an, das bedeutet, dass er Dads Anwesen nicht noch mal durchsuchen lassen will«, meinte Bowie.

»Ihr solltet euch alle von ihm fernhalten«, entgegnete Devlin leise. »Kümmert euch einfach um euren eigenen Kram und überlasst den Kendalls ihren.«

Wir rutschten auf unseren Stühlen herum und wandten uns wieder unserem Frühstück zu. Doch keinem war nach Reden zumute. Wir fühlten uns wohl alle schuldig, weil einer der Unsrigen diesem Mann womöglich so viel geraubt hatte.

Gibson verabschiedete sich als Erster, ein oder zwei Minuten, nachdem der Richter auf seinen Platz zurückgegangen war. Sein Teller war noch halb voll, doch er murmelte etwas von wegen, er müsse arbeiten, warf ein wenig Geld auf den Tisch und verschwand. Bowie aß sein Frühstück auf und entschuldigte sich ebenfalls. Jonah und Devlin mussten Devs Granny Louisa mit irgendetwas an ihrem Haus helfen, so dass Scarlett und ich übrig blieben.

»Du bist so still heute Morgen«, sagte Scarlett. »Na ja, du bist ja immer still.«

»Kann schon sein.«

»Schmecken dir deine Waffeln nicht?«, fragte sie.

»Sie sind lecker, aber ich hab einfach keinen Hunger.«

»Bist du am Vierten dabei?«, fragte sie. »Du hast vorhin gar nichts gesagt, als wir darüber gesprochen haben.«

Ich zuckte mit den Achseln. Wahrscheinlich wollte sie mich überreden, aber momentan hatte ich keine Lust darauf. »Vielleicht. Brauchst du eine feste Zusage, oder kann ich einfach kommen, falls es passt?«

Sie fuhr mit dem Zeigefinger durch den Sirup auf ihrem Teller und leckte ihn ab. »Du kannst einfach aufkreuzen, wann du willst. Aber du willst bestimmt.«

Mein Scarlett-Alarm schrillte, doch ich spürte, dass es bereits zu spät war. Sie führte etwas im Schilde. Mir blieb nichts anderes übrig, als mitzuspielen. »Und warum glaubst du das?«

»Oh, ich weiß auch nicht«, sagte sie unbeschwert. »Ich habe Leah Mae Larkin eingeladen, und sie hat zugesagt.«

Ich zog die Augenbrauen zusammen und warf ihr einen Seitenblick zu. »Leah Mae ist abgereist.«

Scarletts Mund verzog sich zu einem verschmitzten Grinsen. »Bist du dir da sicher?«

»Ja, eigentlich schon«, sagte ich. »Ich bin natürlich nicht rübergefahren und hab nachgesehen oder so. Aber heute ging ihr Flug. Das weiß ich.«

»Dann hat sie es sich wohl anders überlegt«, erwiderte sie. »Sie hat mich gestern angerufen und gefragt, ob sie ihren Aufenthalt verlängern kann. Ihr Ferienhaus war schon gebucht, aber jemand anderes hat in letzter Minute abgesagt, deshalb konnte ich sie gestern Nachmittag in einer anderen Hütte unterbringen.«

Ich hatte keine Ahnung, was Scarlett in meinem Gesicht sah, und strengte mich wirklich an, alles, was ich empfand, zu verbergen, aber es war so viel. So viele Gefühle jagten blitzschnell durch mich hindurch. Erleichterung, vermischt mit Sorge, abgerundet von etwas, das sich fürchterlich nach Euphorie anfühlte.

Ich räusperte mich. »Das klingt ja nach einer Win-win-Situation für euch beide.«

»Klar doch«, sagte sie. »Und da sie über den Feiertag ganz allein wäre, meinte ich zu ihr, dass sie unbedingt kommen und mit uns allen feiern muss.«

Ganz allein. Hieß das, dass ihr Verlobter weg war? Ich wollte es wissen, aber nicht nachfragen. Wusste nicht so recht, ob ich nachfragen *sollte.* Ich zupfte an dem, was von meinen Waffeln noch übrig war, herum.

Scarlett stöhnte. »Warum fragst du mich nicht einfach?«

»Was soll ich dich denn fragen?«

»Du bist echt total nervig«, sagte sie. »Nach Kevin, oder wie auch immer er noch mal hieß. Der Typ, mit dem sie hier war.«

»Warum sollte ich nach ihm fragen?«

Sie verdrehte die Augen. »Echt jetzt? Na schön. Weil du mein Bruder bist und ich dich trotz deiner Dummheit liebe, werde ich es dir sagen. Er ist weg. Gestern abgefahren. Und morgen kommst du besser mal in die Stadt zu den Feierlichkeiten zum Unabhängigkeitstag, sonst zerre ich dich am Hintern aus deiner verdammten Werkstatt. Und wenn du total stur wirst, hetze ich Gibs auf dich.«

»Schon gut, schon gut. Ich komme ja.«

»Gut.« Scarlett grinste selbstzufrieden, während sie sich den restlichen Sirup vom Finger schleckte. »Dann ist meine Arbeit hier getan.«

10
Jameson

Ganz Bootleg war ein Meer aus Rot, Weiß und Blau. Man hatte schon vor Tagen mit der Dekoration begonnen, und nun war das Städtchen für den Unabhängigkeitstag herausgeputzt. Die Lake Street war für den Fahrzeugverkehr gesperrt, und es herrschte dort regelrecht Karnevalsstimmung. An Ständen entlang der Straße wurden Essen und Getränke verkauft und Spiele angeboten. Überall prangten Krepppapier und Heliumballons in Rot, Weiß und Blau. Buden verkauften kleine Flaggen, Buttons, Anstecknadeln und anderen Krimskrams, und an der Bude unten am See, die Feuerwerkskörper verkaufte, standen schon mindestens zwanzig Leute an.

Um mich herum summte die Menschenmenge. Anscheinend war so gut wie jeder in Bootleg auf der Straße, Einheimische ebenso wie Touristen. In einem Städtchen wie unserem versammelten sich selten so viele Leute an einem Ort. Kinder rannten ihren Eltern zwischen den Beinen herum, während diese mit Freunden und Nachbarn plauderten. Fast jeder hatte einen roten Plastikbecher in der Hand, in dem sich – je nachdem, wer ihn hielt – Eistee, Limonade, Selbstgebrannter oder Bier befand.

In meinem war gerade Limonade, aber ich liebäugelte mit einem Becher Erdbeerschnaps. Menschenmengen lagen mir nicht gerade. Mein Dad hatte immer gesagt, ich sei *zu verdammt sensibel,* und vielleicht hatte er damit recht gehabt. Aber Gedränge wurde mir oft zu viel.

»Oh, hallo, Jameson Bodine.« Misty Lynn Prosser kam auf mich zugeschlendert und wackelte dabei noch mehr als sonst mit den Hüften. Ihr Haar war aufgebauscht, ihr Make-up fingerdick, und ihre Brüste platzten geradezu aus ihrem I-heart-America-Schlauchtop.

»Hey, Misty Lynn«, sagte ich, während sich mein Rücken verspannte. Ich hoffte, sie würde schnell wieder weggehen.

»Wo ist dein Bruder?«, wollte sie wissen.

»Welcher?«

Sie musterte mich von oben bis unten. »Du weißt, welcher.«

»Ich habe keine Ahnung, wo irgendeiner von ihnen ist.«

»Na gut.« Sie schnalzte ein paarmal mit der Zunge. »Sag Gibson, dass ich nach ihm gefragt habe, wenn du ihn siehst.«

»Du gibst wohl nie auf«, murmelte ich vor mich hin. Sie blickte mich wieder an, deshalb lächelte ich ein wenig. »Klar, mach ich, Misty Lynn. Sag mal, wie geht es eigentlich Rhetts Nase?«

Sie hob die Schulter. »Gut, nehme ich an. Du hast sie ja nicht gebrochen.«

Fast hätte ich »Was für ein Jammer« gesagt, beschloss dann aber, dass es besser wäre, sie einfach gehen zu lassen.

Jemand berührte leicht meine Schulter, und ich wirbelte herum.

»Tut mir leid«, sagte Leah Mae. »Ich wollte dich nicht erschrecken.«

Ehe ich mich beherrschen konnte, strahlte ich sie an wie ein Idiot. Sie sah aus wie Zucker und Sonnenschein in ihrem gelben Tanktop, das vorn mit ein paar kleinen blauen Blumen bestickt war. Eine abgeschnittene Jeans brachte ihre langen Beine zur Geltung, und rot lackierte Zehennägel lugten aus ihren Sandalen. Ihr langes Haar trug sie offen, und hinter ihrem Ohr klemmte eine weiße Blume.

»Schon gut«, sagte ich. »Ich habe hier gar nicht mit dir gerechnet.«

»Ich auch nicht. Aber meinem Dad geht es nicht so gut. Es hat sich nicht richtig angefühlt, wegzugehen.«

»Tut mir leid, das zu hören.«

»Danke.« Sie fummelte an einer Haarsträhne herum. »Heute Morgen schien es ihm besser zu gehen. Ich habe dafür gesorgt, dass er reichlich frühstückt, und Betsy verbringt den Nachmittag bei ihm. Er wollte eigentlich in die Stadt kommen, aber nachdem er einen Hustenanfall hatte, habe ich ihn dazu überredet, sich wieder hinzulegen. Allerdings musste ich ihm erst damit drohen, Doc Trevor anzurufen.«

Ich lachte. Clay Larkin war mir noch nie wie der Typ Mann vorgekommen, der gut darin war, zu gehorchen. »Wenn du hier bist und nach ihm siehst, ist er hoffentlich im Nullkommanichts wieder auf den Beinen.«

»Das hoffe ich auch«, sagte sie lächelnd.

Wie aus dem Nichts tauchte plötzlich Scarlett neben Leah Mae auf. »Da seid ihr ja! Gut. Wir brauchen noch Leute für den Hindernisparcours.«

Sie packte Leah Mae an der Hand und mich am Handgelenk und zog uns hinter sich her die Straße entlang. Im Vorbeigehen warf ich meinen Becher in einen Mülleimer an der Straßenecke.

»Was für ein Hindernisparcours?«, fragte Leah Mae.

Ohne stehen zu bleiben, zog Scarlett uns weiter. »Hast du noch nie den Hindernisparcours gemacht?«

»Ich glaube nicht«, sagte Leah Mae.

Ich hatte definitiv noch nie den Hindernisparcours absolviert. Tatsächlich hatte ich mich immer rargemacht, bevor er begonnen hatte, weil ich nicht wollte, dass jemand – zum Beispiel Scarlett – versuchen würde, mich zum Mitmachen zu zwingen.

»Er hat hier schon eine ganze Weile Tradition, aber vielleicht noch nicht damals, als du zum letzten Mal hier gewesen bist«, meinte Scarlett. Sie wandte sich in Richtung Gin Rickey Park. »Du brauchst einen Partner, aber ihr seid ja schon zu zweit, deshalb hat sich das erübrigt.«

Und genau deshalb hatte ich den Hindernisparcours immer gemieden. An sich sah das Ganze nicht schwierig aus. Über Dinge klettern, durch Schlamm waten, in den See springen – das war alles in Ordnung. Es war der Partneraspekt, der mich immer vergrault hatte. Man absolvierte den Parcours nicht einfach zusammen mit einer anderen Person. Man wurde *mit seinem Partner zusammengebunden.* Mit einem Seil an jemand anderes gefesselt zu sein, entsprach nicht meiner Vorstellung von Spaß.

Aber wenn Scarlett meinte, ich solle den Parcours mit Leah Mae machen, würde das bedeuten ...

»Moment mal, Scarlett ...«

»Das wird ein Riesenspaß«, erwiderte sie.

»Ich glaube, ich habe nicht die richtigen Schuhe an«, wandte Leah Mae ein.

»Kein Problem«, sagte Scarlett. »Barfuß ist ohnehin besser.«

Wir kamen zum Rand des Spielfelds, wo sich schon alle auf den Start vorbereiteten. Dort stand auch Bernie O'Dell in einem T-Shirt mit der amerikanischen Flagge. Er hatte ein Megaphon in der Hand, über seinem Arm hingen kurze Seile. Bowie, Devlin und Jonah waren schon da, zusammen mit Cassidy und June. Gibson war offenbar schlau genug gewesen, wegzubleiben. Ich sah ihn nirgends.

»Zieht eure Schuhe aus und leert eure Taschen«, sagte Scarlett. »Hey, Dev, hast du Seile für alle besorgt?«

»Yep.«

»Seile?«, fragte Leah Mae, während sie sich die Sandalen abstreifte.

»Ach, was soll's.« Ich zog meine Schuhe aus und legte mein Handy und meine Schlüssel darauf ab. Leah Mae legte ihre Sachen neben meine. »Ja, Seile.«

»Also, hört mal alle her«, rief Scarlett. »Devlin geht mit mir ins Rennen. Jonah, du gehst mit June. Das heißt, dass Bowie mit Cassidy antritt und Jameson mit Leah Mae. Ihr wisst alle, wie es läuft. Devlin und ich werden euch fertigmachen. Alles klar?«

Devlin reichte jedem Paar ein Stück glattes, gedrehtes Seil. Ich nahm es, legte es mir über die Hand und konnte Leah Mae dabei kaum ansehen.

Jonah und June standen sich gegenüber und banden sich auf Taillenhöhe mit dem Seil aneinander. Bowie sah aus, als würde es ihm schwerfallen, die letzten paar Schritte auf Cassidy zuzumachen. Sie verdrehte die Augen, riss ihm das Seil aus der Hand und stellte sich vor ihn.

»Komm schon, Jame, du musst mit mir zusammenarbeiten«, sagte Scarlett, während sie Leah Mae und mich aufeinander zuschob. »Kommst du ran, oder soll ich es für euch verknoten?«

Leah Mae und ich standen uns gegenüber, nur Zentimeter voneinander entfernt. Ich schluckte schwer. Gütiger Himmel, sie roch nach Zitrusfrüchten und Sonnenschein. Wie um alles in der Welt sollte ich das überstehen?

»Ich, ähm ... ich glaube, ich kann ...«

»Rein da«, befahl Scarlett und versetzte mir einen letzten Stoß. »Ich wickle es um euch herum.«

Ich prallte praktisch gegen Leah Mae und musste die Arme um sie legen, um sie nicht umzuwerfen. »Tut mir leid.«

Ihr Körper lag an meinem, ihr Gesicht war ganz nah. Sie lachte leise, ihr Atem fühlte sich warm an meinem Hals an. »Schon gut. Wir müssen uns zusammenbinden?«

»Ja.« Ich schlang uns das Seil um die Taille. Nun, da sie schon mal an mich gepresst war, war ich nicht besonders erpicht darauf, dass das endete. »Du weißt, wie das ist. Bootlegger können nicht irgendwas einfach ganz normal machen. Nicht mal einen Hindernislauf.«

Ich verknotete das Seil hinter ihrem Rücken und versuchte, an irgendetwas zu denken, womit ich meine Wahnsinnserektion zügeln konnte. Eine falsche Bewegung, und Leah Mae würde dagegenstreifen, und dann würde ich auf der Stelle tot umfallen. Aber große Güte, sie duftete so gut.

»Hört mal alle her«, sprach Bernie O'Dell ins Megaphon. »Hier kommen die Regeln, und ich will, dass ihr sie befolgt. Kommt also nicht auf die Idee zu schummeln. Die Partner müssen die ganze Zeit zusammengebunden bleiben. Alle Füße bleiben auf dem Boden. Es ist verboten, sich gegenseitig huckepack zu nehmen oder zu tragen. Der Parcours beginnt hier und endet am See. Ihr müsst alle reinspringen, aber ertränkt euren Partner nicht, wenn ihr im Wasser seid. Haben wir uns verstanden?«

Jubel und Gegröle brachen auf dem Feld los.

»Dann stellt euch mal auf«, sagte Bernie.

Die ersten Versuche, sich gemeinsam mit dem Partner zu bewegen, waren bestenfalls holprig. Die Leute stolperten, lachten. Wenn sie hinfielen, kicherten sie und mühten sich ab, wieder aufzustehen.

»Ich glaube, der Trick ist, seitwärts zu gehen«, sagte ich.

Leah Mae und ich drehten das Gesicht zur Startlinie. Meine Arme hingen ungelenk an der Seite herunter, ich wusste nicht so recht, was ich damit anfangen sollte. Irgendwie seitlich trippelnd schafften wir es zur Startlinie. Einfach nur zu gehen, war gar nicht so schlimm, aber ich hatte das Gefühl, dass der Rest des Parcours nicht ganz so gnädig wäre.

Bernie hob wieder sein Megaphon. »Auf die Plätze. Fertig. Und los!«

Jonah und June fielen neben uns hin, noch bevor sie richtig angefangen hatten. Cassidy und Bowie hatten einen besseren Start, sie bewegten sich direkt hinter Scarlett und Devlin auf das erste Hindernis zu. Die beiden schienen den Dreh rauszuhaben. Sie hielten sich gegenseitig fest, damit sie sich schnell bewegen konnten.

»Hör mal.« Ich legte Leah Mae die Arme um die Taille. »Ich glaube, wir müssen uns einfach darauf einlassen. Und ich will Scarlett schlagen.«

Sie legte mir die Arme um den Hals. »Dann machen wir das.«

Die Körper aneinandergedrückt bewegten wir uns seitlich über das Feld. Nach ein paar Schritten ging es schon schneller, und schon bald hatten wir ein ganz gutes Tempo erreicht. Leah Mae lachte, und ihr Haar wehte mir ins Gesicht, aber das war mir egal. Wir legten die Strecke über das Feld zurück und verringerten den Abstand zu Scarlett und Dev beträchtlich.

Das erste Hindernis war ein Irrgarten aus alten Reifen. Sie lagen dicht beieinander, und wir mussten sie irgendwie überwinden. Wir hüpften hinein und wieder heraus, immer noch mehr oder weniger seitlich, damit wir beide sehen konnten, wohin wir gingen.

Scarlett und Dev waren immer noch vor uns, ebenso Cassidy und Bowie. Hinter mir hörte ich einen Schrei und riskierte einen raschen Blick. Sierra Hayes – eine junge Frau, die ihr Haar trotz ihrer fünfundzwanzig Jahre noch immer zu Zöpfen geflochten trug – war mit Amos

Sheridan im Team, und sie gaben keine gute Figur ab. Er schien sie dazu bringen zu wollen, rückwärts zu gehen, doch sie stolperte dauernd über die Ränder der Reifen.

»Wir machen das ziemlich gut«, sagte Leah Mae, als wir aus dem letzten Reifen sprangen, zuerst mit dem einen Fuß, dann mit dem anderen.

»Klar doch.«

Das nächste Hindernis bestand aus einem langen Balken. Davon lag ein halbes Dutzend da, alle in der gleichen Länge und Dicke – kaum breit genug für zwei Leute. Cassidy und Bowie hatten ihren irgendwie schneller erklommen als Scarlett und Devlin. Sie schoben sich darauf entlang, während Scarlett und Devlin auf den Balken neben ihnen stiegen.

»Sieht aus, als müsste man vor allem die Balance halten«, sagte ich.

»Balance kann ich«, erwiderte Leah Mae.

Wir stiegen auf den Balken, und sie schlang die Arme noch fester um meinen Hals, drückte ihre Wange an meine. Es war ungefähr wie tanzen. Wir schoben je einen Fuß über den Balken, so weit es ging, ohne herunterzufallen. Dann zogen wir das hintere Bein nach. Wir verfielen in einen guten Rhythmus, und es dauerte nicht lange, da hatten wir das Ende des Balkens erreicht. Herunterzuspringen war schwieriger, aber wir landeten auf den Füßen.

Nach den Balken führte der Parcours nach links, und dann sah ich auch, warum. Die Feuerwehr von Bootleg Springs hatte mit ihren Löschschläuchen ein leeres Grundstück in eine riesige Fläche aus nassem braunem Matsch verwandelt.

»Los komm, Jameson«, sagte Leah Mae. »Jetzt wird es schmutzig.«

O Gott, um meinen Schwanz war es geschehen. Wir waren so eng zusammen, dass ich nur hoffen konnte, dass sie zu sehr auf den Parcours konzentriert war, um es zu merken.

Einige Paare hatten uns überholt, einschließlich Cassidy und Bowie. Sie wurden nicht langsamer, sondern rasten in den Schlamm – und mussten dafür bezahlen. Der Matsch war dick, und Cassidy blieb mit dem Fuß darin stecken. Bowie lief weiter, und die beiden fielen in den Dreck. Scarlett und Devlin gingen vor uns zu Boden, sie lachten, während sie versuchten, aufzustehen, und erneut ausrutschten.

»Okay, wir schaffen das«, sagte ich. »Beide zusammen. Jetzt.«

Leah Mae und ich bewegten uns wie auf dem Balken, beide schoben wir einen Fuß nach vorne und zogen den anderen nach. Unsere Füße quatschten durch den dicken Morast, gaben jedes Mal, wenn wir uns bewegten, schmatzende und saugende Geräusche von sich. Leah Mae lachte, und das Gefühl, wie ihr Körper dabei bebte, war so ziemlich das Süßeste, was ich mir vorstellen konnte.

Ich wurde vom Sumpf angesaugt, als ich versuchte, den nächsten Schritt zu machen. Ich zog ein wenig stärker an meinem Fuß und konnte ihn befreien, aber mein Gleichgewicht geriet ins Wanken.

»Oh, oh«, sagte ich, und Leah Mae klammerte sich noch fester an meinen Hals.

Ich wollte nicht auf sie drauffallen, deshalb beugte ich mich lieber nach hinten. Ich fiel geradewegs in den Schlamm, wirbelte braune Tröpfchen auf. Da Leah Mae an der Hüfte an mich gebunden war, fiel sie direkt auf mich.

»Alles okay?«, fragte sie. Sie hatte ein paar Schlammtropfen auf der Wange.

»Ja, und bei dir?«

Sie nickte. Ihr Gesicht war so nah, und das Gewicht ihres Körpers fühlte sich so gut auf mir an. Doch das war nicht das, worüber ich mir jetzt Gedanken machen musste, deshalb konzentrierte ich mich lieber darauf, wie ich uns wieder auf die Füße stellen konnte.

»Jetzt verstehe ich, weshalb das Ganze im See endet«, sagte sie.

»Yep«, erwiderte ich. »Wir haben es fast geschafft. Lass uns einfach zusehen, dass wir wieder hochkommen.«

Weitere Paare zogen an uns vorbei, aber zu diesem Zeitpunkt waren unsere Chancen auf den Sieg wohl ohnehin gering. Wir mussten uns ein wenig herumwälzen, bis wir einen Winkel fanden, der funktionierte. Gott im Himmel, ich wälzte mich im Schlamm mit Leah Mae

Larkin. Als wir wieder auf die Füße kamen, waren wir schlammbedeckt. Dem Zustand der Paare nach, die sich um uns herum abmühten – entweder sie lagen noch im Schlamm oder wälzten sich gerade heraus –, fielen fast alle hinein.

»Komm schon, wir schaffen das«, schrie Scarlett, direkt vor uns.

»Vergiss es, Scarlett Rose«, sagte ich, und Leah Mae und ich stürmten auf den Anleger zu.

Im Seitgalopp ging es zum Wasser hinunter und hinauf auf die Holzlatten des Anlegers. Scarlett und Dev waren direkt neben uns. Leah Mae war größer als Scarlett und hatte längere Beine, und kurz vor der Kante überholten wir die beiden.

Ohne mich darum zu kümmern, wie wir es schaffen würden, nicht zu ertrinken, während wir an der Taille zusammengebunden waren, warf ich mich zusammen mit Leah Mae vom Ende des Anlegers.

Mit den Füßen voran platschten wir in den warmen See. Leah Mae hielt mich an den Schultern umklammert, und wir traten beide Wasser. Unsere Köpfe durchbrachen die Wasseroberfläche, und wir tauchten lachend wieder auf.

»Haben wir gewonnen?«, fragte sie.

»Ich habe keine Ahnung.«

Tropfen rannen ihr über das Gesicht, glitzerten in der Sonne. Ich musste den Blick abwenden, denn ich hätte nichts lieber getan, als sie zu küssen. Wir waren nass und lächelten uns an. Atmeten schwer. Es war der perfekte Moment für einen Kuss. Oder wäre es gewesen, wenn die Dinge anders gelegen hätten.

Aber die Dinge lagen nicht anders. Leah Mae gehörte zu einem anderen, nicht zu mir. Ich war nicht der Typ, der diese Grenze überschritt. Es stand mir nicht zu, sie zu küssen, ganz egal, wie sehr ich mir das wünschte.

»Wir sollten zum Strand rüber«, sagte ich.

Ich glaube, eigentlich hätten wir uns zu diesem Zeitpunkt auch losbinden können, weil das Rennen vorüber war, aber im Wasser wäre das schwierig gewesen. Deshalb schwammen wir seitlich, hauptsächlich durch Beinschlag, auf das Ufer zu. Wir stellten uns unbeholfen an, aber schließlich kamen wir aus dem Wasser. Sobald wir an Land waren, lösten wir das Seil.

Scarlett kam herüber – sie war tropfnass – und gab uns High Five. »Gut gemacht. Ihr zwei gebt ein gutes Team ab. Aber wir haben trotzdem gewonnen.«

Ich wollte es ihr gerade zugestehen, doch Leah Mae ergriff lächelnd das Wort. »Ja, den zweiten Platz!«

Scarlett lachte und sah mich an. »Ich wusste gleich, dass ich sie mag.« Sie zeigte auf Leah Mae. »Nächstes Jahr gibt es Revanche, Larkin.«

»Herausforderung angenommen, Bodine.«

Scarlett ging mit Devlin den Strand hinauf, während Leah Mae und ich uns das Wasser von den Klamotten schüttelten. Der Sprung in den See hatte den Schlamm abgewaschen. Ich ließ mein T-Shirt vor allem an, um meine männlichen Teile zu bedecken, weil mein Schwanz sonst versucht hätte, eine Szene zu machen. Aber das Gefühl von Leahs Körper auf meinem würde ich nie vergessen.

11

Leah Mae

Die Abenddämmerung brach über Bootleg Springs herein, und das Knallen und Fauchen der Feuerwerkskörper erfüllte die Luft. Die Leute hatten fast den ganzen Tag lang irgendwelche Sachen angezündet, doch mit zunehmender Dunkelheit gab es immer mehr Feuerwerk. Kinder und Jugendliche rannten über den Strand und fuchtelten mit Wunderkerzen herum, Erwachsene schossen Raketen aus Bierflaschen ab, die sie in den Händen hielten. Größere Feuerwerkskörper knallten laut über dem See, die Funken spiegelten sich im stillen Wasser.

Jameson und ich saßen auf einer Decke am Strand und sahen zu. Unsere Kleider waren in der Nachmittagssonne getrocknet, und wir waren zum Park zurückgekehrt, um unsere Schuhe zu holen. Danach hatten wir Hotdogs mit Coleslaw gegessen. Wir hatten mehr davon gekauft und es Dad und Betsy vorbeigebracht. Ich hatte mich darüber gefreut, dass Dad gut gelaunt war, obwohl er die Festlichkeiten verpasste. Als ich angeboten hatte, zu bleiben oder wenigstens zum Abendessen zurückzukommen, hatte Betsy gesagt, dass sie für den Rest des Tages bei ihm bleiben würde. Sie würden einen Teil des Feuerwerks von der Veranda aus sehen können. Ich war ihr so dankbar, dass sie ihm Gesellschaft leistete.

Danach waren wir wieder in die Stadt zurückgekehrt und hatten uns die ersten Becher Selbstgebrannten gekauft. Jameson war inzwischen bei seinem dritten, schien aber überhaupt nicht betrunken zu sein. Ich fühlte mich schon nach zweien beschwipst, auch wenn ich sie ganz langsam genippt hatte. Aber ich trank nicht so oft Alkohol, und mit dem Selbstgebrannten aus Bootleg Springs war nicht zu spaßen.

Ein mächtiger Feuerwerkskörper explodierte über dem See, und die Menschen um uns herum gaben *Oohs* und *Aahs* von sich. Ein riesiger Kerl ohne Hemd mit haariger Brust und einem Bierbauch, der kaum in seine Jeanslatzhose passte, rannte, eine amerikanische Flagge schwenkend, vorbei. Ich blickte zu Jameson hinüber, der mich angrinste.

»Willst du noch was zu trinken?«, fragte er.

Ich schüttelte den Kopf. »Ich glaube, das reicht.«

»Na schön. Sag mir Bescheid, wenn du deine Meinung änderst.«

Jamesons Bruder Gibson kam mit einer Einkaufstüte zu uns herüber. »Los, komm, Jame, es wird Zeit.«

»Zeit wofür?«, fragte Jameson.

»Du weißt schon.« Gibsons Mundwinkel verzogen sich zu einem Grinsen. Ein seltener Gesichtsausdruck beim Ältesten der Bodines, zumindest nach meiner Erfahrung. Jamesons Bruder wirkte immer so miesepetrig.

Jameson lächelte zurück. Ich liebte sein Lächeln; sein ganzes Gesicht leuchtete auf. Als wir nach unserem Sprung in den See wieder aufgetaucht waren, hatte ich mir gewünscht, jemand hätte diesen Moment mit der Kamera eingefangen. Sein Lächeln war umwerfend gewesen.

»Ich glaube, ich weiß es.« Jameson wandte sich an mich, »Komm mit. Das wird lustig.«

Er erhob sich und reichte mir die Hand, um mir aufzuhelfen. Ich kippelte ein wenig, doch er hielt meine Arme fest, bis ich sicher auf den Füßen stand.

»Ist wirklich alles okay?«, fragte Jameson.

»Ja.« Ich atmete tief ein. Die frische Luft roch nach Rauch und Sprengstoff. »Alles okay.«

»Gut«, sagte er und klopfte mir auf die Schulter.

Er war wirklich ein Gentleman. In mancherlei Hinsicht altmodisch. Das lag wohl daran, dass er in Bootleg Springs aufgewachsen war. Die Männer hier waren so. Sie hielten einem die Tür auf und zogen den

Stuhl für einen vor. Legten frierenden Ladys ihre Jacke um die Schultern.

Ich folgte Jameson und Gibson zum Strand hinunter. Vorbei an Menschen, die über dem Feuer Essen zubereiteten, Wunderkerzen anzündeten, lachten und tranken. Die Stimmung war festlich und heiter. Irgendwie war ich froh, dass Kelvin nicht hier war. Wahrscheinlich hätte er sich über den Lärm beschwert.

Jamesons Arm streifte beim Gehen meinen, und ich verspürte das völlig alberne Bedürfnis, nach seiner Hand zu greifen. Dadurch fingen meine Wangen an zu brennen, und ich war froh über den Schutz der Dunkelheit. Ich hatte kein Recht, davon zu phantasieren, mit Jameson Bodine Händchen zu halten. Ich war kein kleines Mädchen mehr. Und ich war nicht mehr Single. Ich war nur ein wenig beschwipst und besserer Stimmung, als ich es seit einer ganzen Weile gewesen war. Das würde ich nicht ruinieren, indem ich heikle Situationen heraufbeschwor.

Wir gingen immer weiter, und allmählich wurden die Grüppchen von Menschen weniger. Die Dunkelheit verdichtete sich, aber weder Jameson noch Gibson holten ein Licht heraus. Allmählich machte ich mir Sorgen, im Dunkeln über irgendetwas zu stolpern. Doch als ich gerade fragen wollte, wie weit es noch sei, blieb Gibson stehen.

Nach einem raschen Schulterblick ließ er die Tasche fallen. »Wir müssen schnell sein.«

»Ich weiß«, sagte Jameson. »Wo zünden wir es an?«

Wieder grinste Gibson und zog etwas aus dem Unterholz in der Nähe. »Ich habe ein Floß gebaut.«

Über uns explodierte ein großes Feuerwerk und beleuchtete Jamesons Gesicht. Seine Augen funkelten schelmisch, während er seinen Bruder ebenfalls angrinste. »Perfekt.«

Jameson fing an, Dinge aus der Tasche zu ziehen. Überwiegend Wunderkerzen, aber auch ein paar Rollen Isolierband.

»Wunderkerzen?«, fragte ich. »Ich hätte eigentlich erwartet, dass ihr irgendwelche dicken Feuerwerkskörper oder so habt.«

»Weißt du nicht, was Wunderkerzenbomben sind?«, fragte Jameson.

»Hast du gerade *Bombe* gesagt?«

Jameson grinste mich an. »Man packt die wirklich eng aneinander, umwickelt sie mit Isolierband und fügt eine Zündschnur hinzu. Wenn das Ganze losgeht, wird es laut.«

»Das ist bestimmt gefährlich«, wandte ich ein.

»Ja, wenn man dumm ist.« Jameson zuckte die Schultern. »Die Zündschnur muss lang genug sein. Außerdem lassen wir es mit Gibsons kleinem Floß hier auf den See hinaus. Eine zwölf Meter hohe Wassersäule wird emporschießen.«

Gibson gluckste, während er Jameson half, die Packungen zu öffnen.

»Hier.« Gibson reichte mir die Wunderkerzen.

Ich hielt sie am Stiel fest, während er sie zu einem Bündel zusammenfügte und Isolierband drumwickelte.

»Perfekt«, sagte er, während er weitermachte. »Der Trick dabei ist, das Band schön fest zu wickeln. Na ja, das, und man darf sich natürlich nicht erwischen lassen.«

»Was noch nie passiert ist«, entgegnete Gibson.

»Beschrei es nicht, Mann«, rief Jameson. »Letztes Mal hätte uns Richter Carwell fast dabei ertappt.«

Noch mehr Feuerwerk explodierte über dem See, dem Knallen folgten Jubel, Jauchzen und Gejohle.

»Willst du ein wenig mithelfen?«, fragte Jameson.

»Gern«, sagte ich.

Er nahm das überwiegend zusammengeklebte Bündel aus Wunderkerzen, und ich umwickelte es bis ganz nach oben mit Isolierband. In der Mitte ragte eine Zündschnur heraus. Gibson schaute zu, wie wir das Ganze fertigstellten.

»Sieht gut aus«, meinte er. »Das wird ziemlich laut.«

»Auf jeden Fall«, erwiderte Jameson. »Dann zünden wir sie mal.«

Gibsons Floß bestand aus kleinen Holzlatten. Er ließ es zu Wasser und hielt es fest, während Jameson die Vorrichtung aus Wunderkerzen draufstellte.

»Es ist schön geworden«, fand Jameson. »Fast zu schade, um es in die Luft zu jagen.«

»Aber nur fast.« Gibson grinste wieder.

Ich schüttelte den Kopf. Was fanden Typen nur daran, Sachen in die Luft zu jagen? Als Jungs waren sie genauso gewesen. Aber ich müsste lügen, wenn ich sagte, es würde mir keinen Kick geben, hier im Dunkeln mit ihnen herumzuwursteln und etwas höchstwahrscheinlich Illegales anzustellen.

»Der Wind ist genau richtig.« Jameson hielt mir ein Feuerzeug hin. »Willst du diese ehrenvolle Aufgabe übernehmen?«

»Okay«, sagte ich, und er reichte es mir. »Jetzt gleich?«

»Ja, zünde es an«, antwortete Jameson.

Ich ging in die Hocke und machte das Feuerzeug an. Die Flamme flackerte, und ich bewegte sie auf die lange Lunte zu. Meine Hand zitterte, und ich war bereit, sofort loszurennen, wenn die Lunte Feuer gefangen hatte. Jameson legte mir beruhigend die Hand auf die Schulter.

»Dir passiert nichts«, sagte er. »Wir sind weit weg, wenn es in die Luft geht.«

Ich nickte und hielt die Flamme ans Ende der Zündschnur.

»Los, kommt«, zischte Gibson, sobald sie an war. Er schob das kleine Floß vom Ufer weg.

Jameson packte mich an der Hand, und schon rannte ich hinter ihm her, seine Finger mit meinen verschlungen. Wir nahmen nicht den Weg zurück, den wir gekommen waren, sondern schlugen uns auf einem schmalen Pfad in die Wälder. Beide Bodines schienen genau zu wissen, wo es hinging, deshalb hielt ich mich einfach weiterhin an Jameson fest und folgte ihnen.

Wir kamen auf einem Feldweg heraus, hinter uns die Geräusche des Feuerwerks. Die Lichter des Städtchens lagen nicht weit vor uns, und eine Minute später gingen wir wieder runter zum Strand, als wären wir nur kurz im Pop In gewesen, um uns etwas zu essen zu holen. Als wäre nichts gewesen.

Jameson hielt immer noch meine Hand, und ich zog sie nicht weg. Am Strand angelangt, drückte er sie, beugte sich vor und flüsterte mir ins Ohr: »Zehn Sekunden, schätze ich.«

Mein Herz hämmerte. Gibson war ein Stück weiter unten am Strand an einem Picknicktisch stehen geblieben und lehnte sich mit der Hüfte dagegen. Weitere Feuerwerkskörper explodierten über dem See, und ich zählte im Kopf von zehn rückwärts.

Bei zwei angelangt, hielt ich den Atem an. Wartete. Doch nichts geschah.

»Ach, Mist«, sagte Jameson. »Vielleicht war die Lunte ...«

Der lauteste Knall, den ich je gehört hatte, zerriss die Nacht. Ein weiterer Feuerwerkskörper explodierte genau rechtzeitig, um die riesige Wassersäule zu beleuchten, die sich in die Luft erhob. Manche Leute hielten sich die Ohren zu, andere erschraken und zuckten zusammen. Aber weit mehr stießen die Fäuste nach oben und jubelten.

Ich beobachtete, wie das Wasser wieder nach unten platschte und in einem weiten Bogen um das auftraf, was einmal Gibsons selbst gebautes Floß gewesen war. Ich musste lachen. Das Geräusch der Explosion und das laute Platschen waren seltsam zufriedenstellend. Ich bekam eine winzige Ahnung davon, was Jungs an solchen Sachen so toll fanden. Das war lustig.

Jameson und sein Bruder grinsten sich kurz an, dann ging Gibson in die andere Richtung weg, seine Körpersprache wirkte entspannt und lässig.

Neben uns räusperte sich jemand.

»Alles Gute zum Unabhängigkeitstag«, sagte Jameson und hob sein Kinn in Richtung Sheriff Tucker. Er hielt immer noch meine Hand.

»Du weißt nicht zufällig etwas über diese Explosion da draußen, oder, Bodine?«, fragte Sheriff Tucker.

»Nicht wirklich, Sir«, meinte Jameson.

Aus Sheriff Tuckers Kehle drang ein summender, misstrauischer Laut, der ein wenig rau klang. »Glaubst du, deine Brüder wissen etwas darüber?«

Jameson zuckte mit den Schultern. »Da müssen Sie sie schon fragen. Ich verbringe den Feiertag mit meiner alten Freundin Leah Mae hier.«

Der Blick des Sheriffs fiel auf mich, und sein Gesicht wurde weicher. »Oh, hi, Miss Larkin. Wie schön, Sie wieder hierzuhaben.«

Ich lächelte. »Danke. Ich habe es vermisst.«

»Natürlich.« Er nickte. »Schöner Ort zum Leben, Bootleg Springs. Na gut, dann genießt mal noch den Abend, ihr zwei.«

Der Sheriff ging den Strand hinunter, und Jameson ließ endlich meine Hand los. Sie fühlte sich kalt an, als die Wärme seiner Haut plötzlich verschwand.

»Wenn der wüsste«, sagte Jameson und lächelte mich an. »Du bist diejenige, die das Ganze gezündet hat.«

»Nur, weil du mich mitgenommen hast. Es war nicht meine Idee.«

Jameson lachte. »Und niemand würde dieses hübsche Gesicht verdächtigen. Du siehst zu süß aus, um Wunderkerzenbomben hochgehen zu lassen.«

Unsere Blicke trafen sich, unser Lächeln erstarb. Mein Herz hämmerte, seit ich gespannt auf die Explosion gewartet hatte. Die Art und Weise, wie mich Jameson nun ansah, ließ es noch schneller schlagen. Sein Blick wanderte zu meinem Mund hinunter. Instinktiv leckte ich mir die Lippen.

Er blinzelte und schaute weg, rieb sich den Nacken.

Ich hatte Angst, er konnte sagen, dass er nun nach Hause ging. Wie ich ihn gerade angesehen hatte, war nicht richtig gewesen, das wusste ich. Was mir dabei durch den Kopf geschossen war, war nichts, was eine verlobte Frau denken sollte, wenn sie bei einem anderen Mann war. Jameson war nur ein guter Freund. Selbstgebrannten zu trinken und dann im Dunkeln mit ihm herumzulaufen, machte mich leichtfertig.

»Sollen wir uns hinsetzen und den Rest des Feuerwerks anschauen?«, fragte er.

Erleichtert atmete ich auf. Ich hatte den Abend nicht ruiniert. »Ja, gern.«

Wir gingen zurück zu unserer Decke und setzten uns hin. Ich sorgte dafür, dass jede Menge Abstand zwischen uns war. Doch selbst wenn ich einfach nur mit ihm am Strand saß, unsere Gesichter zum Himmel gewandt, plagte mich ein schlechtes Gewissen. Mit einem alten Freund abzuhängen, war in Ordnung, doch meine Gedanken schweiften in Gefilde, in denen sie nichts verloren hatten.

Es dauerte nicht lang, bis ich beschloss, dass es am besten für mich wäre, in meine Hütte zurückzukehren. Es war spät, und wir hatten uns heute prächtig amüsiert. So gut wie seit ... Ich konnte mich nicht erinnern, wie lange das her war. Doch ich empfand Dinge, die ich nicht verstand. Dachte an einen Mann, der nicht derjenige war, der mir diesen Ring an den Finger gesteckt hatte. Das war Kelvin gegenüber nicht fair und auch Jameson gegenüber nicht. Er war mir immer ein guter Freund gewesen, und das wollte ich jetzt nicht ruinieren.

Jameson bot an, mich nach Hause zu begleiten, doch ich lehnte es ab. Ich konnte von dort, wo wir saßen, mein Ferienhaus erkennen, es war nicht weit zu laufen. Als ich die Tür erreichte, blickte ich über die Schulter und sah, dass er am Rand der Menge stand und zu mir herüberschaute. Als wollte er sich vergewissern, dass ich gut nach Hause kam.

Wahrscheinlich machte er genau das. Ganz der Gentleman.

Ich winkte ihm ein wenig zu, und er hob die Hand. Obwohl sich ein Teil von mir nicht verabschieden wollte, ging ich hinein und schloss die Tür hinter mir.

12

Leah Mae

Mich selbst im Fernsehen zu sehen, war seltsamer, als ich gedacht hätte. Ich hatte Videos von mir auf dem Laufsteg gesehen. Und ein Fotoshooting, an dem ich teilgenommen hatte, wurde für eine Dokumentation über das Modeldasein verwendet. Aber das war nicht dasselbe, wie in einer Fernsehshow zu sein. Auch wenn es sich um eine sogenannte Realityshow handelte.

Es fühlte sich nicht an, als würde ich *mich selbst* sehen. Die Frau auf dem Bildschirm schien eine andere zu sein. Sie sah aus wie ich, mit den knochigen Ellbogen und der Lücke zwischen den Schneidezähnen. Sie klang auch wie ich. Aber mit jeder Episode, die ausgestrahlt wurde, war sie immer weniger die Leah Larkin, die ich kannte. Die Leah Larkin, die ich glaubte zu sein.

Ein Teil der Fremdheit rührte vermutlich daher, dass die Show real sein sollte, es aber nicht war. Ich wusste, dass ich schauspielerte, wusste von all den Coachings und dem Nachdrehen von Szenen. Doch die meisten Leute wussten das nicht, deshalb glaubten sie, dass die Leah, die sie dort sahen, echt war. Ich wusste nicht, was ich davon halten sollte, vor allem davon, wie sehr sie die Show beim Schneiden noch verändert hatten.

Ich saß bei meinem Vater auf dem Sofa, die Fernbedienung in der Hand. Seit letzten Sonntag, als ich die Wunderkerzenbombe gezündet hatte, hatte ich Jameson nicht mehr gesehen. Das war fast eine Woche her – jetzt war Freitagabend –, und der Gedanke daran brachte mich noch immer zum Lächeln. Das war so albern gewesen. So kindisch. Doch mit dem Hindernisparcours, dem Essen, dem Feuerwerk und dem kleinen Abenteuer mit Jameson und seinem

Bruder war es einer der besten Tage gewesen, die ich seit Jahren erlebt hatte.

»Worüber lächelst du, Liebes?«, fragte Dad.

Er saß in seinem Fernsehsessel, das Tablett mit dem Abendessen auf dem Schoß. Seine Hautfarbe sah jetzt besser aus, und auch wenn er noch an sein Sauerstoffgerät angeschlossen war, klang sein Atem viel klarer. Wahrscheinlich konnte ich nach L. A. zurückkehren, er würde wohl zurechtkommen.

Bei diesem Gedanken sank mir das Herz.

»Och, wo ist es jetzt hin?«, fragte er.

»Was denn?«

»Dein Lächeln«, erwiderte er.

Ich zuckte mit den Schultern. »Alles gut.«

Er musterte mich einen Moment lang, als würde er mir nicht glauben. »Diese Show, in der du da mitspielst, ist ein bisschen seltsam, findest du nicht auch?«

»Fast alles ist ein Fake.« Ich hatte keine Bedenken, meinen Vater die ungeschminkte Wahrheit zu sagen. »Sie haben mir oft vorgegeben, was ich sagen soll, und mich durch all diese Interviews, die man zwischendurch sieht, gecoacht.«

»Hmm.«

Die Show ging weiter, und ich saß mit steifem Rücken da. Durch die Art und Weise, wie sie die Episoden zusammengeschnitten hatten, fiel es mir schwer, vorherzusehen, was als Nächstes passierte. Es fühlte sich seltsam an, Clips von mir selbst zu sehen und nicht zu wissen, wobei ich als Nächstes gezeigt wurde oder was ich gleich sagen würde. Ich sah, dass sie verschiedene Momentaufnahmen und Gesprächsfetzen zusammengesetzt hatten – in der Filmindustrie nannte man das Frankenbites –, doch ich wusste, dass das den meisten Zuschauern nicht auffiel.

Am Anfang der Episode lag der Fokus auf Rudy Barron, einem Basketballprofi, der die NBA letztes Jahr verlassen hatte, und auf Simone Prince, die Tochter eines reichen Hotelmoguls. Sie schienen bei den

Dreharbeiten gut miteinander ausgekommen zu sein, doch von der ersten Episode an war das Filmmaterial so zusammengeschnitten worden, dass es aussah, als wären sie erbitterte Feinde. Einem Clip von Simone, in dem sie etwas anfunkelte, was die Kamera nicht erfasste, folgte eine Aufnahme von Rudy.

Dann war wieder ich auf dem Bildschirm zu sehen. Alle saßen bei Kerzenlicht in der Hütte. Die Challenge dieser Episode war vorbei, und ich wusste bereits, dass Brock gewonnen hatte und damit praktisch immun dagegen war, aus der Sendung herausgewählt zu werden. Wir hatten das Ende dieser Episode auf mehrere Arten gefilmt. In einer der Versionen wurde ich herausgewählt, aber Brock gab – ganz ritterlich – seine Immunität auf, damit ich bleiben konnte. In einer anderen Version wurde jemand anderes rausgewählt, und ich machte eine Riesenshow darum, wie erleichtert ich war. Ich fragte mich, welches Ende sie wohl benutzen würden.

Brock stand auf und sah sich um. Die Kamera schwenkte zu mir, und ich blickte scheinbar in Brocks Richtung. Er neigte den Kopf ein wenig, als würde er jemandem ein Zeichen geben – mir offenbar, auch wenn ich mich nicht daran erinnerte –, dann verschwand er in einem der hinteren Zimmer.

Die Kamera schwenkte über den Rest der Besetzung und zeigte, wie sie im schummrigen Licht ihren Beschäftigungen nachgingen. Als sollte gezeigt werden, dass alle zu tun hatten und niemand auf Brock achtete.

Ich stand auf und schlüpfte mit ihm ins Hinterzimmer.

Mir drehte sich der Magen um. Ich weiß noch, dass ich mit Brock dorthin gegangen war. Die Produzenten hatten eine Nachricht von seiner Frau überbracht, aber seine Bitte, sie zurückrufen zu dürfen, abgelehnt. Sie hatte sich das Bein gebrochen, und er machte sich Sorgen um sie. Aber wir durften während der Dreharbeiten keinen Kontakt zur Außenwelt aufnehmen.

Er hatte es mir früher an diesem Tag erzählt, und ich wusste, dass er beunruhigt war. Deshalb waren wir nach hinten gegangen, hatten uns dort hingesetzt und eine Weile geredet. Mir war nicht klar gewesen, dass die Crew das gefilmt hatte.

Leise Stimmen waren durch die Tür zu hören, aber es war, als könnten die Mikrophone die Worte nicht deutlich aufnehmen. Es klang, als würden sich ein Mann und eine Frau unterhalten, aber man hörte nicht, wer es tatsächlich war.

Dann gab es einen Schnitt, um zu zeigen, dass die anderen Kandidaten noch immer keine Ahnung hatten, was sich hinter der Tür angeblich abspielte.

Die Kamera schwenkte wieder auf die Tür zum hinteren Zimmer, und Untertitel mit unseren Namen erschienen unten am Bildschirm.

Leah: Bist du wirklich okay?

Brock: Ja, geht schon.

Leah: Gut. Dann komm her.

*Brock: *stöhnt* Das sollten wir echt nicht tun.*

Leah: Niemand wird es erfahren.

Brock: Bist du sicher?

*Leah: Klar. *Geräusch eines Reißverschlusses* Vertrau mir.*

*Brock: O f***, Leah. Heilige Sch***.*

Zorn loderte in mir auf. Sie hatten tatsächlich *Geräusch eines Reißverschlusses* auf dem verdammten Bildschirm erscheinen lassen, und zwar inmitten von Worten, die ich nie gesagt hatte. Meine Wangen brannten, und ich schaltete den Fernseher aus.

»Das war nicht echt, Dad«, erklärte ich, weil mir plötzlich schmerzlich bewusst wurde, dass mein Dad gerade zugesehen hatte, wie seine Tochter scheinbar kurz davor war, in einer Abstellkammer einem Kerl einen zu blasen. »Nichts davon ist passiert. Das habe ich nie gesagt, sie haben alles erfunden.«

Er bedachte mich mit einem mitfühlenden Lächeln. »Ach, Liebes.«

Tränen brannten mir in den Augen, aber ich wollte nicht weinen. Ich war wütend, und Tränen würden mir jetzt nicht helfen. Ich stand auf und ging nach draußen, wo ich Kelvins Nummer anrief.

»Ja?«, antwortete er.

»Weißt du, was sie in dieser verdammten Show gemacht haben?«, fragte ich. »Hast du sie schon gesehen?«

»Babe, bei euch ist es drei Stunden früher«, rief er mir ins Gedächtnis. »Sie wurde noch nicht ausgestrahlt.«

»Sie haben es so aussehen lassen, als hätte ich Brock Winston in der verdammten Abstellkammer einen geblasen.«

»Oha, beruhige dich«, meinte er. »Bestimmt ist es halb so schlimm.«

»Machst du Witze?« Ich bemühte mich, meine Stimme zu senken, damit mein Dad mich nicht hören konnte, aber es fiel mir schwer, mich zu beherrschen. »Kelvin, sie haben falsche Untertitel verwendet. Ich habe den Reißverschluss an seiner verdammten Hose nie aufgemacht und ihn auch nie zu einem verdammten Blowjob überredet.«

»Leah, jetzt mach mal halblang.«

Die Augen quollen mir aus dem Kopf, meine Kehle schnürte sich zu. Ich starrte in die Dunkelheit, mein Mund stand offen, unfähig, ein Wort herauszubringen.

»Hör mal, Babe«, sagte er mit nervtötend ruhiger Stimme. »Die Quoten werden nach dieser Episode durch die Decke gehen. Warte mal, ich checke gerade etwas. Oh, Gott, Leah, das ist perfekt.«

»Was?«

»Brock rettet dich am Ende«, erwiderte er. »Ich schaue mir gerade Spoiler an. Er benutzt seine Immunität dafür, dich in der Hütte zu halten.«

»Das ist eine Katastrophe. Ich bin am Arsch, Kelvin. Offiziell bin ich jetzt Leah Larkin, die Schlampe, die Ehen zerstört.«

»Du überreagierst«, sagte er zerstreut.

»Gott, warum sagst du das dauernd?«, fragte ich. »Ich überreagiere überhaupt nicht. Die Welt wird mich hassen, und ich werde nie wieder ein vernünftiges Jobangebot bekommen.«

»Aber ich sagte doch schon, überlass das mir.«

»Dein neuester Vorschlag war eine Datingshow mit sechs Männern und einer Frau. Ich bin mir deines Urteilsvermögens gerade gar nicht mehr so sicher.«

»Schon morgen wird das ganze Land den Namen Leah Larkin kennen. Dann bist du kein dahergelaufenes hübsches Model mehr, sondern die sexy Blondine, die so heiß ist, dass sie Brock Winston von Maisie Miller ablenken kann. Die Leute werden verrückt danach sein. Es ist eine großartige Story. Diese Art von Aufmerksamkeit lässt sich nicht mit Geld kaufen, Babe.«

»Aber es ist nicht die richtige Art von Aufmerksamkeit«, entgegnete ich. »Mein Ruf ist im Eimer.«

»Du machst Folgendes«, sagte er. »Halt den Ball flach. Bleib in Backwoods Springs oder wo immer du gerade bist. Du bist von der Bildfläche verschwunden. Niemand weiß, wo du bist. Schalt das GPS auf deinem Handy aus und poste nichts, was deinen Aufenthaltsort verraten könnte. Teile Fotos von deinem Frühstück und so Kram auf Instagram, als wäre nichts passiert. Warte, bis sich die Lage beruhigt hat, und währenddessen arbeite ich an dem, was als Nächstes kommt. Alles wird gut.«

Ich atmete aus. Ich vertraute nicht darauf, dass er recht hatte, aber was hätte ich machen sollen? Es war richtig, dass niemand wusste, dass ich hier war. Morgen müsste ich jedoch der Stadt unter die Augen treten, und mir war klar, dass die meisten Leute hier die heutige Episode gesehen hatten. Das hasste ich noch mehr als die Aussicht auf all das, was die Klatschspalten beinhalten würden. Ich wünschte verzweifelt, meine Nachbarn in Bootleg würden nicht glauben, dass die Dinge, die sich in dieser Episode zutrugen, wahr wären. Aber es hatte keinen Zweck, darüber mit Kelvin zu reden. Er würde es ohnehin nicht verstehen.

Oder sich darum scheren.

»Ich muss aufhören«, sagte ich. »Ich rufe dich morgen an.«

»Nacht, Babe.«

Ich legte auf und ließ mich in Dads Schaukelstuhl sinken. Entgegen aller Vernunft rief ich die Fan-Website von *Roughing It* auf. Die Schlagzeile lautete *Leah verführt Brock!* Ich wusste, dass ich diesen Post nicht lesen sollte, aber irgendwie konnte ich mich nicht beherrschen.

Die heutige Episode von Roughing It, der Moment, den wir alle erwartet … oder eher gefürchtet hatten, als wir gespannt vor dem Bildschirm saßen. Leah Larkin, die schlaksige Blondine, die schon seit Episode eins hinter Brock her ist, hat endlich bekommen, was sie wollte. Ohne Brocks Beziehungsstatus zu respektieren oder sich darum zu scheren, was sie damit Maisie Miller – Brocks Ehefrau – antun würde, lockte Leah Brock in eine Besenkammer und näherte sich ihm dort auf unangemessene Weise. Zweifellos war Brock Leahs Verführungskünsten hoffnungslos ausgeliefert. Welcher Kerl könnte letztendlich dem, was sie ihm da anbot, schon widerstehen, wenn er sich ohnehin in einer geschwächten Position befindet?

Für Leah Larkin gibt es morgen ein böses Erwachen, denn sie wird zweifellos herausfinden, dass sie die meistgehasste Frau Amerikas ist.

Tränen ließen meine Sicht verschwimmen, deshalb las ich nicht weiter. O mein Gott. Die meistgehasste Frau Amerikas? Sie hatten recht. Alle liebten die Romanze zwischen Brock und Maisie. Sie waren nervtötend süß, schwärmten bei jeder Gelegenheit, die sich ihnen bot, öffentlich füreinander. Ihre Hochzeit war *das* Promi-Ereignis des Jahres gewesen.

Am liebsten hätte ich auf allen meinen Social-Media-Accounts alles abgestritten. Und die Wahrheit gepostet. Doch ich hielt mich davon ab. Damit würde ich gegen meinen Vertrag verstoßen. Das Filmstudio würde mich auf die schwarze Liste setzen. Oder Schlimmeres. Sie könnten mich wegen Vertragsbruchs anklagen. Und dann? Ich hatte nicht genug Geld für einen Rechtsstreit mit einem Fernsehsender.

Mir war in dieser Geschichte die Rolle des Bösewichts untergejubelt worden, und ich konnte absolut nichts dagegen tun.

13

Jameson

Leah Mae schien abgetaucht zu sein. Ich schrieb ihr ein paarmal, um herauszufinden, wie es ihr ging. Um sie zu fragen, ob wir uns treffen sollten, damit sie sich ein wenig von allem ablenken konnte. Doch sie antwortete, dass sie mit ihrem Dad alle Hände voll zu tun habe. Zufällig hatte ich aber von Betsy Stirling erfahren, dass es Clay Larkin besser ging. Leah Mae benutzte ihn nur als Ausrede, um sich zu verstecken.

Nicht dass ich ihr das verdenken könnte. Es gab jede Menge Gerede, und ihr Name war in aller Munde – nichts davon war gut.

Ich hatte mir *Roughing It* nicht angesehen. Nach meinem Handgemenge mit Rhett hatte ich damit aufgehört. Es fühlte sich falsch an, es mir anzuschauen, so als würde ich damit etwas Geschmackloses unterstützen. Doch ich hatte die Klatschgeschichten gehört und wusste, wie die Show sie porträtiert hatte.

All diese Leute, die im Internet Quatsch über sie erzählten, kannten sie nicht, und ganz bestimmt scherten sie sich nicht um sie. Sie wollten ihre pikante Story. Wollten sich als etwas Besseres fühlen, indem sie jemand anderes in den Schmutz zogen. Eine hübsche Frau von ihrem Podest stießen.

Das hatten sie bekommen, schön und gut.

Die ganze letzte Woche war ich auf Angriff gebürstet gewesen, bereit, sie zu verteidigen. Unnötigerweise, wie es sich herausstellte. Das ganze Städtchen war außer sich. Generell war man sich einig, dass die Show völliger Schwachsinn war in Anbetracht dessen, dass Leah Mae dauernd so dargestellt wurde, als könnte sie sich nicht selbst helfen. Niemand, der in Bootleg Springs aufgewachsen war, wäre je so hilflos, wie sie sie darstellten.

Und seit sie wieder da war, mochten die Leute sie, als wäre sie nie weg gewesen. Sie war einfach Leah Mae, Clay Larkins Tochter. Nicht diese Leah Larkin, Model und Realityshowstar und all das. Sie sahen sie so, wie sie war, und betrachteten sie als eine der Ihren.

Nicolette hatte erklärt, dass die Show nicht mehr im Lookout laufen würde. Die Leute, die zu Fernsehabenden eingeladen hatten, sagten entweder ab oder suchten sich eine andere Show, die dann angeschaut wurde. Im Moonshine hatte ich sogar Leute darüber reden hören, dass sie Kommentare unter den Online-Artikeln hinterlassen hatten, in denen sie anprangerten, dass die Show ein Fake sei. Millie Waggle, die kaum je das Wort ergriff oder irgendetwas Schlechtes über jemanden sagte, war völlig ausgeflippt, als Rhett Ginsler ihr hatte weismachen wollen, dass Realityshows real waren, auch diese. Sie hatte ihm sein Abendessen geradewegs in den Schoß gekippt und war gegangen.

Das Bedürfnis, sich für Leah Mae einzusetzen – oder wenigstens dafür zu sorgen, dass sie sich besser fühlte –, war riesig. Aber es gab eine Linie, die ich nicht überschreiten konnte, und ich war mir nicht ganz sicher, wo sie verlief.

Seit sie wieder da war, fühlte es sich zwischen uns an wie früher – wie in diesen Sommern, die sie hier bei ihrem Dad verbracht hatte. Ich fühlte mich so wohl bei ihr wie schon immer. Als wäre sie wieder meine beste Freundin.

Aber ehrlich gesagt, war ich ein kleines bisschen verliebt. Das gestand ich mir nur widerwillig ein, doch ich konnte nicht leugnen, wie gut es sich anfühlte, wenn sie bei mir war. Sie hellte meine Stimmung auf wie noch nie jemand zuvor. Das war nicht richtig, und ich würde dem ganz bestimmt nicht nachgeben. Aber es machte das, was ich momentan ihr gegenüber empfand – dieses Bedürfnis, sie zu beschützen – kompliziert.

Es stand mir nicht zu, mich zu gebärden, als wäre ich mit ihr zusammen – als wäre ich der Mann in ihrem Leben. Ich musste mich verhalten wie ein guter Freund, ganz egal, was der Rest von mir wollte, deshalb fragte ich mich, was ein guter Freund in diesem Fall tun würde.

Ein Freund mochte vielleicht eine kleine Überraschung für sie auf Lager haben. Etwas, das ihr zeigte, dass sie sich nicht zu verstecken brauchte. Zumindest nicht hier in Bootleg.

Scarlett hatte heute Abend zu einem Lagerfeuer eingeladen, und ich beschloss zu versuchen, Leah Mae aus ihrem Schlupfwinkel zu locken. Ich teilte meiner Schwester mit, was ich im Sinn hatte. Natürlich war sie Feuer und Flamme und musste nicht erst dazu überredet werden. Wir dachten uns etwas aus, womit wir Leah Mae aufmuntern konnten – ihr zeigen konnten, dass wir alle auf ihrer Seite standen. Alles, was ich tun musste, war, sie irgendwie dorthin zu lotsen.

Ich machte mir nicht die Mühe, ihr zu schreiben oder sie anzurufen. Das hatte ich bereits probiert. Am Telefon war es leichter, eine Einladung auszuschlagen. Man konnte behaupten, man habe zu tun, ob das nun stimmte oder nicht. Sie war nicht in ihrem Ferienhaus, deshalb fuhr ich raus zu Clay Larkin, um sie abzuholen.

Der Schotter knirschte unter meinen Reifen, als ich in die Einfahrt fuhr. Es dämmerte bereits, aber das Licht auf der Veranda brannte. Ich wurde ein wenig nervös, blickte zur Haustür hinauf – fragte mich, ob es richtig gewesen war herzukommen. Aber ich hasste die Vorstellung, Leah Mae könnte da drin sitzen und Angst haben, herauszukommen und der Welt zu begegnen.

Ich ging die Stufen hinauf und klopfte an die Tür, dann rieb ich mir den Nacken und schob die Hände in die Hosentaschen. Nervöse Angewohnheit. Leah Mae öffnete und riss die Augen auf, als sie mich sah. Sie trug eine kurzärmlige rosafarbene Bluse und einen geblümten Rock.

Gott, war sie hübsch.

»Jameson«, sagte sie.

»Hey, Darling.« Ich hätte sie nicht *Darling* nennen sollen, das wusste ich. Aber es war mir einfach so über die Lippen gekommen. »Lange nicht gesehen. Deshalb dachte ich mir, ich komme mal vorbei und schaue nach, wie es dir geht.«

»Danke. Eigentlich ganz okay. Komm doch rein.«

»Gerne.«

Ich folgte ihr nach drinnen und nickte ihrem Dad zu. Er saß in seinem Fernsehsessel und nickte ebenfalls.

»Jameson Bodine«, sagte er. »Wie geht's dir, mein Junge?«

»Kann mich nicht beklagen, Sir. Ich dachte, ich schaue mal rein und frage Leah Mae, ob sie mit mir zu meiner Schwester Scarlett kommen will. Sie macht ein Lagerfeuer am See.« Ich wandte mich an Leah Mae. »Was hältst du davon?«

Sie verschränkte die Hände miteinander und zog die Augenbrauen zusammen. »Ich weiß nicht so recht.«

»Es wird dir guttun, ein wenig rauszukommen«, sagte Mr. Larkin.

Ich sah sie an. »Das wird bestimmt nett, glaub mir.«

Sie belohnte mich mit einem kleinen Lächeln und kaute auf ihrer Unterlippe herum. Gütiger Himmel, ich wollte auch an dieser Unterlippe knabbern. Ich räusperte mich und widerstand dem Drang, mir erneut den Nacken zu reiben.

»Na gut, aber nur eine kleine Weile«, sagte sie. »Kommst du dann heute Abend zurecht, Dad?«

»Gewiss doch. Hab einen schönen Abend, Liebes. Wir sehen uns morgen.«

Sie gab ihrem Dad einen Kuss auf die Wange und holte ihre Jacke. Ich nickte Mr. Larkin noch einmal zu und ging mit seiner Tochter zur Haustür hinaus.

Wir stiegen in meinen Truck und machten uns auf den Weg zu Scarlett und Devlin. Leah Mae war nervös. Sie hatte die Hände im Schoß verschränkt und sah aus dem Fenster. Gerne hätte ich sie berührt – ihre Hand gehalten oder ihr über den Oberschenkel gestrichen –, doch ich ließ meine Hände am Lenkrad, wo sie hingehörten.

»Ich weiß, dass du dir Sorgen machst«, sagte ich. »Aber alles ist okay, lass dir das von mir gesagt sein. Du brauchst nicht nervös zu sein, weil du ausgehst.«

»Alle haben es gesehen«, erwiderte sie leise. »Und was die Leute so reden …«

»Du solltest nicht mehr lesen, was diese Idioten im Internet über dich schreiben.«

Sie blickte mich von der Seite an. »Ja, aber die halbe Stadt hat die Show gesehen. Sie kennen diese Episode.«

»Bestimmt mehr als die Hälfte«, sagte ich. »Aber glaub mir, Darling, Bootleg ist nicht so leichtgläubig.«

Ich fuhr vor Scarletts Haus vor und parkte zwischen den übrigen Autos und Trucks ein. Musik war zu hören, und jemand hatte ein beeindruckendes Lagerfeuer entfacht. Dev stand daneben, er hatte die Arme um Scarlett gelegt, die ihren Kopf an seine Brust lehnte. Die üblichen Verdächtigen waren gekommen. Meine Brüder, einschließlich Jonah. Cassidy und June. Da waren Nash und Buck, Opal Bodine und ein Dutzend weiterer Bootlegger. Alle hatten Bierflaschen oder Plastikbecher in der Hand. Sie redeten, tanzten, lachten. Eine ganz normale Sommernacht in Bootleg.

Scarlett entdeckte uns, als wir näher kamen, ihr Gesicht leuchtete auf. Ich zwinkerte, und sie grinste mich an.

»Hey, zusammen«, sagte sie. Ihre Stimme übertönte die Musik. »Seht mal, wer da gekommen ist.«

Leah Mae blieb wie angewurzelt stehen.

Ich legte ihr die Hand auf den unteren Rücken und beugte mich vor, um ihr ins Ohr zu flüstern. »Alles okay, Darling.«

»Hey, hallo!«, riefen die anderen und erhoben ihre Becher und Flaschen in unsere Richtung.

»Ich hab was für euch«, sagte Scarlett. »Wartet mal ab.«

Scarlett ging ins Haus, während ich Leah Mae auf das Feuer zuschob. Sie hielt sich nah bei mir, und ich musste mich beherrschen, ihr nicht den Arm um die Schulter zu legen.

»Macht mal kurz die Musik aus«, sagte Scarlett, während sie, dicht gefolgt von Devlin, durch die Haustür trat. Die Musik erstarb. Sie und Dev trugen Tabletts, auf denen in ordentlichen Reihen Gläser standen, jedes davon war mit einem Klecks Schlagsahne dekoriert. »Wir alle wissen, was diese beschissene Show mit unserer Leah Mae hier angerichtet hat. Um zu zeigen, dass wir absolut solidarisch mit unserer Bootleg-Schwester sind, haben wir hier für jeden von euch einen Blowjob. Den Cocktail, meine ich!«

Der Jubel der Menge zerriss die Nacht. Leah Mae lachte, was wie Musik in meinen Ohren klang.

Lächelnd brachte Scarlett das Tablett zu ihr. »Du zuerst, Miss Larkin.«

Leah Mae nahm eines der Gläser und hielt es hoch. Dabei warf sie mir einen raschen Blick zu. Ihre grünen Augen schimmerten im Feuerschein.

»Prost«, sagte sie und setzte das Glas an ihre Lippen. Sie legte den Kopf in den Nacken, trank und hielt dann das leere Glas über ihren Kopf.

Alle jubelten, jauchzten und grölten. Leah Mae lachte, als sie das Glas zurück aufs Tablett stellte. Sie hatte Schlagsahne auf der Lippe und, Gott, ich wünschte, ich könnte sie ablecken.

Verdammt. Ich musste aufhören, so etwas zu denken.

»Jetzt du, Jameson«, sagte Scarlett.

Ich nahm ein Glas, und die anderen kamen näher, um sich auch eins zu holen. Als die Tabletts leer waren, erhoben wir alle die Gläser. Normalerweise ergriff ich bei solchen Gelegenheiten nie das Wort, doch dieses Mal war es anders.

»Auf Leah Mae.« Ich hob mein Glas.

»Leah Mae!«, riefen die anderen.

Dann kippten wir alle unser Getränk hinunter. Leah Mae sah uns dabei lächelnd zu. Ich stellte mein Glas ab und leckte mir über die Lippen. Diese Schlagsahne war überall. Sie hatte immer noch ein wenig davon im Mundwinkel. Obwohl ich wusste, dass ich das wahrscheinlich lieber nicht tun sollte, rieb ich ihr mit dem Daumen über die Lippen, um den Rest abzuwischen.

Sie biss sich auf die Unterlippe und fasste sich an den Mund.

»Danke. Du, ähm ... du hast da auch was.« Und dann glitt ihr Daumen über meine Lippe. Die winzige Berührung ließ mein Herz rasen, und Hitze strömte in meine Leistengegend.

Die Musik setzte wieder ein, und Jonah reichte jedem von uns ein Bier. Einige Paare tanzten, irgendjemand forderte noch einen Blowjob, und alle Umstehenden fingen an zu lachen.

Cassidy und Scarlett zogen Leah Mae auf die andere Seite des Feuers. Um über Mädelskram zu plaudern, nahm ich an. Ich nahm mich zurück und nippte an meinem Bier. Beobachtete.

Ein neuer Song begann, und ich zuckte zusammen. Er war von Brock Winston. An Leah Maes Gesichtsausdruck konnte ich erkennen, dass es ihr auch auffiel. Nach den ersten paar Zeilen merkten auch die anderen, wer da sang. Ein Chor aus Buh-Rufen erhob sich, übertönte die Musik. Leah Mae lachte wieder und sah mich an. Ich zwinkerte ihr ein wenig zu.

Als die Buh-Rufe abebbten, hatte bereits jemand zu einem anderen Lied gewechselt. Gibson saß am Feuer und klimperte auf seiner Gitarre. Neben ihm saß Bowie und starrte zu Cassidy Tucker hinüber. Wie immer. Ich schüttelte den Kopf, aber ich konnte ihn wohl schlecht kritisieren. Immerhin war ich derjenige, der sich gerade blödsinnigerweise in eine Frau verliebte, die nie mehr als eine gute Freundin sein konnte.

Irgendwie fragte ich mich, ob ich zu kaputt war, um jemanden zu lieben. Vielleicht war ich viel zu gut darin gewesen, mir die Menschen vom Leib zu halten, und hatte nie Raum geboten, um jemanden an mich heranzulassen. Ein Jammer, dass nun, da es zum ersten Mal das Risiko wert sein könnte, die Frau schon vergeben war.

Ich beobachtete sie über das Feuer hinweg, ein Bier in der Hand. Der Lichtschein der Flammen schimmerte auf ihrer glatten Haut. Flackerte in ihren Augen. Sie lächelte, und meine Brust fühlte sich an, als würde sie gleich in sich zusammenfallen. Sie war einfach so verdammt schön. Das war nicht fair. Ich hatte nie eine Chance bei ihr gehabt – nicht wirklich –, deshalb sollte ich mich nicht dafür geißeln, dass ich nicht derjenige war, der mit ihr zusammen war. Ich starrte sie an, während der Feuerschein in ihren Augen tanzte, und mir schmerzte unerträglich die Seele.

Und ich fragte mich, ob ich die Chance, wenn ich sie je gehabt hätte, auch ergriffen hätte. Wenn sie mir morgen erklären würde, dass die Verlobung aufgelöst worden wäre, wenn der Ring verschwunden wäre und sie in Bootleg bleiben würde – was würde ich dann tun? Würde ich den Schritt wagen und das Risiko auf mich nehmen? Ihr gestehen, was ich empfand?

Ich wollte es gern glauben. Dass ich Manns genug wäre. Aber dass ich jahrelang von meinem Dad zu hören bekommen hatte, dass ich zu sensibel sei, zu weich, zu ängstlich, war nicht spurlos an mir vorbeigegangen. Ich hatte mich in mich selbst zurückgezogen und mich verdammt angestrengt, niemandem im Weg zu sein. Unsichtbar zu sein. Meine Kunst war die einzige Gelegenheit, bei der mein wahres Ich ans Licht kam. Wahrscheinlich war das der alleinige Grund, weshalb ich nicht geendet war wie Gibs – wütend auf die ganze Welt. Ich hatte ein gutes Ventil. Aber im Umgang mit Frauen war ich deshalb trotzdem nicht besser als er – zumindest nicht so richtig.

Scarlett tauchte neben mir auf und stieß mich mit dem Ellbogen an. »Geht's dir gut, Jame?«

»Ja«, sagte ich. »Danke für das alles hier.«

»Gerne«, erwiderte sie. »Es hat Spaß gemacht. Ich hoffe, die Botschaft ist bei ihr angekommen.«

»Ich denke schon. Klar und deutlich.«

»Weißt du, du solltest aufs Ganze gehen.«

»Aufs Ganze?«, fragte ich.

»Ja, aufs Ganze«, sagte sie und betonte das Wort dabei. »Mit Leah Mae. Weiß Gott, du magst sie, und sie mag dich offensichtlich auch.«

Ich nahm einen Schluck von meinem Bier und blickte wieder zu Leah Mae hinüber. Dachte daran, abzustreiten, was ich empfand. Aber das war sinnlos. Genauso sinnlos, wie mich in eine Frau zu verlieben, die ich nicht haben konnte. Es spielte keine Rolle, dass sie hier war, in

Bootleg Springs, und bei meiner Schwester am Lagerfeuer stand. Sie könnte genauso gut drüben in L.A. sein. Das änderte nichts an den Tatsachen.

»Kann ich nicht«, sagte ich.

»Komm schon«, entgegnete Scarlett. »Natürlich kannst du.«

Ich hasste es, es laut auszusprechen – das machte die Schmerzen in meiner Brust nur noch schlimmer. »Sie hat einen Ring am Finger, Scarlett. Und der ist nicht von mir.«

Plötzlich wollte ich nicht mehr hier sein. Ich würde Leah Mae nicht einfach hier zurücklassen, aber ich wollte mich auch nicht mehr mit meiner Schwester unterhalten. Ich nahm mein Bier und ging zum Wasser hinunter, brachte Abstand zwischen mich und die anderen. So fühlte ich mich besser. Sicherer. Hier konnte niemand den Schmerz sehen, der in mir tobte. Hier konnte ich eine Weile allein sein und einfach fühlen, was ich fühlen musste.

Etwas anderes blieb mir nicht übrig. Leah Mae konnte niemals die meine sein.

14

Leah Mae

Im Lookout war nicht viel los. Es war früh an einem Mittwochabend. Auf den Barhockern saßen einige Stammgäste, und ein paar Leute spielten Billard. Abgesehen davon war es ziemlich ruhig.

Ich wollte nicht unbedingt etwas Alkoholisches, deshalb bestellte ich mir ein Sodawasser mit Zitrone und wählte einen Tisch. Scarlett hatte mir geschrieben und mich gefragt, ob wir uns später hier treffen wollten. Ich freute mich über die Einladung. Nicht nur, weil ich dann einen Vorwand hatte auszugehen, sondern weil es sich gut anfühlte, einbezogen zu werden. Als hätte ich hier in Bootleg mehr Kontakt als nur zu meinem Vater.

Die nächste Episode von *Roughing It* war ausgestrahlt worden, und sie war noch schlimmer gewesen als die letzte. Ich hatte sie mir nicht angesehen, aber ein Blick in die Promi-Klatschspalten hatte mir alles gesagt, was ich wissen musste. Die Produzenten hatten das Videomaterial so zurechtgeschnitten, dass es aussah, als hätten Brock und ich wieder rumgemacht. Und wären dieses Mal sogar im Bett gelandet.

Um das Ganze noch schlimmer zu machen, hatten Brock und Maisie ihr Schweigen in den sozialen Medien gebrochen. Brock hatte sich darin öffentlich bei Maisie entschuldigt, und sie hatte Dinge gepostet wie *Beziehungen sind harte Arbeit und Wahre Liebe überwindet alles.*

Brocks Entschuldigung war vage gehalten, darin wurde nicht bestätigt, dass er Maisie mit mir betrogen hatte, es wurde jedoch auch nicht abgestritten. Es war lächerlich, aber ich wusste, dass er damit versuchte, sich an die Bedingungen in seinem Vertrag zu halten. Er wollte schließlich sein Honorar bekommen. Einen Teil davon bekamen wir, wenn wir unterzeichneten, einen weiteren Teil, wenn die

Dreharbeiten fertig waren. Der Rest davon wurde als eine Art Bonus zurückgehalten, der erst nach der letzten Episode ausgezahlt wurde. Damit stellten die Produzenten sicher, dass wir uns benahmen, während die Show gesendet wurde.

Ich hatte nichts über Brock in den sozialen Medien gepostet. Und zwar nicht des Geldes wegen. Zu diesem Zeitpunkt hätte ich gern etwas von meinem Verdienst an der Show abgegeben, um meinen guten Ruf wiederzuerlangen. Doch ich glaubte nicht, dass das helfen würde. Die Öffentlichkeit hätte dadurch nur noch mehr Stoff zum Lästern. Und wenn ich den Vertrag mit dem Filmstudio verletzen würde, würde man mich in ganz Hollywood auf die schwarze Liste setzen. Meine Karriere würde ein bisschen schlechte Presse überleben. Das war alles oberflächlich. Aber die schwarzen Listen würde sie nicht überleben.

Ich nahm einen Schluck von meinem Soda, die Kohlensäure prickelte auf meiner Zunge. Vielleicht hätte ich etwas Stärkeres bestellen sollen. Ich hoffte immer noch, dass den Leuten die Geschichte langweilig werden und sie sich etwas anderem zuwenden würden, wenn ich eine Weile von der Bildfläche verschwunden bliebe. Ich brauchte nur durch den Sommer zu kommen, dann war die Show vorbei.

In Bootleg zu sein, machte das Ganze leichter. Ich versteckte mich nicht direkt, aber ich teilte auch niemandem mit, dass ich hier war. Und das Städtchen schien zu verstehen, dass ich die Sicherheit brauchte, mich hier halbwegs geheim aufhalten zu können. Es bestand immer das Risiko, dass mich neugierige Touristen erkannten und ein Foto von mir schossen, deshalb war ich dazu übergegangen, stets eine Kopfbedeckung und eine Sonnenbrille zu tragen, wenn ich nach draußen ging. Aber ich fühlte mich hier geschützt.

Die Tür ging auf, ließ einen Schwall frische Luft herein. Ich blickte auf, doch es war ein junges Paar, das ich nicht kannte, nicht Scarlett. Ich lächelte vor mich hin, weil ich an ihr Lagerfeuer letzte Woche dachte. Ich war so besorgt gewesen, überhaupt auszugehen, doch all meine Ängste waren verflogen, als sie diese Blowjob-Drinks serviert hatte. Jameson und Scarlett hatten dieser ganzen Angelegenheit den Ernst genommen, und es wurde klar, dass sie – und ganz Bootleg – auf meiner Seite waren.

Ich hatte an dem Abend viel Spaß mit Scarlett und Cassidy gehabt. Auch mit Jameson, obwohl er so ruhig war. Aber mir gefiel seine Zurückhaltung – schon immer. Ich fühlte mich in seiner Gegenwart wohl wie mit kaum einem anderen Menschen.

Als er mich spät am Abend zu meinem Ferienhaus zurückgebracht hatte, war etwas in seinen Augen aufgeflackert. Ich war mir nicht sicher, ob ich es mir nur eingebildet hatte, aber er hatte traurig ausgesehen.

Seitdem hatte ich viel Zeit mit meinem Dad verbracht, hatte ihm im Haus geholfen. Gott sei Dank ging es ihm allmählich wieder besser. Laut Doc Trevor würde er schon bald keinen Sauerstoff mehr brauchen.

Meine Mom hatte mich gestern angerufen, und zuerst hatte sie mich gedrängt, zu ihr nach Jacksonville zu kommen. Ich wusste, dass sie sich Sorgen um mich machte, aber ich versicherte ihr, dass es mir hier in Bootleg gut ging. Ich war erleichtert, als ich hörte, dass sie und Steve sich die Show gar nicht ansahen. Sie war außer sich darüber, wie ich dargestellt wurde, und weigerte sich, sie anzuschauen.

Ich seufzte und nahm noch einen Schluck. Ich kam mir dumm vor, dass ich mich überhaupt auf diese Show eingelassen hatte. Damals erschien es mir richtig, dass Kelvin darauf beharrte, dies sei eine großartige Gelegenheit. Doch selbst wenn diese Show nicht diesen dummen Skandal verursacht hätte, verstand ich nicht, wie sie mir zu irgendwelchen richtigen Rollen hätte verhelfen sollen. Wie vielen Reality-TV-Stars gelang es schon, langfristig Karriere zu machen? Wahrscheinlich gab es ein paar. Die übrigen drehten noch mehr Realityshows in dem Versuch, im Rampenlicht zu bleiben, oder sie gerieten allmählich in Vergessenheit.

Ehrlich gesagt, hatte ich mitgemacht, weil ich mir *gewünscht* hatte, es wäre eine gute Gelegenheit. Nicht weil ich es *geglaubt* hatte. Tief in meinem Inneren hatte ich es gewusst. Doch ich hatte mir solche Sorgen gemacht, dass ich immer weniger Jobs als Model bekäme und sich keine Schauspielrollen auftäten, so dass ich keine Arbeit mehr hätte. Was sollte ich dann tun?

Darüber grübelte ich immer noch, und die Fragen waren größer, als ich mir eingestehen wollte. Warum hatte ich das so dringend gewollt? Solange ich denken konnte, wollte ich berühmt sein, aber warum? Wofür war Berühmtheit gut? Als Model kurz vor dem Durchbruch zu stehen, hatte manchmal Spaß gemacht. Es hatte mir einen Kick gegeben, mein Gesicht auf Werbeplakaten zu sehen und sogar auf den Titelseiten einiger Zeitschriften.

Aber wog dieser vorübergehende Kick die vielen Arbeitsstunden, die Reisen, die ständigen prüfenden Blicke und die Kritik auf? Seit ich siebzehn gewesen war, hatte ich nicht mehr das Gefühl gehabt, die Herrschaft über meinen eigenen Körper zu haben. Ich musste darauf achten, was ich aß. Durfte nicht zunehmen. Durfte mein Haar nicht verändern. Mein Leben wurde mir diktiert von Marken und Designern, die mich anheuerten. Für sie war ich kaum ein Mensch – nur ein Gesicht und ein Körper, die sie dazu benutzen konnten, ihre Produkte zu verkaufen. Austauschbar. Verfügbar.

Doch ich hatte nie etwas anderes getan. Wofür war ich sonst noch qualifiziert? Ich wusste, wie man über den Laufsteg schritt. Wie man posierte. Wie ich mich zu dem machte, was der Kunde von mir wollte. Solche Fähigkeiten ließen sich nicht so leicht auf andere Branchen übertragen.

Mein Handy vibrierte, weil ich eine Nachricht erhalten hatte, deshalb zog ich es heraus, um nachzusehen. Ich dachte, es wäre Scarlett. Aber es war Kelvin.

Kelvin: Schicke einen Vertrag. Bitte ASAP unterschreiben.

Ich: Was für einen Vertrag?

Kelvin: Neue Show.

Er meinte die Datingshow mit dem umgekehrten Harem. Er hatte so getan, als wäre meine Zustimmung bereits ausgemachte Sache, auch wenn ich ihm jedes Mal, wenn er davon angefangen hatte, Nein gesagt hatte. Er hörte mir einfach nicht zu.

Tat er das je? Er behauptete immer, meine Karriere würde ihm am Herzen liegen, aber stimmte das auch? So schien es, als alles gut gelaufen war. Als er mit Angeboten von Spitzendesignern zu mir gekommen war und wir mit Champagner gefeiert hatten. Als ich es vor ein paar Jahren auf das Titelblatt der *Vogue* geschafft hatte und es so wirkte, als könnte es immer nur aufwärtsgehen. Ich hatte das Gefühl gehabt, als hätte ich es ohne ihn nie so weit gebracht.

Aber hatte er sich je um meine Unbescholtenheit Gedanken gemacht? Im Moment eindeutig nicht. Nun, da die prestigeträchtigen Aufträge versickerten wie Wasser in der Wüste, schien er keine Skrupel zu haben, mich an den Meistbietenden zu verschachern, ganz egal, was derjenige von mir verlangte.

Tief in meinem Inneren kannte ich die Wahrheit. Er hatte mich immer als Ware gesehen. Als die Käufer respektierte Designer und berühmte Fotografen gewesen waren, hatte sich das nicht falsch angefühlt. Ich hatte diese Jobs gewollt. Doch jetzt war Kelvin bereit, mich an jeden zu verhökern, der bereit war, für mich zu bezahlen. Er hatte kein Problem damit, mich in eine weitere trashige Realityshow zu stecken – und dann auch noch eine *Datingshow*. Ich hatte mich nicht wohl gefühlt damit, unsere Verlobung geheim zu halten, bis *Roughing It* zu Ende ausgestrahlt war, aber das würde nun erfordern, rundheraus zu lügen. Ich müsste mich als Single ausgeben und so tun, als wäre ich ganz erpicht auf dieses Sechs-Mann-eine-Frau-Szenario.

Das Seltsame war, dass ich nicht wütend wurde, als ich mir seine Nachricht auf dem Handy ansah. Ich war nicht zornig oder gar verletzt, sondern einfach nur fertig. Ich hatte Abhängigkeit für Liebe und Zuneigung gehalten und fühlte mich wie die größte Idiotin auf Gottes schöner Welt, dass mir so ein kapitaler Fehler unterlaufen war.

Die Worte gingen mir durch den Kopf. *Kelvin, es ist aus.* Ich empfand nichts. Kein Bedauern, kein gebrochenes Herz. Ich wusste nicht, was das für meine Karriere bedeuten würde, und das beunruhigte mich tatsächlich. Doch als ich mir mein Leben ohne ihn vorstellte, fühlte ich mich leichter. In diesem Moment wusste ich genau, was ich tun musste, ganz egal, was es mich beruflich kosten würde.

Ich tippte seine Nummer, drückte auf *Anruf* und ging nach draußen.

»Hast du den Vertrag bekommen?«, fragte er. Kein »Hallo«, kein »Ich vermisse dich, Leah«. Direkt zum Geschäftlichen.

»Ich habe nicht nachgeschaut, aber ich werde ihn nicht unterschreiben«, sagte ich. »Ich mache diese Show nicht. Und wir müssen reden.«

»Ich verstehe nicht, warum du das so kompliziert machst.«

»Können wir die Show mal beiseitelassen?«, fragte ich. »Ich muss mit dir über Wichtigeres reden.«

»Was denn?«

»Über uns.« Ich verstummte und blickte auf den Ring an meinem Finger hinab. Der Ring war einfach nur ein Nachklapp gewesen. »Kelvin, ich habe viel über die Zukunft nachgedacht – darüber, was ich will und was am besten für mich ist. Und ich finde nicht, dass wir heiraten sollten.«

»Das ist es also, was dich so beunruhigt?«, fragte er. »Babe, das ist in Ordnung.«

»Was?«

»Ich dachte, du brauchst dieses ganze Hochzeitsgedöns, aber wenn nicht, ist das großartig. Heiraten ist ohnehin Bullshit. Das ist gut. So machen wir das Ganze nicht unnötig kompliziert.«

»Nein, ich meine damit nicht, dass wir weiterhin zusammenbleiben und nur nicht heiraten sollten. Ich finde, wir sollten gar nicht zusammenbleiben.«

Er schwieg ein paar Sekunden. »Leah, du solltest dir gut überlegen, was du da gerade sagst.«

Scarlett, Cassidy und June näherten sich, deshalb hob ich den Finger, um ihnen zu bedeuten, dass ich gleich da sei, und entfernte mich ein wenig weiter von der Tür. Sie lächelten mich an, nickten verständnisvoll und gingen hinein.

»Ich habe es mir überlegt«, sagte ich.

»Warum?«, fragte er kurz angebunden.

Ich zögerte, holte tief Luft, ließ die frische Landluft in meine Lunge strömen. »Weil ich nicht glaube, dass wir ineinander verliebt sind. Vielleicht findest du mich attraktiv, aber das ist nicht dasselbe. Und auch nicht das Gefühl, zu dir zu gehören, weil du schon so lange meine Karriere managst. Das ist keine Liebe.«

»Was glaubst du, warum ich so hart für dich arbeite?«, fragte er.

»Weil du mich liebst? Du hast jede Menge Klientinnen, und für die arbeitest du auch hart. Das ist dein Geschäft.«

»Leah, du machst gerade einfach eine schwere Zeit durch. Ich weiß, dass die ganze öffentliche Aufmerksamkeit, die du gerade bekommst, schwer zu verkraften ist. Aber das ist eine gute Erfahrung. Es macht dich härter. Was gerade passiert, geht auch wieder vorbei. Du kannst in Zeiten wie diesen keine unwiderruflichen Entscheidungen treffen.«

»Hier geht es nicht um öffentliche Aufmerksamkeit oder Klatsch«, sagte ich. »Hier geht es um unsere Beziehung. Ich komme nicht zurück nach L. A., um mit dir zusammen zu sein, und ich werde dich definitiv nicht heiraten.«

»Du wirfst deine Karriere einfach so weg?«

»O mein Gott, hörst du mir überhaupt zu?«, fragte ich. »Ich rede nicht von meiner Karriere, ich spreche von uns.«

»Das lässt sich nicht voneinander trennen, Leah. Ich werde keine Frau vertreten, die mich verlässt. Vor allem nicht dann, wenn sie mich verlässt, um eine verdammte Landpomeranze zu werden.«

Das hatte ich kommen sehen, dennoch versetzte es mir einen Stich, dass er sich dazu herabließ, meine Karriere in Geiselhaft zu nehmen. Ich beschloss, den Kommentar mit der »Landpomeranze« zu ignorieren. Damit würde er mich nicht auf die Palme bringen. »Dann verlasse ich wohl deine Agentur.«

»Leah, das ist ein riesiger Fehler«, sagte er. »Wenn du glaubst, dass du das nicht bereuen wirst, irrst du dich.«

Er sprach immer noch von meiner verdammten Karriere. Kein einziges Mal hatte er etwas über uns gesagt. Jedes Wort, das ihm über die Lippen kam, bestärkte mich darin, dass ich das Richtige tat.

»Es ist kein Fehler. Es ist vorbei, Kelvin.«

»Das wirst du noch bereuen«, sagte er und legte auf.

Ich ließ das Telefon sinken und holte tief Luft. Ich war mir nicht sicher, ob seine letzte Bemerkung eine Drohung gewesen war oder nur seine Wut und seinen Frust widerspiegelte. Doch das spielte keine Rolle. Ich war nicht in ihn verliebt, und ich konnte ihn auf keinen Fall heiraten. Es war schon seit langer Zeit Schluss, ich hatte es mir bisher nur nicht eingestanden.

Doch jetzt war ich frei. Und es fühlte sich verdammt gut an.

Ich kickte einen kleinen Stein auf den Parkplatz, froh darüber, meine süßen Cowboystiefel angezogen zu haben, und ging wieder rein.

Scarlett, Cassidy und June hatten einen Tisch in der Nähe der Bar besetzt. Ich lächelte, überwältigt von einem sehr albernen Gefühl der Euphorie.

»Hey, Leah Mae«, sagte Scarlett.

Ich liebte es, dass mich hier immer noch jeder mit vollem Namen ansprach, nicht einfach nur mit Leah. »Hey.«

»Was geht?«, fragte Scarlett und nahm einen Schluck von ihrem Bier.

Ich blickte auf meinen Ring hinab. Zog ihn aus. »Ich habe gerade mit Kelvin Schluss gemacht.«

Scarlett hustete und spie Bier auf den Boden. Cassidy klopfte ihr auf den Rücken, während June mit nach oben gezogener Augenbraue zusah.

»Erstickt Scarlett gerade?«, fragte sie.

Cassidy lachte. »Nein, ich glaube, Leah Mae hat sie nur ein bisschen überrascht.«

Scarlett hob die Hand an die Brust und holte tief Luft. »Sagtest du gerade, dass du mit deinem Verlobten Schluss gemacht hast?«

Ich legte den Ring auf den Tisch. »Ja.«

»Oh, fuck.« Über die Schulter hinweg rief Scarlett zur Bar hinüber: »Nicolette, wir brauchen hier Whiskey. Es gibt etwas zu feiern.«

»Ich bin verwirrt«, gestand June. »Beklagen wir normalerweise nicht das Ende einer Beziehung und lindern den Trennungsschmerz mit jeder Menge Mitgefühl und zuckrigen Backwaren?«

»Das tun wir, wenn die Trennung etwas Schlimmes ist«, antwortete Scarlett.

»Okay, jetzt mal langsam, Miss Scarlett«, sagte Cassidy. Sie wandte sich an mich. »Feiern wir das, oder brauchst du Mitgefühl und Kuchen?«

»Zu Kuchen würde ich nicht Nein sagen«, meinte ich. »Aber ich feiere das.«

»Seht ihr?« Scarlett lächelte triumphierend.

Nicolette kam mit einem Tablett Whiskeygläser an unseren Tisch. Sie hatte ihr dunkles Haar zu einem Pferdeschwanz zusammengefasst und trug ein T-Shirt mit der Aufschrift *I've got a good heart ... but this mouth*. Sie bedachte mich mit einem freundlichen Lächeln, während sie die Gläser auf den Tisch stellte.

Ich hob mein Glas. »Ladys, vielleicht habe ich gerade meine Karriere zerstört. Aber ich war aus den falschen Gründen in dieser Beziehung. Und nun, da sie zu Ende ist, bin ich nicht traurig. Eigentlich fühle ich mich großartig.«

»Das ist ein Zeichen«, sagte Scarlett. »Ich bin stolz auf dich, Leah Mae. Du hast das Richtige getan.«

»Stimmt«, sagte Cassidy.

June hob ebenfalls ihr Glas. »Dem muss ich beipflichten.«

»Danke.« Ich spürte, wie Tränen in meinen Augen brannten. Keine Tränen der Trauer. Sondern Tränen der Dankbarkeit. Die Welt, in der ich die letzten zwölf Jahre gelebt hatte, war ein Fake gewesen. Bootleg war so authentisch. Diese Frauen waren authentisch. Mir war gar nicht klar gewesen, wie sehr ich das vermisst hatte.

»Auf Neuanfänge. Und darauf, offen für den richtigen Mann zu sein.« Scarlett zwinkerte mir zu.

Meine Wangen wurden heiß. Ich hatte das Gefühl zu wissen, was sie damit meinte, war mir aber nicht sicher, was ich darauf antworten sollte. Deshalb legte ich den Kopf in den Nacken und schluckte den Whiskey. Er war stark und brannte mir in der Kehle.

»Auf Neuanfänge«, sagte ich und stellte mein Glas ab. Ich konnte nicht mehr aufhören zu lächeln. Noch nie hatte ich mich so frei gefühlt.

15

Jameson

Hier zu sein war seltsam. Ich war achtundzwanzig Jahre alt – lebte seit einem Jahrzehnt nicht mehr in Dads Haus –, aber es fühlte sich trotzdem vertraut an. Roch vertraut. Wann immer ich durch diese Tür getreten war, hatte sich mein Rücken verspannt. Nun stellten sich mir die Nackenhaare auf.

Ich war nicht gern hier, aber es gab immer noch viel zu tun. Devlin hatte uns zusammengestaucht, weil wir alles Scarlett aufgebrummt hatten, und er hatte recht gehabt. Das war nicht fair gewesen. Wir hatten alle unsere Gründe dafür, uns nicht mit dem, was wir hier finden würden, herumschlagen zu wollen. Aber manchmal musste sich ein Mensch seinen Dämonen stellen.

Meine Brüder und Scarlett würden später herkommen, aber ich war ohnehin früh aufgestanden, deshalb hatte ich beschlossen, meinen Startvorteil zu nutzen. Drinnen war die Luft kühler als draußen. Roch muffig. Wir hatten schon mit dem Putzen und Sortieren begonnen, doch es sah aus, als wäre noch kaum etwas gemacht worden. Die Polizei hatte ein totales Durcheinander hinterlassen.

Scarlett hatte das Haus aufgeteilt, so dass jeder von uns einen Bereich abdeckte. Sachen, die noch verschenkt oder verkauft werden konnten, sollten in Kartons gepackt, alles andere weggeworfen werden. Ich sollte mit der Küche anfangen und ging davon aus, dass es dort nicht besonders viel gab, was sich lohnte, zu behalten. Es war lange her, seit Mama in dieser Küche Abendessen gekocht oder Kuchen gebacken hatte.

Ich hatte Müllsäcke mitgebracht und leere Kartons geholt, deshalb machte ich mich gleich an die Arbeit. Die Schränke und Schubladen auszuräumen, war nicht schwer. Töpfe, Pfannen sowie Teller und Gläser, die noch einigermaßen in Schuss waren, gingen an den Secondhandladen. Alles, was angeschlagen oder kaputt war, in den Müll. Ich arbeitete mich durch einen Schrank nach dem anderen und warf die Dinge entweder weg oder verpackte sie.

Dann kam ich zu einem Schrank, der ein Durcheinander aus Gläsern und Tassen enthielt. Die meisten davon waren gut erhalten, deshalb wickelte ich sie in Zeitungspapier und legte sie in einen Karton. Ganz hinten fand ich eine Tasse mit angeschlagenem Rand. Ich hatte sie seit Jahren nicht mehr gesehen, erinnerte mich aber gut an sie. Ich holte sie heraus und drehte sie in den Händen. *World's Best Mom.*

Wir Kinder hatten diese Tasse irgendwann mal unserer Mom zum Muttertag geschenkt. Sie hatte sie andauernd benutzt – so oft, dass die Buchstaben allmählich verblasst waren. Ich konnte mich daran erinnern, wie Mom dasaß, die Finger um den Henkel geschlungen, und auf ihr heißes Getränk gepustet hatte, ehe sie die Tasse an die Lippen setzte.

Ich hatte keine Ahnung, was ich mit so etwas machen sollte. Würde irgendjemand sie wollen? Sollten wir sie einfach wegwerfen? Ich war nicht der sentimentale Typ, deshalb war es wenig reizvoll für mich, eine alte Tasse – auch wenn sie unserer Mom gehört hatte – zu behalten. Doch ich stellte sie beiseite, um sie Scarlett wenigstens zu zeigen. Selbst wenn sie sie nicht haben wollte, würde sie vielleicht gern noch mal in Erinnerungen schwelgen.

Die Tür ging auf, und Jonah kam herein, gefolgt von Bowie. Scarlett und Gibson waren auch nicht weit. Sie quatschten kurz miteinander, sagten Hallo und so weiter. Ich nickte meinen Geschwistern zu, arbeitete aber weiter. Je eher ich fertig wäre, desto eher käme ich hier raus.

Meine Brüder teilten sich auf. Gibson übernahm die Garage, während Bowie und Jonah nach oben gingen. Scarlett kam in die Küche, um mir zu helfen. Ich zeigte ihr Moms Tasse. Sie hielt sie einen langen Augenblick in den Händen, strich mit den Fingern über die Worte.

»Sie kann weg«, meinte sie.

»Sicher?«

Sie nickte. »Wir werden wohl ziemlich viel loslassen müssen.«

»Da hast du wohl recht.«

Sie blickte zu der Tür hinüber, die in Dads Schlafzimmer führte. Das tat sie nicht zum ersten Mal. Ich merkte, dass sie da nicht reinwollte.

»Wenn du willst, kannst du hier fertig machen, und ich fange schon mal mit dem Schlafzimmer an«, schlug ich vor.

Sie nickte. »Ja, geht klar.«

Ich legte ihr den Arm um die Schultern und küsste sie auf den Scheitel.

»Oh, jetzt reicht's aber«, sagte sie und schob mich weg.

Ich zerzauste ihr die Haare und ging dann in Dads Schlafzimmer.

Wieder überlief mich ein Schaudern, noch schlimmer als vorhin, als ich das Haus betreten hatte. Hier drin war er gestorben.

Ich schluckte schwer und beschloss, das alles zu verdrängen und zu tun, was getan werden musste. Das war nur ein Schlafzimmer, und alles, was hier drin war, war nur Zeug. Er war nicht mehr da.

Die meisten seiner Kleider waren für den Secondhandladen geeignet, deshalb packte ich sie in große Müllsäcke. Als die Kommodenschubladen leer waren, beschloss ich, den Schrank in Angriff zu nehmen.

Ich stöhnte. Er war vollgestopft, quoll praktisch über. Die Polizei hatte nicht gerade hübsch wieder aufgeräumt, nachdem sie das Haus durchsucht hatte.

Einiges hing an der Stange, Kisten waren übereinandergestapelt. Ich verbrachte ein wenig Zeit damit, die Klamotten durchzugehen und das, was gespendet werden konnte, von dem zu trennen, was zu alt und abgetragen war und weggeworfen werden musste. Dann schleifte ich Säcke zu meinem Truck. Als ich mit den Kleidern fertig war, war Scarlett schon vom Mittagessenholen zurück. Wir machten eine Pause auf der Veranda, aber nur, um kurz zu essen. Niemand von uns sprach viel. Anscheinend hatten wir alle damit zu kämpfen, hier zu sein.

Aber ich war froh, nicht allein zu sein.

Nach dem Mittagessen ging ich weiterhin das Schlafzimmer durch. Half Scarlett, Kisten aus der Küche in ihren Truck zu laden, damit sie zum Secondhandladen fahren konnte. Als nichts mehr hineinpasste, ging ich wieder nach drinnen und fing an, Dads Wandschrank auszuräumen.

Keine Ahnung, was in all den Schachteln war. Ich öffnete die erste davon und stöberte darin herum. Sie enthielt eine Mischung aus Dingen – Papiere und Umschläge. Eine Handvoll alter Fotos. In einem der Umschläge befand sich ein Foto von uns vieren, wir saßen alle auf der Veranda. Damals war ich wohl fünf oder sechs. Auf der Rückseite stand *erster Schultag.* Ich legte das Foto beiseite, um es Scarlett zu zeigen.

In einem Umschlag zwischen weiteren Fotos steckte ein vergilbtes Stück Papier, das offiziell aussah. Es war ein Strafzettel für zu schnelles Fahren, und der Name meines Dads stand darauf. Das wunderte mich nicht besonders. Wahrscheinlich hatte mein Dad zu seinen Lebzeiten mehr als nur ein paar Strafzettel bekommen, allerdings fragte ich mich, warum dieser zwischen alten Fotos in einem Umschlag steckte. Was mir zuerst ins Auge stach, war der Bundesstaat. New York.

Das war seltsam. Wann war mein Dad im Staat New York gewesen? Dann schaute ich auf das Datum. Beinahe genau vor zwölf Jahren. Der Sommer, in dem Callie Kendall verschwunden war.

Dieses Datum kannte ich. Nicht nur deshalb, weil in der Stadt noch immer über Callie geredet wurde oder weil die Vermisstenplakate noch vor dem Moonshine hingen. Ich wusste es, weil es der letzte Sommer gewesen war, den Leah Mae in Bootleg verbracht hatte.

Doch es war nicht nur das Jahr oder die Tatsache, dass der Strafzettel aus dem Juli stammte. Callie Kendall war am zwölften Juli verschwunden, und dieser Strafzettel war nur drei Tage später ausgestellt worden.

In Anbetracht der Tatsache, dass Callies Strickjacke hier aufgetaucht war, im Haus unseres Dads, und den Verdacht erregt hatte, er könnte etwas mit ihrem mutmaßlichen Mord zu tun gehabt haben, war dies vermutlich wichtig.

Ich nahm den Zettel mit ins Wohnzimmer. »Hey, hört mal alle her. Seht euch das hier an.«

Scarlett und Jonah kamen aus der Küche, und Bowie lief die Treppe herunter. Ich streckte meinen Kopf in die Garage und sagte zu Gibson, er solle mal kurz reinkommen.

»Was hast du gefunden?«, fragte Bowie und zeigte auf das brüchige Stück Papier in meiner Hand.

»Das ist ein alter Strafzettel«, erklärte ich. »Aber etwas ist seltsam daran. Dads Name steht darauf, aber er wurde im Bundesstaat New York ausgestellt.«

»Wann war Dad denn da oben?«, fragte Bowie.

»Nun ja, laut diesem Zettel drei Tage nach Callie Kendalls Verschwinden«, antwortete ich.

Man hätte eine Stecknadel im Wohnzimmer fallen hören können, alle hielten die Luft an.

»Okay.« Bowie stemmte die Hände in die Hüften. »Vielleicht sagt uns das etwas.«

»Was soll es uns denn sagen?«, fragte Gibson. »Dass er beim Rasen erwischt wurde? Wahrscheinlich war er besoffen.«

»Hör auf, Gibs«, erwiderte Scarlett. »Das ist keine Hilfe.«

»War Dad nicht ein paar Tage weg, nachdem Callie verschwunden ist?«, fragte ich. »Wisst ihr das noch?«

»Ja, war er«, entgegnete Bowie. »Ich weiß nicht mehr, ob Mom gesagt hat, warum, aber sie hat uns Bescheid gegeben, dass er ein paar Tage weg wäre.«

»Du hast recht«, meinte Scarlett. »Ich hatte das vergessen, aber jetzt erinnere ich mich daran, dass ich wütend war. Ich wollte, dass er blieb und mit nach Callie suchte.«

Ich dachte daran zurück, was nach Callies Verschwinden geschehen war. Die Atmosphäre war angespannt und wirr gewesen. Ich erinnerte mich vor allem daran, dass ich versucht hatte, allen aus dem Weg zu gehen. Und daran, dass ich erfahren hatte, dass Leah Maes Mom aus Florida kommen würde, um sie nach Hause zu holen. Ich hatte damals ein schlechtes Gewissen, weil mich Leah Maes Abreise härter getroffen hatte als Callies Verschwinden. Aber ich war am Boden zerstört gewesen, als sie hatte weggehen müssen.

»Irgendwas war mit seinem Cousin in North Carolina«, sagte Gibson. Er zuckte mit den Achseln, als würde das keine Rolle spielen. »Sein Haus war überflutet. Dad ist hingefahren, um ihnen zu helfen, das wieder in Ordnung zu bringen, damit sie wieder einziehen konnten.«

Ich hielt den Strafzettel hoch. »Aber wenn Dad in North Carolina war, um seinem Cousin zu helfen, wie kann er dann in New York einen Strafzettel bekommen haben?«

Bowie nahm den Wisch und sah ihn sich an. Gibson und ich wechselten einen Blick, und ich wusste, dass wir uns beide dasselbe fragten. Was, wenn Dad Callies Leiche irgendwo hingebracht hatte, um sie loszuwerden?

»Ich weiß nicht, was das zu bedeuten hat«, sagte Bowie, den Blick auf den Zettel gerichtet. »Aber es ist kein Zufall.«

»Es gibt zu vieles, was wir nicht wissen«, meinte Scarlett. »Warum er weg war. Ob Mama wusste, wohin er wirklich gefahren ist. Alle, die etwas wussten, sind tot.«

»Und die Polizei gibt uns keine Informationen«, sagte Bowie.

Gibson verdrehte die Augen. »Ihr könnt jetzt in aller Ruhe weiter CSI West Virginia spielen. Ich gehe zurück an die Arbeit.« Er stakste in Richtung Garage davon und schlug die Tür hinter sich zu.

»Was meinst du?«, fragte ich Jonah, unsere Blicke trafen sich.

»Ich weiß es nicht«, sagte er. »Ich war damals nicht dabei. Aber von außen betrachtet, wirkt es verdächtig. Der Zeitpunkt und die Geschichte mit North Carolina, die man euch aufgetischt hat. Das ist nicht nur woanders, sondern liegt auch noch in der entgegengesetzten Richtung. Wenn er seinem Cousin helfen wollte, warum war er dann Hunderte von Kilometern von dort entfernt?«

Scarlett stöhnte. »Echt jetzt, dieser Schlamassel wird immer schlimmer. Ich glaube, ich muss für heute aufhören.«

»Na gut«, sagte ich. »Meint ihr, wir müssen das der Polizei zeigen? Für die Ermittlungen?«

»Bestimmt steht es in der Verkehrssünderkartei, daher wissen sie es wahrscheinlich schon«, vermutete Bowie. »Aber ich kann es Jayme geben. Soll ich da dranbleiben?«

»Gern.« Ich reichte Bowie den Strafzettel.

»Macht es euch was aus, wenn ich ein paar von den Schachteln mit nach Hause nehme?«, fragte ich. »Dann wird es hier schneller leer, und ich kann später noch ein paar Sachen durchgehen.«

»Einverstanden«, antwortete Scarlett. »Ich helfe dir beim Raustragen.«

»Ja, wenn jeder etwas mit rausnimmt, sind wir schnell fertig«, sagte Bowie. »Guter Plan.«

Einige Kartons hatte ich noch gar nicht angerührt. Jonah und Bowie halfen Scarlett und mir, sie hinten auf meinen Truck zu laden. Jonah war noch mit Devlin zum Laufen verabredet, deshalb verabschiedete er sich.

Bowie meinte, dass er morgen Nachmittag wiederkommen würde, um zu helfen, und ging ebenfalls.

Scarlett und ich schlossen ab. Die Schlüssel klimperten in ihren Händen, und sie grinste ein wenig, als sie mich ansah. »Heute Abend schon was vor?«

»Nein.«

»Hmm«, sagte sie, und ich merkte, dass sie die Unbeteiligte spielte. Das kaufte ich ihr nicht ab. »Hast du in letzter Zeit etwas von Leah Mae gehört?«

O mein Gott. Nicht schon wieder. »Dann und wann.«

»Du solltest sie anrufen«, sagte Scarlett.

»Aus irgendeinem bestimmten Grund?«

Sie zuckte mit den Schultern. »Ach, ich weiß nicht. Sie hat mit ihrem Verlobten Schluss gemacht.«

Ich umklammerte meine Schlüssel, das harte Metall grub sich in meine Handfläche. Ich bemühte mich, nicht zu ersticken, meine Kehle war wie zugeschnürt. Hustend wandte ich mich ab und schlug mir mit der Faust auf die Brust.

»Alles okay?«, fragte sie, während sie mir auf den Rücken klopfte.

»Ja«, erwiderte ich mit erstickter Stimme. »Alles gut. Ich hab nur ein Kratzen im Hals.«

»Ja, klar.« Sie tätschelte mich wieder. »Jedenfalls dachte ich mir, du würdest das wissen wollen. Nacht, Jame.«

»Nacht, Scar«, sagte ich, während ich mich weiterhin bemühte, wieder Atem zu schöpfen.

Sie ging zu ihrem Truck und fuhr davon, während ich auf Dads Veranda stehen blieb.

Ich schwankte. Fühlte mich, als würde sich der Boden unter meinen Füßen neigen und mich aus dem Gleichgewicht bringen. Ehe ich mich versah, saß ich in meinem Truck, ohne einen blassen Schimmer zu haben, wie ich hierhergekommen war. Es war, als stünde ich unter Schock, als würde mein Gehirn nur mühsam verarbeiten, was Scarlett mir gerade gesagt hatte.

Konnte das wahr sein? Scarlett würde mich nicht anlügen, schon gar nicht in dieser Hinsicht. Sie durchschaute mich geradewegs – wusste, dass es mich in Bezug auf Leah Mae total erwischt hatte.

Die Neuigkeit, dass Leah Mae womöglich Single war, erfüllte mich ganz und gar nicht mit Hoffnung, sondern eher mit Furcht. Was hieß das jetzt? Warum hatte sie es getan? Und was würde ich tun, wenn ich sie das nächste Mal sah?

Es war ja nicht so, dass ich ihr urplötzlich meine Gefühle gestehen konnte. Wenn sie wirklich mit ihm Schluss gemacht hatte, war es noch zu frisch. Das Letzte, was ich wollte, war, für sie nur ein Trostpflaster zu sein. Das wäre rundum schlecht – die Art von Affäre, die eine Freundschaft im Nullkommanichts zerstören würde.

Und wenn mir etwas mehr Angst einjagte, als niemals eine Chance bei Leah Mae zu haben – damit war ich halbwegs im Reinen –, dann war es, sie komplett zu verlieren. So konnte ich wenigstens immer noch mit ihr befreundet bleiben. Aber wenn etwas zwischen uns passierte und es den Bach runterging, was würde ich dann tun? Nun, da ich sie wieder in meinem Leben hatte – auch wenn wir nur gute Freunde waren –, konnte ich die Vorstellung nicht ertragen, sie zu verlieren.

Der Gedanke, mich in dieser neuen Welt, in der Leah Mae wieder Single war, zurechtzufinden, jagte mir fürchterlich Angst ein. Ich hatte keine Ahnung, wie ich damit umgehen sollte, was richtig war. Ich wusste nur, dass ich keinen Fehler machen wollte. Denn wenn ich sie für immer verlöre, würde ich es für den Rest meines Lebens bereuen.

16

Leah Mae

Ich hielt vor Jamesons Haus an und schaltete den Motor aus. Heute Morgen war ich bei meinem Dad gewesen, und einer Laune folgend hatte ich beschlossen, Jameson zu besuchen, nachdem ich dort losgefahren war. Er hatte mir mehr als einmal versichert, dass ich jederzeit vorbeikommen könne, und ich hatte immer noch nicht seine Werkstatt gesehen.

Es war Montag, kurz nach der Mittagszeit, und ich hatte Jameson in der vergangenen Woche kaum gesehen. Wir hatten uns ein paarmal geschrieben, aber das war es dann auch. Wahrscheinlich hatte er einfach nur viel Arbeit. Zumindest hoffte ich, dass das alles war. Ich wusste, dass er mit dem Stück, an dem er gerade arbeitete, viel zu tun hatte. Er hatte mir erzählt, dass es für einen großen Kunden in Charlotte sei. Ob er es mir wohl zeigen würde?

Sein Haus war von der Straße zurückgesetzt und lag am Ende einer langen, geschotterten Einfahrt. Das Haus selbst sah klein aus, aber adrett, mit einem hüttenartigen Charme. Daneben stand eine alte Scheune, die seine Werkstatt sein musste.

Ich versuchte es erst an der Haustür, aber niemand öffnete. Jamesons Truck stand da, Jonahs Wagen war nirgends zu sehen. Ich ging hinüber zur Seitentür der Scheune und klopfte. Dann öffnete ich sie und spähte hinein.

Jameson stand mit dem Rücken zu mir, er trug ein verwaschenes graues T-Shirt und Jeans, darüber einen Lederschurz. In der einen Hand hielt er einen kleinen Hammer, die andere steckte in einem dicken Handschuh. Anscheinend hatte er mich nicht klopfen hören, er drehte sich jedenfalls nicht um.

Er neigte den Kopf zur Seite und bewegte etwas, das sich vor ihm befand. Die Muskeln an seinem Rücken und seinen Armen spannten sich beim Arbeiten an. Ich konnte nicht sehen, was er tat, aber die Art und Weise, wie er sich bewegte, fesselte mich. Der Hammer klirrte auf Metall. Er hielt inne, schien sich das, woran er gerade arbeitete, anzusehen, dann schlug er noch ein paarmal mit dem Hammer zu. Danach wischte er sich mit dem Unterarm die Stirn ab.

Ich klopfte erneut, dieses Mal lauter, den Kopf durch die Tür gestreckt. Jameson blickte über die Schulter, er trug eine Schutzbrille, die wie eine Sonnenbrille aussah.

»Oh, hey«, sagte er.

Ich hatte gehofft, er würde mich wieder Darling nennen – es war so niedlich, wenn er das tat –, aber er leckte sich nur über die Lippen und nahm die Brille ab.

»Hey. Tut mir leid, dass ich hier so reinplatze, aber du hast gesagt, ich kann mal vorbeikommen.«

»Klar. Komm rein.«

Drinnen in der Werkstatt war es warm, deshalb streifte ich meine Strickjacke ab und legte sie mir über den Arm. Darunter trug ich ein Tanktop und meine abgeschnittene Lieblingsjeans, dazu flache Sneakers. Jamesons Blick glitt an mir herunter und huschte dann rasch wieder zu meinem Gesicht.

Irgendetwas hatte er an sich – etwas Zögerliches. Er hatte die Stirn leicht gerunzelt, und zwischen uns schien Spannung zu knistern. Ich wusste nicht so recht, ob er mich nicht hierhaben wollte oder ob er einfach überrascht war, dass ich gekommen war.

»Tut mir leid, ich hätte vorher eine Nachricht schreiben sollen. Bestimmt hast du zu tun.«

»Nein, schon gut.« Er legte seine große Zange weg und streifte sich dann den Handschuh ab. »Soll ich dich herumführen?«

»Sehr gern.«

Er führte mich durch die Werkstatt und zeigte mir die verschiedenen Werkzeuge, erklärte ein wenig, wofür sie verwendet wurden. Die

Esse, in der Metallschrott erhitzt wurde. Den Amboss, auf dem er ihn zurechtformte. Er hatte Regale voller Metallteile, kleine und große – manche davon glatt und glänzend, andere von Rost zerfressen. In Kisten und Eimern bewahrte er kleinere Teile auf – alte Werkzeuge und Zahnräder.

»Arbeitest du daran gerade?«, fragte ich, während ich auf eine große Skulptur zeigte, die mitten auf einer freien Fläche stand.

»Ja, genau«, antwortete er.

Ich ging um das Werk herum, betrachtete seine Form. Von hinten war schwer zu erkennen, was es sein sollte. Aber von vorne erkannte ich mehr. Es war eine Frau, vielleicht auch ein Engel. Sie hatte Flügelansätze am Rücken, aber sie hingen zu Boden. Ihr Kopf war gebeugt, und sie umklammerte etwas, das wie Gitterstäbe aussah. Sie war riesig, mindestens drei Meter groß.

»Sie sieht aus, als wäre sie in einem Käfig«, sagte ich.

»Ja, ist sie auch«, erwiderte er. »Beziehungsweise wird sie sein, wenn sie fertig ist.«

Ich wollte gerade fragen, wer sie ist, hielt aber inne und biss mir auf die Unterlippe. Ich kam mir bescheuert vor, das überhaupt gedacht zu haben, aber plötzlich hatte ich verrückterweise den Eindruck, dass ich das sein sollte.

Das war natürlich lächerlich. Jameson würde keine überlebensgroße Frauenskulptur anfertigen, die mir nachempfunden war – schon gar nicht mit Engelsflügeln. Wer war ich denn schon? Nur eine gute Freundin. Vielleicht gab es eine andere in seinem Leben, die ihn dazu inspiriert hatte. Es konnte genauso gut seine Mutter sein. Oder eine Frau, die er liebte und von der ich nichts wusste. Sosehr mir diese Vorstellung auch missfiel, musste ich mir eingestehen, dass es so sein konnte.

Aber irgendetwas daran fühlte sich vertraut an. Persönlich. Als würde ich genau verstehen, was sie empfand. Sie war zwar noch nicht fertig, aber ich spürte die Qual, die ihr ihre Gefangenschaft bereitete. Ihr Verlangen, frei zu sein.

»Sie ist schön«, sagte ich schließlich.

»Danke«, erwiderte er und atmete aus, als wäre er erleichtert, das zu hören. »Ich habe noch viel zu tun, bis sie fertig ist.«

»Sie sieht so echt aus.« Ich ging um sie herum, um einen anderen Blickwinkel zu bekommen. »So … lebendig.«

Jameson starrte mich an, das konnte ich aus dem Augenwinkel erkennen. »Das will ich doch hoffen. Es ist das, was ich erreichen möchte. Ziel ist, dass sie noch lebendiger wirkt, wenn sie erst mal fertig ist.«

»Bestimmt wird sie das«, sagte ich. »Sie sieht jetzt schon unglaublich aus.«

»Danke.«

Die Spannung zwischen uns war immer noch da, und ich fragte mich, ob ich lieber gehen sollte. Immerhin hatte ich ihn bei der Arbeit unterbrochen.

»Nun …« Er verstummte und rieb sich den Nacken, dann steckte er hinter dem Lederschurz die Hände in die Hosentaschen. »Ich wollte gleich ein wenig auf Schrottjagd gehen. Falls du nichts vorhast, kannst du mich ja begleiten, wenn du willst?«

»Schrottjagd?«

»Ja«, sagte er. »Ich verwende überwiegend Metallschrott. Manchmal laden die Leute Sachen im Wald ab. Ich fahre mit dem Quad über die Wege und sehe, was ich finden kann.«

Unsere Blicke trafen sich, und ich lächelte. »Sehr gern. Aber bin ich dafür richtig angezogen?«

Er musterte mich von oben bis unten. »Ja, das geht. Allerdings wirst du vielleicht ein wenig schmutzig dabei.«

»Das ist okay.«

Er nahm seine Schürze ab und hängte sie an einen Haken, dann führte er mich zur Seitentür hinaus. Er hatte ein Quad mit einem kleinen Anhänger.

»Ich fahre nicht besonders schnell, wenn ich den Anhänger benutze.« Er schnappte sich zwei Helme und reichte mir einen davon. »Aber wir tragen die hier trotzdem.«

»Klingt gut.«

Ich setzte den Helm auf. Er bedeckte mein ganzes Gesicht, aber er war leichter, als ich erwartet hatte. Jameson stieg auf, setzte sich rittlings auf den Sitz, und ich kletterte hinter ihn.

»Halt dich fest«, sagte er.

Ich legte ihm die Arme um die Taille, während er den Motor startete. Sein Körper war warm. Das Quad machte einen Satz vorwärts, und ich klammerte mich fest, krallte meine Finger in sein T-Shirt.

»Alles gut«, sagte er über die Schulter hinweg. »Ich passe auf.«

Wir fuhren los, bogen hinter dem Haus ab und setzten unsere Fahrt in Richtung Wald fort. Ich rutschte ein wenig näher, damit ich mich besser festhalten konnte. Mein Körper war nun an seinen gepresst, und meine Hände lagen auf den Wölbungen seiner Bauchmuskeln. Ich fragte mich, wie er wohl ohne T-Shirt aussehen mochte. Das Ganze erinnerte mich an den Unabhängigkeitstag, als wir den Hindernisparcours absolviert hatten. Er war tropfnass aus dem See gekommen, sein Shirt klebte an seinem schlanken, muskulösen Körper.

Ich hatte die Gefühle, die er an diesem Tag bei mir hervorgerufen hatte, bewusst ignoriert und mir ins Gedächtnis gerufen, dass Jameson und ich nur gute Freunde waren.

Nun war alles anders – für mich zumindest. Ich war nicht mehr mit einem anderen verlobt. Aber ich hatte ihm nicht erzählt, dass ich Kelvin verlassen hatte. Scarlett vielleicht, doch da war ich mir nicht so sicher. Ich wollte es eigentlich heute ansprechen, weil ich es ihm lieber selbst sagen wollte, als ihm eine SMS zu senden. Aber jetzt, wo ich bei ihm war, fühlte es sich verfänglich an. Als könnte man an meinem Gesicht ablesen, dass er zumindest teilweise der Grund dafür gewesen war, dass ich die Verlobung gelöst hatte.

Denn das entsprach der Wahrheit, und das erkannte ich so deutlich wie noch nie, nun, da ich die Wärme seines Körpers spürte. Selbst wenn Jameson und ich uns nicht wiedergetroffen hätten, hätte ich Kelvin nicht geheiratet. Aber Jameson und ich *hatten* uns wiedergetroffen, und ich musste zugeben, dass ich ein bisschen verknallt war in meinen Freund.

Okay, es war mehr als nur *ein bisschen verknallt.* Ich war *total* in ihn verknallt.

Aber Gott, wer wäre das nicht? Er war mit Abstand der netteste Mann, den ich je kennengelernt hatte. Der perfekte Gentleman. Er war witzig, und es war angenehm, sich mit ihm zu unterhalten. Und er war sexy – Gott, und wie! Ich verlagerte meinen Griff um seine Taille, nur um die Umrisse seines Körpers zu spüren.

Jameson war umwerfend. Das fand ich schon immer, auch wenn ich sehr geschickt darin war, die Anziehung, die ich für ihn empfand, zu unterdrücken. Als wir jünger waren, war mir das auf jeden Fall aufgefallen. Er hatte diese leuchtend blauen Augen und dieses schüchterne Lächeln, bei dem ich innerlich dahinschmolz. Als Teenager hatte ich mir insgeheim gewünscht, er würde mich mögen. Mich vielleicht sogar küssen. Doch das hatte er nie getan, und ich war immer davon ausgegangen, dass er mich nicht auf diese Weise sah. Wir waren einfach nur Freunde.

Ich war mir sicher, dass das jetzt auch so war. Und ich wollte auf keinen Fall das, was wir zusammen hatten, zerstören. Wenn ich zu viel sagen oder mir anmerken lassen würde, was ich empfand, riskierte ich unsere ganze Freundschaft. Und die wollte ich nicht aufs Spiel setzen. Zumindest nicht jetzt. Mein ganzes Leben war im Chaos versunken, aber auf Jameson war Verlass. Er war solide und aufrichtig, und ich durfte ihn nicht verlieren.

Deshalb umklammerte ich ihn jetzt fest, genoss den Körperkontakt und dass ich eine Ausrede hatte, meine Arme um ihn zu legen. Ich hoffte, wir würden weit fahren, damit ich nicht loslassen müsste.

Wir fuhren in den Wald, holperten über den Weg. Es war angenehm warm, auch im Schatten der Bäume. Jameson lehnte sich zur Seite, als wir um eine Ecke bogen, und ich bewegte mich mit ihm, während ich weiterhin seine Taille umfasste.

Es ging aufwärts, immer weiter hinauf. Ich wusste nicht, ob er irgendein Ziel im Sinn hatte oder einfach nur drauflosfuhr. Aber ich ging davon aus, dass er wieder zurückfinden würde. Wahrscheinlich kannte er diese Pfade wie seine Westentasche – zumindest fuhr er so.

Wir gelangten zu einer Lichtung, und wir wurden langsamer, bis das Quad ganz zum Stillstand kam.

Widerstrebend ließ ich ihn los, und wir stiegen beide ab. Wir nahmen die Helme ab und legten sie auf den Sitz. Jamesons Haar war zerzaust, aber das sah so hinreißend aus, dass ich nichts sagte.

»Weiter oben wird der Pfad zu schmal, deshalb sollten wir ein Stückchen zu Fuß gehen«, sagte er. »Aber da oben ist eine Stelle, die ich mir gern genauer ansehen würde.«

»Okay, dann mal los.«

Um seinen Mund zuckte ein Grinsen. Es war so verlockend, näher an ihn heranzutreten. Ihm womöglich wieder die Arme um die Taille zu schlingen – nur dieses Mal von Angesicht zu Angesicht. Was würde er wohl tun?

Ich wandte den Blick ab. Er würde wahrscheinlich zurückweichen und sich fragen, was zum Teufel ich da machte. Aber dieses schüchterne Lächeln war so reizend. Am liebsten hätte ich seine süßen Lippen geküsst. Seine Bartstoppeln auf meinem Gesicht gespürt.

»Kommst du?«, fragte er.

»Ja, sorry.« Rasch ging ich ein paar Schritte, um ihn einzuholen. »Wem gehört dieses Land? Gehört es überhaupt jemandem?«

»Es gehört jetzt dem alten Jefferson Waverly – es ist schon seit Generationen in seiner Familie. Ihm macht es nichts aus, wenn ich hier raufkomme, vor allem nicht, wenn ich Zeug wegbringe, das irgendwer hier abgeladen hat.«

Der Weg wurde tatsächlich schmaler – so sehr, dass ich hinter ihm gehen musste. Er sah sich ein paarmal nach mir um, als wollte er sich vergewissern, dass ich noch da war. Jedes Mal bedachte er mich mit diesem kleinen Grinsen, ehe er wieder nach vorn blickte. Mein Herz schlug höher, als würde es gleich explodieren.

Er blieb so abrupt stehen, dass ich fast in ihn hineingerannt wäre.

»Genau das habe ich gemeint«, sagte er.

Vor ihm stand ein beinahe ganz von Pflanzen überwuchertes Auto. Von dem bisschen, was ich davon sehen konnte, hätte ich gesagt, dass es aus den Fünfzigerjahren stammte. Wer weiß, wie lange es schon hier draußen stand.

Jameson riss etwas von dem Gestrüpp ab und strich mit der Hand über die Seite des Wagens. »Nun sieh dir das mal an ...«

»Wie ist es überhaupt hier raufgekommen?«

»Weiß auch nicht«, sagte er und entfernte einige Pflanzen von der Motorhaube. »Ich glaube, früher hat mal ein Feldweg hier heraufgeführt, das ist aber schon lange her. Inzwischen ist er überwuchert.«

Langsam ging ich um das alte Auto herum. Überall waren Schmutz- und Rostflecken, aber Teile davon schienen ganz gut erhalten zu sein, wenn man es recht bedachte.

»Was hast du damit vor?«, wollte ich wissen.

Er zog eine Efeuranke aus dem vorderen Kotflügel und strich zärtlich über das glatte Metall. »Ich zerlege es, so gut es geht, und bringe es runter in meine Werkstatt. Dafür werde ich mehrmals herkommen müssen, aber ich kann so viel davon verwenden.«

»Du verwendest es für deine Skulpturen?«

»Auf jeden Fall«, sagte er, und unwillkürlich musste ich über die Begeisterung in seiner Stimme lächeln. Er klang wie ein kleines Kind an Weihnachten. »Das ist ein großartiger Fund. Das arme Ding steht bestimmt schon wer weiß wie lange hier, zurückgelassen – seit Langem zu nichts mehr nutze. Aber ich werde es mit zurücknehmen und etwas Neues aus ihm machen. Etwas Schönes.«

Mir stockte der Atem. »Das ist ... wundervoll.«

Er sah mich an. »Das mache ich am liebsten – einer Sache, die nicht mehr gewollt wird, neues Leben einhauchen.«

»Weißt du schon, was du damit machen willst?«

Wieder strich er über das Metall. »Viele Dinge, glaube ich. Ich muss erst sehen, was ich mitnehmen kann und wie es dann in der Werkstatt aussieht.«

Wir fingen an, das alte Auto freizulegen – rissen Pflanzen und Ranken ab und entfernten den Schmutz. Es war unmöglich, zu sagen, was für eine Farbe es ursprünglich gehabt hatte. Es war von jeder Menge Schmutz und Rost bedeckt. Teilweise hatte das Metall auch Löcher, wo sich der Rost hineingefressen hatte, aber überwiegend war es immer noch glatt und fest.

Jameson stand neben mir, unsere Arme berührten sich, während wir Schmutz von der Seitentür entfernten. Mein Herz schlug schneller.

Ein Zweig brach, und etwas raschelte im Unterholz rechts von uns. Plötzlich legte Jameson die Arme um mich. Er zog mich rasch ans hintere Ende des Wagens und von dort in die Büsche.

»Was ...«

»Psst.« Er berührte sanft meine Lippen.

Ich hielt den Atem an. Wir duckten uns tief in die Blätter und Zweige. Jameson war hinter mir, einen Arm fest um meine Taille geschlungen. Sein Körper war angespannt, sein Gesicht so nah, dass ich seinen warmen Atem auf der Wange spürte.

»Vor einer Weile haben Jonah und ich hier draußen mal einen Bären gesehen«, flüsterte er, seine Stimme sanft an meinem Ohr.

Ich schnappte nach Luft, ein Adrenalinstoß ließ meine Arme und Beine prickeln. Ein Bär? O mein Gott. Das war nicht gut.

Das Rascheln wurde lauter, und Jameson packte mich noch fester. Ich versuchte, etwas zu sehen, was aber von unserem Versteck hinter dem Auto aus nicht möglich war. Ich wollte fragen, was wir tun sollten, wenn sich ein Bär näherte, doch ich traute mich nicht zu sprechen. Oder mich zu rühren.

Etwas schlug auf dem Metalldach des Wagens auf. Instinktiv schmiegte ich mich näher an Jameson. Doch das Geräusch war nicht so laut gewesen, als wäre es etwas Schweres. Eher ein Klicken.

»Ich sehe mal nach«, flüsterte er und lockerte seinen Griff um meine Taille. Gemeinsam erhoben wir uns ganz langsam.

Ich spähte über den Rand des Autos und atmete halb seufzend, halb lachend aus. Ein dickes Eichhörnchen saß auf dem Dach und starrte uns mit runden, glänzenden schwarzen Augen an.

»Ach, Shit.« Jameson ließ mich los, und wir schälten uns aus dem Unterholz. »Herrgott. Ein Eichhörnchen?«

Ich lachte und wischte mir Schmutz von den Beinen. »Schon okay. Besser auf Nummer sicher gehen?«

Er schüttelte den Kopf und sah das Eichhörnchen schräg an. »Na, vielen Dank auch, Kleiner.«

Das Eichhörnchen huschte davon und kletterte auf einen Baum in der Nähe, dann war es außer Sicht.

Jameson rieb sich den Nacken. »Tut mir leid. Das war wohl falscher Alarm.«

Er sah so süß aus, so zerknirscht, dass ich unwillkürlich lächeln musste. »Das ist okay, wirklich. Nehmen wir irgendwas davon heute mit, oder musst du noch mal herkommen?«

»Ich würde gern mitnehmen, was geht.« Bei dem Themenwechsel schien er sich zu entspannen. »Es sei denn, wir werden von weiteren Waldbewohnern unterbrochen.«

Er löste einen der vorderen Kotflügel. Ich half ihm, den Seitenspiegel zu entfernen, aber zur anderen Seite konnten wir nicht durchdringen. Er entnahm dem Wagen kleinere Teile, an die wir ohne allzu große Schwierigkeiten herankamen. Dann trugen wir alles hinunter zum Anhänger.

»Das reicht erst mal.« Er trat einen Schritt zurück, um seine Ausbeute zu betrachten.

»Das hat Spaß gemacht«, meinte ich. »Das ist wie eine Schatzsuche.«

»Eben«, sagte er lächelnd.

Wir setzten unsere Helme auf und stiegen wieder auf das Quad. Ich rückte so nah wie möglich an ihn heran und schlang ihm die Arme um die Taille. Gott, er fühlte sich so gut an. Ich spreizte die Finger über seinen Bauchmuskeln. Presste meine Schenkel an die Außenseiten von seinen. Nur damit ich ihn spüren konnte, solange sich diese Gelegenheit bot.

Allzu früh waren wir wieder bei seiner Scheune, und er hielt an. Ich stand auf, nahm den Helm ab und schüttelte mein Haar.

Als ich aufblickte, merkte ich, dass Jameson mich beobachtete und dann schnell wegsah.

Ich empfand so viele Dinge, dass es schwierig war, den Überblick zu behalten. Ich hatte einen so herrlichen Nachmittag verbracht. Aber es war immer herrlich, wenn ich bei ihm war. Und jetzt, befreit von einer miesen Beziehung, fiel es mir schwerer denn je, meine Gefühle für mich zu behalten. Er nahm meinen Helm, und ich hätte mich am liebsten auf ihn gestürzt. Ihm die Arme um den Hals geschlungen und ihn geküsst. Die Chance ergriffen.

Er legte den Helm weg und hielt inne, den Blick auf mein Gesicht geheftet. Einen kurzen Moment dachte ich, er hätte womöglich dasselbe vor. Vielleicht begehrte er mich ebenfalls. Kämpfte er mit ähnlichen Gefühlen wie ich? Erpicht auf mehr, aber voller Angst, eine gute Sache zu ruinieren? Angst davor, es könnte ein Fehler sein?

Bitte, Jameson. Tu es. Tritt vor und komm mir entgegen. Küss mich. Küss mich und sag mir, dass ich bleiben soll.

Doch er rieb sich den Nacken und stopfte die Hände in die Hosentaschen. »Ich kann das selbst in die Werkstatt bringen.«

»Oh, okay«, sagte ich und bemühte mich, nicht enttäuscht auszusehen. »Bist du sicher, dass ich dir nicht helfen soll?«

»Ja, klar. Aber ich hoffe, es hat dir Spaß gemacht.«

»Ja. Danke, dass du mich vor dem Eichhörnchen gerettet hast.«

Lachend schüttelte er den Kopf. »Keine Ursache.«

Wir starrten uns noch einen Moment lang an, und da war es wieder. Dieses Schimmern in seinen Augen. Doch kaum glaubte ich, es gesehen zu haben, war es auch schon verschwunden.

»Ich sollte dich jetzt weiterarbeiten lassen«, sagte ich. »Mach's gut, Jameson.«

»Mach's gut, Leah Mae.«

Er bedachte mich mit diesem bezaubernden schüchternen Lächeln, das ich so liebte – und sah mir nach.

11
Leah Mae

Daddy«, rief ich, als ich aus dem Wagen stieg. »Sieh dich nur an.«

Er lächelte mir aus seinem Schaukelstuhl auf der Veranda zu. »Hi, Sonnenschein.«

»Du siehst heute viel, viel besser aus«, sagte ich.

Er hatte eine gesunde Farbe, seine Lippen waren nicht mehr wächsern und bläulich. Er schaukelte vor und zurück, die Hände auf den Bauch gelegt.

»Es geht mir ganz gut. Und es ist ein herrlicher Tag, um auf der Veranda zu sitzen.«

»Allerdings.« Ich ging zu ihm und setzte mich auf die Bank neben seinem Schaukelstuhl.

Er beugte sich ein wenig vor, um meine linke Hand in Augenschein zu nehmen. »Der Ring ist nicht wieder an deiner Hand?«

»Du kannst damit aufhören, das nachzuprüfen«, sagte ich. »Es ist schon fast einen Monat her. Es besteht kein Risiko, dass ich wieder mit Kelvin zusammenkomme. Glaub mir.«

Er gluckste. »Ich weiß, ich will dich nur ärgern. Hast du ihn endlich dazu gebracht, dir deine Sachen zu schicken?«

Ich seufzte. Das hatte ich versucht – nicht dass ich viel besitzen würde. Ich war immer so viel unterwegs gewesen, dass ich nie viele persönliche Dinge angesammelt hatte. Die meisten Sachen in unserer Wohnung gehörten Kelvin. Aber ich wollte meine Habseligkeiten trotzdem zurück.

»Ich will ihn umgehen und mit seiner Assistentin sprechen«, sagte ich. »Sie wird das bestimmt hinkriegen, auch wenn er die Sache weiterhin hinauszögern will.«

»Lass es dir gesagt sein, Liebes, er versucht, dich dazu zu bewegen, zu ihm zurückzukehren«, meinte er. »Indem er deine Sachen in Geiselhaft nimmt.«

»Vielleicht«, antwortete ich. »Aber das wird nicht funktionieren.«

»Braves Mädchen.« Er lächelte. »Aber sag mal, was läuft da zwischen dir und Jameson Bodine?«

»Wie meinst du das?«, wollte ich wissen. »Wir sind nur gute Freunde.«

»Ist das so?«, fragte er.

Ich blickte auf meine Hände hinunter, die in meinem Schoß lagen. Eigentlich hatte sich zwischen Jameson und mir nichts geändert, seit ich mit Kelvin Schluss gemacht hatte. Wir wussten beide, dass ich Single war. Wir verbrachten immer noch Zeit miteinander, genau wie zuvor. Aber wenn überhaupt, schien Jameson *weniger* an mir interessiert als zuvor, nicht *mehr.* Ganz sicher hatte er sich nicht so benommen, als wollte er mehr als Freundschaft.

Das war besser als nichts – ich liebte es, Jameson in meinem Leben zu haben – und trotzdem schwierig. Mit ihm zusammen zu sein, war großartig, aber diese unerwiderte Verliebtheit machte mir das Herz schwer.

»Ja, Dad, das ist so«, sagte ich.

Die letzten paar Wochen hatte ich damit verbracht, mit Betsy an Projekten rund um Dads Haus zu arbeiten. Ich hatte den Garten gepflegt und im Haus ein paar Sachen in Ordnung gebracht. Scarlett war herübergekommen und hatte die durchhängenden Dielen auf der Veranda und den Stufen ausgetauscht. Dann hatte ich das Ganze frisch gestrichen. Es sah großartig aus.

Wenn ich nicht bei Dad war – ihm entweder Gesellschaft leistete oder ihm im Haus half –, verbrachte ich Zeit mit Jameson oder den Mädels. Scarlett, Cassidy und sogar June hatten mich in ihren Kreis aufgenommen. Wir waren ein paarmal etwas trinken gegangen oder hatten uns zum Kaffee getroffen. Scarlett schien mich unter ihre Fittiche nehmen und mich zurück ins Single-Leben führen zu wollen – und in das Leben in Bootleg.

Mein Handy klingelte, und ich sah nach, wer mich anrief. »Tut mir leid, da muss ich rangehen. Es ist Evelyn Peters, meine Anwältin.«

»Das klingt unheilvoll«, sagte er.

»Das hoffe ich nicht. Bin gleich wieder da.«

Nachdem ich mit Kelvin Schluss gemacht hatte, hatte ich Evelyn angerufen, damit sie mich bei der Abwicklung meines Vertrags beriet. Sie hatte angeboten, ihre Kontakte in der Branche zu aktivieren, um eine neue Agentur für mich zu finden, deshalb hoffte ich auf gute Nachrichten. Ich stand auf und ging zu meinem Auto, um den Anruf entgegenzunehmen.

»Hi, Evelyn«, begrüßte ich sie.

»Leah«, erwiderte sie. »Wie geht es Amerikas unbeliebtestem Reality-Star?«

Ich stöhnte. »Bevor du mich daran erinnert hast, ging es mir gut.«

Sie lachte. »Wenn du glaubst, dass jede Presse gute Presse ist, stehst du großartig da.«

»Glaubst du das denn?«, fragte ich.

»Nein.«

Evelyns unverblümte Ehrlichkeit hatte ich schon immer zu schätzen gewusst. »Ich auch nicht.«

»Ich habe eine gute und eine schlechte Nachricht«, sagte sie. »Die gute ist, dass die Crown Talent Agency daran interessiert ist, dich zu vertreten.«

»Wow, das sind gute Neuigkeiten. Was ist die schlechte Nachricht?«

»Du musst hierherkommen«, antwortete sie. »Morgen, damit du sie am Freitag treffen kannst.«

»Im Ernst?«

»So ernst wie ein Herzinfarkt«, sagte sie. »Crown Talent ist eine große Nummer, Leah. Eine zweite Chance bekommst du bei denen nicht.«

»Ja, ich weiß. Ich hatte nur nicht erwartet, dass ich so kurzfristig dort auftauchen soll.«

»Hast du viel zu tun da draußen in Radiator Springs?«, fragte sie.

»Bootleg Springs«, sagte ich lachend. »Und das ist es nicht. Es kommt nur ... unerwartet.«

»Leah, du hast mit deinem Agenten gebrochen, das heißt, deine Agentur gefeuert, und jetzt repräsentiert dich niemand mehr«, stellte sie fest. »In den Medien hasst man dich, auch wenn sich die Show dank des ganzen Dramas phantastisch verkauft. Wie viel davon ist eigentlich wahr? Mal ganz im Vertrauen.«

»Alles ist ein Fake«, sagte ich. »Ich habe nicht mit Brock Winston geschlafen. Und ich weiß, wie man einen verdammten Fisch angelt.«

»Dachte ich mir schon. Aber man weiß nie. Im Laufe der Jahre habe ich jede Menge Mist gesehen.«

»Das glaube ich gern. Allerdings habe ich die Nase voll davon, mich nicht dazu äußern zu dürfen. Ich kann dir gar nicht sagen, wie oft ich ganz kurz davor war, überall in den sozialen Medien die Wahrheit zu verbreiten.«

»Gott, Leah, tu das bloß nicht«, erwiderte sie. »Glaub mir, gegen die Verity Studios kommst du in einem Prozess wegen Vertragsbruchs nicht an. Sie werden dich lebendig begraben.«

»Mein Ruf ist im Eimer«, klagte ich. »Das ganze Land hasst mich im Grunde.«

»Ist dein Stolz deine lebenslangen Ersparnisse wert? Denn davon reden wir hier. Sie werden dich zugrunde richten. Halt den Mund, und lass die Finger von der Tastatur. Sobald du bei Crown unter Vertrag bist, wird ihre PR-Abteilung Schadensbegrenzung betreiben. Langfristig ist dann wahrscheinlich alles okay.«

Ich wusste, dass sie recht hatte, doch es gefiel mir trotzdem nicht. »Ja, verstehe.«

»Gut. Ich habe mir die Freiheit genommen, für morgen einen Flug für dich zu buchen. Er geht früh von Washington Dulles. Vielleicht solltest du schon heute Abend hinfahren und im Hotel übernachten.«

»Das wäre doch nicht nötig gewesen«, sagte ich.

»Eigentlich hat das meine Assistentin erledigt. Aber ich dachte mir, das macht dir das Ganze einfacher, wo du doch im Moment allein bist.«

Vielleicht hätte ich nicht so gereizt reagieren sollen, aber mir gefiel die Vorstellung nicht, dass sie glaubte, ich könnte ohne Kelvin hilflos sein. »Ich bin dir dankbar für deine Hilfe, aber nur weil ich keinen Agenten mehr habe, heißt das nicht, dass ich kein Flugticket reservieren kann.«

»Okay, Leah Larkin macht auf großes Mädchen«, sagte sie, und ich entspannte mich, als ich den Anflug von Humor in ihrer Stimme wahrnahm. »Zur Kenntnis genommen. Und gut für dich. Aber mal ganz persönlich: Wie geht es dir?«

»Ganz gut eigentlich. Ehrlich gesagt, habe ich seit diesem Blowjob-Vorfall die Show nicht mehr weitergeschaut. Und ich versuche, den ganzen Online-Tratsch zu ignorieren.«

»Lies es nicht«, sagte sie. »Irgendwann wird das alles verschwinden, bis dahin würdest du dich nur selbst quälen.«

»Ich weiß«, entgegnete ich. »Und mir ist klar, dass ich in der Klemme stecke, weil ich mit Kelvin Schluss gemacht habe, aber es ging einfach nicht mehr.«

»Süße, du brauchst dich vor mir nicht zu rechtfertigen. Ich habe Kelvin nie gemocht. Ich bin froh, dass du diesen liederlichen Mistkerl nicht heiratest.«

Ich lachte. Unverblümte Ehrlichkeit.

»Danke.«

»Ich wünschte nur, mein Sohn würde sich ein Beispiel an dir nehmen und seinen Hintern hochkriegen«, sagte sie. Ihr Sohn war in meinem Alter, und schon immer lamentierte sie über seine schlechte Partnerwahl. »Ich schwöre dir, Leah, es macht mir nichts aus, dass er schwul ist, aber bei Männern hat er einen noch schlechteren Geschmack als du. Ein Jammer, dass er nicht hetero ist. Ihr beiden würdet ein tolles Paar abgeben.«

Wieder lachte ich. »Ja, schade. Aber danke.«

»Meine Assistentin schickt dir dann die Flugzeiten zu«, sagte sie.

»Okay, danke, Evelyn.«

»Keine Ursache.«

Ich legte auf und atmete langsam aus. Zurück nach L. A. Ich hatte gewusst, dass das kommen würde. Evelyn hatte recht, ich brauchte eine neue Agentur, und die Crown Talent Agency war eine der besten. Ich war fast ein wenig schockiert, dass sie bereit waren, mich zu empfangen, auch wenn Evelyn jede Menge Kontakte hatte. Offenbar hatte sie ein paar Strippen gezogen.

Ein Last-Minute-Trip nach L. A. war nicht ideal, aber auch nicht das Ende der Welt. Ich würde mich in der Agentur vorstellen, dafür sorgen, dass alle rechtlichen Dinge in Bezug auf den Vertrag mit Kelvin abgewickelt wurden, und dann ...

Ja, was dann? Nach Bootleg zurückkommen?

Das würde von meinem Terminplan abhängen, falls es Arbeit für mich gäbe. Bei einer anderen Agentur aufgenommen zu werden, garantierte nicht, dass sie irgendwelche Auftritte für mich an Land ziehen konnten – als Model, Schauspielerin oder sonst was. Alles war in der Schwebe. Ich hatte dort keinen Wohnsitz und keinen langfristigen Plan. Das würde ich mir alles überlegen müssen, und ich wusste auch nicht, wie ich Bootleg Springs in all dem unterbringen sollte.

Wusste nicht, wie ich Jameson darin unterbringen sollte.

Jameson. Der Gedanke, ihn zu verlassen, bereitete mir ein wenig Übelkeit. Ich würde dann nicht mehr einfach in seiner Werkstatt vorbeischauen können, um zu sehen, wie sich sein Kunstwerk entwickelte. Oder Sandwichs kaufen und runter zum See mit ihm fahren. Auf Schrottjagd gehen oder ihm helfen, das alte Auto, das er gefunden hatte, zu zerlegen.

Ich konnte mit ihm in Kontakt bleiben und würde das auch ganz sicher tun. Ich würde nicht zulassen, dass unsere Freundschaft schwand so wie damals, als wir jünger waren. Aber ich hasste die Vorstellung, ihn nicht mehr jederzeit sehen zu können.

Ich rief seine Nummer auf und schrieb ihm eine Nachricht.

Ich: Muss zurück nach L. A. Flug geht morgen früh. Fahre heute Abend nach Washington und übernachte im Hotel.

Es dauerte einige Zeit, bis er antwortete.

Jameson: Tut mir leid, das zu hören. Wirst du lange weg sein?
Ich: Weiß noch nicht. Das hängt von vielen Dingen ab.

Wieder eine lange Pause.

Jameson: Soll ich dich hinfahren?
Ich: Danke, aber ich muss ohnehin den Mietwagen zurückbringen.
Jameson: Okay, wollte es dir nur anbieten.

Ich kaute auf der Unterlippe herum und fragte mich, was ich noch sagen sollte.

Ich: Ich schreibe dir, sobald ich dort angekommen bin.
Jameson: Ja, tu das.
Ich: Danke für alles. Ich hatte eine Menge Spaß.
Jameson: Ich auch. Wir sprechen uns bald.
Ich: Okay.

Ich hätte noch eine Million Dinge zu sagen gehabt, ließ es aber bleiben. Ich legte mein Handy weg und stieg aus dem Wagen, um Dad die Neuigkeiten mitzuteilen. Dann musste ich ein Hotelzimmer buchen. Zurück zum Ferienhaus fahren und packen. Scarlett wissen lassen, dass ich wegging. Und morgen war ich dann einen langen Tag unterwegs.

18

Jameson

Und dann war sie einfach so weg.

Am Morgen, nachdem Leah Mae mir mitgeteilt hatte, dass sie abreiste, wachte ich früh von einem sommerlichen Regenguss auf. Das passte. Der Himmel war von grauen Wolken bedeckt, und Regentropfen trommelten auf das Dach, bildeten Rinnsale auf den Fensterscheiben. Das Wetter entsprach meiner Laune.

Jonah peitschte mich vor dem Frühstück durch einen Work-out. Ich war still, und er stellte keine Fragen. Das war das Gute an Jonah. Er schien es zu merken, wenn mir nicht nach quatschen zumute war. Danach ging ich in meine Werkstatt. Ich dachte, das wäre ein guter Start für die Arbeit an meinem Werk, die ich mir für heute vorgenommen hatte.

Doch kaum hatte ich angefangen, klingelte mein Handy. Es war Deanna.

»Hey, Dee«, grüßte ich sie.

»Guten Morgen«, sagte sie. »Was macht das Kunstwerk?«

Ich umkreiste langsam meine Skulptur und war froh, dass sie nicht sehen konnte, wie ich zusammenzuckte. Ein Teil davon wurde ganz gut, aber irgendetwas fehlte, und ich kam nicht dahinter, was.

»Sieht gut aus.«

»Schickst du mir ein paar Fotos?«, bat sie mich.

»Nee.«

Sie stöhnte auf. »Jameson, nicht, dass ich nicht glauben würde, dass du Fortschritte machst, aber …«

»Aber irgendwie glaubst du mir trotzdem nicht.«

»Versteh mich nicht falsch, aber ich lebe davon, mit Künstlern Geschäfte zu machen«, sagte sie. »Das mache ich schon seit zwanzig Jahren, und ich habe auf die harte Tour lernen müssen, den Künstler in Bezug auf die Einhaltung von Deadlines nicht beim Wort zu nehmen.«

»Na schön. Ich schicke dir ein Foto.« Ich hielt mein Handy hoch und tippte auf das Display, um die Kamerafunktion zu aktivieren. Dann suchte ich einen Blickwinkel, aus dem das Ganze fertiger aussah, schoss rasch ein Bild und schickte es an Dee. »Hast du es bekommen?«

»Moment.«

Plötzlich war ich total nervös. Ich hasste es, mein Kunstwerk irgendjemandem zu zeigen, ehe es fertig war. In gewisser Weise hasste ich es überhaupt, meine Arbeit zu zeigen. Nicht dass ich es verbergen oder für mich behalten wollte. Doch wenn ich zeigte, was ich erschaffen hatte, fühlte ich mich immer so unendlich verletzlich. Ich wusste nie, wie ich damit fertigwerden sollte.

»Wow, das ist ganz anders, als ich erwartet hätte«, sagte sie. »Aber es ist wunderschön.«

Ich rieb mir den Nacken und trat von einem Bein auf das andere. »Ja, ich glaube, es wird.«

»Was immer dich da draußen dazu inspiriert hat, bleib dabei. Es ist anders als alles, was du je zuvor gemacht hast, aber Jameson, es wird unglaublich. Das sehe ich jetzt schon.«

»Danke, Dee. Das freut mich.«

»Okay, dann lasse ich dich mal weiterarbeiten«, sagte sie. »Und vergiss die Enthüllungsfeier in Charlotte nicht.«

»Ja, ich weiß.«

»Du klingst ja mächtig begeistert.« Sie lachte. »Geh mal lieber wieder an die Arbeit.«

»Ja, Ma'am.«

Ich beendete das Telefonat und steckte das Handy in meine hintere Hosentasche. Sah mir weiterhin die Skulptur an.

Sie war nicht das, was ich für diesen Kunden geplant hatte. Als ich mit dem Auftrag angefangen hatte, hatte ich etwas Abstrakteres im

Sinn gehabt. Ein aussagekräftiges Stück, das sowohl dekorativ als auch schön war, aber weniger organisch. Eher modern, wie das Gebäude, vor dem es stehen sollte.

Doch nachdem ich Leah Mae ein paarmal in dieser Show gesehen hatte, war mir folgendes Bild nicht mehr aus dem Kopf gegangen: Leah Mae, eingesperrt in einen Käfig. Ein Engel hinter Gittern, seine Strahlkraft gedämpft. Egal, wie sehr ich versuchte, mich auf etwas anderes zu konzentrieren, das war alles, was ich vor mir sah. Ein herrlicher Engel mit hängenden Flügeln, der die Gitterstäbe umklammerte.

Aber irgendetwas fehlte, und ich wusste nicht, was. Das machte mich ein wenig verrückt. Ich wusste, dass es noch etwas brauchte, sonst wäre es nicht fertig, doch ich hatte keine Ahnung, was dieses fehlende Element war.

Dees Bestärkung half ein wenig, aber ich war immer noch beunruhigt. Es war etwas Persönliches. Ich legte immer einen Teil von mir selbst in meine Arbeit, aber dieses Mal war es anders – roh und authentisch.

Ich hatte Angst davor gehabt, es Leah Mae zu zeigen. Ich hatte solche Angst gehabt, dass sie merken würde, was es darstellte – dass sie das war. Sie war um das unvollendete Kunstwerk herumgegangen, und ich hätte schwören können, in ihren Augen ein Wiedererkennen wahrzunehmen. Vielleicht sogar Verstehen. Es war, als würde sie genauso empfinden wie ich. Als hätte sie ein Gefühl für das, was ich da schuf, und könnte sich mit dem Kunstwerk identifizieren.

Doch nun dachte ich schon wieder an Leah Mae. Ich bemühte mich wirklich, sie mir aus dem Kopf zu schlagen und mit der Arbeit zu beginnen.

Nachmittags war es Zeit, eine Pause zu machen. Außerdem brauchte ich ein paar Sachen aus dem Baumarkt, deshalb zog ich mir etwas Sauberes an und fuhr in die Stadt.

Wenn mich die Arbeit nicht ablenkte, kam mir als Erstes Leah Mae in den Sinn. Seit ihrer Nachricht gestern hatte ich mir Vorwürfe gemacht. Es gab Momente im Leben, in denen man eine Chance ergreifen musste. In denen man sich etwas – in diesem Fall eine Frau – schnappen und das Risiko eingehen musste. Und das hatte ich nicht getan. Ich hatte mir die Gelegenheit durch die Lappen gehen lassen, und jetzt war die Chance vertan.

Es spielte keine Rolle, dass sie erst seit Kurzem Single war. Oder dass ich keinen Grund hatte zu glauben, dass sie viel länger in Bootleg bleiben würde. Ich hätte mich von diesen Dingen nicht aufhalten lassen sollen. Es gab einige Ungewissheiten, aber ich hatte mich ihnen geschlagen gegeben. Und dafür hätte ich mir in den Hintern beißen können.

Wie oft hätte ich in dem, was ich gerade getan hatte, innehalten und sie küssen können? Wir hatten im vergangenen Monat genug Zeit miteinander verbracht – es hätten sich jede Menge Gelegenheiten geboten. In so vielen Momenten hatten sich unsere Blicke getroffen, und wir waren beide still geworden.

Ich hatte keine Ahnung, was sie gedacht hatte. Himmel, vielleicht hatte sie ja gehofft, ich würde sie *nicht* küssen. Vielleicht hatte sie bereits entschieden, dass wir besser dran waren, wenn wir einfach nur Freunde blieben, und sie zu küssen wäre ein Riesenfehler gewesen.

Dennoch wünschte ich, ich wäre dieses Risiko eingegangen.

Ich umklammerte das Lenkrad, während ich in die Stadt fuhr. Je mehr ich darüber nachdachte, desto mehr ärgerte ich mich über mich selbst. Die Stimme meines Dads hallte mir durch den Kopf. Redete mir ein, dass ich zu empfindsam sei. Dass ich mich stählen müsse. Vielleicht hatte er damit recht gehabt.

Im Städtchen angelangt, fuhr ich in Richtung Rusty Tool. Ich wollte gerade auf den Parkplatz abbiegen, als mir etwas weiter hinten an der Straße ins Auge stach. Das konnte sie nicht sein – ich bildete mir schon Dinge ein –, aber ich fuhr trotzdem geradeaus weiter.

Welliges blondes Haar unter einem Sonnenhut. Jeansjacke über einem locker sitzenden blauen Kleid. Lange, anmutige Beine. Zierliche Hände, die eine Tasche hielten. Sie drehte sich um, und o mein Gott, sie war es.

Meine Reifen quietschten auf dem Pflaster, als ich mitten auf der Straße anhielt, ohne auch nur im Geringsten darauf zu achten, ob jemand hinter mir fuhr. Sie konnten um mich herumfahren. Bei laufendem Motor riss ich die Tür auf und sprang hinaus.

Leah Mae riss die Augen auf, als ich auf sie zuging. Sie klappte den Mund auf, als wollte sie etwas sagen, aber ich war ein Mann mit einer Mission, und dieses Mal würde ich nicht scheitern.

Ohne ein Wort zu sagen, umfasste ich mit der einen Hand ihre Taille und legte ihr die andere an die Wange. Und dann küsste ich sie einfach, verdammt.

Ihre Lippen waren so weich und süß, wie ich es mir immer vorgestellt hatte. Fühlten sich nachgiebig und schmiegsam auf meinen an. Zuerst war mein Kuss heftig, mein Mund entschlossen und energisch auf ihrem. Ich zog sie fest an mich. Ich kam raus, legte alle Karten auf den Tisch.

Sie keuchte, ihr Körper erstarrte, doch in einem Wimpernschlag entspannte sie sich und schmiegte sich an mich. Ich bewegte meine Lippen, umfasste damit mehr von ihren. Wir neigten den Kopf, und mein verzweifelter Kuss verwandelte sich in etwas Süßes, Leidenschaftliches. Eine weiche Zärtlichkeit, eine Intensität, die das Herz hämmern ließ.

Um uns herum passierte irgendetwas, ich hörte Stimmen und scharrende Füße. Doch ich achtete nicht darauf. Nun, da ich angefangen hatte, sie zu küssen, wollte ich gar nicht mehr damit aufhören. Es war mir gleichgültig, wer uns sah oder wie viel Gerede es in der Stadt geben würde. Das war mein Moment – unser Moment. Ich hatte so lange darauf gewartet.

19
Leah Mae

Jameson Bodine küsste mich.

Nein, er küsste mich nicht nur. Er brachte mich zum Dahinschmelzen. So dass ich weiche Knie bekam und meine Beine zitterten. Ich konnte nicht mehr denken. Kaum noch atmen. Und als ich schon dachte, dass es besser nicht ginge – dass dieser Moment schon fast vollkommen war –, öffnete er mit der Zunge meine Lippen und vertiefte den Kuss noch.

Die Liebkosung seiner samtigen Zunge fühlte sich wie pure Magie an, Funken tanzten mir über die Haut. Ich hatte keine Ahnung, was um mich herum passierte. Es war, als hätte nichts zuvor existiert – vor Jamesons betörendem Kuss.

Ich schlang ihm die Arme um die Schultern und drückte mich an ihn. Erwiderte seinen Kuss mit allem, was ich hatte.

Allmählich nahm er seinen Kuss wieder ein wenig zurück. Aus dem langsamen Tanz unserer Zungen wurden leichte Küsse auf weichen Lippen. Er streichelte mir mit den Fingern über die Wange und hielt mich mit seinen starken Armen fest.

Unsere Münder lösten sich voneinander, aber wir blieben uns so nah, dass sich unsere Nasen streiften.

»Ich dachte, du wärst weg«, sagte er leise.

»Ich bin zurückgekommen.«

Er drängte wieder heran und küsste mich; mein Hut fiel hinter mir herunter.

»Leah Mae, ich weiß nicht, was passiert ist oder warum du zurückgekommen bist«, sagte er, während er mir erneut über die Wange strich. »Aber ich muss mit dir über etwas sehr Wichtiges sprechen.«

»Was zum Teufel soll das, Bodine?«, drang eine Stimme von der Straße herüber. »Fahr deinen verdammten Truck beiseite.«

Jameson lächelte. »Einen Augenblick noch!«, rief er über die Schulter. Dann wandte er sich wieder zu mir, strich mir mit dem Finger über die Lippen. Seine Berührung ließ mich erzittern. »Wirst du mit mir kommen?«

Ich versuchte, Ja zu sagen, brachte aber nichts heraus, deshalb nickte ich einfach nur.

Er ergriff meine Hand und führte mich zu seinem Truck. Er stand mitten auf der Straße, mit laufendem Motor, die Fahrertür weit geöffnet. Ich war mir der Leute auf der Straße, die uns beobachteten, nur vage bewusst. Denken war gerade einfach viel zu schwer. Jameson hatte mich geküsst wie der Teufel, und mir drehte sich der Kopf.

Wir stiegen in seinen Truck und fuhren das kurze Stück zum Strand. Es hatte den ganzen Tag lang hin und wieder geregnet, und Wolken hingen noch immer tief am Himmel. Der See lag verlassen da.

Jameson parkte ein und stellte den Motor ab. Er drehte sich zu mir her. »Gott, Leah Mae, ich muss dir etwas sagen, aber alles, was ich gerade will, ist, dich wieder zu küssen.«

Ich stürzte mich praktisch auf ihn, und er zog mich in seinen Schoß. Unsere Münder verschlangen einander in einem feuchten, eindringlichen Kuss. Er fuhr mir mit den Fingern durch die Haare, während sich seine Zunge an meinen Lippen vorbeischob.

Da ich rittlings auf ihm saß, war mein Kleid nach oben gerutscht, aber Jameson – immer ganz Gentleman – ließ die Hände in meinen Haaren. Küsste mich tief und langsam. Er schien begierig, ließ sich allerdings Zeit. Als wäre jeder Kuss dazu da, ausgekostet zu werden. Gewürdigt.

Regen trommelte gegen das Fenster, eine leise Serenade. Seine Hände strichen mir über den Rücken, und ich verlagerte mich auf seinem Schoß. Mein Körper brannte für ihn, ein Verlangen, das mich tief in meinem Inneren erfasste. Meine Nippel streiften seine Brust, prickelten am dünnen Stoff meines BHs. Ich wollte seine Hände überall spüren – seine heiße Haut auf meiner. Ich wollte, dass er kein Gentleman mehr war und mir stattdessen die Kleider herunterriss, gleich hier.

Er berührte wieder zärtlich mein Gesicht und lehnte sich nach hinten, damit er mir in die Augen sehen konnte.

»Oh, Darling«, sagte er leise, mit belegter Stimme. »Ich will dich schon so lange küssen.«

»Ich dich auch«, hauchte ich.

Sein Mund verzog sich zu einem Grinsen. Ich liebte es, wenn er lächelte.

»Ich dachte, du wärst längst weg«, sagte er.

»Ich weiß«, erwiderte ich. »Eigentlich sollte ich in einem Flugzeug sitzen.«

»Was ist passiert?«

»Ich bin heute Morgen aufgewacht und habe mich gefragt, was ich da eigentlich tue – warum ich das will. Ich war so sehr darauf fixiert gewesen, wohin es als Nächstes geht, dass ich ganz vergessen habe, zu fragen, ob ich da überhaupt hinwill. Ich bin dem Traum eines Kindes nachgejagt, das es nicht besser weiß – und das keine Ahnung hat, wie dieser Traum tatsächlich aussieht. Und es ist verrückt, denn ich habe keinen Plan B. Ich habe keine Ahnung, was ich aus meinem Leben machen soll.«

Das stimmte. Noch nie hatte ich mich so in der Schwebe gefühlt. Aber zum ersten Mal seit Langem fühlte ich mich frei.

»Meinst du damit, dass du alles aufgibst?«, fragte er. »Das Modeln? Die Schauspielerei?«

»Würdest du mich für verrückt halten, wenn ich Ja sagte?«

»Warum sollte ich?«

»Vielleicht ... weil ich weiß, was andere sagen würden.« Damit meinte ich Kelvin, aber ich wollte seinen Namen nicht aussprechen. Nicht hier, in diesem Moment. »Sie würden sagen, dass ich zu hart gearbeitet habe, um jetzt hinzuschmeißen. Dass diese Show nur der Steigbügel zu etwas Größerem war und ich aus einer Laune heraus alles wegwerfe.«

Jameson sah mir tief in die Augen. »Ist es denn eine Laune?«

Ich schüttelte den Kopf. »Nein, ich kann wohl nicht der Mensch sein, der ich sein will, wenn ich ihr Spiel spielen muss. Ich bin in Bezug auf mich selbst schon jetzt viel zu viele Kompromisse eingegangen. Wenn ich heute nach L. A. geflogen wäre – wenn ich wieder denselben Pfad beschritten hätte –, wäre ich mir nicht sicher, wo ich am Ende gelandet wäre. Ich weiß nicht, welchen Weg ich jetzt einschlage. Aber ich weiß, dass dieser nicht der richtige gewesen wäre.«

»Ich bin so stolz auf dich«, sagte er und sah mich aus seinen leuchtend blauen Augen immer noch an.

»Danke.« Ich knabberte an meiner Unterlippe.

»Hör mal.« Er strich mir die Haare aus dem Gesicht. »Mir ist klar, dass alles in der Schwebe ist und du nicht sicher bist, wohin es als Nächstes geht. Aber ich muss dich etwas Wichtiges fragen.«

»Okay.«

»Leah Mae, willst du mein Mädchen sein?«

Das Herz schmolz mir in der Brust, wurde zu einer kleinen Pfütze Mus. »Dein Mädchen?«

»Ich weiß, das klingt albern«, sagte er. »Wir sind keine Kinder mehr. Aber ich stelle mir vor, wir sind wieder sechzehn. Du bist den Sommer über hier, bei deinem Daddy. Wir sind unten am See, und du hast deinen rosa-gelben Badeanzug an. Dein Haar ist ganz nass, weil wir seit dem Mittagessen schwimmen, und die Sonne hat auf deine ganze süße kleine Nase Sommersprossen geküsst.«

»Ich erinnere mich gut an diese Tage.«

Er nickte. »Ich hätte das damals schon tun sollen, aber ich hab es nicht getan. Deshalb tue ich es jetzt. Was sagst du dazu, Darling? Bleib hier. Bleib hier, und sei mein Mädchen.«

Ich lehnte meine Stirn an seine. »Ich werde sehr gern dein Mädchen, Jameson Bodine.«

Unsere Lippen trafen sich wieder, so warm und weich. Seine Küsse fühlten sich magisch an.

»Ich wollte bei dir vorbeikommen«, sagte ich, als wir uns voneinander lösten. Er sollte nicht denken, ich hätte ihn in dem Glauben gelassen, ich wäre nach L. A. geflogen. »Ich wollte dich überraschen und habe in der Stadt angehalten, um etwas Süßes zu kaufen, das ich dir mitbringen wollte. Und dann hast du angehalten, und nun ja ... da sind wir nun.«

»Da sind wir nun.«

Lächelnd nickte ich und küsste ihn wieder. Küssen war gut. Ich wollte mehr davon. Viel mehr. Jameson auch, das merkte ich ihm an.

Wir machten auf dem Vordersitz seines Trucks rum, als wären wir wieder Teenager. Als wäre es wirklich jener Sommer, als wir sechzehn waren, und die letzten zwölf Jahre wären überhaupt nicht passiert. Wir waren nicht die Erwachsenen, die ihr Gepäck und ihren Herzenskummer mit sich herumschleppten. Den Stress von Familien, Karrieren, harten Entscheidungen. Wir waren einfach nur zwei Kids, die ein bisschen verrückt nach einander waren und an einem verregneten Sommernachmittag auf dem Vordersitz eines Pick-ups herumknutschten.

Ich wünschte, es würde nie enden.

Seine Lippen auf meinen fühlten sich besser an als alles, woran ich mich erinnern konnte. Gewiss war ich zuvor schon geküsst worden, aber nie auf diese Weise. Das hier war Sommersonne und Eistee, gepaart mit einem angenehm rauen Kiefer, weichen Lippen und sehr geschickten, starken Händen. Er berührte und liebkoste mich. Küsste alle Fragen und Unsicherheiten fort.

Und für diesen kurzen Moment war alles vollkommen.

20
Leah Mae

Ich neigte das Bild, das ich für die Küche gekauft hatte, ein wenig, so dass es gerade hing. Es bestand aus Holzlatten, auf denen *Home Sweet Home* in altertümlichen weißen Buchstaben stand. Ich hatte es im Schaufenster von Daisy Home Furnishings entdeckt, und es hatte mein Herz so angesprochen, dass ich hineingegangen war und es gekauft hatte.

Es war lange her, seit sich irgendeine Wohnung, in der ich gelebt hatte, wie ein Zuhause angefühlt hatte. Eigentlich schon zwölf Jahre, und dieses Haus lag keine fünf Autominuten von meiner kleinen Ferienhütte am See entfernt, hier in Bootleg Springs. Das Haus, in dem ich gelebt hatte, bevor meine Eltern sich getrennt hatten, war der letzte Ort gewesen, der sich für mich wirklich wie ein Zuhause angefühlt hatte. Vor Jahren hatte mein Dad dieses Haus verkauft und das kleine erworben, in dem er jetzt lebte. Es war für ihn leichter instand zu halten, und da er allein lebte, brauchte er auch nicht mehr Platz.

Das Haus meiner Mom in Florida war auch so etwas wie ein Zuhause gewesen. Doch es hatte sich auf seine ganz eigene Art vorübergehend angefühlt. Als würde ich dort nur abwarten, bis der nächste Sommer kam und ich hierher zurückkehren konnte, zu meinem Dad.

Nachdem ich angefangen hatte, zu modeln, hatte ich überwiegend in Hotels gelebt oder in billigen WG-Zimmern, mit Mitbewohnern, die ich kaum kannte. Dann war ich bei Kelvin eingezogen, doch die Wohnung hatte sich immer wie *sein* Zuhause angefühlt, nicht wie unseres. Oder gar meines.

Ich sah zu dem Stapel Kartons hinüber, die gestern bei meinem Dad angekommen waren. Kelvins Assistentin hatte mir weitergeholfen und sie hierhergeschickt. Ich war mir nicht sicher gewesen, wo ich mich aufhalten würde, deshalb hatte sie sie an Dads Adresse geschickt, und ich hatte sie dann hierhergebracht. Die Sachen waren immer noch vom letzten Umzug verpackt. Kelvin hatte keinen der Kartons geöffnet.

Die Ferienhütte gehörte zwar nicht direkt mir, aber ich hatte sie inzwischen langfristig von Scarlett gemietet, nicht nur als Feriendomizil. Sie war begeistert gewesen, als sie gehört hatte, dass ich eine Zeit lang in Bootleg bleiben würde. Ich hatte keine Ahnung, was genau sie in Bezug auf Jameson und mich wusste, doch sie hatte über das ganze Gesicht gestrahlt, als sie gestern mit dem Papierkram vorbeigekommen war.

Ich war in einer seltsamen Lebensphase und wusste nicht, was die Zukunft brachte. So viele Jahre hatte ich einem Traum nachgejagt. Doch dieser Traum hatte seinen Glanz unwiederbringlich verloren. Ich hatte keinen Zweifel daran, das Richtige zu tun, ich musste einfach nur herausfinden, was als Nächstes anstand.

Die Aussicht, noch mal ganz von vorne anzufangen – oder eine neue Richtung zu finden, die mein Leben nehmen konnte –, war aufregend und zugleich furchteinflößend. Ich hatte genug Ersparnisse, um eine Weile davon leben zu können, aber sie würden nicht ewig reichen. Und ich wollte dafür sorgen, dass es meinem Dad gut ging. Es gab viel, worüber ich nachdenken musste.

Aber ich war froh, dass ich mir eine kleine Pause gönnen und einfach nur *sein* konnte. Hier zu leben, an einem Ort, weit entfernt vom Irrsinn der Welt. Wo ich den Klatsch ignorieren konnte und die Leute in mir nicht den in Ungnade gefallenen Reality-TV-Star sahen.

Wo ich Jameson Bodines Mädchen war.

Mein Herz flatterte, und mein Magen schlug einen kleinen Salto, wenn ich nur an ihn dachte. Es war erst ein paar Tage her, seit er mich auf der Straße geküsst hatte – und in seinem Truck und vor meiner Haustür. Als er mich gefragt hatte, ob ich sein Mädchen sein wolle, wäre ich fast gestorben. Es war das Süßeste, was je jemand zu mir gesagt hatte.

Und Jamesons Mädchen zu sein? Ja, bitte. Das und noch viel mehr, und zwar mit Kusshand.

Damals als Mädchen hatte ich mich ein kleines bisschen in Jameson Bodine verknallt. Als er mein bester Freund gewesen war – der ruhige Junge, der gern zeichnete und Dinge baute. Der seine Spielsachen zerlegte und wieder zusammenklebte, um etwas Neues zu erschaffen. Der seine Umwelt still beobachtete, Dinge bemerkte, die niemandem sonst auffielen.

Und nun verliebte ich mich noch ein wenig mehr in ihn. In den Mann, der Schönheit im Kaputten und Weggeworfenen erkannte. Dessen stille Beharrlichkeit aus einer Leidenschaft eine Karriere gemacht hatte. Jameson war von Haus aus loyal und gütig. Ein Mann, der seine Familie liebte und geliebte Menschen beschützte.

Bei dem Gedanken, dass mich Jameson – dieser Mann mit dem weichen Herzen und dem starken Geist – lieben könnte, wurde mir ganz schwindlig.

Für die Außenwelt sah mein Leben wahrscheinlich wie eine Katastrophe aus. Die Leute machten mich auf jeder Social-Media-Plattform, von der ich je gehört hatte, schlecht, und wahrscheinlich auch auf denjenigen, von denen ich nie etwas gehört hatte. Standbilder der Show waren in *Memes* umgewandelt worden – keines davon schmeichelhaft –, und der Klatsch zielte darauf ab, dass ich die Böse in der *Roughing-It*-Hütte war.

Vorläufig ignorierte ich das alles. Ich löschte alles bis auf Instagram von meinem Handy, und Instagram nutzte ich nur, um Fotos von Dingen wie einem riesigen Stück Schokokuchen zu posten, das ich gestern Abend genossen hatte. Oder von dem Flanellhemd, das ich zu einem Kleid umgeändert hatte, das perfekt zu meinen Cowboystiefeln passte.

Durch den Klatsch und die Kommentare im Internet fühlte ich mich elend und klein. Deshalb tat ich so, als würde das alles nicht existieren. Irgendwann würde ich mich damit herumschlagen müssen, das wusste ich. Ich hatte immer noch vertragliche Verpflichtungen dem Sender gegenüber, bis die *Roughing-It*-Staffel beendet war. Doch bis dahin würde ich eine Weile Glückseligkeit à la Bootleg Springs genießen.

Mein Handy klingelte, und ich rümpfte die Nase über die sehr unerwünschte Störung durch die Außenwelt. Es war Kelvin. Er hatte mir mehrmals geschrieben und mich angerufen, seit wir unsere Verlobung gelöst hatten. Meistens war er darauf herumgeritten, dass ich jetzt keine Agentur mehr hatte, oder er hatte versucht, mich zu einer weiteren Realityshow zu überreden.

»Hallo?«

»Leah«, sagte er. »Ich bin so froh, dass du rangehst.«

»Was willst du?«

»Wir müssen uns unterhalten. Ich werde verrückt hier.«

»Ich hab dir bereits gesagt, dass ich nicht bei deiner Agentur bleibe und auch diese Show nicht mache.«

»Okay, gut«, erwiderte er. »Aber darüber brauchen wir nicht zu reden. Wir müssen über uns reden.«

Ich verdrehte die Augen. *Jetzt* wollte er über uns sprechen? »Ich glaube, auch dahin gehend habe ich mich ziemlich klar ausgedrückt.«

»Leah, ich vermisse dich«, sagte er. »Ohne dich ist hier nichts so, wie es war.«

Ich holte tief Luft und lehnte mich an die Theke. »Ich weiß nicht, was ich dazu sagen soll. Tut mir leid, wenn du etwas anderes willst, aber ich habe dir bereits gesagt, dass es vorbei ist.«

»Aber warum, Babe?«, hakte er nach. »Wir waren großartig zusammen.«

»Waren wir das wirklich?«, fragte ich. »Ich denke, es war eher bequem als großartig.«

»Das ist nicht wahr.«

»Kelvin, du hast mich nicht geliebt«, sagte ich. »Vielleicht hast du Dinge an mir geliebt oder meine Karriere. Aber du hast meine Heimatstadt gehasst, hast die Menschen, die ich mag, von oben herab behandelt und hattest kein Interesse daran, meine Familie kennenzulernen.«

»Babe, du solltest nach Hause kommen, damit wir das persönlich besprechen können.«

»Das ist nicht mein Zuhause. Und hör auf, mich Babe zu nennen.«

»Leah ...«

»Ich muss auflegen«, sagte ich und beendete das Gespräch.

Ein paar Sekunden später klingelte das Telefon erneut – wieder Kelvin. Ich lehnte den Anruf ab, und im selben Moment klopfte Jameson an meine Tür. Ich schaltete das Handy aus und ließ es auf der Theke liegen. Kelvin konnte so viele Nachrichten hinterlassen, wie er wollte. Er würde mir meinen Tag mit Jameson nicht ruinieren.

»Hey, Darling«, sagte Jameson, als ich ihm die Tür aufmachte. Ohne zu zögern, trat er ein und legte mir die Hände um die Taille. Zog mich an sich und küsste mich.

»Hi.« Ich schlang ihm die Arme um den Hals.

»Ich glaube, ich muss das noch mal machen, nur um sicherzugehen, dass es real ist.« Zärtlich strich er mir die Haare aus dem Gesicht und rieb seine Nase an meiner, ehe er sich vorbeugte, um mich zu küssen.

»Was machen wir heute?«, fragte ich.

»Wir gehen zum rostigen Riff«, verkündete er.

»Was ist das?«

Er grinste. »Das wirst du dann sehen. Hast du deinen Badeanzug an?«

»Klar doch.« Ich trug meinen rosa-blauen Bikini unter einer locker sitzenden Bluse, die ich so verändert hatte, dass sie über eine Schulter hing, dazu eine abgeschnittene Jeans und rosafarbene Sandalen.

Jamesons Blick wanderte an mir hinab und wieder hinauf, er nahm alles in sich auf. Sein hungriger Blick ließ meinen Bauch prickeln.

»Dann sollten wir los«, sagte er.

»Brauche ich sonst noch was?«

»Nur dein hübsches Selbst. Und vielleicht ein Handtuch. Für alles andere habe ich gesorgt.«

Ich schnappte mir ein Badetuch und ging hinaus zu Jamesons Truck. Wir fuhren am See entlang, weg von der Stadt, bis er am Straßenrand anhielt. Dort parkten schon ein paar andere Autos und Trucks. Er holte von hinten eine Kühltasche, und ich nahm unsere Handtücher und folgte ihm eine alte Piste hinunter.

Wir gelangten zu einem breiten Strand. Zu unserer Linken befand sich ein Hang, der sich zum Wasser hin abflachte. Rechts war eine Sandfläche, die auf der anderen Seite von Bäumen und Felsen gesäumt war, die fast bis zum Seeufer reichten. Ein abgeschiedener Bereich am Wasser.

Menschen saßen dort auf Decken und Handtüchern, die sie auf dem Sand ausgebreitet hatten, und ein kleines Feuer sandte Rauchfäden gen Himmel. Scarlett und Cassidy lagen auf einer Decke und sonnten sich in ihren Bikinis. June lümmelte im Schatten eines großen Sonnenschirms und blätterte in einer Zeitschrift.

Devlin und Bowie saßen auf einem Baumstamm neben dem Feuer, in dem sie mit Stöcken herumstocherten. Ein paar andere hockten mit Essen und Getränken daneben. Etwas vom Ufer entfernt waren Köpfe im Wasser zu sehen, der Klang von Stimmen wehte leise herüber.

Jameson steuerte nach rechts und stellte unsere Sachen ab.

»Da drüben ist zwar mehr Platz«, sagte er, während er in die entgegengesetzte Richtung nickte, »aber wir wollen nicht im Weg sein.«

»Im Weg sein?«, fragte ich. Dort drüben schien überhaupt nichts zu sein.

Ich hörte Motorengeräusche, drehte mich um und sah, wie Gibson auf einem Quad die Piste heruntergebrettert kam. Kurz vor dem Wasser kam er schlitternd zum Stehen. Den Bruchteil einer Sekunde lang fragte ich mich, was er da machte, bis ich einen Ruf von weiter oben am Hang hörte. Am Quad war ein Seil festgebunden, das zu einer Seilrutsche führte. Jemand – allem Anschein nach Jonah – hielt sich am Griff fest und sauste in halsbrecherischer Geschwindigkeit auf das Wasser zu.

Er flog auf den See hinaus, ließ los und fiel mit einem lauten Platschen ins Wasser.

»Der war gut«, sagte Jameson.

Die Mädels klatschten, dann hielten sie – offenbar zur Bewertung des Sprungs – ihre Finger hoch. Von Cassidy und Scarlett bekam er jeweils eine Sieben. June hob mit zerstreuter Miene acht Finger in die Höhe.

»Hat Gibson gerade wirklich Jonah mit dem Quad an einer Seilrutsche ins Wasser gezogen?«, fragte ich.

»Klar doch.«

»Das sieht gefährlich aus.«

Jameson zuckte mit den Schultern. »Ein bisschen ist es das wohl. Man muss darauf achten, dass man rechtzeitig loslässt, um nicht auf das rostige Riff zu knallen.«

»Was ist das rostige Riff?«

Jonah schwamm am Ufer entlang, kletterte dann auf etwas und stellte sich darauf, das Wasser um ihn herum glitzerte in der Sonne. Es sah aus, als würde er auf dem Wasser stehen.

»Das da ist das rostige Riff«, sagte Jameson und nickte zu Jonah hinüber. »Früher haben wir die Seilrutsche an einem Truck befestigt, bis Nash mit seinem alten Ford in den See gefahren ist und ihn nicht mehr herausholen konnte. Da sind wir dann auf ein Quad umgestiegen. Jonah steht jetzt auf dem Truck.«

»Da drin ist ein Truck?«

»Ja«, sagte er. »Wir haben die Seilrutsche ein wenig verlegt, damit es weniger wahrscheinlich wird, auf dem Truck aufzuschlagen – Buck hat es auf die harte Tour gelernt, aber wir sind ihm dankbar, dass er das Ganze für uns ausgetestet hat.«

»O mein Gott, wie hat er das überlebt?«

Jameson winkte ab. »Hat sich nur das Bein gebrochen. Aber das haben sie wieder gut hingekriegt.«

Ich hatte ein schlechtes Gewissen, weil ich lachen musste, aber Jameson erzählte das so ungezwungen.

»Gehst du auch auf die Seilrutsche?«, wollte ich wissen.

»Ja, klar. Das macht tierisch Spaß.«

»Hey, Jame, ich mach hier Schluss«, rief Gibson. »Fährst du?«

»Ja, geht klar«, sagte Jameson. Dann sah er mich an. »Na, wie wär's?«

Ich sah zur Seilrutsche hinüber. Sie begann oben am Hang und ging aufs Wasser hinaus. »Ich glaube, ich sehe lieber zu.«

Jameson verzog einen Mundwinkel zu einem subtilen Grinsen. »Später wirst du das nicht mehr sagen.«

Ich blinzelte und starrte ihn an. Ich war mir nicht sicher, ob es immer noch um die Seilrutsche ging.

»Mach es dir gemütlich, Darling.« Er zwinkerte, zog sein Shirt aus und ließ es in den Sand fallen. Dann schlüpfte er aus den Schuhen. »Ich muss jetzt mal Gibs zu einer Fahrt verhelfen. Und dann bist du dran.«

Er trat ein paar Schritte zurück, blickte mich aber weiterhin an. Inzwischen trug er nur noch seine Shorts, und sein phantastischer Oberkörper kam voll zur Geltung. Ich konnte gar nicht aufhören, ihn anzustarren. Er war schlank und muskulös, ohne bullig zu wirken, und überall auf seiner Brust und seiner linken Schulter prangten Tattoos, die ich noch nie zuvor gesehen hatte.

Ich hatte in den letzten zwölf Jahren jede Menge Models gesehen – männliche wie weibliche –, und keines von ihnen reichte an Jameson Bodine heran. Seine Ausstrahlung beschränkte sich nicht darauf, fotogen zu sein, auch wenn er das bestimmt auch war. Es lag an seinem leicht zerzausten Haar, seinen Bartstoppeln und an seinem Körper, der aussah, als wäre er dazu gemacht, gebraucht zu werden und nicht nur toll auszusehen. An seinen rauen Händen und den Narben an seinen Unterarmen. An seinem jungenhaften Lächeln und dem schmalen Streifen dunkler Haare, der unter dem Bund seiner Shorts verschwand.

Wieder zwinkerte er, dann joggte er hinüber zum Quad. Ich schluckte schwer und widerstand dem Drang, mir Luft zuzufächeln. Aber Gott, er war so sexy.

»Er ist nicht übel, was?«, sagte Cassidy. Sie hatte sich auf die Ellbogen gestützt und sah unter ihrer Sonnenbrille hindurch zu Jameson hinüber.

»Er ist ein Bodine, natürlich sieht er gut aus«, meinte Scarlett, ohne hinüberzuschauen.

»Ich will dir nicht zu nahe treten, Leah Mae«, begann Cassidy. »Ich will damit nur sagen, dass er ein fabelhaft aussehender Mann ist.«

Ich bemerkte, dass Bowie, der noch am Feuer saß, ein finsteres Gesicht machte und sein Blick zwischen Jameson und Cassidy hin und her huschte.

»Meine Brüder sind total nervig«, sagte Scarlett. »Und zwar jeder einzelne von ihnen. Aber es sind gute Jungs.«

»Mm-hmm«, machte Cassidy.

Ich breitete mein Badetuch neben ihnen aus und zog mich bis auf den Bikini aus. Die warme Sonne fühlte sich gut auf meiner Haut an.

»Vergiss nicht, dich einzucremen.« June warf mir ein Sonnenschutzspray mit Schutzfaktor dreißig zu. »Die ultravioletten Strahlen der Sonne lassen die Haut vorzeitig altern und verursachen Hautkrebs.«

»Danke, June.« Ich sprühte mich damit ein und verrieb das Ganze auf meiner Haut, die sehr hell war; ich brauchte es eindeutig.

Das Quad fuhr wieder an. Jameson lenkte es zurück zur Piste, während Gibson den Hügel erklomm. Beide verschwanden außer Sicht, und das Geräusch des Quads wurde leiser. Einen Moment später kam Jameson den Weg heruntergerast, eine Staubwolke hinter sich aufwirbelnd. Gibson rauschte in halsbrecherischer Geschwindigkeit die Seilrutsche herunter, ließ dann los und plumpste ins Wasser.

Alle am Strand jubelten. Er bekam jeweils sechs Punkte von Cassidy und June sowie sieben von Scarlett. Jameson lächelte mir über den Strand hinweg zu, und verdammt, war er hinreißend! In all der Zeit, in der wir schon befreundet waren, hatte ich ihn nie so oft lächeln sehen wie in den letzten paar Tagen.

Ich selbst lächelte auch andauernd.

»Süße, du bist so was von verknallt in diesen Mann.« Scarlett grinste.

Ich rückte meine Sonnenbrille zurecht und spürte, wie meine Wangen brannten. »Sorry. Aber ... ja, bin ich.«

»Entschuldige dich bloß nicht dafür«, sagte Scarlett. »Ich glaube, ich habe meinen Bruder noch nie so glücklich gesehen. Was immer du da gerade mit ihm machst, hör nicht auf damit, am besten nie wieder.«

Ich lachte, denn eigentlich machte ich gar nicht so viel mit Jameson. Nicht *in dieser Hinsicht* zumindest. Wir hatten herumgeknutscht. Stundenlang in seinem Truck miteinander herumgemacht. Und es war überwältigend gewesen. Es bestand kein Zweifel daran, dass ich mehr wollte, aber ich wusste nicht so recht, wie er darüber dachte. Jameson war ein wenig altmodisch. Vielleicht würde er noch damit warten wollen, weiterzugehen.

Ich hoffte, er wollte nicht allzu lange damit warten.

Gibson kam ans Ufer zurückgeschwommen, und er und Jameson wechselten die Plätze. Jameson stieg den Hügel hinauf und zog den Griff der Seilrutsche hinter sich her, während Gibson mit dem Quad über die Piste fuhr. In meinem Bauch flatterte es vor Vorfreude – und ein wenig Angst. Kurz darauf kam Gibson mit dem Quad angerast, direkt hinter ihm Jameson auf der Seilrutsche.

Jamesons Muskeln spannten sich an, während er mit Gebrüll am Seil hinunterrutschte. Als er losließ, beugte er sich nach hinten, zog die Beine an und machte einen Rückwärtssalto, ehe er ins Wasser eintauchte.

Ich klatschte und jubelte, so wie die meisten anderen am Strand, danach hielt ich beide Hände zu einer vollen Zehn hoch. Von Cassidy und Scarlett bekam er ebenfalls zehn Punkte. June hielt neun Finger in die Luft.

»Du bist aber kritisch«, sagte Cassidy zu ihrer Schwester.

June zuckte mit den Schultern. »Er hätte gerade ins Wasser eintauchen sollen, dann hätte es nicht so gespritzt.«

Cassidy lachte. »Wir sind hier nicht bei den Olympischen Spielen, Juney.«

»Ich habe meine Kriterien, du hast deine«, entgegnete June.

Jameson schwamm ans Ufer und stieg aus dem Wasser. Ich konnte meinen Blick nicht von ihm abwenden, als er tropfnass auf mich zukam. Er fuhr sich mit der Hand durch die Haare, das Wasser strömte in Rinnsalen an ihm herab, unterstrich die Linien seines muskulösen Körpers.

Er grinste und streckte die Hand aus. »Los, Darling. Du bist an der Reihe.«

Ich ergriff seine Hand, und er half mir auf. Er blickte an mir hinab und biss sich auf die Unterlippe. Ich hatte mich immer ein wenig unwohl in meiner Haut gefühlt. Früher war ich das größte Mädchen in meiner Klasse gewesen. Meine Glieder waren lang, und es hatte jede Menge Ballett- und Laufstegunterricht gebraucht, um irgendwie anmutig zu wirken. Aber wenn Jameson mich so ansah, fühlte ich mich schön. Ich fühlte mich wohl.

Andere Dinge fühlte ich auch, aber mir war durchaus bewusst, dass wir an einem vollen Strand waren. Und dass auch alle seine Geschwister hier waren.

Wir verschränkten unsere Finger ineinander, und er ging mit mir den Hang hinauf; unterwegs schnappte er sich den Griff der Seilrutsche.

»Weißt du, was?«, sagte er, während wir hinaufstiegen. »Ich werde fahren. Du brauchst dich nur dranzuhängen und loszulassen, sobald du über dem Wasser bist.«

»Versprichst du mir, dass ich nicht das rostige Riff treffe und sterbe?«

Er lachte und reichte mir den Seilrutschengriff. Er befand sich jetzt über unseren Köpfen, aber ich konnte ihn noch erreichen. »Ich würde es niemals riskieren, dass du dich verletzt. Es ist wie ein Rausch, und man muss es mindestens ein Mal gemacht haben. Außerdem: Wo sonst wird man schon von einem motorisierten Gefährt gezogen, wenn man eine Seilrutsche herunterrutscht?«

»Gutes Argument.« Ich knabberte an meiner Unterlippe, meine Gliedmaßen prickelten vor Vorfreude.

Er tippte mir auf die Nase und küsste mich flüchtig auf die Lippen. »Ich passe auf dich auf. Warte einfach, bis sich das Seil bewegt, und heb dann die Füße. Ich sage dir Bescheid, wenn du loslassen musst, und komme zu dir ins Wasser.«

Ich holte tief Luft und nickte. »Okay.«

»Braves Mädchen.«

Er rannte den Abhang hinunter, und ich hörte den Motor des Quads aufheulen. Kurz darauf durchlief ein Ruck das Seil, und ich setzte mich in Bewegung.

Ich umklammerte fest den Griff und hob die Füße. In Sekundenschnelle straffte sich das Seil, und ich flog an der Seilrutsche entlang, der Wind peitschte mein Haar nach hinten. Es ging so schnell, dass es sich wie Fliegen anfühlte. Der Boden entfernte sich unter mir, während der Strand weiter abfiel, und ich kreischte – vor Übermut, aber auch vor Angst.

Unter mir glitzerte das Wasser, und ich hörte, wie Jameson »Jetzt!« brüllte. Und da ließ ich los.

Instinktiv streckte ich die Beine, richtete die Zehen nach unten und presste die Arme fest an die Seiten. Ich durchschnitt das warme Wasser und schnappte rasch nach Luft, bevor auch mein Kopf untertauchte.

Dann trat ich Wasser, bis ich wieder die Seeoberfläche durchstieß und lachend auftauchte. Ich hob die Arme wie eine Turnerin, die soeben wieder auf den Füßen gelandet war; die Mädels hoben die Hände und zeigten dreimal volle zehn Punkte an.

Jameson kam zu mir herausgeschwommen. Er zog mich an sich und schlang mir die Arme um den Hals. Ich schmiegte mich an ihn – nichts trennte mich von ihm außer meinem kleinen rosa-blauen Bikini.

Wir küssten uns wie wild in dem badewannenwarmen Seewasser. Küssten uns, als wären wir allein, bis Gibson herüberbrüllte, dass wir aus dem Weg gehen sollten, damit jemand anderes ins Wasser rutschen konnte.

Jameson lachte nur und rief seinem Bruder zu, dass er die Klappe halten soll.

Nachdem wir zurück zum Ufer geschwommen waren, legten wir uns auf unsere Strandtücher, um uns trocknen zu lassen. Mein Haar war zerzaust, das bisschen Make-up, das ich aufgelegt hatte, war abgewaschen worden, und die Sonne verpasste mir wahrscheinlich gerade die Sommersprossen auf Nase und Wangen, die ich schon immer gehasst hatte.

Aber es würde sich niemand darüber beschweren, dass man die Fotos wegen meiner Sommersprossen nachbearbeiten müsste. Oder sich darüber aufregen, dass ich Sand in meinen zerzausten Haaren hatte. Da war nur Jameson, der neben mir lag und mich mit seinen blauen Augen anblickte, als wäre ich das Schönste, was er je gesehen hatte.

Wir aßen unser Mittagessen, tranken ein paar Bier und lagen in der Sonne. Wenn wir eine Abkühlung brauchten, gingen wir ins Wasser. Noch mehr Leute sausten auf der Seilrutsche den Hügel herunter, und die Jungs spielten irgendwann King of the Mountain auf dem rostigen Riff, was uns Übrige so zum Lachen brachte, dass wir uns die Bäuche halten mussten.

Als die Sonne allmählich unterging, war mir warm, ich war müde und so glücklich, wie ich es wohl noch nie in meinem ganzen Leben gewesen war.

21
Jameson

Leah Mae lächelte vom Beifahrersitz meines Trucks zu mir herüber. Es war ein müdes, träges Lächeln, getränkt von Sonnenschein und Seewasser. Ihr Shirt hing ihr über die Schulter, so dass der schmale Träger ihres Bikinis hervorlugte, und ihre irrsinnig langen Beine hatte sie an den Knöcheln übereinandergeschlagen. Ich konnte nicht aufhören, sie anzusehen, ihre sonnenverwöhnte Haut, ihre vollen Lippen. Ich wollte an der weichen Stelle knabbern, wo ihr Hals in die Schulter überging. Spüren, wie sich ihre Nippel unter meinen Handflächen aufrichteten.

Wir waren den ganzen Tag halb nackt und nass gewesen, und ich hatte jede einzelne Minute genossen. Mein größtes Problem hatte darin bestanden, meinen Dauerständer zu verbergen, wenn meine Schwester hergesehen hatte.

Nicht dass Scarlett irgendetwas vor ihren Brüdern verborgen hätte. Wir mussten es ertragen, wenn sie vor unseren Augen mit Devlin rummachte. Der Kerl hatte wirklich verdammtes Glück, dass wir ihn mochten. Natürlich hinderte uns das nicht daran, ihn ein paarmal mehr vom rostigen Riff zu stoßen, als unbedingt nötig gewesen wäre. Das war nicht nur ein Spiel, sondern auch eine Ermahnung.

Ich parkte vor Leah Maes Ferienhaus und stieg aus, um sie zur Tür zu bringen. Auf der Veranda blieben wir stehen.

»Ich hatte heute so viel Spaß«, sagte sie, während mich diese wundervollen grünen Augen anfunkelten.

»Geht mir genauso.«

Die Initiative zu ergreifen, gehörte nicht gerade zu meinen Stärken, doch in mir steckte so viel unterdrückte Energie, dass ich nicht anders konnte. Ich legte ihr die Hand um die Taille und zog sie fest an mich. Dabei verlagerte ich mich gar nicht erst so, dass sie meine Erektion nicht spürte, sondern ließ zu, dass sie sich hart und verlangend an Leah Mae drängte.

Ein gehauchtes Stöhnen kam ihr über die Lippen, als ich sie küsste. Sie drehte den Türknauf und machte auf, zog mich mit sich hinein. Wenn das mal keine Einladung war.

Ich trat die Tür zu und schob Leah Mae dagegen, mein Mund eroberte dabei ihren. Ihre Hände strichen an meiner Brust nach oben, schlangen sich um meinen Nacken, fuhren in meine Haare. Dieses Mal küsste ich sie anders – als wäre dies nur die Vorspeise. Als hätte keiner von uns vor, heute Nacht mit dem Küssen aufzuhören. Ich saugte an ihrer Unterlippe und leckte in ihren Mund. Das wollte ich schon den ganzen verdammten Tag tun.

Ich bedeckte ihren Hals mit Küssen, fand die Mulde unten an ihrem Hals. Dann leckte ich über ihre süße Haut, während sie den Kopf zur Seite legte und stöhnte. Meine Hand wanderte unter ihre Bluse, suchte mehr Haut, mehr Kontakt.

Die Zeit, sie an der Tür zu vögeln, würde noch kommen, aber nicht bei unserem ersten Mal. Da wollte ich alles richtig machen. Wir bewegten uns rückwärts, während ich ihr weiterhin feuchte Küsse auf den Hals drückte, bis wir mehr oder weniger ins Schlafzimmer hineinstolperten.

Ich schob ihre Bluse nach oben, zog sie ihr über den Kopf. Ihre Bikiniträger waren in ihrem Nacken zusammengebunden, deshalb zog ich an den Enden, um die Schleife zu lösen. Seidig rosafarbener und blauer Stoff glitt herab, entblößte ihre festen, runden Brüste.

Meine Hände bebten ein wenig, die Erkenntnis, dass ich gerade Leah Mae auszog, überwältigte mich. Ich griff um sie herum und zog an den unteren Trägern, so dass das Oberteil zu Boden fiel.

Mein Schwanz lechzte danach, in ihr zu sein, doch es würde nie wieder ein erstes Mal geben. Ich hielt mich unter Kontrolle und konzentrierte mich auf sie. Darauf, ihrem geschmeidigen Körper zu huldigen.

Ich strich mit dem Daumen über ihren Nippel, beschrieb zärtlich einen Kreis, verschlang ihre keuchenden Atemzüge mit dem Mund. Ließ meinen Mund an ihrem Hals hinabwandern bis zum Schlüsselbein. Ich umfasste ihre Brust, leckte mit der Zunge über ihre harte Spitze. Sie legte den Kopf in den Nacken, das Haar fiel ihr um die Schultern, und ein leiser Schauer schien ihren Körper zu durchlaufen.

Ich schob sie auf das Bett, auch wenn ich noch angezogen war und ihr das Bikinihöschen noch nicht ausgezogen hatte. Es gab schon jetzt so viel zu erforschen. Ich lag neben ihr auf der Seite und umfasste eine Brust, während ich die andere träge leckte. Wieder erschauerte sie, während ich ihren Nippel in den Mund nahm und daran saugte – zuerst zärtlich, dann fester. Während ich eine ihrer Brüste drückte und an der anderen saugte, spürte ich, wie ihr Körper auf den Rhythmus reagierte. Sie bewegte die Hüften, schob ihren Körper näher, um sich an mir zu reiben.

Ich schob meine Hand tiefer, küsste sie wieder auf den Mund, während ich die Daumen unter ihr Bikinihöschen hakte. Sie half mir dabei, es auszuziehen, und zog danach mein Shirt nach oben. Ich unterbrach unseren Kuss nur so lange, bis sie mir das Oberteil über den Kopf gezogen hatte. Sie liebkoste meine Brust, und ich ließ meine Finger nach unten wandern, an ihrem Bauchnabel vorbei, bis zum Scheitelpunkt ihrer Schenkel.

»Ja?«, fragte ich, während meine Hand dort innehielt.

Sie öffnete die Beine, lud mich ein und flüsterte: »Ja.«

Ich ließ meine Finger zwischen ihre Beine gleiten, fing beinahe an zu zittern, als ich ihre seidig weiche Haut dort spürte. Während ich auf ihren langen, wie dahingegossenen Körper hinabsah, hätte ich mich am liebsten gekniffen. War ich wirklich hier, mit Leah Mae? Ihr nackter Körper unter mir ausgebreitet, ihre Lippen, die das *Ja* flüsterten, nach dem ich mich so sehr gesehnt hatte?

Wenn das ein Traum war, wollte ich nie wieder daraus aufwachen.

»Mm, so nass«, sagte ich, während ich an ihrer Spalte entlangstrich und die Fingerspitzen hineinsteckte.

»Ich bin schon den ganzen Tag feucht für dich«, sagte sie.

Allein dieser Hauch von Dirty Talk sandte Hitze durch meine Adern. Ich erforschte sie behutsam, nahm jedes Erschauern und Keuchen in mich auf. Wenn ich rhythmisch auf ihre Klit drückte, bewegten sich ihre Hüften, und sie stöhnte leise.

Ihr Lust zu bereiten, machte angenehm süchtig. Ich zog es in die Länge, liebkoste sie, spürte nach, was ihr gefiel. Gab ihr mehr davon. Ich schob zwei Finger in die weichen, nassen Falten ihrer Vagina, und sie klammerte sich an mir fest, wölbte sich nach hinten.

»O mein Gott, Jameson.«

Ich krümmte meine Finger, um den empfindlichen Punkt in ihr zu stimulieren, während sich mein Mund an ihrem Nippel festsaugte. Sie bäumte sich schwer atmend an meiner Hand auf, stöhnte ihre Lust heraus.

»Wie ... o Gott ...«

»Was willst du, Baby?«

»Ich will dich in mir drin«, hauchte sie. »Bitte, Jameson. Fick mich.«

Ich knurrte, strich mit den Zähnen über die Mulde an ihrem Hals, meine Latte pulsierte. »Sag das noch mal.«

»Ich will, dass du mich fickst«, sagte sie, ihre Stimme nun ein Winseln.

Ihre Pussy legte sich heiß und eng um meine Finger. Grundgütiger, sie würde sich gut um meinen Schwanz anfühlen. Ich ließ meine Finger herausgleiten und führte sie zum Mund. Saugte mit leisem Stöhnen ihren Geschmack ein.

Dann fummelte ich das Kondom aus meiner Geldbörse heraus, zog meine Shorts aus und ließ sie auf den Boden fallen. Leah Mae strich über meine Bauchmuskeln, ihre Finger verweilten auf dem Haarstreifen unter meinem Bauchnabel. Sie sah mir in die Augen, biss sich auf die Unterlippe und schlang die Hand um meine Latte.

Ich erstarrte unter ihrer Berührung. Bis zu diesem Moment hatte ich die volle Kontrolle gehabt, hatte die Intensität langsam aufgebaut. Hatte sie zum Erbeben und zum Stöhnen gebracht und jede Sekunde genossen. Nun war ich Wachs in ihren Händen, mein Gehirn erlitt einen Kurzschluss. Leah Maes Titten zu saugen und meine Finger in ihre Pussy zu schieben, hatte mich nicht einknicken lassen, wohl aber ihre Hand um meinen Schwanz.

Ich war erledigt.

Sie gab mir einen Schubs, so dass ich auf dem Rücken lag, das ungeöffnete Kondom baumelte noch immer zwischen meinen Fingern. Sie pumpte ihre Hand ein paarmal an meinem geschwollenen Penis auf und ab. Langsame, bewusste Bewegungen, die mich lähmten.

Sie strich mit dem Daumen über die ausgetretenen Tropfen, rieb über meine empfindliche Spitze. Fasziniert sah ich dabei zu. Es sah so gut aus, wie es sich anfühlte. Der Druck, der sich in meinem Schritt aufbaute, war beinahe schmerzhaft, aber es war ein süßer Schmerz.

Sie beugte sich vor und brachte ihren Mund an meinen, ihre Brüste streiften meine Brust. Ich schlang ihr die Finger ins Haar und küsste sie tief, während sie meinen Schwanz bearbeitete.

»Himmel noch mal, Leah Mae«, sagte ich, als sie sich von mir löste. »Ich will unbedingt in dir sein.«

Leah Mae pflückte das Kondom von den Laken, wohin es gefallen war, riss es auf und rollte es über meine dicke Erektion. Ich war hart wie Stahl, lechzte danach, in diese feuchte Pussy einzudringen. Zu spüren, wie unsere Körper miteinander verschmolzen.

Ich wollte sie gerade wieder auf den Rücken rollen, da hielt sie mich auf, indem sie mir die Hand auf die Brust legte. Sie kletterte auf mich, setzte sich rittlings auf meine Beine, ihr nasser Eingang knapp unter meiner Schwanzwurzel. Ich rieb ihre Schenkel, betrachtete sie.

»Du bist so verdammt schön«, sagte ich.

Sie knabberte an ihrer Lippe und lächelte. Dann erhob sie sich ein wenig, während ich meinen Penis unten festhielt und an ihrem Eingang in Position brachte. Unsere Blicke trafen sich, und sie stülpte sich ganz langsam über mich. Mein Schwanz glitt mühelos durch ihre Nässe. Es fühlte sich so gut an, dass ich kaum atmen konnte.

»Komm her.« Ich zog sie nach unten, damit ich sie küssen konnte.

Legte ihr die Hand auf den Hinterkopf und verlor mich darin, sie zu spüren. Sie war überwältigend, durchdrang all meine Schutzmauern. Ihre Haut war weich und geschmeidig. Ihre Zunge warm und begierig. Und diese Pussy. Gott, diese heiße Pussy, die sich um mich zusammenzog. Ich konnte mich gerade noch davon abhalten, schon beim ersten Hineinstoßen zu kommen.

So etwas hatte ich noch nie gespürt.

Sie wiegte die Hüften, um an meiner Erektion auf und ab zu gleiten, und stöhnte mir dabei in den Mund. Wir waren nicht elegant oder anmutig. Wir waren schmutzig und geil, saugten, bissen und küssten uns. Ich umfasste ihre Hüften, stieß tiefer in sie hinein und knurrte dabei leise, und ihr zerrauftes Haar umgab mich.

Ich musste sie härter ficken. Sie hatte eine tiefe, fleischliche Lust in mir erweckt. Einen Trieb, den ich nicht unterdrücken konnte. Ich rollte uns zur Seite, bis sie auf dem Rücken lag, und stützte mich über ihr ab. Stieß hart in sie hinein, versenkte mich bis zum Anschlag in ihr.

»Jameson.« Ihre Stimme klang belegt und voller Verlangen.

»Gott, Leah Mae, du fühlst dich so gut an.«

Ich pumpte mit den Hüften, drang in sie ein. Sie klammerte sich an mich, grub mir die Fingernägel in den Rücken. Unsere Körper bewegten sich zusammen, immer schneller. Härter. Ihre Nippel strichen über meine Brust, ihr Atem heiß an meinem Hals. Ich wollte sie verschlingen – jeden Zentimeter von ihr lecken und saugen. Sie so hart kommen lassen, dass sie diesen Moment niemals vergessen würde. Ich jedenfalls würde ihn nie vergessen, das wusste ich.

Sie zog sich um mich zusammen, und ich spürte, wie sich Hitze bei ihr aufbaute. Ihre Wangen wurden rosa, ebenso ihr Hals, ihre vollkommenen Titten. Ich war wie gebannt davon, wie sie sich anfühlte, wie sie duftete. Wie ihre Haut schmeckte. Der Druck in meinen Lenden wuchs – Hitze, Spannung und Wonne wollten sich aus meinem pulsierenden Schwanz Bahn brechen. Warteten darauf, sich in ihr zu entfesseln.

Sie schlang mir die Arme um die Taille und stieß ihre Hüften härter gegen mich, gab bei jedem meiner Stöße ein gehauchtes Stöhnen von sich. Obwohl es unser erstes Mal war, kannte ich ihren Körper. Ich spürte, dass sie ganz nah dran war, dass sie gleich kommen würde.

»Bist du so weit, Baby?« Ich würde nicht ohne sie zum Abschluss kommen.

»Ja«, sagte sie. »Hör nicht auf, Jameson. Hör bloß nicht auf.«

Gott, ich liebte es, wenn sie meinen Namen aussprach. Ich liebte all das. Es war anders als alles, was ich je erlebt hatte. Das Begehren, das Verlangen. Es ging weit über das Körperliche hinaus. Gefühle entfalteten sich in meiner Brust, eine Offenheit, die mich ganz schwindelig machte. Ich wollte total aufrichtig zu ihr sein. Wollte mich ihr zeigen, wollte, dass sie mich fühlte.

Ich griff mit einer Hand nach ihrem Hintern und stieß noch heftiger in sie hinein. Mein Schwanz pulsierte, meine Eier zogen sich zusammen. Ich bewegte mich auf Messers Schneide, kurz davor zu explodieren.

Noch ein Stoß, und ich spürte, wie sie aus den Fugen geriet. Ihre Augen rollten nach hinten, ihr Mund klappte auf, und sie zog sich so eng zusammen, dass ich beinahe den Verstand verlor.

Der Orgasmus rollte durch meinen Körper, eine atemberaubende Explosion, bei der sich mein Rücken versteifte und sich alle Spannung in meinen Lenden löste. Heiße Wellen der Lust brachten mich ins Wanken. Ich warf meine Hüften nach vorne und kam so heftig in ihr, dass mir Hören und Sehen verging. Ich konnte nur noch fühlen.

Mein Körper war feucht vor Schweiß, und ich keuchte. Langsam schlug ich die Augen auf und blinzelte sie an. Das Denken fiel mir schwer. Ich blickte auf ihre leuchtenden grünen Augen und geröteten Wangen hinunter und konnte nur noch grinsen.

Sie fuhr sich mit der Zunge über die Lippen, deshalb beugte ich mich vor, um sie zärtlich zu küssen, während mein Gehirn seine Arbeit wieder aufnahm. Ich küsste ihre Nasenspitze, dann stand ich auf, um das Kondom loszuwerden, ehe ich wieder zurück ins Bett zu ihr schlüpfte.

Ich nahm sie in die Arme, ihr weicher Körper rollte sich an meinem zusammen, ihr Kopf ruhte auf meiner Brust. Ich küsste sie auf die Stirn und streichelte ihre Schulter mit dem Daumen. So lagen wir eine Weile schweigend da. Ich wusste nicht so recht, wie sie sich fühlte, aber ich war zu überwältigt, um zu sprechen. Sie war so nah an mich herangekommen, und davon würde ich mich wohl nie wieder erholen.

Und das wollte ich vielleicht auch gar nicht.

»Alles okay?«, flüsterte sie und brach damit das Schweigen.

Ich blickte auf sie hinab und hob ihr Kinn. Sah ihr in die Augen. »So viel mehr als okay. Und bei dir?«

Ihre Lippen verzogen sich zu einem Lächeln. »Bei mir auch.«

Da ging mir etwas auf. Ich verliebte mich gerade in diese Frau. Irgendwie hatte ich sie schon immer geliebt. Aber das hier war etwas Größeres als ein kleiner Junge, der seine Freundin liebhatte. Als ein Mann, der aus der Distanz in eine Frau verliebt war. Das hier war so riesig, dass es meine gesamte Brust ausfüllte. Ich war mir nicht sicher, ob mein Körper das alles fassen konnte – all diese Gefühle, die ich empfand. Ich wusste gar nicht, wohin mit mir.

Deshalb hielt ich sie fest. Schloss die Augen und spürte die Wärme ihres Körpers an meinem. Ließ mich in süße Befreiung abdriften. Roch an ihren Haaren und küsste ihre Stirn.

Ich machte mir keine Gedanken darüber, wohin die Reise gehen würde. Das würden wir herausfinden, wenn es so weit war. In diesem Moment war Leah Mae die meine, und ich war mir nicht sicher, ob ich sie je wieder gehen lassen würde. Das war ein furchteinflößender Gedanke. Doch ich hielt ihn fest und ließ ihn Wurzeln schlagen, weil ich wusste, dass er echt war. Es war wahr. Und ich war nicht der Typ, der vor der Wahrheit zurückschreckte, selbst wenn sie mir Angst einjagte.

22
Leah Mae

Am Morgen wachte ich in Jamesons Armen auf. Das Bett roch nach ihm. Nach uns. Sein Körper lag warm hinter mir, seine Brust hob und senkte sich sanft an meinem Rücken. Ich schloss die Augen und atmete das alles ein.

Jameson hier bei mir. Unsere Körper dicht beieinander. Sein Arm um meine Taille. Sein Duft überall auf mir.

Licht fiel durch die Vorhänge. Ich wusste nicht, wie spät es war, aber das war mir gleichgültig. Ich wollte nirgendwo anders sein.

Vergangene Nacht war ... alles. Zärtlich und süß. Hart und rau. Irgendwie hatte Jameson jeden Zentimeter meines Körpers gekannt. Gewusst, wie er mich berühren, streicheln, küssen musste. Wann er sich zurückhalten und wann er alles entfesseln musste. Es war intensiv und schwindelerregend gewesen.

Der Schmerz zwischen meinen Beinen war befriedigend und wohlig. Ich schmiegte mich noch näher an Jameson an, spürte, wie sich sein Arm fester um mich legte. Der Sex war phantastisch gewesen – noch nie hatte mich jemand gefickt wie er. Aber da war noch mehr. Ich fühlte mich ihm so nahe. Als wäre letzte Nacht etwas Tieferes zwischen uns passiert.

Er regte sich hinter mir, und ich spürte seine Lippen auf meiner Schulter. Flatternd schlossen sich meine Augen, während er zärtliche Küsse auf meine Haut presste. An meiner Schulter knabberte.

»Guten Morgen, meine Schöne«, sagte er, seine Stimme heiser und rau.

»'n Morgen.« Ich drückte meinen Rücken ein wenig durch und presste meinen Hintern an seine Erektion.

Er stöhnte, ein tiefes Grollen entrang sich seiner Brust. »Gott, Leah Mae, du hast ja keine Ahnung, was du mit mir anstellst.«

Er umfasste meine Hüfte, presste seine Latte an mich und saugte sich an meinem Halsansatz fest. Ich wölbte mich ihm entgegen, während mein Körper zum Leben erwachte.

»Wenn es nur die Hälfte von dem ist, was du mir antust, bin ich in Schwierigkeiten«, sagte ich.

»Das sind wir wohl beide.«

Ich wälzte mich auf den Rücken, und Jameson stützte sich, halb über mir, auf die Ellbogen auf. Unsere Münder trafen sich zu einem nassen, trägen Kuss. Unter den Laken liebkosten unsere Hände warme Haut. Seine Küsse waren gemächlich. Dekadent. Ohne Eile. Nur unsere Lippen und Zungen machten zärtlich Liebe, während wir allmählich aufwachten.

Morgendlicher Sex war klasse, aber noch besser war er, wenn man zuvor die grundlegenden Bedürfnisse erledigt hatte. Wir küssten uns lange, dann gingen wir zusammen ins Bad.

Als ich wieder herauskam, schlüpfte ich zurück ins Bett und fragte mich, ob ich mich anziehen sollte. Weiterhin mit Jameson im Bett zu liegen, klang sehr viel besser, aber ich war mir nicht so sicher, was er wollte.

Die Dusche ging an, und mein Herz sank. Wollte er duschen und gehen?

Er streckte den Kopf zur Tür herein, und bei seinem schüchternen Lächeln schmolz ich wieder dahin. »Wir sollten wohl all dieses Seewasser mal abwaschen. Willst du mit mir duschen?«

»Liebend gern.«

Ich stand auf und ging ins Bad. Die Dusche war nicht groß, doch das spielte keine Rolle. Wir stellten uns dicht beieinander unter die heiße Brause. Er schlang die Arme um mich, und ich schloss die Augen, genoss das Gefühl seines Körpers an meinem.

Er drehte mich um und wusch mir die Haare. Sie waren nach unserem Tag am See verknäuelt, aber er fuhr mit den Fingern behutsam durch meine Locken und massierte meine Kopfhaut. Seine Berührung war erregend und entspannend zugleich.

Als er mein Haar ausgespült hatte, legte er es mir über die Schulter und saugte das Wasser von meinem Nacken. Ich drückte den Rücken durch und rieb mich an seiner harten Latte, während er knurrte und an meiner Haut knabberte.

Er griff um mich herum, umfasste eine meiner Brüste, während er die andere Hand über meinen Bauch gleiten ließ. Seine Finger fanden meine Klitoris, und er liebkoste sie sanft. Wärme und Druck bauten sich zwischen meinen Beinen auf. Ich ließ mich an ihn sinken, schnurrte praktisch.

Er spielte mit meinem Nippel, zupfte vorsichtig daran, während seine Finger irgendeinen Zauber auf meine Klit ausübten.

»Das fühlt sich so gut an«, sagte ich.

»Ich liebe es, wenn du das sagst.« Er bedeckte meinen Nacken mit Küssen. »Und ich liebe es, dafür zu sorgen, dass du dich gut fühlst.«

Ich bewegte die Hüften, rieb meinen Hintern an seinem harten Ständer auf und ab. Er stöhnte und ließ seine Hände über meine nasse Haut gleiten. Mein Verlangen nach ihm wuchs, der süße Schmerz zwischen meinen Beinen forderte mehr.

»Mein schmutziges Mädchen«, knurrte er mir ins Ohr. »Wir müssen dich saubermachen.«

Er seifte mich von oben bis unten mit Duschgel ein, so dass unsere Körper ganz glitschig wurden. Wir rieben uns aneinander, reizten uns, verführten uns gegenseitig. Ich nahm seine Latte in die Hand und strich energisch auf und ab, während er mit meiner Pussy spielte.

»Baby, ich will dich ficken«, sagte er. »Jetzt sofort.«

Er wirbelte mich herum, schob mich mit dem Rücken an die Fliesen. Dann hob er mein Bein und stellte es auf die kleine Ablage.

»Sollen wir rausgehen, wegen eines Kondoms?«, fragte er.

»Ich nehme die Pille.«

Er biss sich auf die Unterlippe. Griff nach seinem Schwanz und strich ein paarmal entlang, den Blick auf mich geheftet.

»Bist du sicher, dass das okay für dich ist?«, fragte er, während er seine Härte an meinem Eingang positionierte.

»Ja, bin ich.«

Während das Wasser auf uns herabprasselte und Seifenlauge um unsere Füße wirbelte, stieß Jameson in mich hinein. Ich legte ihm die Arme über die Schultern und ließ mein Bein weiterhin auf der Ablage stehen.

Wenn ich zwischen uns nach unten schaute, konnte ich sehen, wie sein Schwanz in mich hinein- und wieder herausglitt. Meine Nippel waren hart, seine Bauchmuskeln spannten sich bei jedem Stoß an. Ich war wie hypnotisiert, während ich beobachtete, wie er mich nahm. Zu sehen, wie er seine Erektion tief in mich versenkte und dann wieder herauszog.

Mit einer Hand hielt er mich fest, mit der anderen massierte er meine Klit. Ich keuchte unter seinen raschen Stößen, der wohlige Druck wurde intensiver.

»Jameson«, sagte ich atemlos. »Hör nicht auf damit.«

Die Stöße seines Schwanzes, die mich öffneten, und der Tanz seiner Finger über meine Klit machten mich fix und fertig. Ein Rausch aus Hitze und Lust überwältigte mich, und ich erschauerte unter meinem Orgasmus. Ich schloss die Augen und stöhnte im Rhythmus seiner Stöße, ritt auf der Welle dieser Intensität.

Er wurde langsamer, damit ich wieder zu Atem kam. Ich griff zwischen uns, umfasste seine Härte, als er sie gerade halb herausgezogen hatte.

»Oh, Darling«, sagte er. »Ich bin kurz davor zu kommen.«

»Ich will es sehen.«

Sein Mundwinkel ging nach oben, und er versenkte sich noch ein paarmal in mir. Seine Augen rollten ein wenig nach hinten, und er grunzte.

»Fuck, du fühlst dich so gut an.«

Sein Schwanz pulsierte noch einmal, und er zog ihn heraus. Ich umfasste ihn und strich hart und schnell darüber, wichste mit meiner

Hand an seiner dicken Länge auf und ab. Er stützte sich an der Fliese hinter mir ab, sein Gesicht nah an meinem Ohr. Dann stöhnte er, sein Körper versteifte sich, als sich der erste seilartige Schwall Sperma von seiner Spitze ergoss. Dann noch einer. Und noch einer. Sein Schwanz pulsierte in meiner Hand, als er auf meinen Bauch abspritzte.

Ich liebte es, wenn er überall auf mir kam. Ich fühlte mich auf gute Art beschmutzt. Noch nie war ich so ungehemmt mit einem Mann gewesen. Es fühlte sich toll an.

Er atmete tief durch, und ich nahm mein Bein von der Ablage. Legte meine Hände um sein Gesicht. Er küsste mich träge und zärtlich.

Wir wuschen uns mit noch mehr Seife und sanften Streicheleinheiten. Das Wasser kühlte ab, deshalb stiegen wir aus der Dusche und hüllten uns in große flauschige Handtücher. Ich saß auf der Bettkante, während er mit einem weiteren Handtuch sanft meine Haare frottierte.

Dann schlüpften wir zurück ins Bett, schlangen unsere sauberen Körper unter den frischen Laken ineinander. Warm und befriedigt kuschelte ich mich an ihn. Er küsste mich auf die Stirn und hielt mich in seinen starken Armen.

»Darf ich dir etwas gestehen? Ich habe allerdings ein wenig Angst davor, es auszusprechen«, sagte er leise.

»Natürlich.«

Er hielt mich noch fester, als würden ihn unsere aneinandergepressten Körper beruhigen. Ich hielt die Luft an und wartete.

»Ich bin in dich verliebt«, sagte er. »Ich war noch nie verliebt, bin mir aber sicher, es jetzt zu sein. Ich bin verrückt nach dir, Leah Mae. Und das macht mir gerade Angst.«

Ich drückte ihn, vergrub mein Gesicht an seiner Brust. Tränen brannten in meinen Augen – Tränen der Freude und des Glücks.

»Jameson, ich bin auch in dich verliebt«, sagte ich. »Ich bin so sehr in dich verliebt, dass ich gar nicht weiß, wo mir der Kopf steht.«

»Echt jetzt?«

Ich gluckste leise und blickte zu ihm auf. »Ja, echt. Aber weshalb jagt dir das Angst ein?«

»Ich weiß wohl nicht besonders viel über Liebe«, gestand er. »Und mache mir ein wenig Sorgen, ich könnte es irgendwie vermasseln.«

Mit den Fingerspitzen strich ich ihm über die Lippen, an seinem Hals hinab bis zu seiner Brust. »Hab keine Angst. Ich werde auf dein Herz achtgeben, wenn du auf meines achtgibst.«

»Darling, ich werde darauf achtgeben, als wäre es mein kostbarster Besitz.«

»Dann gehört es dir«, erwiderte ich.

Er hob mein Kinn und küsste mich. »Ich liebe dich bis zu den Sternen und wieder zurück, Leah Mae.«

»Ich liebe dich auch, Jameson. Bis zu den Sternen und wieder zurück.«

23
Leah Mae

Mein Dad saß nicht auf der Veranda, als ich vor seinem Haus vorfuhr. Seine Gesundheit hatte sich immer mehr verbessert, und er brauchte nicht mehr die ganze Zeit Sauerstoff. Neulich war ich vorbeigekommen, und er war ganz ohne Schläuche – ohne mit dem Sauerstoffgerät im Schlepptau – herumgelaufen; fast wäre ich in Tränen ausgebrochen. Seine Lunge war noch immer empfindlich und anfällig für Infektionen, deshalb mussten wir vorsichtig sein. Und er wurde schnell müde. Aber er wurde jeden Tag kräftiger, und der Arzt hatte gesagt, dass er schon bald wieder arbeiten konnte.

Ich ging hinein und hätte fast die Tüte mit den Einkäufen fallen lassen. Wie angewurzelt blieb ich stehen, presste die Lippen zusammen und gaffte. Etwas anderes fiel mir nicht ein. Mein Daddy stand in der Küche und küsste Betsy Stirling.

Meine Augen mussten wohl so groß wie Untertassen sein. Ich war wie gelähmt und wusste nicht, ob ich mich räuspern und sie damit auf meine Anwesenheit aufmerksam machen sollte oder lieber versuchen, mich wieder zur Tür hinauszuschleichen, bevor sie mich bemerkten.

Ehe ich mich entscheiden konnte, lösten sie sich voneinander – ehrlich gesagt, war es ein sehr zärtlicher Kuss gewesen. Betsy fuhr zusammen und legte sich beide Hände auf die Brust.

»Gütiger Himmel, hast du mich erschreckt!«, sagte Betsy, ihr Gesicht knallrot.

»Tut mir leid. Ich wollte nicht stören.«

Mein Dad grinste. Es sah ein wenig jungenhaft aus und erinnerte mich an Jameson. »Liebes, ich bin derjenige, der sich entschuldigen muss. Das solltest du eigentlich nicht sehen.«

»Nun …« Ich richtete mich auf und rückte die Einkaufstüte ein wenig zurecht. »Darf ich fragen, ob das … etwas Ernstes ist? Oder ist das gerade eben einfach so passiert?«

Sie blickten einander an, und da kannte ich die Antwort bereits.

»Ich glaube, und ich hoffe, dass es etwas Ernstes ist«, sagte Dad, den Blick auf Betsy geheftet. »Es ging mir nicht gut genug, um dir richtig den Hof zu machen, aber das habe ich vor.«

Betsy lächelte. »Das würde mir sehr gefallen.«

»Wenn das okay für dich ist«, sagte Dad an mich gewandt.

»O Daddy.« Das Herz wollte mir überquellen. »Natürlich ist es das. Es ist einfach … einfach wunderbar.«

»Bist du sicher, dass es dir nichts ausmacht?«, fragte Betsy. »Ich habe Clay schon gesagt, dass wir unbedingt mit dir reden müssen, bevor wir weitergehen.«

»Ob es mir etwas ausmacht? Nein, das ist …« Ich suchte nach Worten und sah zwischen den beiden hin und her, während Tränen der Freude in meinen Augen brannten. »Das ist so süß. Ich freue mich so für euch zwei.«

Ich stellte die Einkäufe auf dem Boden ab – wer konnte sich unter solchen Umständen noch Gedanken um Konservendosen machen? – und zog sie beide in eine Umarmung. Es fühlte sich so gut an, meinen Dad lächeln zu sehen, dass nicht viel gefehlt hätte und ich hätte angefangen zu schluchzen.

Nachdem ich sie ein paarmal umarmt und die Tränen fortgewischt hatte, die mir über die Wangen liefen, gingen wir alle hinaus auf die Veranda. Betsy brachte Eistee, und anstatt sich auf seinen Schaukelstuhl zurückzuziehen, setzte sich Dad auf die Bank, so dass er neben ihr sitzen konnte. Ich setzte mich in den Schaukelstuhl und wippte langsam vor und zurück, während ich an meinem Eistee nippte.

»Ich will nicht neugierig sein, aber wie kam es dazu?«, fragte ich.

Dad nahm Betsys Hand und schlang ihre Finger ineinander. »Na ja, Betsy hat viel Zeit hier verbracht, hat mir geholfen und alles Mögliche. Wir haben oft miteinander geredet, vor allem, wenn ich zu krank war, um aufzustehen.«

»Wir haben viel gemeinsam«, sagte Betsy, »und genießen es sehr, Zeit miteinander zu verbringen.«

»Und vor Kurzem habe ich beschlossen, das Leben nicht einfach so an mir vorbeiziehen zu lassen«, ergänzte Dad.

Betsy wurde wieder rot. »Er hat zuerst meine Hand geküsst und mich gefragt, ob er mich wohl mit einem echten Kuss behelligen dürfe.«

Ich legte mir die Hand auf die Brust und seufzte. »Oh, Daddy, du bist so romantisch.«

Dad lachte. »Wohl schon. Ich bin einfach nur froh, dass sie mir keine Ohrfeige verpasst hat.«

Betsy stieß ihn mit dem Ellbogen an. »Ich hatte mich schon gefragt, wann du dir wohl endlich ein Herz fassen würdest.«

»Es erleichtert mich, dass es okay für dich ist«, sagte Dad. »Ich hatte ein wenig Sorge, wie du es aufnehmen würdest. Aber da habe ich mir wohl umsonst Gedanken gemacht.«

»Auf jeden Fall«, sagte ich. »Ich freue mich für euch. Echt.«

»Hast du vor, dich heute Abend mit Jameson zu treffen?«, fragte Dad.

»Ja, das will ich tatsächlich«, erwiderte ich. Ich hatte Jameson die letzten paar Wochen täglich gesehen – seit unserem Tag am See und der magischen Nacht, die darauf folgte. Wir hatten Picknick gemacht und waren zum Abendessen ausgegangen. Er hatte mich wieder auf seinem Quad mitgenommen, um mehr Metallschrott von dem alten Auto zu holen. Gestern Abend waren wir raus aus der Stadt gefahren und hatten uns irgendwo auf die Ladefläche seines Trucks gelegt, um die Sterne zu betrachten. Wir hatten uns stundenlang unterhalten und geküsst. Dann hatten wir unter dem Sternenhimmel miteinander geschlafen. Allein der Gedanke daran verursachte ein Prickeln zwischen meinen Beinen.

»Also hast du vor, langfristig in Bootleg zu bleiben?«, fragte Betsy. »Wo du es gerade so nett hast mit Jameson Bodine und alles.«

Ich knabberte an meiner Unterlippe und zuckte mit den Schultern. »Das weiß ich noch nicht. Ich muss mir überlegen, wovon ich leben will.«

»Du wirst bestimmt einen Weg finden«, sagte Dad. »Ich habe immer gewusst, dass du zurück nach Bootleg finden würdest. Es würde mir gefallen, wenn du dich hier niederlässt.«

»Danke, Daddy.«

Ich war ein wenig nervös gewesen, ehe ich Dad erzählt hatte, dass ich mit Jameson zusammen war. Wie es sich herausstellte, hatte dafür kein Grund bestanden, denn Jameson war mir zuvorgekommen. Am Tag, nachdem er mich zum ersten Mal geküsst hatte, hatte er meinen Dad auf ein Gespräch von Mann zu Mann besucht. Er hatte meinen Dad nicht direkt um *Erlaubnis* gebeten, mich daten zu dürfen – und mein Dad hatte das auch nicht von ihm erwartet. Dad war altmodisch, aber so altmodisch nun auch wieder nicht. Doch Jameson hatte mir gesagt, dass es ihm wichtig war, meinem Dad mitzuteilen, dass zwischen uns etwas lief und dass seine Absichten ehrenhaft waren.

Wenn Jameson meinem Dad gegenüber hatte punkten wollen, war dies sicherlich der richtige Schritt gewesen. Er hatte zugegeben, dass er die Dinge gern nach der alten Schule regelte. Und obwohl ich eine erwachsene Frau war, hatte Dad deshalb Jamesons Geste zu schätzen gewusst und mir später mehr als nur einmal gesagt, dass er hoffte, ich würde mich mit Jameson Bodine *niederlassen.* Er hatte völlig anders reagiert als auf Kelvin.

Ich blieb ein wenig länger, um mit Dad und Betsy zu plaudern. Sie waren so süß zusammen, dass ganz warme, weiche Gefühle in mir aufkamen. Betsy hatte Lebensmittel mitgebracht, aus denen sie Abendessen für sie beide zubereiten wollte, deshalb verabschiedete ich mich von ihnen und ging.

Es war noch früh, und Jameson würde mich erst in ein paar Stunden abholen, deshalb beschloss ich, unterwegs auf einen Kaffee und Gebäck haltzumachen. Im Yee Haw Yarn and Coffee gab es die besten Blaubeermuffins, deshalb suchte ich einen Parkplatz und ging hinein.

Es war viel los, aber es gab noch ein paar freie Tische. Ich bestellte an der Theke und nahm meinen Kaffee und meinen Muffin mit zu einem Tisch im hinteren Bereich.

Neben mir saß eine Gruppe strickender Frauen. Sie unterhielten sich leise über ihrem Kaffee und ließen die Stricknadeln klappern. Ein paar junge Frauen in Tanktops und Shorts über Badeanzügen – wahrscheinlich Touristinnen – kamen ein paar Minuten später herein und setzten sich hinter mir an einen Tisch.

Während ich an meinem Kaffee nippte, scrollte ich durch meinen Instagram-Feed. Der Handyempfang war hier gut, was nicht überall in der Stadt der Fall war. Ich folgte einer Reihe von Modebloggerinnen und Designerinnen, und es machte immer Spaß, ihre Posts und Entwürfe durchzusehen. Unter meinen Posts befanden sich jede Menge ungelesener Kommentare, doch ich sah sie mir nicht an. In den meisten von ihnen ging es wahrscheinlich um die Show – nichts, was ich lesen wollte. Vielleicht verpasste ich dadurch den einen oder anderen aufmunternden Kommentar, doch es lohnte sich nicht, dafür die ganzen negativen Posts durchzulesen.

Mein Handy vibrierte, und das kleine Icon, das besagte, dass ich eine Nachricht erhalten hatte, tauchte oben am Display auf. Ich wischte darüber, um zu sehen, von wem sie war. Kelvin. Ich las sie erst gar nicht. Vor ein, zwei Tagen hatte er wieder angefangen, mir Textnachrichten zu schicken. Die erste davon hatte gelautet: *Du musst mich anrufen.* Ich hatte mit *Nein danke* geantwortet. Er hatte *Es ist wichtig* zurückgeschrieben, und ich hatte es ignoriert. Gestern hatte er schon wieder geschrieben, dass ich ihn unbedingt anrufen müsse, doch ich hatte beschlossen, ihm nicht mehr zu antworten. Wenn er so weitermachte, würde ich versuchen, seine Nummer zu blockieren. Der Kerl musste endlich damit abschließen.

Die Unterhaltung der Frauen hinter mir erregte meine Aufmerksamkeit. Ich wollte nicht lauschen, doch eine von ihnen sagte etwas über *Roughing It.*

»Ich kann gar nicht genug kriegen von dieser Show«, meinte sie.

»Keine Ahnung, warum. Sie ist total albern, oder? Aber sie macht so süchtig.«

»O mein Gott, ich weiß«, erwiderte die andere. »Es ist wie bei einem Autounfall. Man weiß, dass man ausschalten sollte, kann aber einfach nicht wegschauen.«

»Genau«, sagte die Erste. »Bei Leah Larkin kann ich das auch nicht. Ich meine, für wen hält die sich eigentlich? Es war schon von der ersten Episode an klar, dass sie sich an Brock Winston heranschmeißen wird.«

Ich schluckte schwer und biss mir auf die Lippe. Offenbar hatten sie mich nicht hier sitzen sehen. Mein Haar war geflochten, und ich trug eine von Jamesons Bootleg-Cock-Spurs-Baseballkappen, damit ich in der Öffentlichkeit nicht erkannt würde.

»Ja, nicht wahr?«, erwiderte die andere Frau. »Und was hat sich Brock nur dabei gedacht? Leah Larkin ist nicht mal besonders hübsch. Sie ist total knochig und sieht komisch aus. Diese Zahnlücke? Du liebe Zeit, schon mal was von Zahnspangen gehört, Süße!«

»Oh, ich weiß.«

»Das mit Brock kann man ihr aber nicht verübeln«, sagte die andere. »Er ist total heiß.«

»Ja, aber er ist verheiratet«, meinte sie. »Das ist das Blöde.«

»Manchen Frauen ist das egal.«

»Mir wäre das nicht egal«, behauptete die Erste. »Jede, die so tief sinkt, dass sie einer anderen den Ehemann ausspannt, ist eine ganz spezielle Art von Schlampe.«

Ich zog die Baseballmütze tiefer ins Gesicht und presste die Augen zu, um die plötzlich aufsteigenden Tränen zu unterdrücken. Ich würde nicht heulend im Yee Haw Yarn and Coffee sitzen. Nicht *deswegen.* Diese Frauen kannten mich nicht mal.

»Ihr wisst, dass sie angeblich hier ist, oder?«, sagte die Zweite.

»Hier?«, fragte die andere. »Du meinst hier, in dieser Stadt? Was treibt sie hier?«

»Rennt mit irgendeinem Kerl rum«, sagte sie. »James oder Jamie oder so. Ich weiß nicht. Aber ich bin ihr heute Morgen über den Weg gelaufen. Wahrscheinlich ist der auch verheiratet.«

»O mein Gott, das muss ich sehen«, rief die Erste. »Könnt ihr euch vorstellen, sie in echt zu sehen?«

Es entstand eine Pause – ich nahm an, sie schauten sich Dinge auf ihren Handys an, und hätte gehen sollen. Doch ich hielt den Atem an und wartete ab. James oder Jamie … bedeutete das, dass die Medien von Jameson Wind bekommen hatten?

Eine von ihnen schnappte nach Luft. »Du hast recht. Sieh dir das an. Gott, er ist ja noch heißer als Brock. Brock ist wahrscheinlich zu Maisie zurückgekrochen, und Leah ist losgezogen, um sich einen Lückenbüßer zu krallen. Wer ist dieser Typ?«

»Hier steht, er ist nur irgendein dahergelaufener Kerl«, sagte sie. »Jameson Bodine? Wie hat sie ihn überhaupt kennengelernt? Das ist echt verrückt.«

»Ich hoffe, er weiß, worauf er sich da eingelassen hat«, entgegnete die andere. »Ob sie hier draußen überhaupt von der Show gehört haben? Mein Gott, womöglich hat er keine Ahnung, wer sie ist. Wäre das nicht irre? Er ist einfach nur ein armer, unschuldiger Typ vom Lande, der sein Glück nicht fassen kann, eine so heiße Braut abgegriffen zu haben. Was wird er wohl denken, wenn er die Wahrheit herausfindet?«

»Das weiß ich nicht, aber hier steht, dass gegen seinen Dad in einem Mordfall an einer Sechzehnjährigen ermittelt wird«, erwiderte sie.

»Heilige Scheiße!«

O nein. Meine Brust fühlte sich an, als wäre sie in sich zusammengefallen, und ein Anflug von Übelkeit breitete sich in meinem Bauch aus. Ich schnappte mir mein Handy und googelte meinen Namen. Dann klickte ich auf das erste Ergebnis. Es war ein Artikel in einer Klatschspalte. Rasch überflog ich ihn, und meine Befürchtungen wurden bestätigt. Darin war die Rede von mir, Bootleg Springs und Jameson Bodine.

Doch damit nicht genug. Dort stand auch, dass Jameson ein lokaler

Künstler war, und dann wurde über den Fall Callie Kendall und die mögliche Verwicklung seines Vaters in Callies Verschwinden berichtet. Mir wurde von Sekunde zu Sekunde elender zumute.

> Nach ihrem gescheiterten Versuch, Brock Winston seiner Frau Maisie Miller auszuspannen, hat Leah Larkin offenbar in der hintersten Provinz West Virginias Zuflucht gefunden, in einem Städtchen namens Bootleg Springs. Und sie ist nicht allein. Bestätigte Fotos zeigen Leah Larkin mit dem einheimischen Künstler Jameson Bodine. Doch falls Leah gehofft hatte, der Presse ihre Affäre mit dem heißen Countryboy vorenthalten zu können, hätte sie sich einen weniger berühmt-berüchtigten Kerl suchen sollen. Jameson Bodines Vater, der verstorbene Jonah Bodine, ist eine Person von besonderem polizeilichen Interesse im Fall des Verschwindens der sechzehnjährigen Callie Kendall. Die Tochter von Richter Kendall und dessen Frau ist vor zwölf Jahren in Bootleg Springs verschwunden, ein Fall, der nie aufgeklärt wurde. Vor Kurzem aufgetauchte Indizien deuten auf die Familie Bodine hin, woraufhin die Ermittlungen wieder aufgenommen wurden.

Ich schloss den Artikel, das Herz schlug mir bis zum Hals. Gern hätte ich geglaubt, dass es nur in dieser einzigen Klatschspalte zu lesen war, aber wenn diese Seite schon darüber berichtete, war es überall. Man hielt sich dort nicht mit Kleinigkeiten auf, sondern knöpfte sich immer die ganz großen Storys vor.

Ich hatte meinen Muffin nicht angerührt, mein Kaffee war noch halb voll, doch ich stürzte nach draußen. Ich musste mit Jameson reden.

24

Jameson

Mein Gesicht verzog sich zu einem breiten Lächeln, als Leah Mae in meine Werkstatt gestürzt kam. Ich zog meine Lederhandschuhe aus und schob die Schutzbrille nach oben auf meinen Kopf.

»Hey, Darling«, sagte ich, doch mein Lächeln schwand rasch. Etwas stimmte nicht.

Sie trug eins meiner karierten Hemden, um die sie mich gebeten hatte. Aber inzwischen sah es nicht mehr wie meins aus. Sie trug es mit einem Gürtel um die Taille und hatte um die Knöpfe herum irgendetwas Glitzerndes hinzugefügt. Ihr Haar hing ihr in einem langen Zopf über den Rücken, und sie hatte meine Cock-Spurs-Kappe auf. Sie sah verdammt hinreißend aus, ich hätte sie verschlingen können.

Doch ihr verstörter Gesichtsausdruck veranlasste mich dazu, sie so schnell wie möglich in meine Arme zu nehmen. »Baby, was ist passiert?«

Langsam atmete sie ein und zog die Kappe ab. Sah mir in die Augen. »Jameson, es tut mir so leid.«

»Was tut dir leid?« Mir gefiel nicht, wie ihre Stimme klang. »Was ist los?«

»Jemand hat herausgefunden, dass ich hier in Bootleg bin«, sagte sie. »Die Klatschpresse hat Wind davon bekommen, sie bringen Artikel darüber.«

»Nun, das musste ja so kommen. Es ist ja nicht so, dass du untergetaucht bist.«

»Nein, aber jemand hat Fotos von uns gemacht«, erwiderte sie. »Sie haben herausgefunden, wer du bist, und sie berichten auch über dich.«

Ich blinzelte sie ein paarmal an. »Was meinst du damit?«

»Ich meine die Klatschpresse. Sie behaupten, ich würde mich hier verstecken und hätte mir einen Einheimischen geangelt. Und dann schreiben sie Dinge über dich und über deine Kunst.«

»Na gut«, sagte ich, während ich mich bemühte, zu verarbeiten, was sie erzählt hatte. Mir gefiel die Vorstellung, in den Medien zu sein, überhaupt nicht, aber ich hatte gewusst, dass es so kommen konnte. Ich hatte gehofft, es ließe sich vermeiden, aber bei all der Aufmerksamkeit, die die Show erregte, war es nicht allzu überraschend. »Das ist kein Weltuntergang, oder? Hattest du Angst, ich könnte sauer sein?«

Sie knabberte an ihrer Unterlippe und fummelte am Ende ihres Zopfes herum. »Sie berichten auch über deinen Dad und Callie Kendall.«

Mein Rücken versteifte sich, deshalb holte ich tief Luft. »Nun, damit müssen wir uns dann wohl oder übel einfach herumschlagen.«

»Es tut mir so leid«, sagte sie. »Ich habe so viel Spaß mit dir, dass ich irgendwie vergessen habe, dass der Rest der Welt auch noch existiert. Ich hätte vorsichtiger sein sollen.«

Wieder nahm ich sie in den Arm, drückte ihr einen Kuss auf die Stirn. »Es ist nicht deine Schuld. Was hätten wir denn tun sollen, uns jedes Mal, wenn wir rausgehen, verkleiden? Wir halten einfach eine Zeit lang den Ball flach. Bleiben zu Hause, anstatt rauszugehen.«

Sie legte mir die Hände auf die Brust. »Dem will ich dich nicht aussetzen.«

»Ich weiß.« Ich beugte mich vor und küsste sie. »Erstens bist du das aber wert. Und zweitens glaube ich, dass wir Beschäftigungen finden werden, bei denen uns keine verirrten Kameras erwischen können.«

Endlich lächelte sie. »Das glaube ich auch.«

Ich küsste sie noch mal, schmeckte ihr Lipgloss mit Kirschgeschmack – was neuerdings meine Lieblingsgeschmacksrichtung war. »Hör mal. Das sind schlechte Nachrichten, aber ich habe auch eine gute für dich. Jonah ist weg, und ich rechne damit, dass er erst spätabends zurückkommt. Das heißt, wir haben das ganze Haus für uns allein.«

»Ich bin ein bisschen verrückt nach dir, Jameson Bodine«, sagte sie. »Ich hoffe, das weißt du.«

»Das beruht auf Gegenseitigkeit, Darling.«

Ich hatte Leah Mae versichert, dass es keine große Sache sei, wenn ich in der Presse auftauchte. Doch schon nach kurzer Zeit war ich mir gar nicht mehr so sicher, ob ich damit recht gehabt hatte. Wie es sich herausstellte, war es eben doch eine große Sache.

Sie hatten tatsächlich Fotos von mir und Leah Mae veröffentlicht. Wahrscheinlich hatte irgendein neugieriger Tourist sie erkannt und einige Fotos geschossen. Irgendwie hatten sie herausgefunden, wer ich war, und ehe wir uns versahen, spielte diese ganze Leah-Larkin-Story plötzlich in einer ganz anderen Skandal-Liga.

Sie hatte nicht nur versucht, eine Ehe zu zerrütten, sondern rannte nun auch noch mit einem Kerl herum, gegen dessen Vater wegen Mordes an einem Teenager ermittelt wurde.

Dabei spielte es keine Rolle, dass es sich eigentlich um einen Vermisstenfall handelte, da Callies Leiche nie aufgetaucht war. Und ebenso wenig spielte es eine Rolle, dass ein Toter nicht des Mordes angeklagt werden konnte. Die Klatschpresse war nicht viel besser als das Filmstudio, das hinter *Roughing It* steckte – Tatsachen und die Wahrheit interessierten hier keinen. Effekthascherei und Einschaltquoten waren das Einzige, was zählte. Oder, wie in diesem Fall, Klicks und Werbedollars.

Den Namen meiner Familie genau wie Leah Maes in den Schmutz zu ziehen, verhalf ihnen zu einer pikanten Story. Und offenbar wollten sie alles voll ausschlachten, auch wenn sie dabei jemanden verletzten.

Ich bestand darauf, dass Leah Mae für eine Weile bei mir einzog. Ich wollte nicht, dass sie allein in diesem Ferienhaus blieb. An den meisten Tagen fuhr sie weiterhin zu ihrem Dad, und davon wollte ich sie auch nicht abhalten. Aber ich machte mir Sorgen, wer ihr alles in der Stadt auflauern könnte, in der Hoffnung, ein paar Fotos zu schießen. Und auf diese Weise konnten wir uns an einen sicheren Ort zurückziehen und warten, bis der Sturm vorüberzog, ohne noch Öl ins Feuer zu gießen.

Aber die Leute fanden uns trotzdem. Als ich mit ihr zur Ferienhütte fuhr, um ein paar von ihren Sachen zu holen, parkte dort jemand an der Straße und wartete. Machte ein paar Fotos von uns, bevor wir hineingelangen konnten. Keiner von uns konnte in die Stadt gehen, ohne dass ihn irgendjemand verfolgte. Leah Mae meinte, es wäre am besten, diese Leute zu ignorieren, aber das war nicht leicht.

Als Scarlett per SMS zu einer Familiensitzung bei Bowie aufrief, wusste ich gleich, dass alles noch schlimmer werden würde.

Früh am nächsten Morgen fuhren Jonah und ich rüber zu Bowie. Wir trafen ihn in der Küche an, wo er Frühstück zubereitete. Dass es keine Waffeln gab, sagte mir schon alles, was ich wissen musste. Hier ging es um mich. Ich ließ mich auf einen Stuhl sinken, bis Scarlett und Gibson kamen.

Sie ließen nicht lange auf sich warten, schon wenige Minuten später waren sie da. So, wie Gibson mich ansah, war er wütend auf mich. Er sah immer wütend aus – zumindest für Leute, die ihn nicht kannten –, aber es gab einen Unterschied zwischen Gibsons ganz alltäglichem finsteren Gesicht und seinem wütenden finsteren Gesicht. Sobald er zur Tür hereinkam, nahm ich die zornigen Schwingungen wahr, die er aussandte.

Bowie, Jonah und Scarlett trugen das Frühstück auf. Ich machte mir nicht die Mühe, aufzustehen, und Gibson setzte sich mir gegenüber und starrte mich nieder.

»Shit.«

»Na schön, ich glaube, ihr wisst alle, warum wir hier sind«, begann Bowie.

»Jepp«, sagte Gibson, ohne den Blick von mir abzuwenden.

»Die Geschichten, die kursieren, laufen aus dem Ruder«, meinte Bowie. »Angefangen hat es mit Gerüchten über Leah Mae und Jameson. Das hat euch bestimmt nicht gefallen, schien aber harmlos zu sein.

Doch dann haben sie sich auf den Fall Callie Kendall und die mögliche Verbindung zu Dad gestürzt.«

»Und jetzt zerreißt sich das ganze Land das Maul über das Bodine'sche Familiengeheimnis«, sagte Gibson. »Als wäre es je ein verdammtes Geheimnis gewesen.«

Bowie neigte ein wenig den Kopf, als würde er Gibson zwar zustimmen, hätte das Ganze aber lieber auf diplomatischere Art und Weise rübergebracht. »Okay. Ich weiß nicht, wie es um die Ermittlungen gerade steht.«

»Es ist ja nicht so, dass uns die Cops anrufen und Bescheid geben, sobald sie etwas herausfinden«, sagte Jonah.

»Eben. Aber jetzt ziehen all diese Geschichten die Aufmerksamkeit auf diesen Fall«, sagte Bowie. »Ich glaube, wir müssen eine öffentliche Stellungnahme abgeben. Dann bekommt die Presse wenigstens die Wahrheit präsentiert.«

»Devlin und ich können mit Jayme etwas ausarbeiten«, meinte Scarlett.

»Danke, Scar.«

»Das ist doch Bullshit«, knurrte Gibson.

»Reg dich ab, Gibs«, sagte Scarlett.

»Reg dich doch selber ab«, erwiderte Gibson. »Über die ganze Sache wäre längst Gras gewachsen, wenn dieser Schwachkopf da drüben nicht angefangen hätte, irgendein Reality-TV-Flittchen zu daten.«

Ich sprang auf und stürzte mich auf Gibson. Ich war nur noch Zentimeter von seinem Gesicht entfernt, als Bowie und Jonah mit festem Griff meine Arme umklammerten und mich zurückhielten.

»Pass bloß auf, was du sagst«, brüllte ich.

Gibsons Auge zuckte. »Das ist deine Schuld, Jameson. Überall sind Fotos von euch beiden zu sehen. Und du warst dämlich genug, es zuzulassen.«

Ich widersetzte mich Jonah und Bowie, doch zusammen waren sie stark genug, mich von Gibson fernzuhalten. Gerade so.

»Wenn du auch nur noch ein Wort über sie sagst, dann breche ich dir die Nase, das schwöre ich dir. Hast du gehört?«, knurrte ich.

»Lass uns rausgehen.« Gibson stand auf.

»Jungs«, fauchte Scarlett. »Es reicht. Es hilft nichts, wenn ihr euch gegenseitig an die Gurgel geht.«

»Es ist alles seine Schuld«, sagte Gibson.

»O mein Gott«, stöhnte Scarlett und verdrehte die Augen. »Als Nächstes sagst du noch: ›Aber er hat angefangen.‹ Zwingt mich nicht dazu, hier einen auf Mama zu machen und euch Ohrfeigen zu geben oder in die verdammte Ecke zu stellen.«

Gibson machte ein finsteres Gesicht und setzte sich wieder. Jonah und Bowie ließen mich los, und ich strich mein Hemd glatt.

»Glaubt ihr etwa, mir gefällt das?«, fragte ich. »Das ist der Stoff, aus dem meine Alpträume sind. Es war schon schlimm genug, dass in der ganzen Stadt darüber spekuliert wurde, ob Dad Callie ermordet hat. Und jetzt spricht das ganze verdammte Land darüber. Für den Fall, dass es euch noch nicht aufgefallen ist: Ich habe es nicht so gern, wenn mich die Leute anglotzen. Und das tun sie momentan mehr, als ich vertragen kann. Deshalb könnt ihr euch jetzt verdammt noch mal alle zurückhalten.«

»Tut mir leid, Jame. Ich weiß, dass das hart gewesen ist«, sagte Scarlett.

Ich nickte und wäre fast wieder über Gibson hergefallen, als er mich anfunkelte, doch da vibrierte mein Handy in der Tasche.

Leah Mae: Kelvin ist in Bootleg. Ich habe mich bereiterklärt, ihn im Moonshine zu treffen.

Meine Wut auf meinen Bruder war nichts im Vergleich zu der Woge des Zorns, die mich nun erfasste und wie flüssiger Stahl durch meine Adern schoss. Ich knirschte mit den Zähnen, mein Rücken und meine Arme versteiften sich, während ich rasch eine Antwort tippte.

Ich: Bin in fünf Minuten da.

»Was ist los?«, fragte Scarlett.

»Leah Maes beschissener Ex ist aufgetaucht«, sagte ich. »Sie trifft sich mit ihm im Moonshine.«

»Ach, verdammt, nee, oder?«, sagte Jonah, und wir sahen ihn alle an. »Gerechtigkeit à la Bootleg, was?«

»Du bist eindeutig ein Bodine.« Bowie klopfte ihm auf den Rücken. »Gehen wir.«

Wir drängten uns durch Bowies Haustür und verteilten uns auf Autos. Scarlett beharrte darauf, dass sie sich das *nicht* entgehen lassen würde, deshalb stieg sie mit mir und Bowie in Jonahs Wagen. Gibson bildete in seinem Charger die Nachhut. Er fuhr allein, aber er kam mit. Ich war immer noch sauer wegen dem, was er über Leah Mae gesagt hatte, aber ich wusste zu schätzen, dass er das nicht uns Übrigen überließ.

Schließlich waren wir Brüder. Und so regelten wir Dinge.

Als wir vor dem Moonshine vorfuhren, war Leah Mae schon drin, sie saß diesem Arschloch gegenüber in einer Nische. Ich musste zugeben, dass man für seinen Gesichtsausdruck, als die gesamte Familie Bodine ins Restaurant einmarschierte, Eintritt hätte verlangen können.

25
Leah Mae

Kelvin stand auf, als ich das Moonshine betrat. Statt seines üblichen legeren Business-Outfits trug er ein schwarzes Hoodie und eine Trainingshose. Beides natürlich von Lululemon. Der Kerl schaffte es, selbst in Freizeitkleidung protzig rüberzukommen.

Ich nickte Clarabell zu, dann nahm ich Kelvin gegenüber Platz. Clarabell musterte ihn skeptisch – vielleicht sogar ein wenig feindselig –, als sie zu unserem Tisch herüberkam.

»'n Morgen«, sagte sie. »Kaffee?«

Kelvin ignorierte sie und setzte sich wieder.

Ich sah Clarabell an. »Sorry. Gerade nicht. Vielleicht in ein paar Minuten?«

»Geht klar, Süße.« Sie nahm ihre Kaffeekanne mit zurück in die Küche.

»Was willst du hier?«, fragte ich.

»Du nimmst meine Anrufe nicht mehr entgegen«, sagte er. »Du schreibst mir nicht zurück. Was hätte ich sonst tun sollen?«

»Wie wäre es mit Nach-vorne-Schauen.«

»Leah, ich weiß nicht, was für ein Spielchen du hier draußen gerade spielst, aber dich mit einem Hillbilly in irgendeinem Kuhdorf in West Virginia herumzutreiben, ist echt unterste Schublade.«

Ich riss so sehr die Augen auf, dass ich befürchtete, sie würden gleich aus ihren Höhlen springen. »Wie bitte? Hast du Jameson etwa gerade als Hillbilly bezeichnet?«

»Aber es stimmt doch«, sagte er. »Sein Vater hat irgendein Mädchen ermordet.«

Ich verdrehte die Augen. »O mein Gott. Und deshalb bist du extra hergekommen? Du hast den Klatsch über mich und Jameson gelesen und konntest es einfach nicht auf sich beruhen lassen?«

»Du wirfst alles weg, wofür wir gearbeitet haben. Ich weiß, dass du immer noch keine Agentur hast. Wer arbeitet für dich? Wer sorgt dafür, dass dein nächster Auftritt organisiert wird? Was zum Teufel fängst du hier draußen mit dir an? Einen Stand mit Slushy aus Selbstgebranntem aufmachen?«

Ich hielt einen Moment inne, denn ein Stand mit Slushy aus Selbstgebranntem würde in Bootleg bestimmt gut laufen, vor allem in den Sommermonaten.

»Herrgott, Leah«, sagte er. »Darüber denkst du jetzt nicht wirklich nach, oder?«

Ehe ich etwas erwidern konnte, wich alle Farbe aus Kelvins Gesicht, so dass er schneeweiß, vielleicht sogar ein bisschen grünlich wurde. Sein Blick war auf die Tür gerichtet, und ich wusste sofort, was – oder vielmehr wen – er da bestimmt entdeckt hatte.

Keine zwei Sekunden später war unsere Nische von Bodines umzingelt.

Gibson lehnte sich an den Tisch jenseits des Gangs. Der Tisch war belegt, doch das Paar, das dort saß, blickte nur kurz auf und wandte sich dann wieder seinem Frühstück zu. Jonah und Bowie gingen ein wenig dezenter vor und setzten sich an einen leeren Tisch – die Köpfe uns zugewandt. Scarlett setzte sich zu ihnen, auf dem Gesicht ein amüsiertes Lächeln.

Jameson verschränkte lässig die Arme und lehnte sich auf Kelvins Seite der Nische von hinten dagegen.

»Echt jetzt?«, fragte Kelvin, seine Stimme triefte vor tiefer Verachtung.

Jameson sagte nichts.

»Sind diese Arschlöcher echt?«, fragte Kelvin.

Ich sah alle nacheinander an, bis mein Blick an Jameson hängenblieb. Er zupfte an seinen Fingernägeln herum, als würde er sich langweilen.

Clarabell kam mit einem Stapel Speisekarten und hielt sie hoch, wie um zu fragen, wer eine wollte.

»Die benötigen wir nicht, Süße«, meinte Gibson.

Ich seufzte. Jameson brauchte diesen Krieg nicht für mich zu führen – und schon gar nicht der Rest seiner Familie. Ich wollte gerade etwas zu Jameson sagen, da ergriff Kelvin wieder das Wort.

»Du glaubst, du kennst sie?«, fragte Kelvin, während er sich umdrehte, um zu Jameson aufzublicken. »Dann würdest du nicht hier reinkommen und für sie sprechen.«

»Niemand spricht für Leah Mae«, sagte Jameson. »Sie ist absolut in der Lage, für sich selbst zu sprechen. Wir sind nur hier, um dafür zu sorgen, dass du dich benimmst, das ist alles.«

Ich biss mir auf die Unterlippe, um ein Lächeln zu unterdrücken. Sie waren nicht gekommen, um mich zu retten oder meine Schlacht zu schlagen, weil sie dachten, ich könnte das nicht. Sie waren nur hier, um dafür zu sorgen, dass es mir gut ging. Und ihre Anwesenheit half. Mit Jameson und seiner Familie im Rücken hatte ich das Gefühl, es mit der ganzen Welt aufnehmen zu können. Oder zumindest mit meinem Ex-Verlobten und Ex-Agenten.

»Diese Stadt ist wahnsinnig«, murmelte Kelvin vor sich hin und rückte weiter von Jameson weg.

»Nein, ich finde es wahnsinnig, dass du den ganzen Weg nach West Virginia geflogen bist, weil du Klatschgeschichten über mich mit einem anderen Mann gelesen hast«, sagte ich. »Du bist doch derjenige, der darauf beharrt hat, dass meine angebliche Beziehung mit Brock Winston eine gute Sache war. Nicht zu vergessen, dass du mich in eine Datingshow stecken wolltest, bei der nicht nur ein Junggeselle, sondern gleich sechs antreten.«

Jameson zog die Augenbrauen nach oben. Gibson ließ die Knöchel knacken.

Kelvin blickte sich um, als wäre es ihm unangenehm, etwas zu sagen, wenn so viele Leute da waren. Das konnte ich ihm nicht verübeln, aber ich würde sie ganz bestimmt nicht darum bitten, zu gehen.

Ich faltete die Hände vor mir, presste die Lippen zusammen und wartete ab.

Er senkte die Stimme, trotzdem konnten ihn natürlich alle hören. »Das waren strategische Entscheidungen zugunsten deiner Karriere.«

»Meine Karriere ist deinetwegen den Bach runtergegangen«, sagte ich. »Aber weißt du, was? Ich bin froh darüber. Ich bin froh, dass alles genau so passiert ist. Denn wenn es anders gekommen wäre, hätte ich vielleicht nicht gemerkt, was für ein halbseidener Widerling du eigentlich bist.«

»Leah, ich habe das aus dir gemacht, was du bist«, erwiderte er. »Ohne mich wärst du ein Niemand.«

Gibson knurrte – er knurrte tatsächlich –, doch Jameson hob die Hand und nickte mir zu, als wollte er sagen, dass ich an der Reihe war.

»Du hast mich zu dem gemacht, was ich bin?«, fragte ich. »Ich habe *dich* zu dem gemacht, was du bist, Arschloch. Ich war diejenige, die dir zum Durchbruch in der Haute Couture verholfen hat, und seitdem schwimmst du auf meiner Erfolgswelle mit. Ohne mich wärst du ein Niemand, und das wissen wir beide.«

Jemand stieß einen Pfiff aus – Scarlett vielleicht.

»Das ist Bullshit«, sagte Kelvin. »Wir haben zusammen an dem gearbeitet, was wir hatten. Du kannst das nicht einfach hinter dir lassen.«

»Doch, das kann ich. Ich habe es schon hinter mir gelassen.«

Auf Kelvins Stirn pulsierte eine Ader, die aussah, als würde sie gleich platzen. »Ist es das, was du willst? Du willst wieder ein Landei sein, die Nutte von diesem Redneck?«

»Jetzt bist du erledigt, Kleiner«, sagte Jameson. »Du hättest sie nicht als Nutte bezeichnen dürfen.«

Er packte Kelvin am Oberteil und riss ihn wie eine Stoffpuppe aus der Nische, ehe Kelvin die Chance hatte zu reagieren. Gibson übernahm eine Seite, während Jameson ihn von der anderen festhielt. Kurz darauf waren Bowie und Jonah vor ihnen und hielten die Tür auf.

Ich stand auf und schnappte mir meine Handtasche, während sie

Kelvin nach draußen schleppten. Scarlett blieb neben meinem Tisch stehen.

»Sie werden ihm nicht wirklich wehtun, oder?« Ich war frustriert und wütend, weil Kelvin die Frechheit besessen hatte, hier aufzukreuzen, aber ich wollte nicht, dass jemand verletzt wurde.

»Nee«, sagte Scarlett. »Ihm muss nur eine Lektion erteilt werden. Meine Brüder sind gut in so was. Am besten, man lässt sie einfach machen.«

Scarlett und ich folgten ihnen nach draußen. Kelvin wehrte sich, aber Jameson und Gibson hielten seinen Oberkörper fest, während Jonah und Bowie je ein Bein ergriffen. Zusammen trugen ihn die vier Bodines weg, als würde er überhaupt nichts wiegen.

Ich sah mich um, weil ich befürchtete, dass Leute ihr Handy herausgezogen hatten, um zu fotografieren oder zu filmen. Aber es war noch früh, deshalb war keiner da. Ich seufzte erleichtert.

»Was zum Teufel habt ihr vor?«, fragte Kelvin, in seiner Stimme klang Panik mit.

Die Bodines antworteten nicht, sondern schleiften ihn nur seitlich am Gebäude vorbei, während er sich vergeblich zur Wehr setzte.

Ein Auto näherte sich, an der Seite stand in großen Buchstaben *Bootleg Springs Sheriff.* Die Bodines hielten inne, während das Fenster langsam heruntergelassen wurde.

»'n Morgen, Jungs«, sagte Sheriff Tucker.

»Sheriff«, grüßte ihn Jameson.

»Oh, Gott sei Dank«, rief Kelvin. »Sheriff, sagen Sie diesen Psychos, dass sie mich runterlassen sollen.«

Sheriff Tucker zog die Augenbrauen nach oben.

»Arschiges Verhalten in der Öffentlichkeit«, erklärte Jameson. »Clarabell und Scarlett können es bezeugen.«

»Müllcontainer?«, fragte Sheriff Tucker.

»Jepp«, erwiderte Jameson.

Sheriff Tucker tippte sich an die Mütze. »Weitermachen.«

»Was?«, krächzte Kelvin. »Ist das Ihr Ernst?«

»Nun ja, es gibt eine städtische Verordnung bezüglich arschigen Verhaltens in der Öffentlichkeit«, sagte Sheriff Tucker. »Aber passt auf seinen Kopf auf, Bodines.«

»Geht klar, Sheriff.«

Die Bodines setzten sich wieder in Bewegung, schleiften ihn über den Parkplatz. Sheriff Tucker fuhr weiter.

»Was ist das bloß für ein hinterwäldlerisches Drecksloch?«, keuchte Kelvin, während er sich weiterhin zur Wehr setzte.

Ich blieb stehen und unterdrückte mühsam ein Lachen. Sie gingen auf den riesigen Müllcontainer zu. »Werfen sie ihn da echt rein?«

Scarlett stand mit verschränkten Armen neben mir. »Klar doch. Das ist die angemessene Antwort auf arschiges Verhalten in der Öffentlichkeit. Wie der Sheriff meinte, ist es eine städtische Verordnung, und gegen die hat er eindeutig verstoßen.«

»Auf drei«, sagte Jameson.

Sie schwangen Kelvin einmal, zweimal und schleuderten ihn auf drei über den Rand des Müllcontainers. Ein nasses Geräusch war zu hören, und dann stieß Kelvin eine Reihe von Flüchen aus, die jeden Seemann zum Erröten gebracht hätte.

Jameson rieb sich die Hände und kam auf mich zu.

»O mein Gott!«, drang Kelvins Stimme aus dem Container. »Was ist das … o Gott, es ist nass. Und klebrig. Holt mich verdammt nochmal hier raus!«

»Wollt ihr ihn einfach da drin lassen?«, fragte ich.

Jameson zuckte mit den Schultern. »Morgen kommt die Müllabfuhr, das heißt, der Container ist fast voll. Er sollte ohne Probleme herausklettern können. Und falls nicht, ist Hamish ihm bestimmt behilflich.«

»Wer ist Hamish?«

»Der Müllmann.«

»Wisst ihr Wichser überhaupt, was diese Hosen gekostet haben?«, brüllte Kelvin, während er sich abmühte, über die Seitenwand des Containers zu klettern.

Scarlett ging mit Jonah und Bowie weg, und Gibson stapfte davon. Als er an uns vorbeikam, funkelte er Jameson an, doch keiner von ihnen sagte etwas.

Jameson strich mir eine Haarsträhne hinter das Ohr. »Ich wollte nicht zu weit gehen. Aber wenn ich dabei bin, spricht niemand so mit dir.«

»Schon gut.«

Er legte den Arm um mich, und wir gingen wieder um die Ecke. Wie es sich anhörte, kam Kelvin heraus, aber ich machte mir ohnehin keine Sorgen mehr um ihn. Und ich war mir ziemlich sicher, dass ich dank der guten alten Gerechtigkeit à la Bootleg nichts mehr von ihm hören würde.

»Danke, dass du da warst und mich trotzdem hast sagen lassen, was gesagt werden musste.«

»Aber natürlich, Darling«, entgegnete Jameson. »Ich weiß nicht, wie es mit dir aussieht, aber ich könnte jetzt ein paar Waffeln vertragen. Darf ich dich zum Frühstück einladen?«

»Waffeln klingen gut.«

26
Leah Mae

Meine Haut prickelte noch von der Gesichtsbehandlung, die ich bekommen hatte, meine Muskeln fühlten sich locker an. Scarlett hatte mich eingeladen, mit ihr in die Wellnessoase zu kommen, zusammen mit Cassidy und June Tucker. Wir waren gebürstet, bedampft und geschrubbt worden, bis unsere Gesichter glühten und wir so entspannt waren, wie es nur ging. Ich war überzeugt davon, dass Lula, die Besitzerin der Wellnessoase, magische Hände hatte. Ich fühlte mich wunderbar.

Ich lümmelte auf dem Boden in Scarletts Wohnzimmer herum, den Rücken an das Sofa gelehnt. Sie hatte eine Auswahl an Snacks auf dem kleinen Couchtisch verteilt und für jeden einen Drink zubereitet. Wir hatten alle bequeme Kleidung oder einen Schlafanzug an, so dass es sich ein wenig wie eine Pyjamaparty anfühlte.

Wenn ich zu viele von diesen Drinks, die sie da mixte, zu mir nähme, könnte es zu einer Pyjamaparty werden.

»Danke noch mal, dass du mich eingeladen hast«, sagte ich. »Der heutige Tag war bitter nötig.«

»Ich bin froh, dass du es geschafft hast«, sagte Scarlett. Sie warf noch mehr Kissen auf den Boden und balancierte ihr Getränk in der Hand, während sie sich setzte. »Schien so, als hättest du es verdient, ein wenig verwöhnt zu werden, nach allem, was da gerade so läuft.«

Ich nickte. Da hatte sie sicherlich recht. Ich hatte den Fehler begangen, noch mehr Klatschkolumnen zu lesen, was mir nicht gutgetan hatte. Ich war jemand, der Partnerschaften zerstörte, eine Femme fatale, eine Verführerin, süchtig nach Aufmerksamkeit. Jameson war ein Dorftrottel mit einer tragischen Vergangenheit, der im Schatten seines

Vaters lebte – allerdings wurde in jedem Artikel betont, wie heiß er war. Jemand hatte am See Fotos von ihm gemacht – oben ohne natürlich. Bilder von Jameson Bodine, der sich, lediglich mit Shorts bekleidet, durch das nasse Haar strich, verbreiteten sich rasend schnell im Internet.

»Ja, die letzten paar Wochen waren echt irre«, sagte ich.

»Hat dein Ex nach dem kleinen Zwischenfall im Moonshine aufgehört, dich zu belästigen?«, wollte Scarlett wissen.

»Zwischenfall mit dem Ex?«, fragte Cassidy. Sie richtete sich ein wenig auf und neigte den Kopf. »Ich habe schon gehört, dass da irgendwas war.«

Ich lachte. »Mein Ex ist hier aufgekreuzt, nachdem er die Geschichte über Jameson und mich mitbekommen hatte. Ich habe mich einverstanden erklärt, ihn im Moonshine zu treffen, vor allem deshalb, weil ich ihn endlich loswerden wollte.«

»Und natürlich weißt du genau, wer dann aufgetaucht ist«, sagte Scarlett.

»Lass mich raten«, erwiderte Cassidy. »Eine große Mauer aus Bodine-Kerlen?«

»Scarlett war auch dabei«, entgegnete ich.

»Hey, keine Chance, dass ich mir das entgehen lassen würde«, sagte Scarlett. »Und eins muss man meinen Brüdern lassen: Sie haben sich von ihrer besten Seite gezeigt.«

»Von ihrer besten Seite? Sie haben Kelvin in einen Müllcontainer geschmissen«, erwiderte ich.

»Das geschieht ihm recht.« Scarlett warf Cassidy einen Blick zu. »Arschiges Verhalten in der Öffentlichkeit.«

»In West Virginia ist es üblich, dass ungehöriges Verhalten eine Geldstrafe von bis zu vierhundert Dollar nach sich ziehen kann«, sagte June. »Oder eine Nacht im Gefängnis.«

»Nun, in Bootleg versenken wir deinen Hintern einfach im Müllschlucker und fertig«, meinte Scarlett.

Cassidy und Scarlett hoben ihre Gläser und stießen an.

»Okay, und was hat dein beschissener Ex gemacht, nachdem er eine Dosis Gerechtigkeit à la Bootleg abbekommen hatte?«, fragte Cassidy.

»Er hat die Stadt verlassen«, entgegnete ich. »Und seitdem habe ich nichts mehr von ihm gehört.«

June tippte sich gedankenverloren ans Kinn. »Dann scheint das eine wirkungsvolle Maßnahme gewesen zu sein.«

»Das kann man wohl sagen«, erwiderte Scarlett. »Hier weiß man, wie Dinge richtig geregelt werden.«

Ich schnappte mir eine Handvoll Kartoffelchips und steckte mir einen davon in den Mund. »Ich kann immer noch nicht fassen, dass er extra hierhergeflogen ist.«

»Anscheinend hast du seinem Stolz eine Delle verpasst«, mutmaßte Cassidy. »Männer sind wie Kleinkinder. Sie wissen erst zu schätzen, was sie haben, wenn jemand anderes scharf darauf ist. Und dann kriegen sie einen Wutanfall.«

»Ich glaube, die Guten kapieren das«, sagte Scarlett. »Sie wissen zu schätzen, was sie haben, wenn das, was sie haben, gut ist.«

Cassidy stöhnte. »Scarlett, ich hab dich lieb, aber ich kann echt nichts mehr über den wunderbaren Devlin McCallister hören. Du hast den perfekten Mann gefunden. Das wissen wir.«

»Ach, Cass, du wirst auch noch einen Mann finden, der perfekt für dich ist«, meinte Scarlett.

»Ich glaube nicht, dass er existiert«, erwiderte Cassidy.

»Fast neunzig Prozent aller Amerikaner heiraten, bevor sie fünfzig sind«, sagte June. »Die Zahlen fallen immer noch zu deinen Gunsten aus.«

»Das ist nicht unbedingt ein Trost, Juney«, entgegnete Cassidy.

June zuckte nur mit den Schultern und nahm ihr Handy.

»Bist du immer noch auf der Pirsch, Cassidy?«, fragte ich.

Sie stöhnte. »Ich schwör's euch, wahrscheinlich stelle ich bald einen Rekord auf. Die schrecklichsten Dates, die je jemand unter dreißig erlebt hat, oder so. Ich hätte nicht gedacht, dass es nach dem Kerl, der mich mit dem Rasentraktor abgeholt hat, noch schlimmer werden könnte.«

»Es kam noch schlimmer als ein Typ, der dich mit dem Rasentraktor abholt?«, fragte ich.

Cassidy schüttelte langsam den Kopf. »Ihr habt ja keine Ahnung.«

»Raus damit, Tucker«, befahl Scarlett, während sie mit einer schokoladenüberzogenen Brezel auf sie zeigte. »Wir müssen es wissen.«

»Na gut, ich habe also diesen Typen aus Perrinville kennengelernt. Wir haben ein paarmal miteinander gesprochen, bevor wir uns zu einem richtigen Date verabredet haben. Und ehrlich gesagt, hatte er mich schon vorgewarnt, dass er eine spezielle ... Vorliebe hatte. Ich hab ihn nur nicht ernst genommen.«

»Oh, oh.« Ich wusste nicht, worauf diese Geschichte hinauslaufen würde, aber ich kannte in der Modebranche eine Menge Leute, die auf ganz bizarres Zeug standen.

»Die Sache ist, dass er total witzig war«, meinte sie. »Er hat jedes Mal, wenn wir miteinander gesprochen haben, dafür gesorgt, dass ich mich totgelacht habe. Als er mir dann erzählt hat, dass er gern Damenunterwäsche trägt, hielt ich es für einen weiteren Witz.«

Scarlett hustete und hätte fast ihr Getränk ausgespuckt. »Er trägt gern was?«

»Damenunterwäsche, aber es kommt noch besser.« Cassidy lächelte. »Wir haben uns zum Abendessen verabredet, und es war total nett. Er brachte mich fast das ganze Essen über zum Lachen. Danach brachte er mich zu meinem Auto und beugte sich zu mir, als wollte er mir gleich einen Gutenachtkuss geben. Ich legte ihm mehr oder weniger die Hände auf die Brust und spürte dort etwas.«

Wir drei starrten Cassidy wie gebannt an. Sogar June.

»Ich tastete ein bisschen herum, und er hat es gemerkt. Dann hat er gefragt, ob alles okay ist, und ich hab gesagt: ›Na ja, fühlt sich an, als hättest du da was Komisches unter dem Hemd‹.«

»O Gott«, stöhnte Scarlett.

»Jepp«, sagte Cassidy. »Er trug nicht nur Damenslips. Sondern auch einen BH.«

Wir brachen alle in Gelächter aus. Scarlett kippte hintenüber, landete mit dem Kopf in Cassidys Schoß. June prustete so heftig los, dass ihr das Handy aus der Hand fiel. Ich schlug die Hand vor den Mund in dem Versuch, mich zu beherrschen, doch es half nichts. Zum Glück lachte Cassidy genauso ausgelassen wie wir anderen.

Ich hielt mir den Bauch und wischte mir Tränen aus den Augenwinkeln. »Tut mir leid, Cassidy. Ich sollte dich nicht auslachen.«

»Schon gut«, sagte sie, während sie versuchte, wieder zu Atem zu kommen. »Das ist so albern – natürlich ist es lustig.«

»Ich habe so viele Fragen«, sagte ich. »Warum trug er einen BH? Hatte er Männerbrüste?«

Scarlett lachte wieder los.

»Nein«, antwortete Cassidy. »Er war groß und dünn – er hätte nicht mal Körbchengröße A ausgefüllt.«

»War der BH ausgestopft?«, hakte Scarlett nach.

Wieder musste Cassidy lachen. »Ich glaube nicht. Allerdings habe ich nicht weiter herumgegrabscht, um das herauszufinden, sondern habe einen Satz nach hinten gemacht, als mir klarwurde, was er da trug.«

»Und was ist dann passiert?«, fragte ich.

»Na ja, er schien ein wenig überrascht zu sein, dass ich so schockiert war, wo er doch von vorneherein offen und ehrlich zugegeben hatte, dass er auf so etwas stand«, sagte Cassidy. »Ich habe ihm erklärt, dass ich gedacht hatte, er würde Witze machen. Dann platzte ich heraus und fragte: ›Warum?‹ Und da hat er gesagt, dass er sich dadurch vollständig fühlt und er sich sein Leben ohne seine speziellen Untergewänder nicht vorstellen kann.«

»O mein Gott«, rief ich. »Hat er wirklich *spezielle Untergewänder* gesagt?«

»Ja, hat er.«

»Heißt das, dass du dich jetzt nicht mehr mit ihm triffst?«, fragte June.

»Ja, Juney«, entgegnete Cassidy. »Ich date keinen Kerl, der einen BH trägt. Ich bemühe mich, den Vorlieben anderer gegenüber unvoreingenommen zu sein, aber das war eine Nummer zu groß für mich.«

»Wenigstens war er ehrlich«, meinte Scarlett. »Das spricht für ihn.«

»Das stimmt wohl«, räumte Cassidy ein. »Aber ehrlich hin oder her – bei BH-Tragen verläuft für mich bei Männern eine Grenze.«

»Das kann man dir nicht verübeln«, erwiderte ich.

»Es ist ein seltsamer Tick«, fand Scarlett. »Na ja, vielleicht musst du dir einfach einen suchen, der ein wenig konventioneller ist.«

»Ich weiß auch nicht«, sagte Cassidy. »Ich frage mich, wann der Zeitpunkt gekommen ist, an dem ich mir einfach ein Rudel Katzen hole und fertig.«

»Ach, hör doch auf.« Scarlett schlug ihr spielerisch auf das Bein.

»Yes!«, brüllte June, und wir fuhren alle zusammen.

»Alles okay?«, fragte Cassidy.

»Alles hervorragend«, sagte June. Sie hatte wieder ihr Handy in der Hand und tippte eifrig mit den Daumen, den Blick auf das Display gerichtet. »Ich habe nur gerade Townsend erworben.«

»Wen?«, fragte Scarlett.

June zog die Augenbrauen zusammen, als würde die Frage sie verwirren. »George Townsend, auch GT genannt, der Receiver, der für Philadelphia antritt. Buck war dumm genug, ihn aus seinem Phantasie-Footballteam zu entlassen, und ich konnte von dieser Fehleinschätzung profitieren.«

»Spielt ihr dieses Jahr wieder um Geld?«, fragte Cassidy.

»Ja, auch wenn der Aspekt der Sportwetten nicht das ist, was den Reiz für mich ausmacht«, sagte June.

Cassidy warf mir einen Blick zu. »Falls es dir noch nicht aufgefallen ist – Juney ist total sportbegeistert. Football ist ihr Lieblingssport.«

»Dicht gefolgt von Baseball«, meinte June. »Aber beim Football finde ich die Anzahl der Variablen besonders ansprechend.«

»Bist du sicher, dass es nicht die großen, starken, aufeinanderprallenden Männer sind, die dich ansprechen?«, fragte Scarlett.

Wieder hatte June diesen verwirrten Gesichtsausdruck. »Ja.«

»Sie mag Zahlen«, erklärte Cassidy. »Hat Spaß an all den Statistiken.«

»Die Leute wollen gern glauben, dass man ein hohes Maß an Intuition braucht, um ein siegreiches Phantasie-Team zusammenzustellen«, sagte June. »Aber alles hängt von den Zahlen ab. Townsends Gesamtstrecke in Ballbesitz hat zwar abgenommen, aber was das Verhältnis zwischen Ballannahmen und Touchdowns angeht, gehört er zu den Top Five der Liga. Er ist eindeutig die bessere Wahl.«

»Das ist großartig«, meinte Cassidy. »Dad wird bestimmt neidisch werden.«

»Auf meine frisch aktualisierte Spielerliste wird er garantiert neidisch werden«, sagte June und nickte.

Cassidy lachte und klopfte ihrer Schwester auf die Schulter.

»Wie kommt es eigentlich, dass ich dir nicht auf Instagram folge, Leah Mae?«, fragte Scarlett. Sie wischte mit dem Daumen über das Display. »Seht euch mal diesen Kuchen an. Ist der von Opal?«

»Nein, von Millie Waggle«, antwortete ich.

Scarlett stöhnte. »Ich würde alles geben für einen Teller Brownies von ihr.«

»Ihr Kuchen war superlecker«, sagte ich. »Es war so nett von ihr, ihn für mich zu backen. Aber ich habe nicht so oft auf meine Instagram-Seite geschaut. Zu viele Kommentare, die ich nicht sehen will.«

»Ich weiß nicht, so schlimm ist es gar nicht, glaube ich«, erwiderte Scarlett. »Die meisten Leute kommentieren deine Klamotten.«

»Echt jetzt?«

»Na ja, unter dem Kuchenfoto natürlich nicht«, sagte Scarlett. »Ich überfliege diese Kommentare nur, aber hauptsächlich geht es darum, soweit ich sehe. Die Leute stellen Fragen zu deinen Kleidern und woher du sie hast. Hier steht: *Wen kümmert es, ob sie Brocks Schwanz gelutscht hat oder nicht –, aber seht euch bloß diese Jeans an.*«

Wieder brachen wir alle in Gelächter aus.

»Du nimmst mich doch auf den Arm«, sagte ich.

Scarlett reichte mir ihr Handy.

Ich scrollte durch einige der Kommentare zu meinen Fotos. Tatsächlich gab es einige wenige Bezüge zu meinem angeblichen Skandal in *Roughing It,* doch Scarlett hatte recht. Viele kommentierten das, was ich anhatte. Ich freute mich über die vielen Likes und Kommentare unter dem Foto mit meinen Cowboystiefeln. Die Leute liebten sie.

Nimm das, Kelvin!

»Hast du je darüber nachgedacht, daraus etwas zu machen?«, fragte Scarlett.

»Woraus?«

»Aus deinem Stilbewusstsein«, sagte sie. »Im Grunde will ich dir jedes Mal, wenn ich dich sehe, die Klamotten klauen.«

»Ich auch«, pflichtete Cassidy ihr bei.

»Danke.« Ich nahm noch einen Schluck von meinem Drink. »Es hat mir immer Spaß gemacht, mit meinen Kleidern herumzuspielen. Das ist so etwas wie Kunst für mich. Kunst, die man den ganzen Tag mit sich herumträgt. Wisst ihr, was seltsam ist?«

»Was?«, fragte Scarlett.

»Das hat alles mit Callie Kendall angefangen«, sagte ich. »Mit ihrem nicht dazu passenden Knopf. Wisst ihr noch, wie wir sie in jenem Sommer alle nachgeahmt haben und ebenfalls den oberen Knopf an unseren Strickjacken ausgetauscht haben? Allein schon die Idee, dass ich meine Kleider verändern konnte, um sie einzigartig zu machen, faszinierte mich total. Ich habe daraufhin noch mehr Kleider von mir verändert. Zuerst waren es nur Knöpfe, aber schon bald habe ich auch Nähte aufgetrennt und die Dinge neu zusammengenäht. Die Silhouette verändert oder Accessoires hinzugefügt.«

»Und deshalb siehst du immer so schick aus?«, fragte Cassidy. »Denn eigentlich war ich immer davon ausgegangen, dass es etwas ist, was Models von Natur aus können und wir anderen eben nicht.«

»Ich denke schon. Meine Kleider verändern und neue Outfits kreieren, ist ... nun ja, das ist mein Hobby. Es entspannt mich.«

»Wann kommst du vorbei und gestaltest meine Garderobe neu?«, fragte Scarlett.

Ich lachte. »Jederzeit.«

»Da nehme ich dich beim Wort«, sagte sie. »Ich sehe das so: Das ist die Wiedergutmachung dafür, dass du meinen armen stillen Bruder mit dir in die Medien gezerrt hast.«

Sie lächelte dabei und zwinkerte mich an, deshalb wusste ich, dass sie scherzte. Aber ich hatte trotzdem ein schlechtes Gewissen.

»Ich fühle mich echt schlecht, weil er das alles durchmachen muss«, erwiderte ich.

»Ja«, sagte Scarlett. »Solche Dinge sind schwierig für Jameson. Als sich in der Stadt herumgesprochen hat, dass Callies Strickjacke in Dads Haus gefunden wurde, ist er praktisch von der Bildfläche verschwunden. Ich glaube, er ist ein einziges Mal zum Einkaufen in die Stadt gekommen, aber das war's dann auch. Es war kaum möglich, ihn dazu zu bewegen, aus seinem Versteck zu kommen.«

»Wow, das wusste ich nicht«, sagte ich.

»Er hat es nie gemocht, wenn er Aufmerksamkeit erregte«, erklärte sie. »Wenn er wüsste, wie er sich unsichtbar machen kann, würde er das wahrscheinlich tun. Er neigt dazu, sich zurückzuziehen, sogar von Menschen, die er liebt.«

Mir fiel wieder ein, dass Jameson große Angst gehabt hatte, wenn er früher, als wir zusammen in der Schule gewesen waren, im Unterricht nach vorne hatte kommen müssen. Ich sah ihn immer noch vor mir, wie er an seinem Tisch den Kopf gesenkt hielt, als würde er hoffen, die Lehrerin würde vergessen, dass er da war. Sobald sie ihn aufrief, hatte er diesen gequälten Gesichtsausdruck – das hatte mir sogar damals schon fast das Herz gebrochen.

Früher hatten wir dafür eine Taktik. Wenn er nach vorne gerufen wurde, hatte ich ihm ein spezielles Zeichen gegeben – hatte mich zweimal am Ohr gezupft und ihm zugezwinkert. Das war so albern gewesen, doch jedes einzelne Mal hatte es gewirkt, sein verängstigter Blick war verschwunden, und er hatte mir dieses süße jungenhafte Lächeln geschenkt.

Doch ich wusste nur zu gut, wie sehr Jameson die Art von Aufmerksamkeit hasste, die ihm nun zuteilwurde. Darüber hatte ich mir seit dem ersten Artikel, in dem sein Name aufgetaucht war, Sorgen gemacht. Auch wenn er mir versichert hatte, dass es okay sei. Ich fragte mich, ob er mir nur sagte, was ich hören wollte.

Irgendwann würde das Interesse der Medien abflauen. Aber ich war mir ziemlich sicher, dass es schlimmer werden würde, ehe es besser wurde. Ich musste noch nach L. A. fliegen, weil es nach Abschluss der Staffel ein Medienevent und eine Party geben würde. Dann würden sich wieder die Kameras auf mich stürzen, und ich würde der Leah-Larkin-Klatsch-Maschinerie wahrscheinlich noch ein letztes Mal Leben einhauchen.

Wenn das erst mal vorbei war, würden die Klatschgeschichten und die Aufmerksamkeit nachlassen. Ein neuer Skandal würde aufkommen und unseren Platz einnehmen. Ich wollte meine Karriere in der Unterhaltungsindustrie nicht fortsetzen, deshalb würde mein Name allmählich aus dem öffentlichen Gedächtnis verschwinden.

Ich fragte mich, ob Jameson bis dahin wohl beschließen würde, dass ich all diese Scherereien nicht wert war. Ob er sich dann auch von mir zurückziehen würde?

Scarletts Handy schmetterte den Refrain eines Country-Songs, und sie ging ran.

»Hey, Sexy«, sagte sie. »Wie ist euer Pokerabend?«

Sie schwieg einen Moment, und ich hörte Devlins gedämpfte Stimme.

»Sie tun was?«, fragte sie, ihre Stimme halb kreischend, halb lachend. »Du machst Witze, oder? Kein Witz? Echt jetzt? O mein Gott. Okay, wir sind gleich da.«

»Was ist passiert?«

»Offenbar ist der Pokerabend ein wenig aus dem Ruder gelaufen«, sagte sie. »Ich glaube, wir sollten rüberfahren und ihnen helfen, das wieder in Ordnung zu bringen.«

Das klang nicht gut. »In Ordnung bringen?«

Sie schüttelte den Kopf. »Ich kann das gar nicht wiedergeben. Wir müssen einfach rüberfahren und sehen, was noch zu retten ist.«

21

Jameson

Da Leah Mae mit meiner Schwester in der Wellnessoase war, verbrachte ich den Nachmittag in meiner Werkstatt. Meine Deadline rückte immer näher, und ich wusste immer noch nicht, wie ich das Kunstwerk vollenden sollte. Dee hatte mir anfangs mitgeteilt, dass der Kunde meinen Stil mochte und mich lieber meine Kreativität ausleben lassen wollte, als mir irgendwelche Vorschriften zu machen. Ich hatte die Vorderansicht des Gebäudes – eine Zeichnung, die zeigte, wie die Fassade aussehen würde – und den Ort, den er für meine Skulptur vorgesehen hatte. Doch abgesehen davon hatte ich keinerlei Vorgaben.

Anfangs war ich davon begeistert gewesen. Es bedeutete, dass ich jede beliebige Richtung einschlagen konnte. Und zuerst hatte ich vorgehabt, etwas zu gestalten, das die Linien des Gebäudes aufgriff. Doch das, was ich dann tatsächlich erschaffen hatte, war völlig anders als alles, was ich je zuvor gemacht hatte.

Ich ging langsam um sie herum. Sie war drei Meter hoch und zweifellos eines der schwersten Kunstwerke, das ich je hergestellt hatte. Ich würde einen Werkstattkran und wahrscheinlich irgendeine ausgeklügelte Technik brauchen, um sie auf den Laster zu laden, der sie nach Charlotte bringen würde. Aber wir würden das schaffen.

Normalerweise sah meine Arbeit wie das aus, was es war – etwas aus Metallschrott. Das hatte seine ganz eigene Schönheit, und ich war stolz auf meine anderen Werke. Aber das hier sah überhaupt nicht aus, als wäre es aus Schrott – als wäre die Frau überhaupt aus Metall. Ich hatte mir bei jedem Abschnitt solche Mühe gegeben, dafür gesorgt, dass alles wie nahtlos ineinander überging.

Sie saß in einem altmodischen Vogelkäfig, die Knie an die Brust gezogen, ihre Hände umklammerten die Gitterstäbe. Große Flügel hingen an ihrem Rücken, deren Spitzen den Boden außerhalb der Gitterstäbe streiften. Der Kopf war nach vorne geneigt, das Gesicht nach unten gerichtet.

Ein Engel in einem Käfig.

Doch sie war noch nicht vollendet. Und es machte mich fertig, dass ich nicht wusste, warum.

Die Zeit lief mir davon, doch ich konnte kein Werk abliefern, das unvollendet – nicht perfekt – war. Wie sie so dastand, war ich stolz auf sie. Ich hatte keinen Zweifel daran, dass sie das Beste war, was ich je gefertigt hatte. Aber ich musste herausfinden, was sie noch brauchte. Dieses Problem hatte ich noch nie zuvor gehabt, und es trieb mich in den Wahnsinn.

Mein Telefon klingelte, und ich fuhr zusammen. Zum Glück hielt ich gerade nichts Heißes in den Händen. Ich wollte gar nicht zugeben, wie viele der Brandnarben davon herrührten, dass ich – hier draußen völlig in Gedanken versunken – erschrocken war.

Es war Deanna.

»Hey, Dee.«

»Jameson«, erwiderte sie. »Bitte sag mir, dass du fast fertig bist.«

»Ich bin fast fertig.«

»Lügst du mich an?«, fragte sie.

Ich räusperte mich. Streng genommen war das nicht gelogen. *Fast* war relativ, und sobald ich herausgefunden hatte, was sie brauchte, würde es nicht lange dauern, bis ich fertig war, da war ich mir sicher. Das hoffte ich. »Nein. Ich stehe gerade davor, und es muss nicht mehr viel daran gemacht werden, dann ist es fertig.«

Sie atmete geräuschvoll aus. »Oh, Gott sei Dank. Okay, sie verstärken die Security bei der Eröffnung, weil du plötzlich Klatschspalten-Promi geworden bist.«

Ich stöhnte. »Erinnere mich bloß nicht daran.«

»Das lässt sich wohl kaum vermeiden. Das Mädchen ist aber hübsch. Bist du sicher, dass du weißt, worauf du dich da eingelassen hast?«

Ärger flackerte auf, und ich ballte die Hand zur Faust, aber Dee kannte einfach nicht die Wahrheit. »Ja, ich kenne Leah Mae, seit wir Kinder waren.«

»Oha«, sagte sie. »Wie dem auch sei, dein Kunde ist über die Umstände natürlich im Bilde, und alle dort werden vorbereitet sein.«

Es missfiel mir immer noch sehr, dass ich dorthin gehen musste, aber schimpfen half ja auch nichts. »Alles klar, gut zu wissen. Danke, Dee.«

»Gerne. Bringst du sie mit?«

»Das würde ich gern.«

»Okay«, sagte sie. »Wenn sie einfach nur das süße Mädchen aus Bootleg Springs wäre, würde das nichts ausmachen. Aber sie ist Leah Larkin.«

Ich seufzte. »Sie *ist* einfach nur das süße Mädchen aus Bootleg.«

»Gut. Nun, ich sage der Transportfirma Bescheid, dass sie sich bei dir melden sollen. Sie haben dich auf dem Schirm, müssen aber die Abholung noch mit dir absprechen.«

»Klingt gut. Danke.«

»Keine Ursache«, erwiderte sie. »Wir hören voneinander.«

»Bis dann, Dee.«

Ich beendete das Gespräch und steckte das Handy wieder in die Tasche. Wenigstens würde sie jetzt nicht mehr versuchen, mich mit ihrer Nichte zu verkuppeln.

Heute Abend war ich mit meinen Brüdern zum Pokern verabredet, deshalb deckte ich die Skulptur ab und ging ins Haus, um zu duschen und frische Klamotten anzuziehen.

Unser Pokerabend fand abwechselnd an verschiedenen Orten und mit unterschiedlicher Besetzung statt, aber die Basics waren immer dieselben: Essen, Bier, Karten und Wetten. Normalerweise ging es nicht um viel Geld, vor allem nicht, wenn Scarlett mitspielte – sie kassierte nämlich dauernd ab. Jeder setzte am Anfang fünf oder zehn Dollar, und der höchste Betrag, den ich je gewonnen hatte, waren hundert

Dollar gewesen. Es ging eher darum, Spaß zu haben, als den anderen eine Menge Geld abzuluchsen.

Ehrlich gesagt, bewahrte ich meinen Gewinn immer auf und benutzte ihn dann in der nächsten Pokerrunde wieder als Einsatz. Manchmal wurde es mehr, manchmal weniger, aber ich hatte immer ein wenig Bargeld zum Pokern. Falls es mal ausginge, wäre das vielleicht mein Zeichen, nicht mehr zu den Pokerabenden zu gehen.

Heute Abend war Devlin der Gastgeber, er hatte im Build-a-Shine für uns reserviert. Das war einstmals eine Mondscheinkneipe gewesen, jetzt konnte man sich dort seinen eigenen Selbstgebrannten aus einer beeindruckenden Auswahl an Geschmacksrichtungen zusammenstellen. Es gab dort ein Hinterzimmer, das man für Dinge wie Pokerrunden oder Geburtstagspartys reservieren konnte.

Jonah und ich fuhren zusammen in die Stadt und betraten das Hinterzimmer des Build-a-Shine. In der Mitte stand ein runder Tisch mit Stühlen, an der Seite gab es Essen. Mir lief das Wasser im Mund zusammen. Dev hatte jemanden gefunden, der eine Taco-Bar zusammengestellt hatte – er selbst konnte es nicht gewesen sein, denn er war ein noch viel schlechterer Koch als meine Schwester. Es gab Tortillas, Fleisch, Käse, Bohnen, Guacamole und alle Beilagen, die man sich nur wünschen konnte. Ein Büfett, für das es sich lohnte, ein paar Dollar zu verlieren.

Devlin saß mit einem Bier und einem Teller am Tisch, ebenso Bowie. Auf einem weiteren Stuhl saß Nash. Ich begrüßte sie, schnappte mir einen Teller und belud ihn mit Tacos. Dann nahm ich ein Bier aus dem mit Eis gefüllten Eimer und setzte mich.

Gibson kam hereinspaziert, und ich sank ein wenig auf meinem Stuhl zusammen. Ich hatte gehofft, dass Gibs diese Runde aussetzen würde. Er und ich hatten uns nach unserer Beinahe-Schlägerei bei Bowie nicht wieder zusammengerauft. Zugegebenermaßen hatte er mich unterstützt, als es um Leah Mae ging, doch das hieß nicht, dass der Streit zwischen uns beigelegt war.

Nicht dass ich eine Entschuldigung erwartete. Wir Bodines entschuldigten uns grundsätzlich nicht, und Gibson hatte diese Eigenschaft auf eine ganz neue Ebene der Sturheit erhoben. Aber ich wäre einfach froh gewesen, wenn wir uns ohne ein wütendes Funkeln hätten in die Augen blicken können. Mir ging schon genug durch den Kopf, auch ohne diesen mürrischen Mistkerl von Bruder.

Als wollte er sicherstellen, dass ich wusste, dass er noch zornig war, blieb er neben dem Tisch stehen, hielt sich an einer Stuhllehne fest und starrte mich finster an. Ich glotzte zurück, unsere Blicke trafen sich. Gibs war älter und größer, aber ich würde mich trotzdem nicht von ihm einschüchtern lassen. Ich würde mich jederzeit auf eine Konfrontation mit ihm einlassen. Wenn er wie Dad war und glaubte, ich sei schwach, dann hatte er sich mächtig getäuscht.

»Nimm dir was zu essen, und dann lasst uns anfangen«, sagte Devlin.

Offenbar war die Taco-Bar verlockender, als weiterhin zu versuchen, seinen jüngeren Bruder in Grund und Boden zu starren, denn Gibs riss seinen Blick los und schaufelte sich einen Teller voll. Als alle Platz genommen hatten, warfen wir unser Geld auf den Tisch, bekamen unsere Chips, und Dev teilte aus.

Ich heftete den Blick auf meine Karten und nippte an meinem Bier. Bowie und Jonah brachen eine erhitzte, aber gutmütige Debatte über Football vom Zaun. Gibson schwieg die meiste Zeit, aber das war typisch. Wir spielten ein paar Runden, aßen, tranken Bier. Ich entspannte mich ein wenig. Wie es aussah, würde der Abend ganz nett werden.

Mein Handy vibrierte, deshalb sah ich kurz nach. Leah Mae hatte mir ein Foto von sich und Scarlett geschickt, sie hatten sich irgendetwas aufs Gesicht geschmiert und sahen aus, als würden sie lachen. Darunter stand: *Total sexy bei unserer Wellnessbehandlung vorhin.*

Ich: Da ist ja meine Schöne.

»Hör doch mal auf, beim Spielen SMS zu schreiben«, sagte Gibson.

Ich sah ihn an. Er wollte einen Streit provozieren, und ich wusste nicht so recht, ob ich mich darauf einlassen sollte oder nicht. Wahrscheinlich war es am besten, wenn ich ihn ignorierte. Doch um zu zeigen, dass ich mir nichts von ihm sagen ließ, schrieb ich gleich noch eine Nachricht.

Ich: Viel Spaß heute Abend.

»Gott, Jameson, jetzt sei nicht so ein Arsch«, meinte Gibson.

»Ich bin hier ja wohl nicht derjenige, der sich wie ein Arsch aufführt.« Ich legte mein Handy weg. »Den Titel hast du schon in Beschlag genommen.«

Die Spannung im Raum nahm zu, Blicke huschten über aufgefächerte Karten hinweg zwischen Gibson und mir hin und her.

»Wenigstens ziehe ich nicht alle anderen in meine Scheiße hinein«, sagte Gibson.

»Warum zum Henker machst du das zu deiner Angelegenheit?«, fragte ich. »Du bist schließlich nicht derjenige, dem man in der Stadt nachstellt. Der überall, wo er hingeht, den Kopf einziehen muss, weil jeder, der ein Handy besitzt, auch eine verdammte Kamera hat. Warum lässt du dich davon so in Rage versetzen, verdammt noch mal?«

»Weil du dich einen Dreck darum scherst, was das mit unserer Familie macht«, entgegnete Gibson. »Du denkst nur mit deinem Schwanz.«

»Fick dich, Gibson.«

Gibson warf seine Karten auf den Tisch. »Fick dich doch selbst.«

»Jungs, kommt schon«, sagte Bowie. »Lasst uns einfach spielen.«

Mein erster Impuls war, die Karten auf den Tisch zu werfen und hinauszustürmen. Nach Hause zu gehen. Mein Bruder konnte sich ins Knie ficken. Diese Scheiße musste ich mir nicht gefallen lassen. Aber ich hatte die Nase verdammt voll davon, dass Gibson seine Aggressionen an mir ausließ. Während wir aufwuchsen, hatte mich Gibson nie im Visier gehabt. Normalerweise war er derjenige gewesen, der für mich eintrat, sowohl zu Hause als auch in der Schule. Es gefiel mir nicht, Zielscheibe seines arschigen Verhaltens zu sein.

»Halt dich jetzt verdammt noch mal zurück, Gibs«, sagte ich. »Und kümmere dich um deine eigenen Angelegenheiten.«

»Das ist meine eigene Angelegenheit.« Er nahm ein Scheibchen Olive von seinem Teller und steckte es sich in den Mund.

Dieser selbstgefällige Mistkerl. Ich schnappte mir eine Tomatenscheibe und schnippte sie nach ihm. »Nein, ist es nicht.«

Die saftige Tomate blieb an seinem Hemd kleben und rutschte ihm langsam über die Brust, wobei sie eine nasse Spur und ein paar Samenkörnchen hinterließ. Gibson presste die Kiefer zusammen und knirschte mit den Zähnen.

Vielleicht hätte ich das nicht tun sollen, aber nun war es zu spät. Ich reizte ihn noch ein wenig mehr. »Du hast da etwas auf dem Hemd, Gibs.«

Bowie kicherte, und das war es dann.

Gibson warf einen ganzen Taco nach mir. Der Inhalt – vor allem Fleisch und Käse – ergoss sich in meinen Schoß. Bowie brüllte etwas, aber Gibson hatte bereits Essen in seine Richtung geschleudert.

»Du Arsch«, sagte Bowie und warf mit Avocado nach Gibson.

Ich schnappte mir das, was von Gibsons Taco noch übrig war, und warf es energisch zurück.

Gibs versuchte, sich an Bowie zu rächen, aber der Taco, den ich geworfen hatte, lenkte ihn ab, und er traf stattdessen Jonah. Jonah schleuderte etwas zurück, Devlin rutschte mit seinem Stuhl vom Tisch weg, Nash duckte sich, und Sekunden später war die Hölle los.

Gibson stand auf und warf noch mehr Essen, das auf seinem Teller lag. Er zielte nicht mal mehr. Jemand traf ihn mit einer Ladung Sour Cream. Ich warf marinierte Steakstücke über den Tisch, gefolgt von einer Limettenscheibe. Er schnappte sich eine Schüssel Salsa, und ich ging in Deckung.

Salsa spritzte über die Tischplatte und hinter mir auf den Boden. Bowie kauerte neben mir und nickte. Zusammen kippten wir den Tisch um, so dass eine Barrikade entstand, hinter der wir Schutz suchten. Dann schnappten wir uns, was wir kriegen konnten – Chips, Oliven, Avocado, Limettenscheiben, Tomate, Tortillas –, und warfen es oben über die Tischkante.

»Shit«, knurrte Gibson.

»Ich wurde getroffen!«, brüllte Nash.

Bowie und mir ging die Munition aus, und Gibson war dem Büfetttisch am nächsten. Die steten Wurfgeschosse aus Taco-Zutaten, die über unsere Köpfe hinwegpfiffen, wiesen darauf hin, dass er es dorthin geschafft hatte.

»Jonah, nachladen«, sagte ich.

Jonah hatte sich hinter einem Sessel verschanzt. Er nickte und schlich sich näher ans Essen heran. Bowie und ich schleuderten alles, was wir noch hatten, nach Gibson, während Jonah nach oben griff und ein paar Schüsseln vom Tisch zog.

»Wirf einfach«, sagte ich.

Gibson entdeckte Jonah, und seine Lippen verzogen sich zu einem Grinsen. Er griff in eine Schüssel mit Pico de gallo und versuchte, es zu werfen, doch das meiste davon verteilte sich auf dem Boden. Jonah ließ eine Schüssel mit geschnittenen Zwiebeln in unsere Richtung schlittern, dann den geschnittenen Blattsalat. Bowie und ich nutzten alles gut aus, indem wir Gibson in rascher Folge mit Grünzeug bewarfen.

Der Beschuss geriet ins Stocken, und kurz glaubte ich schon, Gibson würde nachgeben. Bowie und ich warteten, den Rücken an die Unterseite der Tischplatte gelehnt; wir hielten Hände voll Käse und Salat bereit. Jonah hatte sich weiter von Gibson entfernt – das nahm ich ihm nicht übel –, und ich hatte keine Ahnung, wohin Devlin verschwunden war. Nash schien gleich am Anfang von der Bildfläche verschwunden zu sein.

Bowie nickte, und wir richteten uns Zentimeter um Zentimeter auf, damit wir über den oberen Rand des Tisches spähen konnten. Ich sah Gibsons Augen unheilvoll aufblitzen, kurz bevor meine von einer Handvoll Guacamole getroffen wurden.

»Verdammt, Gibson!« Ich duckte mich wieder hinter den Tisch und wischte mir die Guacamole vom Gesicht. »Hör sofort auf, das Arschloch zu spielen!«

»Du bist hier das Arschloch«, schrie er, während noch mehr Guacamole über meinen Kopf hinwegflog.

Von irgendwo links drang Scarletts Stimme an mein Ohr. »Ich würde sagen, dass ihr momentan alle Arschlöcher seid.«

Ich konnte sie aus meiner Deckung heraus nicht sehen, zuckte aber bei der Glut in ihrer Stimme zusammen. Bestimmt hatte sie die Hände in die Hüften gestemmt. Vermutlich schüttelte sie gerade ungläubig den Kopf.

»O mein Gott.« Und das war Cassidy.

Ich verdrehte die Augen. Zweifellos war June auch dabei. Großartig, wir hatten Publikum.

»Alle aufstehen«, verlangte Scarlett. »Los jetzt.«

Bowie und ich wechselten einen Blick und verstanden uns auch ohne Worte.

»Nee«, sagte ich. »Erst er.«

»Vergiss es«, meinte Gibson. »Ich stehe nicht als Erster auf.«

Scarlett seufzte genervt. »Dann alle auf einmal. Stell die Guacamole weg, Gibs. Was ist bloß los mit euch? Ihr seid doch alle erwachsene Männer. Hört auf, euch wie Kinder aufzuführen.«

»Jameson?«, sagte Leah Mae.

»Bleib zurück, Darling«, befahl ich. »Gibson, wenn du irgendetwas nach ihr wirfst, kannst du was erleben.«

»Ich werfe nichts nach den Frauen«, grunzte Gibson, auch wenn es wie ein widerwillig gegebenes Zugeständnis klang.

»Okay, gut«, erwiderte ich. »Dann erkläre ich hiermit einen Waffenstillstand. Wir lassen die Waffen fallen und erheben uns auf drei. Einverstanden?«

Die anderen stimmten meinem Waffenstillstandsangebot im Chor zu. Sogar Gibson.

»Zähl bis drei, Scar.«

»Eins«, begann sie. »Zwei ... drei.«

Bowie und ich nickten uns gegenseitig zu, ließen das Essen in unseren Händen fallen und standen auf, wobei wir wachsam zu Gibson hinüberblickten. Er hob seine leeren Hände ein wenig, und wir taten es ihm nach.

»Ihr bringt jetzt die Sauerei hier in Ordnung«, sagte Scarlett. Sie ging hinüber zur Kühlbox und holte Bierflaschen heraus, die sie den anderen Frauen reichte. Sie schoben sich Stühle an die Seite des Raums und ließen sich darauf nieder, als würden sie die Putzaktion überwachen. Wahrscheinlich gar keine so schlechte Idee.

Gibson grummelte, machte sich jedoch an die Arbeit. Bowie und ich stellten den Tisch wieder richtig herum hin und sammelten den ganzen Mist vom Boden auf. Geld, Chips, Karten und tonnenweise Essen. Es dauerte eine gute Dreiviertelstunde, bis das Zimmer wieder in einem einigermaßen annehmbaren Zustand war.

Sonny Fullson, der Eigentümer des Build-a-Shine, kam herein und nahm den Raum in Augenschein. Er hatte zotteliges dunkles Haar, und auf seiner schwarzen Schürze prangte in weißer Schrift der Name des Ladens. »Was zum Teufel war hier los? Hat jemand beim Kartenspielen geschummelt?«

»Nee«, sagte Bowie, der wie immer vortrat und den diplomatischen Teil übernahm. »Tut uns leid, Sonny. Da haben wir wohl ein bisschen über die Stränge geschlagen. Wir legen alle zusammen, damit du noch mal gründlich putzen lassen kannst.«

Ich rechnete fast damit, dass Sonny uns hinauswerfen und uns allen Hausverbot erteilen würde. Stattdessen stemmte er die Hände in die Hüften und schüttelte den Kopf.

»Wisst ihr, was?«, sagte er. »Ihr sorgt dafür, dass die Cock Spurs das nächste Mal, wenn ihr gegen die Perrinville Bootleggers antretet, gewinnen. Die dreckigen Mistkerle hatten kein Recht dazu, *Bootleggers* im Namen zu führen. Wenn ihr gewinnt, sind wir quitt. Wenn nicht, überlegen wir uns etwas anderes.«

»Fairer Vorschlag.« Bowie schüttelte ihm die Hand.

Sonny ging wieder nach vorne. Ich hatte Gibson beim Putzen gemieden, und er ging als Erster nach Hause, wodurch es mir erspart blieb, irgendetwas zu ihm sagen zu müssen. Leah Mae lächelte mich mitfühlend an, als ich meine Jacke nahm und Richtung Tür ging. Ich wusste nicht, wie viel von dem Geld, das wir vom Boden aufgesammelt hatten, mir gehörte, und es war mir auch egal. Ich wollte nur hier raus und alles hinter mir lassen.

Zum Glück versuchte Scarlett nicht, mich auszufragen. Sie tätschelte mir einfach nur den Arm, ehe sie ging. Ich folgte Leah Mae nach draußen, und wir stiegen in meinen Truck. Fuhren schweigend zu mir nach Hause.

Unter anderen Umständen hätte ich über das alles gelacht. Eine Gruppe erwachsener Männer, die sich mit Essen bewarf. Das war beileibe nicht die erste Essensschlacht, die zwischen den Bodine-Brüdern ausgebrochen war. Aber ich hatte ein elendes Gefühl in der Magengrube. So vieles lastete mir schwer auf den Schultern. Der Klatsch. Mein Dad. Callie Kendall. Meine Skulptur. Der Streit mit Gibs machte alles nur noch schlimmer.

Und Leah Mae. Sie war meine Zuflucht, und doch gab es zwischen uns noch ungeklärte Fragen. Würde sie in Bootleg Springs bleiben? Hatte sie vor, wegzugehen? Ich wusste, dass sie nicht zurück nach L. A. wollte, aber wohin wollte sie als Nächstes? War dies nur ein Zwischenstopp zum Nachdenken? War ich nur eine Ablenkung? Ich wusste es nicht.

Ich wusste nur, dass ich heute Abend nicht darüber reden wollte. Wir kamen zu Hause an, und ich ging duschen. Danach schmiegten wir uns auf dem Sofa aneinander und sahen fern. Später ließ ich auf eine Art und Weise, auf die sie total stand, ein paar meiner angestauten Aggressionen an ihr aus. Schlief mit ihr in den Armen ein und verlor mich in ihrem Duft ...

... vermischt mit einem Hauch von Guacamole.

28
Jameson

Gibson zu meiden, war einfach, solange Leah Mae bei mir wohnte und wir alle möglichen Gründe hatten, das Haus nicht zu verlassen. Ehrlich gesagt, mied ich alle meine Geschwister gerade. Selbst Jonah. Er war zwar da, so wie Mitbewohner eben da waren, aber er hatte inzwischen eine Menge Kunden in der Stadt, deshalb war er beschäftigt. Leah Mae besuchte ihren Dad, und ich verbrachte viel Zeit in meiner Werkstatt.

Dann, etwa eine Woche nach der Taco-Schlacht, ließ sie die Bombe platzen.

»Ich muss nächste Woche nach L. A.«, sagte sie beiläufig, als wäre das keine große Sache.

Wir saßen hinten auf der Veranda, während die Sonne unterging, und nippten Apple Pie Moonshine. Wegen der kalten Septemberluft trug ich ein dickes Flanellhemd über meinem T-Shirt, und sie war in einen hellgrauen Pulli gehüllt, ihre Cowboystiefel baumelten über die Seite des hölzernen Liegestuhls.

»Sorry, wie war das?«, fragte ich.

»Nächste Woche wird die letzte Episode der Show gesendet, deshalb müssen wir alle zu dieser großen Party, mit der das Ende der Staffel gefeiert wird«, antwortete sie.

»Werden die Medien auch da sein?«

Sie nickte. »Am Anfang schon. Sie werden Fotos und Interviews machen wollen. Danach gibt es eine Privatparty.«

»Wie lange weißt du das schon?«

»Schon eine Weile«, räumte sie ein. »Ich war mir nicht sicher, ob ich hingehen will, aber das sollte ich. Es steht im Vertrag. Außerdem hätte ich das Gefühl, eine Niederlage einzugestehen, wenn ich nicht hinginge.«

»Klingt logisch. Ist das dann so ein gesellschaftliches Ding? Zu dem die Leute Dates mitbringen?«

»Ja.«

»Gut«, sagte ich. »Also komme ich mit.«

Sie schwang die Beine herum, so dass sie aufrecht auf ihrem Stuhl saß. »Jameson, das kann ich nicht von dir verlangen. Es wird absoluter Wahnsinn sein. All die Kameras und Leute, die dir Mikrophone ins Gesicht halten – du wärst total unglücklich.«

»Darling, als ich zum letzten Mal nachgeschaut habe, waren meine Eier noch dort, wo sie hingehören«, erwiderte ich. »Ein Mann muss tun, was ein Mann tun muss, auch wenn es außerhalb seiner Komfortzone liegt. Ich würde nie zulassen, dass du dich dieser beschissenen Veranstaltung allein stellen musst. Natürlich begleite ich dich.«

»Das würde es mir viel einfacher machen.«

Ich beugte mich zu ihr vor, so dass ich ihr das Haar hinter die Ohren streichen konnte. »Genau deshalb komme ich mit.«

Sie lächelte und presste die Lippen auf meine. Zärtlich erwiderte ich ihren Kuss. Es überraschte mich nicht, dass sie davon ausgegangen war, ich wäre nicht bereit, mit ihr dorthin zu gehen. Man musste schon ein Mann sein, um aufzustehen und zu tun, was notwendig war. Der Kerl, mit dem sie zusammen gewesen war, war jedenfalls keiner. Sie war es nicht gewohnt, dass ihr jemand zur Seite stand, wenn es schwierig wurde.

»Du brauchst so etwas nicht für dich zu behalten«, sagte ich, während ich ihr zärtlich mit den Fingern über das Gesicht strich. »Sag mir nächstes Mal Bescheid. Ich liebe dich, Leah Mae. Für dich gehe ich durch die Hölle und schüttle dem Teufel persönlich die Hand, wenn es sein muss.«

Nicht dass ich begeistert gewesen wäre von der Vorstellung – weder vom Teufel noch von dieser Party. Ein Event bei einem Filmstudio in

Los Angeles war ungefähr so weit außerhalb meines Erfahrungsbereichs, wie es überhaupt nur ging. Und dass die Medien mit dabei waren? Herrgott, das würde wahrscheinlich eine absolute Katastrophe werden. Dennoch würde ich sie nicht allein in diese Katastrophe spazieren lassen.

Aber ich war nicht zu stolz, um in dieser Angelegenheit ein wenig Rat einzuholen. Als mich Scarlett am nächsten Tag darum bat, vorbeizukommen und ihr bei ein paar Sachen in Dads altem Haus zu helfen, dachte ich mir deshalb, ich könnte es mal erwähnen. Mal sehen, ob sie irgendetwas dazu zu sagen hatte. Das Problem war, dass Gespräche, in denen so etwas wie Gefühle an vorderster Front standen, ungefähr so einfach für mich waren wie eine Menschenmenge, die mich sprechen hören wollte.

Scarlett war gerade dabei, das Linoleum in der Küche herauszureißen, als ich ankam. Ich hatte Arbeitshandschuhe dabei, deshalb zog ich sie wortlos an und ging auf die Knie, um ihr zu helfen.

Wir arbeiteten eine Weile, wobei hauptsächlich Scarlett das Reden übernahm. Sie war neulich mit Devlins Eltern zum Brunch verabredet gewesen, und es war gut gelaufen. Schien, als wäre sie ihr übliches keckes Selbst gewesen und als hätte sie sie überrollt wie ein Tornado eine Wohnwagensiedlung.

Sie stand auf und klopfte die behandschuhten Hände aneinander. Ihr Haar hatte sie zu einem Pferdeschwanz zusammengebunden, und sie trug ein staubiges T-Shirt, eine Jeans mit Löchern an den Knien und ein Paar braune Arbeitsschuhe.

»Gar nicht schlecht für einen Nachmittag. Danke, Jame.«

»Gerne. Klingt, als würde es gut laufen mit Dev.«

»Ja«, sagte sie lächelnd, ihre Augen funkelten. »Total.«

»Gut.«

Ich rieb mir den Nacken und wandte den Blick ab, weil ich nicht wusste, wie ich den Trip nach L. A. zur Sprache bringen sollte. Schien ja ganz einfach – eigentlich nichts, was mich nervös machen sollte. Aber ich wollte schließlich keine Reisetipps von ihr. Und ich hatte keine Ahnung, wie ich ein Gespräch über meine Beziehung anfangen sollte. Oder darüber, wie es mir mit alldem ging.

»Alles in Ordnung?«, fragte sie.

»Klar.«

Sie lachte. »Jameson Bodine, du benimmst dich, als wäre ich nicht deine Schwester, die dich lesen kann wie ... na ja, wie ein Buch oder eine Zeitschrift oder auch sonst ungefähr alles. Wo drückt der Schuh?«

»Eigentlich gar nirgends«, sagte ich.

»Okay, was ist dann los?«

Ich zuckte mit den Schultern. »Na ja, Leah Mae muss nächste Woche auf eine Party des Filmstudios in L. A.«

»Das klingt nicht besonders lustig.«

»Nein, nicht besonders«, erwiderte ich. »Ich begleite sie dorthin.«

Sie grinste mich an. »Natürlich begleitest du sie. Machst du dir Sorgen, was du anziehen sollst, oder so?«

Ich verstummte und blinzelte ein paarmal. »Ach, Shit, Scar, ich hatte gar nicht daran gedacht, mir darüber den Kopf zu zerbrechen, aber jetzt, wo du es erwähnst ...«

»Leah Mae wird dir dabei helfen«, sagte sie. »Oder Devlin. Er weiß alles darüber, wie man sich in Schale wirft. Du kannst ihn fragen.«

»Danke.«

Sie zog ihre Handschuhe aus und warf sie auf die staubige Theke. »Du willst aber nicht, dass ich dir das jetzt alles aus der Nase ziehe, oder? Ich hab nämlich heute noch eine ganze Menge Arbeit.«

Ich stemmte die Hände in die Hüften und senkte den Blick. »Es ist nur so, dass ... ich nicht so recht weiß, wie das laufen wird. Ich werde mich den Kameras stellen oder was auch immer. Schön und gut. Aber es ist ihre Welt, die ich betrete. Eigentlich übernimmt der Mann beim Tanzen die Führung, nicht umgekehrt.«

»Gut, dass es kein Tanz ist«, sagte sie.

»Das war metaphorisch gemeint.«

Sie lachte. »Ich weiß, und ich verstehe, was du meinst. Hör mal, ich kann dieses Szenario nicht aus männlicher Perspektive beschreiben.

Aber ich kann dir sagen, dass ich so etwas auch schon erlebt habe. Ich musste mit Dev zu diesem Wohltätigkeits-Barbecue, und es war, als wäre ich auf einem fremden Planeten – einem, auf dem die Eingeborenen Besuchern gegenüber feindlich gesinnt sind.«

»Das war bestimmt nicht einfach.«

»Eigentlich war es ziemlich toll«, antwortete sie. »Ich habe Devlin plötzlich viel besser verstanden, nachdem ich diese Seite mal selbst kennengelernt hatte. Es hat mir geholfen zu verstehen, woher er kommt. Ich glaube, das hat viel zu unserer Beziehung beigetragen.«

»Du meinst also, es war gut, dein Element zu verlassen und in seines einzutauchen.«

»Absolut«, sagte sie. »Es wird dir guttun und Leah Mae auch. Betrachte es als Chance, sie vor der ganzen Welt herzuzeigen. Sie wird sich an deinem Arm unterhaken und in ihrem ausgefallenen Kleid total sexy aussehen. Du wirst da sein und dafür sorgen, dass sie den ganzen Arschlöchern dort erhobenen Hauptes in die Augen sehen kann.«

»Genau deshalb begleite ich sie.«

»Worüber machst du dir dann Sorgen?«, fragte sie. »Du schaffst das.«

Ich zuckte mit den Schultern. »Ja, ich denke schon.«

»Gott, Jameson, ich glaube, du weißt gar nicht, wie umwerfend du eigentlich bist. All diese Hollywoodleute werden völlig vernarrt in dich sein.«

Da war ich mir nicht so sicher. Aber Leah Mae unterstützen – ihr Rückhalt geben, wenn sie einer schwierigen Situation ins Auge sehen musste –, das konnte ich, da war ich mir sicher. Und vielleicht hatte Scarlett recht. Vielleicht würde uns das guttun, so wie es ihnen gutgetan hatte. Das hoffte ich zumindest. So stark meine Gefühle für Leah Mae auch waren, es gab immer noch viele Unbekannte. Und ich wusste nicht so recht, wie viel mehr Druck wir beide noch würden standhalten können.

29
Leah Mae

Ein Mann mit Manieren hatte was. Von den Bergen West Virginias bis hinunter ins sonnige Kalifornien brachte Jameson Bodine die Herzen zum Schmelzen. Von den Frauen am Ticketschalter über die Kellnerin im Flughafenrestaurant bis hin zu den Flugbegleiterinnen auf unserem Inlandsflug und dem Hotelpersonal in L. A. Er sagte »Verzeihung« und »Bitte« und »Danke, Ma'am« in diesem hinreißenden Appalachen-Akzent. Tippte sich an den Hut. Schenkte ihnen sein jungenhaftes Grinsen. Wollte niemandem Umstände bereiten, war aber dankbar für alles, auch wenn die Leute nur ihren Job machten.

Ich ertappte mindestens ein halbes Dutzend Frauen dabei, wie sie ihn verträumt ansahen. Die Flugbegleiterinnen scharwenzelten um ihn herum. Die Kellnerin am Flughafen sah aus, als hätte sie ihm ihre Telefonnummer zugesteckt, wenn ich nicht dabei gewesen wäre.

Je weiter wir uns von Bootleg Springs entfernten, umso mehr stach der Jameson-Effekt heraus. Die Frau, bei der wir im Hotel eincheckten, fächelte sich Luft zu – sie fächelte sich *tatsächlich* zu –, sobald er den Mund aufmachte.

Manch eine wäre vielleicht eifersüchtig gewesen, wenn ihr Freund so viel Aufmerksamkeit von anderen Frauen bekam. Ich nicht. Mir gefiel es. Es war nicht so, dass es der Aufmerksamkeit des weiblichen Geschlechts bedurfte, um zu erkennen, was ich an ihm hatte. Es war einfach nur so hinreißend. Er hatte eindeutig keine Ahnung, was für eine Wirkung er auf die Frauenwelt hatte. Ich war mir sicher, dass er seiner Ansicht nach nur höflich war. Er schien ihre Reaktionen gar nicht zu bemerken.

Und ja, es verschaffte mir auch ein wenig Genugtuung zu wissen, dass er zu mir gehörte. Außerdem konnte ich es ihnen kaum übelnehmen. Ich fand ihn auch unwiderstehlich. Nur dass ich die Glückliche war, die ihn behalten durfte.

»Zumindest ist das Hotel schön.« Er stellte unsere Taschen ab und sah sich im Zimmer um, die Hände in die Hüften gestemmt, auf dem Kopf eine ramponierte Baseballmütze. »Wir werden uns bestimmt wohlfühlen.«

Unser Zimmer war nichts Besonderes, aber es stand ein breites Doppelbett mit fluffigen weißen Decken darin. Ich streifte meine Schuhe ab und hängte die Kleiderhülle mit dem Kleid für morgen Abend auf.

Es war seltsam, wieder in L. A. zu sein. Ab dem Moment, in dem wir das Flugzeug verlassen hatten, hatte ich mich seltsam gefühlt. Ich hatte mich vor der Außenwelt versteckt, während ich in Bootleg Springs gewesen war, und hier war ich nun – wieder mittendrin. Ich fühlte mich nicht mehr wie die Frau, die hier mit Kelvin Graham gelebt hatte, ich war eine andere geworden. Leah Larkin war davon überzeugt gewesen, berühmt werden zu wollen. Sie hatte sich an den Traum eines kleinen Mädchens geklammert, von dem sie sich schon längst hätte verabschieden sollen.

Nach Bootleg Springs – nach Hause – zu kommen, hatte mir die Augen geöffnet. Es hatte mich daran erinnert, wer ich war – wer ich gewesen war, ehe Agenten, Manager und Modekunden mir gesagt hatten, wer ich sein sollte. Und dieses Mädchen – Leah Mae – wusste, dass es irgendwo da draußen ein besseres Leben für sie gab. Und das bestand nicht darin, Hollywoodruhm nachzujagen.

Ich hatte keine Bedenken, diesen Ort zu verlassen – dieses Leben. Für immer aus L. A. wegzuziehen und einen neuen Traum zu finden. Das Problem war, dass ich immer noch nicht wusste, wohin ich gehen sollte. Zurück nach Bootleg Springs? Und was sollte ich dort tun? Ich konnte ja schlecht einfach in Scarletts Ferienhaus wohnen, Jameson daten und sonst nichts tun. Erstens würde mir irgendwann das Geld ausgehen. Als Model hatte ich gut verdient, aber Kelvin und ich hatten einen kostspieligen Lebensstil gepflegt. Ich hatte ganz bestimmt nicht so viel verdient, dass ich mich mit achtundzwanzig zur Ruhe setzen konnte. Und ich musste an meinen Dad denken. Es ging ihm zwar immer besser, aber ich wollte ihm finanziell aushelfen können, falls er doch wieder krank wurde.

Es ging nicht nur um das Geld. Ich brauchte etwas – eine Berufung oder eine Karriere. Ich musste produktiv sein. Neben dem Mann, mit dem ich zusammen war, noch einen weiteren Sinn im Leben haben.

Ich hing immer noch in der Luft, trieb dahin in einem Meer aus Unentschlossenheit und Unsicherheit. Ich hatte Eignungsprüfungen und Berufsorientierungstests gemacht. Ich hatte Interessen und Ideen, aber immer noch das Gefühl, nicht zu wissen, was ich mit dem Rest meines Lebens anfangen sollte. Und wie dieses Leben in Bootleg Springs gelebt werden konnte.

Ich liebte Bootleg. Kein anderer Ort auf der Welt konnte je so ein Zuhause für mich sein wie dieser. Aber in Kleinstädten waren Jobs rar. Es war leicht gewesen, sich in Jameson und im Zauber von Bootleg zu verlieren. Wo die Zeit langsamer zu verstreichen schien, und die Sorgen der Außenwelt nicht so wichtig waren. Dem hatte ich mich inzwischen zu lange hingegeben, und schon bald würde ich ein paar harte Entscheidungen treffen müssen.

Jameson streckte sich auf dem Bett aus, und ich hängte seinen Anzug neben mein Kleid. Wir waren vor ein paar Tagen nach Perrinville gefahren, um ihn zu kaufen. In Bootleg Springs gab es keinen richtigen Laden für formelle Männermode. Ich hätte ihn fast nicht erkannt, als er aus der Umkleidekabine gekommen war. Das war das einzig Gute an diesem Event. Ich freute mich durchaus darauf, ihn herausgeputzt zu sehen. Jameson Bodine machte sich gut, wenn er sich in Schale geworfen hatte.

Ich blickte zu ihm hinüber und lächelte. Die Baseballmütze war ihm in die Stirn gerutscht, bedeckte fast seine Augen, und er war eingeschlafen. Das überraschte mich nicht. Es war ein langer Tag gewesen.

Ich kletterte neben ihm ins Bett und machte es mir gemütlich. Ich wusste nicht so recht, wie ich angemessen ausdrücken sollte, wie viel es mir bedeutete, dass er hier war. Ein Teil von mir wollte gar nicht an morgen denken. Am liebsten hätte ich mich weiterhin versteckt gehalten – mich in seinem Schlafzimmer an Jameson gekuschelt und so getan, als würde die Welt da draußen gar nicht existieren. Als hätte ich diese bescheuerte Realityshow nie gemacht und als hätte nie jemand von mir geglaubt, ich hätte Brock Winston verführt und ihn dazu überredet, seine Frau zu betrügen.

Doch wie ich zu Jameson gesagt hatte, würde ich damit eine Niederlage eingestehen. Ich musste mein Gesicht zeigen. Für die Kameras lächeln. Diese letzte Verpflichtung überstehen und endlich frei sein.

Jamesons Brust hob und senkte sich langsam. Er sah so süß aus, wie er da lag in seinem verwaschenen blauen T-Shirt mit der Aufschrift *Support Local Farms* und seiner abgetragenen Jeans. Er war in L.A. so fehl am Platz, wie man nur sein konnte. Und dafür liebte ich ihn umso mehr.

Ich rückte näher an ihn heran, und er schlang den Arm um mich, zog mich an seine Brust. Sein Körper war entspannt und warm. Ich wickelte mich um ihn herum, schmiegte mein Gesicht an seinen Hals. Die Bartstoppeln an seinem Kiefer waren angenehm rau an meiner Wange, und er roch so gut. Ich atmete seinen Duft ein, während er zärtlich den Finger auf meinem Arm kreisen ließ.

Meine Lippen fanden die empfindliche Haut an seiner Kehle. Die Vibration seines leisen Stöhnens kitzelte, verursachte kleine Funken, die mir den Rücken hinunterliefen.

Seine Muskeln spannten sich an, und er zog mich auf sich. Ich nahm ihm die Mütze ab und warf sie auf den Boden. Er sah mich aus seinen strahlend blauen Augen an, verschlang mich mit einem einzigen Blick. Ich liebte es, wenn ich sah, wie sich mein Verlangen in ihm widerspiegelte. Es schärfte meine Sinne, erweckte meinen Körper zum Leben.

Ich ließ auf jede Seite seiner Hüften ein Bein gleiten, drückte mich an seine Erektion. Er eroberte meinen Mund zu einem leidenschaftlichen Kuss und stöhnte, während ich mich an ihm rieb. Unsere Körper bewegten sich gemeinsam, langsam – mahlend und reibend. Intensivierten unser Verlangen nacheinander.

Ich unterbrach den Kuss und ließ mich an seinem Körper hinabgleiten. Als ich an seiner Taille angelangt war, schob ich sein T-Shirt nach oben, entblößte die harten Wülste seiner Bauchmuskeln. Wieder stöhnte er, während ich mit der Zunge über seine Haut fuhr.

Seine Gürtelschnalle klirrte, als ich sie öffnete. Ich löste den Knopf seiner Jeans und zog den Reißverschluss herunter. Er biss sich auf die Unterlippe und beobachtete mich.

»Darling, das sieht verheißungsvoll aus.«

Ich leckte mir die Lippen und lächelte, dann zog ich seinen Slip nach unten. Seine Erektion war dick und hart. Ich strich mit der Zunge über die gesamte Länge, genoss, wie Jameson scharf die Luft einsog. Ich legte die Hand unten um seine Härte, leckte ihn, legte dabei besondere Aufmerksamkeit auf die empfindliche Spitze. Seine Augen rollten zurück, und er stöhnte erneut.

Es gab nichts Besseres, als ihn meinetwegen stöhnen zu hören. Ich nahm seinen Schwanz in den Mund und bewegte mich langsam, neckend. Nach und nach bewegte ich mich schneller, stülpte den Mund so weit wie möglich über ihn. Den Schaft bearbeitete ich mit der Hand, während ich die Spitze immer wieder in den Mund nahm und dann herausgleiten ließ.

Er bewegte die Hüften und strich mir über das Haar. Ich legte an Tempo zu, drückte den Schaft, während ich seine harte Latte einsaugte und wieder losließ. Sie wurde dicker, versteifte sich, und er näherte sich dem Orgasmus. Ich schmeckte ihn auf der Zunge.

Das Gefühl, dass er kurz vor dem Höhepunkt stand, war extrem erregend. Zwischen meinen Beinen baute sich warm und beharrlich Druck auf. Mein Herz jagte, und meine Wangen wurden heiß, während ich seinen Schwanz in meinen nassen Mund hinein- und wieder herausgleiten ließ. Härter. Schneller.

»Baby, ich komme gleich«, sagte er.

Seine raue Stimme jagte mir einen Schauer über den Rücken. Er war außer Atem, verlor die Kontrolle. Seine Muskeln spannten sich unter mir an, seine Hüften stießen tiefer hinein. Ich stöhnte, als ich spürte, wie sein Schwanz zu pulsieren begann.

Die ersten Salven Sperma trafen hinten in meiner Kehle auf, und er stöhnte, ein tiefer Laut, der mir durch und durch ging, meine Lust entflammte. Ich nahm alles in mich auf, jeden Tropfen, und genoss, wie es sich anfühlte, ihm diese Wonne zu verschaffen. Ich liebte es. Er hatte die Kontrolle verloren, sein Körper war steif, während er in mich hineinspritzte, als ihn der Orgasmus überwältigte.

Als er fertig war, ließ ich seinen Schwanz aus meinem Mund gleiten und schluckte rasch. Jameson atmete schwer, hatte glasige Augen.

»Herrgott, Baby«, sagte er zwischen zwei Atemzügen. »Das war unglaublich.«

»Schön, dass es dir gefallen hat.«

Ich zog ihm die Unterwäsche wieder zurecht und kroch an seinem Körper hinauf. Er wälzte mich auf den Rücken und küsste mich tief, indem er seine Zunge träge durch meinen Mund gleiten ließ. Überwältigt vor Vorfreude erschauerte ich, als er die Hand an meinem Schenkel hinaufgleiten ließ, unter meinen Rock. Er schob meine Beine auseinander und massierte zärtlich meine Klit.

»Das Höschen da ist ganz schön nass«, sagte er zwischen zwei Küssen. »Ich sollte wohl etwas dagegen tun.«

Er schob die Finger in meinen Slip und neckte meine Klitoris, ließ mich zittern und stöhnen. Seine Berührung war sanft, und ich lechzte nach mehr.

Ohne Vorwarnung schob er tief die Finger in mich hinein. Ächzend bäumte ich mich auf. Meine Hüften wölbten sich gegen seine Hand, ich wollte mehr – mehr Reibung, mehr Druck. Er pumpte ein paarmal mit den Fingern in mich hinein, während er an meiner Unterlippe knabberte.

»Ich will dich schmecken«, sagte er und zog die Finger aus mir heraus. Er hob sie an den Mund und saugte meine Nässe auf; dabei schloss er die Augen und stöhnte. »Gott, du schmeckst so gut. Ich will mehr davon.«

Grob riss er mir den Slip herunter und schob meinen Rock nach oben. Dann brachte er sich zwischen meinen gespreizten Beinen in Position und leckte beide Seiten meiner Spalte.

»Himmel, Jameson«, entfuhr es mir mit stockender Stimme. Das Gefühl seiner Zunge auf meiner empfindlichen Haut war wie ein Stromstoß.

»Entspann dich, Darling«, sagte er. »Ich fange gerade erst an.«

Seine Zunge bewegte sich in einem langsamen Takt, und das Gefühl war überwältigend. Ich schloss die Augen und seufzte seinen Namen. Er leckte an meiner Klit, sandte Wogen der Lust durch meine Lenden. Gott, er war so gut darin. Seine nasse Zunge glitt und wirbelte herum, bis ich japste und kaum noch Luft bekam.

Die Spannung zwischen meinen Beinen wuchs, eine Welle aus Hitze und Druck. Jameson saugte an meiner Klitoris, und ich stöhnte, fuhr mit den Fingern durch sein dichtes Haar. Er leckte und saugte und streichelte, bis ich drohte zu explodieren.

Dann schob er zwei Finger in mich hinein, und ich schrie ekstatisch auf, während ein Schauer meinen Körper erbeben ließ. Er knurrte in meine Pussy, während er meine Klit unbarmherzig mit dem Mund bearbeitete. Er krümmte die Finger, und ich glaubte zu sterben. Ich schnappte nach Luft, krallte mich in die Laken, das intensive Gefühl schlug in Wellen über mir zusammen. Er hielt mich auf dem Höhepunkt, kurz bevor ich vollkommen aus den Fugen geriet.

Aber er war noch nicht fertig mit mir. Er hielt mich dort, wo die Lust am größten und die Intensität absolut überwältigend war. Ich wand mich, ich winselte, grub die Fersen in die Matratze. Ich war heiß und pulsierte um seine Finger, mein Körper lechzte nach Befreiung.

Seine Zungenschläge wurden rhythmisch – warmer, nasser Druck an meiner Klitoris –, und ich kam. Welle um Welle rollte durch mich hindurch, als ich den Höhepunkt erreichte, die Sinne übernahmen.

Ich klammerte mich an die Laken und schnappte nach Luft, verlor mich im heißen Rausch meines Orgasmus.

Jameson küsste mich zärtlich zwischen die Beine und auf die Innenseiten meiner Schenkel, während ich keuchend auf dem Bett lag.

»Ich habe keine Ahnung, was du da gerade mit mir gemacht hast.«

Er küsste mich wieder, direkt über meiner Öffnung; der sanfte Druck seiner Lippen wirkte beruhigend nach einem so heftigen Orgasmus.

»Es gefällt mir einfach, dir ein gutes Gefühl zu verschaffen«, sagte er und küsste mich wieder.

Er rutschte im Bett etwas höher, und wir zogen endlich unsere Kleider aus. Ich war zwar befriedigt, wollte aber seine Haut auf meiner spüren.

Er schlang seine Arme um mich und hielt mich fest. Ich schmiegte mich an ihn, genoss seine Körperwärme, das Gefühl seines rauen Kiefers an meiner Wange.

»Ich liebe dich«, flüsterte ich.

Er wich ein wenig zurück, um mich anzusehen, und berührte mein Gesicht. »Ich liebe dich auch.«

Unsere Münder trafen sich, weich und süß. Seine Lippen liebkosten meine, unsere Zungen glitten aneinander. Es kam mir vor, als könnte ich mein ganzes Leben damit verbringen, Jameson zu küssen, und es wäre doch nie genug.

Sein Schwanz wurde hart, und er presste ihn an mich. Ich fühlte mich gut – meine Spalte war warm und nass von seiner Zunge –, doch ich wollte mehr. Ich wollte ihn in mir spüren, wollte, dass er mich ausfüllte. Dass er mich dehnte und mit mir verschmolz.

Er schien das Gleiche zu denken. Er rollte mich wieder auf den Rücken und legte sich zwischen meine Beine. Mein Verlangen steigerte sich, während er mich innig küsste und seine Erektion an mich drückte, ohne jedoch in mich einzudringen. Ich wiegte die Hüften, rieb meine Klit an seiner harten Latte. Er stöhnte in meinen Mund und saugte dann an meiner Unterlippe.

»Ich will dich in mir spüren«, sagte ich, während das Verlangen nach ihm weiter wuchs.

Ich strich ihm über den Rücken und umfasste seinen Hintern, in der Hoffnung, dadurch seinen Schwanz in mich zu schieben. Er grinste und küsste mich erneut, als würde ihm dieses Spiel gefallen.

»Du willst das?«

Ich nahm seine Unterlippe zwischen die Zähne und zog ein wenig daran. »Ja.«

Wieder stöhnte ich, doch anstatt in mich hineinzustoßen, ließ er sich von mir heruntergleiten. Er packte mich an den Hüften, drehte mich um und zog meinen Hintern nach oben. Ich stützte mich auf die Unterarme und blickte über die Schulter hinweg zu ihm auf.

Er umfasste meinen Hintern und strich mit den Daumen ein paarmal an der Spalte entlang. »Gott, du bist so verdammt sexy. Ich liebe es, wenn du so vor mir kniest.«

Er nahm seinen Penis in die Hand, rieb die Spitze an meiner Öffnung. Strich ein paarmal an seiner dicken Latte entlang. Ich wiegte die Hüften nach hinten, lechzte nach mehr.

»Ich will dich in mir haben«, sagte ich. »Bitte.«

»Baby, ich ficke dich, dass dir Hören und Sehen vergeht.« Er brachte sich an meinem Eingang in Position, umfasste fest meine Hüften und stieß in mich hinein.

Ich schrie auf, als er mich ausfüllte, und wölbte den Rücken, um ihn tiefer in mich aufzunehmen. Er hielt mich an den Hüften und drang immer wieder in mich ein, zog bei jedem Stoß meinen Hintern an seinen Schritt. Ich liebte es, wenn er sich so auf mir gehen ließ. Wenn er mir diese Seite von sich zeigte – archaisch und roh. Stark und dominant. Auf die Außenwelt wirkte Jameson Bodine wie eine stille, sensible Seele, aber im Bett war er ein wildes Tier. Und ich liebte jede Sekunde davon.

Mit harten Stößen drang er in mich ein, meine Hüften in seinem eisernen Griff. Wieder baute sich tief in meinem Inneren heiße Spannung auf, Wellen der Lust durchliefen mich. Ich verlor mich in dem

Gefühl, von ihm gevögelt zu werden, und vergaß alles andere. Das Studio, den Klatsch, die Unsicherheiten in meinem Leben. Das alles schmolz dahin.

Ich blickte mich wieder zu ihm um, beobachtete, wie sich seine Bauchmuskeln anspannten. Auf dem Tattoo, das sich links über seine Brust und seine Schultern zog, glitzerte ein leichter Schweißfilm, und er hatte die Brauen zusammengezogen. Bei jedem Stoß drang ein leises Grunzen aus seiner Kehle.

Unsere Blicke trafen sich, und er hielt inne, seine Latte tief in mir vergraben. Seine Brust hob und senkte sich. Langsam blinzelte er, leckte sich die Lippen.

Dann zog er sich aus mir zurück und drehte mich wieder auf den Rücken. Legte sich zwischen meine Beine und ließ seinen Schwanz in mich gleiten. Berührte zärtlich mein Gesicht, küsste mich träge, während seine Hüften ihren Rhythmus wiederaufnahmen.

»Ich liebe dich«, flüsterte er an meinem Mund, küsste mich erneut. Tiefe, feuchte Küsse, als wollte er mich verschlingen. Ich hielt ihn fest und erwiderte sie, bewegte mich im Einklang mit ihm. »Ich liebe dich auch.«

Wie in einem Tanz, der perfekt zum Takt der Musik passte, bewegten sich unsere Körper synchron. Meine Nippel streiften seine Haut, während er immer wieder in mich eindrang. Er bedeckte meinen Hals mit Küssen und leckte die Mulde am Ansatz meines Halses. Strich mit den Zähnen über meine Haut. Ich hielt mich an ihm fest, bewegte die Hüften, zog ihn so tief wie möglich in mich.

Er bewegte sich schneller, härter, und ich merkte, dass er kurz davor war. Sein Schwanz pulsierte in mir, und ich wimmerte vor Verlangen danach, erneut zu kommen. Meine Sinneswahrnehmungen konzentrierten sich zwischen meinen Beinen, als würden sämtliche Nervenenden dorthin führen. Dann verlagerte er sich mit einer subtilen Bewegung seiner Hüften und katapultierte mich auf eine ganz neue Ebene der Ekstase. Meine Augen rollten nach hinten, der Druck wurde so intensiv, dass ich kaum mehr atmen konnte.

»Fuck, Leah Mae«, sagte er leise an meinem Ohr. »Baby, ich komme gleich.«

»Komm in mir. O Gott, Jameson, komm in mir, jetzt.«

Sein Körper versteifte sich, sein Schwanz pulsierte, und die ersten Wogen seines Orgasmus rissen mich in den Abgrund.

Es durchzuckte mich, Funken flogen, und ein heißes Prickeln der Lust durchlief mich in Wellen. Ich schloss die Augen, hielt mich an Jameson fest und ließ mich davon überrollen. Kostete die Befreiung aus, das Gefühl, wie er sich in mir entleerte. Die Hitze seiner Haut, sein Körper mit meinem verschmolzen.

Als die letzten Erschütterungen abflauten, lagen wir beisammen, Arme und Beine ineinander verschränkt. Wir waren heiß, verschwitzt, erschöpft. Und zutiefst befriedigt.

30

Jameson

Das war zweifellos das Seltsamste, was ich je in meinem Leben gemacht hatte. Ich trug einen teuren Anzug und würde gleich mit meinem Mädchen durch einen Dschungel aus Reportern auf eine Studioparty in L. A. gehen. Das war meilenweit entfernt von allem, was ich als Junge aus West Virginia je zuvor erlebt hatte.

Leah Mae sah umwerfend aus. Ihr langes goldfarbenes Kleid schimmerte, wenn sie sich bewegte, und auf ihren Absätzen war sie fast so groß wie ich. Leuchtend rote Lippen bettelten darum, dass ich sie küsste; sie trug ihr Haar hochgesteckt, so dass mich die glatte Haut an ihrem Hals verlockte. Am liebsten hätte ich sie von oben bis unten abgeleckt.

Ich hoffte, dass ich ein gutes Gegenstück abgab. Mein Anzug war schön, saß perfekt. Sie hatte mir schon ein Dutzend Mal versichert, wie gut ich darin aussah. Es war nicht unbedingt das bequemste Outfit, aber ich wusste ihn trotzdem zu schätzen. Ich hatte das Gefühl, dass er mir stand – äußerlich zumindest.

Sobald wir im Hotel ankamen, tauchte wie aus dem Nichts ein Mann in schickem Anzug auf, pflückte Leah Mae von meinem Arm und nahm sie beiseite. Adrenalin schoss mir durch die Adern, und ich war kurz davor, dem Kerl eine Tracht Prügel zu verabreichen. Im Bruchteil einer Sekunde war ich wieder an ihrer Seite, aber sie schien nicht weiter beunruhigt. Tatsächlich beugte sie sich sogar vor, um ihm zuzuhören.

»Okay, Süße, ich sag dir jetzt, wie das heute Abend laufen soll«, sagte er. »Gib dich süß und entzückend. Stütze dich ein wenig auf deine ländlichen Wurzeln. Wir wollen, dass du liebenswert, aber nicht übertrieben freundlich bist. Beantworte keine direkten Fragen zu Brock. Lass sie weiterhin im Trüben fischen. Nonverbal kannst du andeuten, was immer du willst, aber streite nichts ab und gib nichts zu.«

Sie nickte.

»Brock und Maisie kommen auch gleich«, fuhr er fort. »Sie geben sich harmonisch. Lächle Brock an, aber Maisie kannst du gern anfunkeln, wenn er gerade nicht herschaut.«

Wieder nickte Leah Mae. Ich sah sie an. War das alles real?

Zum ersten Mal schien der Kerl mich wahrzunehmen. »Was Sie angeht ... sagen Sie einfach gar nichts. Machen Sie auf starken, ruhigen Typ.«

»Wie bitte?«, entgegnete ich.

Er zuckte zusammen. »Ja, einfach nichts sagen.«

»Wer zum Teufel sind Sie überhaupt?«

»Das ist Rich Baumgartner«, erklärte Leah Mae. »Einer der Produzenten.«

»Du warst umwerfend, Süße«, sagte Rich. »Besser hätten wir es gar nicht treffen können. Formvollendet, Babe. Weiter so!«

Er drückte ihr einen flüchtigen Kuss auf die Wange und verschwand wieder in der Menge.

»Hat der das ernst gemeint?«, fragte ich.

»So ist er eben. Er meint es nicht so.«

»Er hat mir gerade gesagt, dass ich die Klappe halten soll.«

»Nimm es nicht persönlich.« Sie hakte sich bei mir unter und drückte meinen Arm. »Außerdem willst du ohnehin nicht mit der Presse sprechen.«

Bevor ich etwas erwidern konnte, schob sie mich auf das wartende Heer aus Reportern zu. Aus den Augenwinkeln sah ich, dass sie lächelte. Es wirkte so falsch wie Misty Lynn Prossers Titten. Mein Rücken verspannte sich, und ich griff nach oben, um meinen Hemdkragen ein wenig geradezurücken. Ich hatte gewusst, dass ich mir wie ein Fisch auf dem Trockenen vorkommen würde, aber ich fühlte mich nicht nur unwohl, weil das alles ungewohnt war. Hier triefte alles geradezu vor Unaufrichtigkeit, und es behagte mir ganz und gar nicht, dass sich Leah Mae hier so gut einfügte.

Wir gingen über eine Art Laufsteg auf einen Fotohintergrund mit dem Studiologo zu. Sobald das erste Augenpaar Leah Mae erblickte, schwirrten die Reporter um uns herum wie Bienen um einen Bienenstock.

Als Erstes erreichte uns eine Frau mit platinblondem Haar und mehr Make-up, als ich je an einer einzigen Person gesehen hatte. Sie streckte uns ein kleines Mikrophon entgegen.

»Leah, Sie sehen heute Abend phantastisch aus«, sagte sie.

»Danke«, erwiderte Leah Mae und verzog die roten Lippen zu einem aufgesetzten Lächeln.

»Seit *Roughing It* ist es still um Sie geworden«, fuhr die Reporterin fort. »Stimmt es, dass Sie untergetaucht sind, nachdem Sie herausgefunden haben, dass die Show Ihre Affäre mit Brock Winston enthüllt hat?«

»Nach dem Dreh hatte ich beschlossen, eine Auszeit zu nehmen«, sagte sie. »Ich habe meine Familie besucht.«

»Haben Sie sich nach dem Ende der Staffel noch mit Brock getroffen?«, fragte sie. »Haben Sie versucht, Ihr Verhältnis fortzusetzen?«

»Wie schon gesagt, ich habe meine Familie besucht. Die Dreharbeiten für die Show waren eine großartige Erfahrung. Ich habe mich gefreut, die anderen Kandidatinnen und Kandidaten kennenzulernen, und wir hatten alle eine tolle Zeit, auch wenn es viele Herausforderungen zu bewältigen gab.«

Wir gingen weiter, und noch eine Reporterin trat vor. Leah Mae blieb weiterhin bei mir untergehakt und hob ein wenig das Kinn. Zu spät erkannte ich, dass Fotos von uns gemacht wurden. Ich bemühte mich, nicht herumzuzappeln.

»Leah, seit die berühmt-berüchtigte Episode mit der Sache im Hinterzimmer ausgestrahlt wurde, haben Sie viel Gegenwind bekommen«, sagte die nächste Reporterin. Sie war sogar noch üppiger geschminkt als die vorherige. »Was meinen Sie, haben Sie sich all diese Hasstiraden verdient?«

»Eine Menge Kommentare und Meinungen wurden zu der Show geäußert«, entgegnete sie. »Ich bin einfach nur glücklich, dass es den Leuten gefallen hat, und bemühe mich, die positiven Vibes auszusenden, die ich selbst gern in der Welt erleben würde.«

»Ist das Jameson Bodine?«, wollte die Reporterin wissen, während sie den Blick auf mich richtete. »Wie haben Sie Leah kennengelernt?«

Ich klappte den Mund auf, um zu antworten, doch Leah Mae schnitt mir das Wort ab. »Wir sind alte Freunde«, sagte sie.

»Jameson, was halten Sie von den Vorwürfen, die gegen Ihren Vater erhoben werden?«, fragte die Reporterin. »Glauben Sie, dass er Callie Kendall ermordet hat?«

»Nun, ich ...«

»Die Bodines haben den Verlust Callie Kendalls die letzten zwölf Jahre beklagt«, sagte Leah Mae und unterbrach mich damit schon wieder. »Genau wie alle anderen in Bootleg Springs.«

Und noch bevor ich ein Wort sagen konnte, gingen wir weiter in der Reihe.

Der Rest verlief ungefähr genauso. Fragen über Brock und Maisie. Über Leah Maes Verbindung zu Bootleg Springs. Über mich oder meinen Vater. Jedes Mal gab Leah Mae die gleichen Nicht-Antworten. Ihre Stimme klang hohl, ihre Worte wirkten einstudiert, als würde sie aus einem Drehbuch ablesen. Sie lächelte, wandte das Kinn, posierte für Fotos.

Ich verhielt mich ruhig, nickte den Reportern lediglich zu. Fühlte mich ein wenig wie schmuckes Beiwerk, was mir nicht besonders gefiel. Aber ich nahm an, dass sie uns nur so schnell wie möglich da durchlotsen wollte.

Plötzlich ging ein Ruck durch die Menge, und die Köpfe drehten sich zum Eingang. Ich erkannte das Paar, das gerade ankam. Brock Winston und Maisie Miller.

Brock war kleiner, als er im Fernsehen dargestellt wurde. Dunkelblondes Haar. Großspuriges Lächeln. Er war angezogen, als wäre es ihm total schnuppe, dass dies ein offizieller Empfang war. Sonnenbrille, Lederjacke und schwarze Jeans.

Seine Frau, Maisie Miller, sah aus wie eine Porzellanpuppe. Glänzendes dunkles Haar, seidige Haut und blaue Augen, die fast ein bisschen zu groß für ihr Gesicht wirkten. Ihr grellrotes Kleid überließ nur wenig der Phantasie.

Lächelnd traten sie ein, und genau wie wir waren sie schon bald von Reportern umringt. Wegen der Sonnenbrille war schwer zu erkennen, wohin Brock den Blick richtete, aber ich hatte das Gefühl, dass er zwischen den Antworten, die er auf die Fragen gab, zu uns herübersah. Maisie schien so zu tun, als wären wir gar nicht da.

Als wir beim Fotohintergrund angelangt waren, war mein Rücken steif, und meine Hände schmerzten, weil ich sie zu Fäusten geballt hatte. Ich holte tief Luft und versuchte, mich zu entspannen.

Leah Mae drückte mir den Arm. »Du machst das großartig.«

Wir blieben noch kurz stehen, und ich hatte keine Ahnung, wo ich hinschauen sollte. Es war, als wären Hunderte Kameras auf uns gerichtet. Ich konzentrierte mich auf Leah Mae, als wäre ich lediglich ein Podest, auf dem sie stand, um die bestmögliche Figur abzugeben. Trotz meiner kurzzeitigen Berühmtheit war sie diejenige, die die Leute sehen wollten.

Wir mussten mit noch ein paar Leuten sprechen, nachdem alle Fotos gemacht waren. Ich wusste nicht so recht, wer sie waren – Reporter oder Leute vom Sender. Leah Mae lächelte weiterhin und redete so, wie ihr Produzent es ihr aufgetragen hatte. Sie gab nicht viel Substanzielles von sich und beantwortete auch keine konkreten Fragen. Und sie stritt keineswegs ab, eine Affäre mit Brock gehabt zu haben.

Was mich zu der Frage veranlasste ... warum eigentlich nicht?

»Das Schlimmste ist vorbei«, sagte sie, während wir durch einen kurzen Korridor gingen. »Für den Rest des Abends wird keine Presse anwesend sein.«

Im Ballsaal, wo die Party stattfand, hielten sich schon mehrere Dutzend Leute auf. Die Tische waren mit weißen Tischtüchern und raffinierten Gerichten bedeckt. Die Lichter waren gedämpft, die Musik ebenso – sie war gerade laut genug, um die Gespräche zu übertönen, aber nicht so laut, dass man gegen sie anbrüllen musste. Ich erkannte einige andere Kandidatinnen und Kandidaten aus *Roughing It.* Ein paar von ihnen standen an der Bar beisammen und unterhielten sich. Rudy Barron, der Basketballspieler, plauderte mit einem anderen Mann; neben ihm stand vermutlich seine Frau – oder zumindest sein Date. Alle trugen Anzüge und Abendgarderobe, und die meisten hatten einen Drink in der Hand.

Ein Drink wäre nun genau das Richtige – ein schönes Glas Whiskey, um allem ein wenig die Schärfe zu nehmen –, aber irgendjemand war neben Leah Mae stehen geblieben, um mit ihr zu reden, sobald wir den Raum betreten hatten.

Meine Gedanken schweiften von ihrem Gespräch ab. Mit mir wollte sich ohnehin niemand unterhalten. Noch mehr Leute kamen herein. Ein paar von ihnen erkannte ich, die meisten aber nicht. Vermutlich alles Leute, die für den Fernsehsender arbeiteten.

Ich zupfte mein Jackett zurecht. Die Luft war stickig, es war schwer, zu atmen. Menschen gingen vorbei, einige grüßten Leah Mae – nannten sie natürlich Leah. Irgendetwas daran störte mich, doch sie korrigierte niemanden. Natürlich war sie für diese Leute Leah, und sie schien entschlossen, ihr Spiel weiterhin mitzuspielen.

Wir arbeiteten uns weiter in den Raum vor, und ich fragte mich allmählich, wie lange das wohl dauern würde. Ich hatte keine Ahnung, wie so eine Studioparty lief. Würden wir uns einfach durch den Raum bewegen und mit diversen Menschen Small Talk betreiben? Wie lange musste sie bleiben, bis sie das Gefühl bekam, getan zu haben, was sie tun musste? Ich hätte sie gern gefragt, aber ein paar der anderen Kandidaten plauderten gerade mit ihr über die Show.

Ich sah genau in dem Augenblick zum Eingang hinüber, in dem

Brock und Maisie hereinkamen. Sie klammerte sich an seinem Arm fest, als hätte sie Angst loszulassen. Endlich setzte er seine verdammte Sonnenbrille ab. Hier drin war es wahrscheinlich zu dunkel, um damit richtig sehen zu können. Er steckte sie in die Innentasche seiner Lederjacke und führte seine Frau herein.

Zum ersten Mal seit ihrer Ankunft nahm Brock Leah Mae zur Kenntnis. Er hob die Hand und nickte ihr zu. Sie lächelte zurück und winkte ihm. Maisie funkelte sie zwar nicht direkt an, sah aber auch nicht allzu freundlich zu uns herüber.

Die Leute, mit denen Leah Mae gerade gesprochen hatte – sie hatte mich vorgestellt, aber ich hatte jetzt schon alle ihre Namen vergessen –, gingen endlich weiter, und ich zog sie ein wenig an die Seite des Raums. Ich wusste nicht, wie es bei ihr aussah, doch auch wenn niemand mit mir redete, brauchte ich jetzt eine Pause.

»Wie geht es dir?«, fragte sie. »Hältst du noch durch?«

»Ich denke schon.« Wieder rückte ich mein Jackett zurecht und zerrte an meiner Krawatte. »Ziemlich warm hier drin.«

»Dir muss heiß sein in diesem Anzug. Tut mir leid, das war jetzt unangenehm. Wir müssen nicht mehr lange bleiben. Aber ich will unbedingt noch mit Thomas Spencer sprechen, dem anderen Produzenten.«

»Na schön«, sagte ich. »Aber warum benimmst du dich eigentlich so seltsam?«

»Was?«, fragte sie. »Was heißt hier, ich benehme mich seltsam?«

»Du benimmst dich nicht wie du selbst. Wie du dich mit allen unterhältst, das sieht dir gar nicht ähnlich.«

»Das ist einfach nur Teil meines Jobs«, sagte sie. »Ich will keinen Wirbel machen, und es ist ohnehin fast vorbei.«

Ich war nicht so recht zufrieden mit dieser Antwort, aber ich wollte hier auch nicht mit ihr streiten. Ich streichelte ihren Arm, tröstete mich mit dem Gefühl ihrer seidigen Haut unter meinen Fingerspitzen. »Soll ich uns was zu trinken holen?«

»Das wäre nett.« Sie berührte meine Wange und beugte sich vor, um mir einen flüchtigen Kuss auf die Lippen zu drücken. »Danke für das hier.«

»Ich stehe zu dir, Darling.«

»Du bist wundervoll.«

Ihr Lächeln linderte mein Unbehagen ein wenig. Ich küsste sie auf die Wange und machte mich auf den Weg zur Bar, weil ich immer noch diesen Whiskey wollte.

Eine junge Frau mit schimmerndem Bob und dunklem Lippenstift stand hinter der Theke. Ich bestellte unsere Drinks und wartete, froh, endlich etwas zu tun zu haben. Ich hasste es, wie die Leute über mich und an mir vorbeiredeten, als wäre ich gar nicht da. Das erinnerte mich zu sehr an damals, als ich noch ein Kind war. Wie ein Geist war ich umhergeschwebt, immer bemüht, nicht im Weg zu sein. Nicht gesehen zu werden. Aufzufallen hatte bei mir zu Hause normalerweise bedeutet, angeschrien zu werden, deshalb war ich lieber unsichtbar geblieben.

Aber nach einer Weile hatte es an mir genagt, unsichtbar zu sein. Mehr als einmal hatte ich mich gefragt, wie lange es wohl dauern würde, bis jemandem auffiele, dass ich weg war, wenn ich einfach von zu Hause wegliefe. Wie oft hatte ich mir diese Plakate mit Callies Gesicht angesehen und war mir sicher gewesen, dass niemand Plakate gemacht hätte, wenn ich derjenige gewesen wäre, der verschwunden war.

»Hey.«

Eine Frauenstimme riss mich aus meinen Gedanken. Ich blickte auf und sah, dass neben mir an der Bar Maisie Miller stand.

»Verzeihung«, sagte ich. »Ich habe Sie gar nicht bemerkt.«

»Tut mir leid.« Sie streckte die Hand aus. »Ich bin Maisie.«

»Jameson Bodine«, sagte ich und schüttelte sie. »Angenehm, Sie kennenzulernen.«

Ihr Lächeln wurde breiter. »Sie sind tatsächlich aus West Virginia, was?«

»Geboren und aufgewachsen.«

Ich sah mich um, entdeckte aber nirgends Brock. Ich fragte mich, ob ich überhaupt mit Maisie reden durfte oder ob das nun, da die Show vorbei und die Presse weg war, überhaupt noch eine Rolle spielte. Ich wusste auch nicht, warum sie mit mir sprach. Vielleicht wollte sie einfach nur nett sein.

»Waren Sie schon mal in L. A.?«

»Nein, noch nicht«, sagte ich. »Ich bin an der Ostküste ein wenig herumgekommen, war aber nie an der Westküste.«

»Wie finden Sie es bisher?«

»Es ist ... anders.«

Sie lachte ein wenig und nickte langsam. »Da bin ich mir sicher.«

Etwas schien ihr ins Auge zu stechen, und ihr Lächeln verblasste. Mein Blick huschte in die Richtung, in die sie blickte, und ich sah, dass Leah Mae und Brock sich unterhielten.

Mein Rücken verspannte sich wieder. Sie standen dicht beieinander, und es herrschte eine gewisse Vertrautheit zwischen ihnen. Okay, sie hatten zwei Monate lang eine Show miteinander gedreht, deshalb bedeutete ein wenig Freundlichkeit gar nichts. Aber mir gefiel nicht, wie er sie anblickte, und ehrlich gesagt, gefiel mir noch weniger, wie sie zurücklächelte.

Maisie schien ebenso wenig glücklich darüber zu sein wie ich. Sie hatte die Lippen zu einer dünnen Linie zusammengepresst, und irgendein Gefühl flackerte über ihr Gesicht. Ich erhaschte nur einen kurzen Blick darauf, ehe sie Luft holte und mich anlächelte. Doch jetzt wirkte ihr Lächeln gezwungen.

Die Barkeeperin stellte uns unsere Getränke hin, und Maisie schnappte sich ihren Martini. Nahm einen Schluck.

»Es war schön, Sie kennengelernt zu haben«, sagte sie. »Viel Glück.«

»Hat mich auch gefreut«, entgegnete ich, aber sie ging bereits weg.

Ich nahm meinen Whiskey und Leah Maes Gin Tonic und ging auf die beiden zu. Leah Mae unterhielt sich noch immer mit Brock, aber Maisie hatte jemand anderen in der Menge gefunden, mit dem sie sprechen konnte.

Kurz bevor ich sie erreichte, trat Brock vor und umarmte Leah Mae. Sie stand mit dem Rücken zu mir, deshalb konnte ich ihr Gesicht nicht sehen, doch er lächelte und sagte, dass sie sich später sehen würden.

Ich trat neben sie und warf Brock einen tödlichen Blick zu. Ich war nicht der eifersüchtige Typ, aber das war der Kerl, mit dem sie angeblich geschlafen hatte. Ein Kerl, der eine Frau hatte, die ebenfalls in diesem Raum war. Er sollte verdammt noch mal verschwinden.

Brock nahm meine Anwesenheit so wenig zur Kenntnis wie die übrigen Menschen hier. Er ging einfach weg, steuerte auf seine Frau zu.

»Du brauchst ihn nicht so anzufunkeln«, sagte Leah Mae, während sie mir ihr Getränk aus der Hand nahm.

»Ich habe ihn nicht angefunkelt.«

Sie lächelte. »Doch, hast du.«

»Er war ein bisschen zu freundlich, das ist alles.«

Sie zog die Augenbrauen zusammen, als würde sie nicht verstehen. »Wir haben uns nur unterhalten.«

Ich ließ das Thema fallen und kippte die Hälfte meines Whiskeys hinunter. Das Brennen in der Kehle fühlte sich vertraut an – das Einzige, was mir hier an diesem Ort vertraut war. Ich hatte damit gerechnet, mich unwohl zu fühlen, hatte mich daran abgearbeitet und geglaubt, vorbereitet zu sein. Doch nun hatte sich ein Unbehagen ganz anderer Art in meinem Bauch eingenistet, und ich wusste nicht so recht, was ich dagegen machen sollte.

Maisie Miller stach mir wieder ins Auge, sie stand in diesem leuchtend roten Kleid neben Brock. Sie sah ihn mit dem gleichen Blick an, den sie vorhin schon an sich gehabt hatte, als wir an der Bar gestanden hatten. Ein Blick, der genau das sagte, was ich empfand, und bestimmt dachte sie auch das Gleiche wie ich.

Was war zwischen Leah Larkin und Brock Winston in dieser Show gelaufen?

Ich hatte nie nachgefragt. Ich hatte gesehen, wie es in den frühen Episoden arrangiert wurde, aber danach hatte ich mir die Show nicht mehr angesehen. Es hatte sich irgendwie wie Verrat an Leah Mae angefühlt, sogar noch bevor wir zusammen gewesen waren. Deshalb hatte ich die Show gemieden. Ich hatte Dinge aus zweiter Hand gehört – von Leuten aus der Stadt, von den paar Artikeln, die ich mir die Mühe gemacht hatte, zu lesen, dazu das kleine bisschen, das mir Leah Mae erzählt hatte.

Doch direkt darüber gesprochen hatten wir nie. Und ich war davon ausgegangen, dass nichts zwischen ihnen gelaufen war und Leah Maes Verzweiflung daher rührte, dass das Ganze ein Fake war.

Aber was, wenn es kein Fake war? Was, wenn etwas zwischen ihnen passiert und sie bestürzt und beschämt war, dass sie dabei erwischt worden waren?

Ich fühlte mich elend, als ich das dachte, aber woher sollte ich es wissen? Wie es sich herausgestellt hatte, war sie eine hervorragende Schauspielerin. Seit dem Moment, in dem wir hier angekommen waren, schien sie nicht mehr sie selbst zu sein. Ich konnte zusehen, wie sie es tat: Sie spielte eine Rolle. Sie spielte Leah Larkin, und deshalb fragte ich mich, wen sie gespielt hatte, als die Show gedreht wurde. Wie weit war sie gegangen?

Es war zutiefst verstörend zu merken, dass es plötzlich eine ganze Menge gab, was ich nicht über Leah Mae Larkin wusste. Darüber, was sich bei den Dreharbeiten zu dieser Show wirklich hinter den Kulissen abgespielt hatte. Was war sie gewillt gewesen, tatsächlich für diese Karriere zu tun, die sie so sehr gewollt hatte?

Sie hatte die Affäre nie richtig geleugnet. Nicht in meiner Gegenwart. Nicht in den Medien. Warum nicht? Was hatte sie noch zu verlieren, jetzt, da die Show zu Ende war? Reporter hatten ihr da draußen Fragen gestellt. Warum hatte sie ihnen nicht die Wahrheit gesagt?

Das alles ergab keinen Sinn. Es sei denn, es gab Wahrheiten, die sie nicht aussprechen wollte.

Ich spielte meine Rolle noch ein wenig weiter, während Leah Mae an ihrem Drink nippte und dieses falsche Lächeln lächelte. Mit weiteren Leuten redete, die durch mich hindurchsahen. Zum Glück beschloss sie, dass wir gehen konnten, bevor das Abendessen serviert wurde. Bei dem Gedanken, mit all diesen Menschen zu essen, bekam ich ein säuerliches Gefühl im Magen. Bestimmt waren ganz vernünftige Leute darunter, aber ich war es leid, mich wie ein Geist oder ein Bodyguard zu fühlen. Jemand, der nur Raum einnahm, es aber nicht wert war, dass man sich mit ihm unterhielt.

Wir gingen zurück ins Hotel und bestellten uns etwas aufs Zimmer. Leah Mae schlug vor, zusammen zu baden, aber ich sagte zu ihr, dass ich müde sei. In Wirklichkeit ging mir nur viel durch den Kopf. Ich wusste nicht so recht, was ich aus alldem machen sollte. Ich brauchte Raum zum Nachdenken, deshalb legte ich mich früh schlafen.

31

Jameson

Die Frist war beinahe abgelaufen.

Am Morgen würde das Transportteam hier ankommen. Ich ging um meine Skulptur herum, betrachtete sie gefühlt zum millionsten Mal. Die Esse war heiß, mein Werkzeug lag bereit. Mein T-Shirt war feucht vor Schweiß, mein Lederschurz hing mir um den Hals. Ich hatte alles, was ich brauchte.

Ich versuchte, mich davon zu überzeugen, dass sie fertig war. Dass niemand anderes denken würde, sie sei nicht in Ordnung. Sie stellte mich nicht zufrieden. Ich hatte kleine Fehler ausgebügelt, jedes Detail korrigiert. Dafür gesorgt, dass jede Kleinigkeit, von den Federn an ihren Flügeln bis hin zu den winzigen Wimpern, die ihre Wangen streiften, perfekt war.

Aber sie war nicht fertig, und das wusste ich.

Dass in meinem Kopf ein Durcheinander herrschte, half auch nicht. Unser Ausflug nach L. A. war keine Erfahrung, die gut für unsere Beziehung gewesen war, wie Scarlett prophezeit hatte. Bei unserer Rückkehr war ich verunsichert gewesen. Frustriert. Es fiel mir schwer, die Leah Mae, die ich glaubte zu kennen, mit der Frau in Einklang zu bringen, mit der ich auf dieser Studioparty gewesen war.

Die ungeklärten Fragen zwischen uns belasteten mich. Ich musste das verdammt noch mal aus dem Kopf kriegen und mich konzentrieren.

Ich schloss die Augen und holte ein paarmal tief Luft. Dachte darüber nach, weshalb ich diese Skulptur überhaupt gemacht hatte. Ich war von Leah Mae dazu inspiriert worden – von der Vision, dass sie in einem Käfig steckte, dazu gezwungen wurde zu spielen.

Der Engel passte perfekt zu dieser Vision. Er wirkte verloren. Traurig. Den Tränen nahe. Ihn anzusehen, löste ein Gefühl tiefer Melancholie aus.

Und vielleicht war genau das das Problem. Er war eingeschlossen, seine Flügel hingen herunter. Er war mutlos, ohne Hoffnung auf Entrinnen.

Ich riss die Augen auf, als mich schlagartig die Erkenntnis traf. Hoffnung. Das war es, was er brauchte. Er brauchte einen Ausweg.

Ich ging zum Regal und kramte in meinen Behältern herum. Nun wusste ich es. Ich konnte es vor mir sehen. Es würde nicht leicht werden, rechtzeitig fertig zu werden, aber ich wusste jetzt, was er brauchte.

Das Transportteam würde meine Skulptur übel zurichten, und ich konnte nichts dagegen tun.

Sie hatten sich verspätet, und nun, da sie die Skulptur endlich auf den Lastwagen laden würden, schienen sie ganz versessen darauf zu sein, monatelange harte Arbeit zunichtezumachen. Als müsste man nicht vorsichtig mit ihr umgehen, nur weil sie aus Metall bestand.

Der Lkw-Kran ruckelte, und mein Rücken verspannte sich. Die Skulptur war für den Transport zwar eingepackt, aber Kratzer konnten trotzdem entstehen. Ich konnte sie ausbessern, wenn wir in Charlotte ankamen, aber je weniger überhaupt erst entstanden, desto besser. Manche Teile waren anfälliger als andere. Wenn diese Arschlöcher meine Arbeit ruinierten, noch bevor sie überhaupt auf dem Lkw war, würde ich verdammt noch mal ausrasten.

»Vorsicht, bitte«, sagte ich.

Keiner von ihnen erwiderte etwas, sie passten einfach weiterhin die Träger an, während die Skulptur in der Luft baumelte. Ich hielt den Atem an, als sie sie wieder bewegten. Atmete aus, als sie auf dem Rollwagen war, auf dem sie sie in den Lkw rollen würden.

Soweit ich sehen konnte, beförderten sie sie alles andere als vorsichtig die Rampe hinauf. Einer von ihnen stand im Lkw und zog an der Leine, die sie um sie gewickelt hatten. Die anderen schoben von hinten. Zu dritt schafften sie es kaum. Ich hatte sie vorgewarnt, dass sie schwer war.

Ich war fast die ganze Nacht auf gewesen, um mein Werk zu vollenden, aber noch spürte ich den Schlafmangel nicht. Ich stand immer noch wie unter Strom von meinem kreativen Hoch, das mich wohl noch ein paar Stunden wach halten würde, ehe ich schlafen konnte.

Sie fingen an, sie festzuzurren, und da drängte ich mich dazwischen.

»Ich mach das schon.« Ich nahm einem der Umzugshelfer den Gurt ab.

Er zuckte nur mit den Schultern, und alle machten mir Platz zum Arbeiten. Wahrscheinlich hielten sie mich für übermäßig pingelig, aber das war mir schnuppe. Ich hatte zu hart an diesem Werk gearbeitet, um zuzulassen, dass es die ganze Strecke bis nach Charlotte hinten im Lkw herumhüpfte, während sie über den Highway fuhren.

Mein Handy klingelte, als ich gerade den letzten Riemen zu meiner Zufriedenheit befestigte. Es war Dee.

»Hey«, sagte ich, während ich mir mit dem Ärmel den Schweiß von der Stirn wischte.

»Wie läuft's bei euch da drüben?«, fragte sie. »Hat die Transportfirma die Skulptur abgeholt?«

»Wir sind gerade mit dem Aufladen fertig.«

»Jetzt erst?«, fragte sie. »Sie hätten sich eigentlich schon vor Stunden auf den Weg nach Charlotte machen sollen.«

Ich sprang vom Lkw. »Das ist mir klar, Dee. Aber sie haben sich verspätet, und es hat einige Zeit gedauert, bis wir sie verladen hatten.«

Dee schnaubte genervt. Vielleicht war sie auch nur genauso gestresst wie ich von dem Ganzen. »Na gut, sind sie jetzt auf dem Weg?«

»Sie fahren demnächst los. Und Dee, ich schwöre bei Gott, wenn auch nur ein einziger Kratzer darauf ist …«

»Ganz ruhig«, sagte sie. »Die Typen sind gut. Ich beauftrage sie ständig.«

Ich war nicht halb so zuversichtlich, wie sie den Anschein machte, und es nervte mich, dass ich nicht in Charlotte sein konnte, um beim Ausladen zu helfen, wenn sie dort ankämen. Doch das ließ sich wohl nicht ändern.

»Na ja, immerhin ist sie inzwischen aufgeladen«, sagte ich.

»Okay, gut. Wir sehen uns dann in Charlotte.«

»Ich denke schon.« Ich legte auf und steckte das Handy zurück in die Tasche.

Die Transporthelfer schlossen den Lkw hinten und stiegen ein. Einer von ihnen streckte den Kopf aus dem Beifahrerfenster. »Sie haben da wohl einen Platten.«

Der Lkw setzte sich in Bewegung und fuhr durch meine lange Auffahrt. Ich zuckte zusammen, weil er so holperte, und hoffte, dass ich meine Skulptur gut genug festgezurrt hatte.

Ich sah zu meinem Truck. Der Vorderreifen war tatsächlich platt. »Ach, Shit.«

Ich ging hinüber, um ihn mir anzusehen, konnte aber nicht erkennen, wodurch das Loch im Reifen verursacht worden war. Ich würde das Ersatzrad montieren müssen. Wahrscheinlich brauchte ich einen Satz neuer Vorderreifen. Ich stand auf und trat gegen den Reifen. Für diesen Mist hatte ich jetzt wirklich keine Zeit. Die Fahrt nach Charlotte dauerte sechs Stunden, und ich musste gleich morgen früh losfahren.

Das Knirschen von Kies ließ mich aufblicken. Ich dachte, es wäre Jonah, doch es war Leah Mae.

Sie fuhr noch immer den silbernen Mietwagen. Es kam mir seltsam vor, dass sie sich nicht die Mühe gemacht hatte, ein Auto zu kaufen. Für den Mietwagen musste sie inzwischen ganz schön viel Geld ausgegeben haben – Geld, mit dem sie sich etwas halbwegs Vernünftiges hätte kaufen können, mit dem sie zumindest vorübergehend hätte fahren können. Herrgott, ich hätte ihr dabei helfen können, etwas zu finden, wenn sie mich darum gebeten hätte. Hatte sie jedoch nicht. Sie wohnte auch immer noch in Scarletts Ferienwohnung – das heißt, wenn sie nicht gerade bei mir wohnte. Aber es war nicht so, dass sie ein Zuhause hatte.

Das alles störte mich, vielleicht ein wenig mehr, als es sollte. Aber ich konnte nicht aufhören, an L. A. zu denken und an Brock Winston und daran, wie sie sich auf dieser Party benommen hatte. Zwischen mir und Leah Mae standen eine Menge unbeantworteter Fragen, und sie meine Einfahrt herauffahren zu sehen, machte es auch nicht besser. Eigentlich eher schlimmer, weil ich wusste, dass ich nicht in der Verfassung war, mit ihr zu reden.

Nachdem sie das Auto abgestellt hatte, stieg sie aus und lächelte mich an. Sie trug ein trägerloses Oberteil, das mit silbernen Pailletten besetzt war, dazu einen Rock, der aussah wie ein rosafarbenes Ballettröckchen. Für sich allein betrachtet, hätte das Outfit vielleicht ein wenig albern gewirkt, doch sie trug ihre Cowboystiefel dazu, deshalb sah das Ganze einfach hinreißend aus. Wenn es nach mir ging, sah sie natürlich immer hinreißend aus.

»Hey«, sagte sie und lächelte breit. Sie hatte sich geschminkt und sich die Haare gemacht. Sah wirklich hübsch aus, aber ich fragte mich, was anstand.

»Warum hast du dich so schick gemacht?«, fragte ich und deutete auf ihre Kleider. »Hast du was vor?«

»Ich dachte, wir könnten zusammen ausgehen. Ich weiß, dass wir morgen früh rausmüssen, deshalb bleiben wir nicht lang. Aber vielleicht könntest du eine Ablenkung vertragen. Und jetzt, wo deine Skulptur auf dem Weg nach Charlotte ist, musst du heute Abend gar nicht arbeiten.«

Ich rieb mir den Nacken. »Ich weiß nicht so recht, ob mir heute nach Ausgehen zumute ist.«

»Echt nicht?«, fragte sie. »Gibsons Band spielt im Lookout. Das sorgt immer für Stimmung.«

Jetzt wollte ich eindeutig nicht mehr ausgehen. »Ich will nicht mit meinem Bruder in einer überfüllten Bar sein. Tut mir leid, dass du dich extra schick gemacht hast, aber ich bleibe hier.«

Ich sah wieder den platten Reifen an und schüttelte einfach nur den Kopf. Das würde ich morgen früh erledigen müssen, was bedeutete, dass ich später loskäme.

»Was ist mit deinem Truck passiert?«, fragte sie.

»Platten.«

»Das sehe ich. Ich dachte mir, du erzählst mir vielleicht, wie das passiert ist.«

»Ich weiß nicht, wie es passiert ist. Hör mal, ich muss morgen früh aufstehen, um das in Ordnung zu bringen, bevor wir losfahren.«

»Ich weiß«, sagte sie, als würde sie versuchen, mich zu beschwichtigen. »Aber du versteckst dich hier, seit wir aus L. A. zurückgekehrt sind. Meinst du nicht, es würde dir guttun, ein wenig auszugehen? Dich abzulenken?«

»Du klingst schon wie meine Schwester.«

»Vielleicht hat sie ja nicht unrecht.«

Ich seufzte. »Heute nicht. Wenn du reinkommen willst, gerne, aber ich werde heute Abend ganz bestimmt nicht mit diesem wütenden Mistkerl von einem Bruder in einer Bar herumsitzen.«

»Wie lange wird diese Fehde noch andauern?«, fragte sie.

»Woher zum Teufel soll ich das wissen? Bis Gibson jemand anderes findet, auf den er sauer sein kann?«

»Vielleicht kannst du mit ihm reden«, schlug sie vor. »Er scheint immer guter Laune zu sein, wenn er Musik macht. Das könnte ein guter Zeitpunkt sein, es in Angriff zu nehmen.«

Ich schüttelte den Kopf. »Darling, Gibson ist nie guter Laune, Gitarre spielen hin oder her. Und mach dir um mich und meinen Bruder keine Gedanken. So etwas kommt vor. Irgendwann werden wir beide vergessen, weshalb wir sauer aufeinander sind, und uns wie immer gegenseitig ignorieren – ohne die Wut.«

»Das … das ist schrecklich.«

»Das ist nicht schrecklich«, sagte ich. »So läuft das eben zwischen uns.«

Da war ich weit weniger zuversichtlich, als ich klang. Ich hatte noch nie zuvor mit Gibson gestritten. Ich hatte mitbekommen, wie er mit Scarlett gestritten hatte. Sogar ein paarmal mit Bowie. Und dieses Muster schien zu funktionieren.

Etwas Zeit würde verstreichen, und die Gemüter würden sich wieder abkühlen. Ich erwartete keine Entschuldigungen von jemandem – höchstens vielleicht von Bowie. Aber der war gut in solchen Dingen, wir Übrigen nicht. Ich wusste nicht so recht, wo Bowie das gelernt hatte. Vielleicht auf dem College. Ganz sicher nicht von Mom und Dad.

Aber ich wusste nicht, wie diese Sache zwischen Gibson und mir enden würde, und darüber wollte ich heute Abend auch gar nicht nachdenken. Nicht, wenn mir so viel anderes durch den Kopf ging.

»Okay, kein Gibson«, sagte sie. »Aber was ist mit dir los?«

»Wie meinst du das?«

»Du benimmst dich komisch«, sagte sie. »Seit L. A.«

Ich rieb mir den Nacken. Plötzlich hatte ich Kopfschmerzen. Wir waren seit einer Woche zurück, und ich war von früh bis spät damit beschäftigt gewesen, meine Skulptur so weit fertigzustellen, dass sie abtransportiert werden konnte. Die Tage, die ich verloren hatte, als ich sie nach L. A. begleitete, hatten ihren Tribut gefordert.

»Ich war eben beschäftigt.«

»Ja ...«

»Aber?«, fragte ich, wobei ich mir nicht die Mühe machte, den Ärger in meiner Stimme zu verbergen.

»Kein aber.«

»Das hat gerade so geklungen, als würdest du mir zustimmen, mir jedoch gleich danach widersprechen wollen.«

»Mir scheint, da steckt mehr dahinter«, sagte sie. »Bist du wegen irgendwas sauer?«

»Ich glaube, jetzt ist nicht der richtige Zeitpunkt dafür.«

»Wann dann?«, fragte sie. »Regelst du die Dinge auch so? Du ignorierst deine Freundin, bis du vergisst, weshalb du sauer bist, und hoffst, dass am Ende alles wieder gut wird?«

»Ich ignoriere dich ja wohl kaum. Ich stehe direkt vor dir und unterhalte mich mit dir, oder?«

»Ja, aber du bist eindeutig sauer, und ich verstehe nicht, weshalb du nicht mit mir darüber redest.«

Frust brannte in meinen Adern, floss durch sie hindurch wie geschmolzener Stahl. Ich ballte die Fäuste, drehte mich um und ging auf mein Haus zu.

»Jameson, wag es nicht, einfach so wegzulaufen.«

Ich wirbelte herum, Zorn lag mir wie heiße Kohle im Magen, verbrannte mich von innen. »Du willst darüber reden, weshalb ich sauer bin? Na schön, lass uns reden. Was zum Teufel ist zwischen dir und Brock Winston in dieser Show gelaufen?«

Sie riss die Augen auf und erstarrte, fast so, als hätte ich sie geschlagen. »Was?«

»Du hast mir nie erzählt, was wirklich zwischen euch beiden passiert ist. Und ich habe nie gefragt, weil ich davon ausgegangen bin, dass du offen und ehrlich gewesen wärst, wenn es etwas zu sagen gäbe. Aber da bin ich mir nicht mehr so sicher.«

»Das kann nicht dein Ernst sein.«

Ihre Wangen röteten sich, was mich noch wütender machte. Ich liebte es, wenn ihre Haut diesen Hauch von Rosa bekam. Verdammt, ich war sauer, nicht angeturnt.

»Ich meine es todernst, Herzchen«, sagte ich. »Erklär es mir.«

»Nichts ist passiert.«

»Nichts? Gar nichts? Ihr seid da rumgelaufen, habt einander die ganze Staffel über angehimmelt, aber sonst ist in all der Zeit, die ihr zwei allein verbracht habt, nichts passiert?«

»Angehimmelt?«, fragte sie. »Man hat von mir erwartet, dass ich mit allen flirte. Das hab ich getan. Schamlos, und darauf bin ich weiß Gott nicht stolz. Den Rest haben sie herausgeschnitten, damit es so aussah, als würde ich ausschließlich mit Brock flirten.«

»Was war, wenn ihr allein wart, ohne Kameras?«

Sie stemmte die Hände in die Hüften, und mein Blick schweifte an ihren Beinen hinab, die unter diesem Rock hervorragten. Gott, sah sie gut aus!

»Warum sprichst du es nicht einfach aus? Frag mich«, sagte sie.

Ich blinzelte, riss meinen Blick von ihren sexy Beinen los und sah ihr wieder ins Gesicht. Verdammt, warum bekam ich jetzt einen Ständer? Das war lächerlich.

»Hast du in diesem Hinterzimmer Brocks Schwanz gelutscht?«

Ihre Nasenflügel bebten, ihr Kiefer war angespannt, und ich wusste sofort, dass ich Mist gebaut hatte. Großen Mist.

»Nein, hab ich nicht«, sagte sie mit kaum verhohlenem Zorn in der Stimme. »Ich bin ihm in dieses Zimmer gefolgt, weil ich wusste, dass er reden musste. Er hat sich Sorgen um Maisie gemacht, und die Produzenten ließen uns keinen Kontakt zur Außenwelt aufnehmen. Er hatte versucht, sie dazu zu bringen, die Regeln für ihn zu beugen, schließlich war sie verletzt. Er erzählte mir, dass sie Nein gesagt hatten, und er hat mir leidgetan. Er brauchte jemanden zum Reden. Das war alles.«

»Warst du in Versuchung?«

»Ob ich in Versuchung war, Brock Winston einen zu blasen?«, fragte sie. »Gott, Jameson, was spielt das überhaupt für eine Rolle? Selbst wenn ich es getan hätte, wie könntest du mir das vorwerfen? Wir reden hier von etwas, das passiert ist, bevor wir zusammen waren. Muss ich über jeden Blowjob, den ich je für jemanden erledigt habe, Rechenschaft ablegen?«

Fast hätte ich Ja gesagt, doch zum Glück beherrschte ich mich, ehe es mir über die Lippen kam.

»Er war verheiratet, und du warst verlobt. Auch wenn du das allen verheimlicht hast, deshalb weiß ich nicht, was das zu bedeuten hat. Wenn du in Versuchung warst, ist das von Belang.«

Jedes Mal, wenn ich »Versuchung« sagte, wurde meine Latte noch härter. Sie spürte das auch. Das merkte ich. Wir steuerten beide auf einen guten, zornigen Fick zu. Und vielleicht brauchten wir genau das.

Sie kam auf mich zu, ihre Titten spannten unter dem winzigen Oberteil. »Ob ich von einem anderen Mann in Versuchung geführt wurde, bevor wir uns kennengelernt haben, ist von Belang?«

»Es war nicht, bevor wir uns kennengelernt haben. Wir haben uns kennengelernt, als wir fünf waren.«

»O mein Gott, du weißt, was ich meine«, sagte sie. »Weißt du, wie irre du gerade klingst?«

Ich warf die Arme nach oben. »Du machst mich irre. Ich hab keine Ahnung, was zum Teufel ich mit dir anfangen soll.«

Sie hielt inne, ihre Haltung änderte sich. Wir waren im Freien, aber irgendetwas hatte alle Atemluft abgesaugt. Sie starrte mich an, die Lippen geöffnet, und blinzelte ein paarmal.

Das Letzte, was ich gesagt hatte, hing zwischen uns. *Ich hab keine Ahnung, was zum Teufel ich mit dir anfangen soll.* Die Wahrheit, die mich wie ein Donnerschlag traf. Die mir alle Kraft raubte. Und auch die Lust.

Was *machte* ich da gerade? Die Flamme des Zorns anfachen und dann so tun, als könnten wir mit einem zornigen Fick alles wiedergutmachen? Das klang total nach meinen Eltern. Und die waren oft genug unglücklich miteinander gewesen.

Ich hatte keine Ahnung, was ich mit ihr anfangen sollte.

Leah Mae hatte fast ihr halbes Leben anderswo verbracht, hatte in einer Welt gelebt, die so weit von Bootleg entfernt war, wie man sich nur vorstellen konnte. Und wie viel von diesem Leben hatte sie wirklich hinter sich gelassen? Wie viel davon *wollte* sie hinter sich lassen? Es war ihr ganz schön leichtgefallen, sich dort wieder einzufügen, sobald wir all diese Hollywoodleute vor uns hatten. Sie hatte getan, was sie verlangten, als wäre sie glücklicher, wenn ihr jemand sagte, was sie zu tun hatte.

Ich hatte es gehasst. Hatte es gehasst, sie so zu sehen. Ich verstand es nicht, und ich hatte dadurch gemerkt, dass ich keine Ahnung hatte, was ich mit ihr anfangen sollte.

Wahrscheinlich war ich gar nicht für irgendwelche Beziehungen gemacht, aber mit Leah Larkin? Da wusste ich einfach nicht mehr weiter.

»Ich fahre morgen allein«, sagte ich ruhig. »Geh nach Hause, Leah.«

Dann drehte ich mich um und ließ sie stehen.

32
Leah Mae

Ich starrte Jamesons geschlossene Tür länger an, als ich das hätte tun sollen. Das Geräusch, mit dem sie zugeknallt war, schien noch immer in der Luft zu hängen, ein Echo ohne realen Ton.

Er hatte gesagt, ich solle nach Hause gehen. Und er hatte mich *Leah* genannt.

Er nannte mich nie Leah. Immer Leah Mae, vom ersten Mal an, als wir uns im Pop In über den Weg gelaufen waren. Gerade hatte er mir meinen abgekürzten Namen wie eine Beleidigung entgegengeschleudert. Als würde er mich nun anders sehen. Ich war nicht mehr das Mädchen, mit dem er in unserer Kindheit befreundet gewesen war. Vielleicht war ich nicht mal mehr seine Freundin.

Hatte Jameson gerade mit mir Schluss gemacht?

Ich war zu wütend, um ihm nachzulaufen. Ich stieg wieder in mein Auto – meinen Mietwagen, wie ich mir ins Gedächtnis rief – und fuhr so abrupt los, dass der lockere Schotter nur so spritzte. Wie konnte er mich fragen, ob ich Brock einen geblasen hatte? Er sollte mich eigentlich besser kennen. Ich war gekränkt, verletzt, und in meinen Augen brannten auf keinen Fall Tränen. Ich blinzelte sie weg, entschlossen, nicht zu weinen. Ich war zornig, und zornige Menschen weinten nicht.

Als ich nach Hause kam, blieb ich im Wagen sitzen, weil ich nicht so recht wusste, ob ich hineingehen wollte. Tatsächlich hatte ich hier schon eine ganze Weile nicht mehr geschlafen. Obwohl Jameson diese Woche abends immer lang gearbeitet hatte – und obwohl er mir gegenüber so distanziert gewesen war –, hatte ich bei ihm übernachtet. Geschlafen, sonst nichts, seit L. A., was ich inzwischen als eindeutigeres

Alarmzeichen einstufte, als mir klar gewesen war. Ich hatte gedacht, er wäre nur erschöpft, weil er so schwer arbeitete, und ein wenig gestresst wegen der Enthüllung des Kunstwerks.

Offenbar steckte sehr viel mehr dahinter.

Die Hütte war dunkel. Sah kalt aus. Und genau wie das Auto gehörte sie nicht mir. Ungeachtet meiner Abmachung mit Scarlett war es eine Ferienwohnung, kein Ort, an dem man langfristig blieb. Nichts in meinem Leben war langfristig.

Aber das war nichts Neues. Wann hatte es zum letzten Mal eine feste Größe in meinem Leben gegeben? Ich konnte gar nicht mehr zählen, wie oft ich seit der Highschool umgezogen war. Ich hatte selten länger als sechs Monate an ein und demselben Ort verbracht – oft weniger. Jahrelang war Kelvin die einzige Konstante in meinem Leben gewesen. Rückblickend begriff ich, dass ich deshalb mit ihm zusammen gewesen war. In einem Leben, in dem Reisen und Veränderung die Norm waren, war es ein Trost gewesen, einen Menschen zu haben, der immer da war. Diesen Trost hatte ich für Liebe gehalten.

Hatte ich diesen Fehler mit Jameson wiederholt?

Ich ging nach drinnen, und die Tränen strömten trotz meines Vorsatzes, sie zu unterdrücken. Schniefend zog ich mich aus, warf meine Kleider beiseite und wühlte in der Kommode nach etwas, das ich zum Schlafen anziehen konnte. Es war mir egal, dass es noch früh war. Ich wollte einfach nur, dass dieser Tag vorüberging.

Auch wenn ich bei Jameson gewohnt hatte, war ungefähr die Hälfte meiner Sachen noch hier. Ich war irgendwo dazwischen, lebte an einem Ort, an dem ich kein wirkliches Zuhause hatte. Keine echten Wurzeln. Nirgends eine echte Zukunft. Alles war vorübergehend.

Ich schlüpfte in ein Tanktop und Shorts und fiel ins Bett.

Am nächsten Morgen war ich früh wach und fragte mich, ob ich eine Nachricht von Jameson hatte. Hatte ich nicht. Ich duschte und zog mich an. Trank Tee und frühstückte. Immer noch nichts.

Je länger sich der Morgen hinzog, umso wütender wurde ich. Fuhr er wirklich ohne mich nach Charlotte? Würde er sich nicht mal entschuldigen?

Im Ferienhaus herumzutigern, brachte nichts. Ich war außer mir, Frust brodelte in meinem Bauch wie Wasser in einem Teekessel. Wenn ich eine Comicfigur gewesen wäre, wäre Rauch aus meinen Ohren gekommen.

Weil ich nichts anderes zu tun hatte, fuhr ich zu meinem Dad. Jameson war inzwischen vermutlich unterwegs, und es war klar, dass er es ernst gemeint hatte, als er sagte, er würde allein fahren. Fast wäre ich stattdessen in die Straße eingebogen, die zu Jamesons Haus führte, nur um zu sehen, ob er weg war. Aber ich tat es dann doch nicht, sondern fuhr geradewegs zu meinem Dad. Wenn Jameson wirklich so sein wollte, konnte er ruhig allein nach Charlotte fahren.

Als ich vor Dads Haus vorfuhr, war ich erleichtert, dass Betsys Wagen nicht dastand. Ich freute mich für Dad und Betsy, aber mir war nicht danach, das hier – was immer es werden würde – vor ihr zu erledigen.

Die Haustür ging auf, und Dad trat auf die Veranda heraus, während ich ausstieg. Er hatte mich wohl herfahren hören. Wieder brannten Tränen in meinen Augen, doch ich drängte sie zurück.

»Hey, Sonnenschein«, sagte er, als ich die Verandastufen hinaufging. An seiner Stimme konnte ich erkennen, dass er merkte, dass etwas nicht stimmte. Er hatte diese beruhigende Dad-Art an sich.

»Hi, Daddy.«

Er lächelte mich mitfühlend an. Streckte die Arme aus und zog mich an sich. Er fühlte sich so stark an wie noch nie, seit ich hier war.

»Komm rein, Liebes.«

Anstatt dass ich ihn bediente, wie ich es getan hatte, als er krank war, ließ er mich auf dem Sofa Platz nehmen und ging in die Küche. Ein paar Minuten später kam er mit zwei Gläsern Whiskey mit Eiswürfeln zurück.

»Es ist neun Uhr morgens«, sagte ich, während ich mein Glas entgegennahm. »Ich hatte mit Limonade oder Eistee gerechnet.«

»Ich habe den leisen Verdacht, dass Limonade oder Eistee für diesen

Besuch nicht ausreicht.« Er setzte sich in seinen Fernsehsessel und stellte sein Glas auf die Lehne. »Willst du drüber reden?«

Ich nahm einen Schluck und zuckte mit den Schultern. »Ich denke schon. Ich glaube, Jameson und ich haben gestern Abend Schluss gemacht.«

»Hmm«, sagte Dad, und ich durchschaute nicht so recht, was er gerade dachte. »Was ist passiert?«

»Na ja ... ich bin zu ihm gefahren, um ihn zu fragen, ob er vielleicht ausgehen will«, erwiderte ich. »Aber er hat Nein gesagt, und dann kam es zu diesem Riesenstreit.«

»Darüber, ob ihr ausgehen wollt oder nicht?«

»Nein. So hat es irgendwie angefangen, aber am Ende haben wir über ... na ja, über seinen Bruder Gibson und über die Show gestritten.« Ich wollte das alles Dad gegenüber wirklich nicht detailliert ausbreiten, hatte jedoch das Gefühl, dass er es sich ohnehin zusammenreimen konnte.

»Gibson Bodine, was?«, sagte er langsam, als würde er jedes Wort in Gedanken hin und her drehen. »Der hatte es wirklich schwer.«

»Echt?«

Dad ging nicht auf meine Frage ein. »Ja, aber was war mit der Show. Warum habt ihr ihretwegen gestritten?«

»Ich weiß nicht, es war, als würde er einfach eine Tirade loslassen«, sagte ich. »Er hat mich Dinge gefragt, die er eigentlich wissen müsste, und es hat wehgetan, dass er so über mich denkt.«

»Er ist dir gegenüber also mehr oder weniger explodiert?«

»Ja, genau. Und dann meinte er, dass ich nach Hause gehen soll. Und er ...« Ich verstummte, weil ich spürte, wie mir wieder die Tränen kamen. »Er hat mich Leah genannt. So nennt er mich nie.«

»Und das alles überrascht dich, Liebes?«

Ich blinzelte ihn an. »Was? Natürlich überrascht es mich. Wie sollte es nicht?«

»Nun ja ... Jameson Bodine ist eher der ruhige Typ. Einer, der für sich bleibt.«

»Ja …« Ich hatte keine Ahnung, worauf er hinauswollte.

»Und in letzter Zeit hat er jede Menge Aufmerksamkeit erregt«, fuhr er fort. »Nicht alles davon hat ihn und seine Familie im besten Licht erscheinen lassen.«

»Ja, das weiß ich. Und das tut mir sehr leid.«

»Ich will damit nicht sagen, dass das deine Schuld ist«, meinte er. »Sondern nur, dass der Mann neuerdings mächtig unter Druck steht.«

»Stimmt.«

»Deshalb ergibt es durchaus Sinn, dass er mal explodiert.«

»Ich …« Ich hielt inne, weil ich nicht so recht wusste, was ich dazu sagen sollte. Zwar hatte ich das Gefühl, dass Dad mich beruhigen wollte, aber er verwirrte mich nur. Sollte er nicht auf meiner Seite sein? Wütend auf Jameson sein, weil dieser mit seiner Tochter Schluss gemacht hatte? »Daddy, ich habe keine Ahnung, was du damit sagen willst.«

Er verlagerte sich ein wenig auf seinem Sessel. »Herzchen, die Menschen explodieren denen gegenüber, denen sie am meisten vertrauen. Ein Kind wird sich allen gegenüber benehmen, nur nicht vor seiner Mama, weil es weiß, dass seine Mama es immer lieben wird, auch wenn es ungezogen ist. Bei erwachsenen Männern ist das genauso. Das muss man nicht unbedingt gutheißen, aber so ist die menschliche Natur.«

»Dann glaubst du also, Jameson und ich haben gestritten, weil er mir vertraut?« Diese Logik kaufte ich ihm nicht so recht ab.

»In gewisser Weise ja«, antwortete er. »Wir lassen uns gehen, wenn wir uns bei jemandem sicher fühlen. Bei jemandem, von dem wir glauben, dass er uns trotzdem liebt. Ich will damit nicht sagen, dass er das Ganze durchdacht hat. Denn wenn das so wäre, hätte er wahrscheinlich erst gar nicht mit dir gestritten.«

Ich nahm einen Schluck Whiskey. »In der Show hat es so ausgesehen, als hätte ich während der Dreharbeiten eine Affäre mit einem verheirateten Mann gehabt. Hatte ich aber nicht, und Jameson glaubt mir das wohl nicht. Er hat mich gestern Abend danach gefragt, und ich habe nur … Wie kann er das nur von mir denken?«

»Hast du ihm gesagt, dass es nicht so war?«, wollte er wissen. »Vor gestern Abend, meine ich.«

»Ich hielt es nicht für notwendig. Ich dachte, das wüsste er.«

»Du dachtest ...« Er seufzte. »Was ein Mann nicht weiß, weiß er nicht. Und ganz bestimmt weiß er nicht, was eine Frau denkt. In diese Falle bin ich mit deiner Mama getappt.«

»Es ist nicht so, dass ich von Jameson erwarte, dass er meine Gedanken lesen kann. Aber ich dachte, er kennt mich einfach gut genug.«

»Es gibt immer Dinge, die man noch über jemanden lernen muss«, sagte er. »Gute und schlechte. Und Vermutungen anzustellen, ist keine gute Idee, auch bei jemandem, den man in- und auswendig kennt.«

»Daddy, willst du mir gerade einreden, dass es meine Schuld ist?«

Er lächelte – ein warmes, zärtliches Lächeln, bei dem sich Fältchen um seine Augen bildeten. »Nein, Liebes. Und wenn ich glauben würde, dass Jameson dich schlecht behandelt hat, hätte ich eine völlig andere Einstellung. Sag also du mir, ob ich mich geirrt habe und der Junge eine Tracht Prügel braucht. Denn dann wende ich auf der Stelle ein wenig Gerechtigkeit à la Bootleg bei ihm an.«

»Nein, er hat mich nicht schlecht behandelt.«

»Ich will damit nur sagen, dass ich ihn ein klein wenig verstehen kann. Ich habe euch zusammen gesehen und weiß, wie er dich anschaut. Wenn er gestern Abend einen Streit mit dir vom Zaun gebrochen hat, dann deshalb, weil ihn etwas sehr belastet. Nicht weil er dich nicht liebt.«

»Ich glaube, er ist ohne mich nach Charlotte gefahren«, sagte ich. »Er meinte, er würde allein fahren, und hat sich heute Morgen nicht gemeldet.«

»Sturheit ist unter uns Bootleggern eine Tugend. Liebes, weißt du, weshalb Betsy und ich uns ineinander verliebt haben?«

Verwirrt über den abrupten Themenwechsel starrte ich meinen Dad kurz an. »Ähm ... weil ihr viel Zeit zusammen verbracht und gemerkt habt, dass ihr euch mögt?«

»Zum Teil, ja«, sagte er. »Aber das ist nicht alles. Betsy hat mich gesehen, als es mir am schlechtesten ging. Na ja, weil ich krank war, nicht weil ich zornig war und ihr gegenüber explodiert bin. Aber ich wusste, dass sie etwas Besonderes war, als mir aufging, dass sie mich in einem sehr schlechten Zustand sah und mich trotzdem nicht im Stich gelassen hat. Wenn du nämlich jemanden findest, Liebes, der deine schlechten Seiten kennt – und Gott weiß, die haben wir alle – und dich trotzdem liebt, ist das sehr kostbar. Deshalb möchte ich dir folgende Frage stellen: Willst du Jameson verlassen, weil du ein wenig von seiner schlechten Seite gesehen hast? Wenn das ein Trennungsgrund für dich ist, ist das okay. Daran ist nichts verkehrt. Vielleicht ist er nicht der Richtige für dich, und durch den Streit gestern Abend ist dir das klargeworden.«

»Nein«, sagte ich und war selbst überrascht, weil es so vehement herauskam. »Nein, so empfinde ich überhaupt nicht.«

Langsam nickte er und trank einen Schluck. »Und vielleicht hat Jameson auch ein wenig von deiner nicht ganz so guten Seite gesehen. Ich weiß nicht, das ist nur eine Vermutung. Vielleicht hat er es gestern Abend gesehen. Vielleicht schon früher, und womöglich weiß er nicht, wie er damit umgehen soll. Es ist verstörend, wenn das passiert. Aber die wahre Prüfung besteht darin, was zwei Menschen daraus machen wollen.«

Ich ließ mich tiefer in die Couch sinken. Hatte mein Dad recht? Hatte Jameson so die Beherrschung verloren, weil er glaubte, ich sei eine sichere Bank? Durch diesen Gedanken fühlte ich mich keineswegs besser, sondern schlechter. Zorn war ein unbesonnenes Gefühl, es war leicht, sich daran festzuklammern und zu glauben, dass man im Recht war. Wenn man ihn losließ, nahm Schmerz seine Stelle ein. Schmerz und Trauer.

Es hat wehgetan, als mich Jameson nach Brock gefragt hatte. Aber vielleicht hatte mein Dad nicht ganz unrecht. Ich hatte Jameson nie ausdrücklich gesagt, dass ich nicht mit Brock geschlafen hatte. Wir hatten einfach nicht darüber gesprochen. Es war leichter gewesen, es nicht zu tun – leichter, die Außenwelt zu ignorieren und in unserer eigenen kleinen Blase zu leben. Nun, da unsere Blase geplatzt war, war das nicht mehr so leicht.

Mein Mut sank, als mir noch etwas aufging. Ich war nicht nur Jameson gegenüber nicht deutlich geworden in Bezug auf Brock, ich hatte es auch nicht öffentlich dementiert. Es hatte sich angefühlt, als hätte ich keine andere Wahl. Was hatte Evelyn noch mal gesagt? Mein Stolz war meine lebenslangen Ersparnisse nicht wert, und wenn das Filmstudio mich anklagte, würde ich alles verlieren.

Doch was sollte Jameson davon halten? Wenn ich in Bezug auf Brock nie deutlich geworden war und auch vor der Öffentlichkeit Stillschweigen bewahrt hatte, war es da ein Wunder, dass er die Wahrheit infrage stellte?

Vielleicht war er nicht der Einzige, der sich entschuldigen sollte.

Ich stellte den Whiskey auf den Couchtisch und stand auf. »Danke, Daddy. Ich muss jetzt los.«

»Natürlich musst du das«, sagte er. »Pass auf dich auf, Schatz.«

»Mache ich.«

33
Jameson

Es würde noch Stunden dauern, bis die Sonne aufging, aber ich konnte nicht schlafen. Nachdem Leah Mae gegangen war, hatte ich den Abend verschlafen und war gegen Mitternacht aufgewacht. Seitdem wälzte ich mich von einer Seite auf die andere und spielte alles noch mal im Kopf durch.

Was zum Teufel war passiert? Ich war wütend gewesen, daran gab es keinen Zweifel. Doch was war in mich gefahren, dass ich davongestürmt war und Leah Mae draußen in der Kälte hatte stehen lassen? Ihr zu sagen, dass ich allein nach Charlotte fahren würde? Und ich hatte sie *Leah* genannt.

Absichtlich. Darauf war ich nicht stolz. Während ich morgens um vier im Bett lag und an die Decke starrte, konnte ich hören, wie kalt das geklungen hatte. Es war regelrecht gehässig gewesen, und das wusste ich. Nun konnte ich es nicht mehr zurücknehmen.

Da ich ohnehin nicht mehr einschlief, stand ich auf und ging in meine Werkstatt. Schaltete die Lichter ein. Hier herrschte Chaos. Überall lag Zeug herum – weggeworfene Schrottteile, Nägel und Schrauben, Werkzeug. Das war typisch, wenn ein Projekt gerade fertig geworden war. Ich neigte dazu, beim Arbeiten Chaos anzurichten. Sobald ich dann fertig war, räumte ich alles auf, damit ich wieder von vorne anfangen konnte.

Ich konnte erst nach Charlotte fahren, wenn mein Reifen repariert war, deshalb machte ich mich an die Arbeit, die Werkstatt in Ordnung zu bringen. Ich räumte auf, verstaute die Metallteile wieder in ihren Behältern. Fand einen neuen Platz für die kleineren Teile, die ich später noch benutzen konnte. Die Werkzeuge ordnete ich wieder in die Schubladen ein oder hängte sie an die Haken an der Wand.

Neben der Tür standen Kartons, mit denen ich mich noch nicht befasst hatte. Zeug aus dem Haus meines Dads. Die Hände in die Hüften gestemmt stand ich davor und sah sie skeptisch an. Höchstwahrscheinlich enthielten sie ohnehin nur Müll. Fotos sollten wir Scarletts Ansicht nach aufbewahren, alles andere konnte weggeworfen oder verschenkt werden.

Ich pustete Staub vom obersten Karton und öffnete die Klappen. Eine seltsame Mischung aus Dingen befand sich darin. Vergilbte Papiere, alte Rechnungen, ein Zeugnis von Scarlett. Eine schulische Verwarnung mit Gibsons Namen darauf. Eine halb leere Rolle Klebeband. Brüchige Bänder und altes Nähzeug. Wahrscheinlich war nichts Interessantes dabei, doch ich stöberte noch etwas weiter.

Ganz unten fand ich einen großen gelben Umschlag, der mit Fotos vollgestopft war. Die würde Scarlett bestimmt haben wollen. Ich zog ein paar heraus und blätterte sie durch. Auf den meisten waren wir Kinder zu sehen. Einige zeigten Gibs. Ich erkannte ihn an seinem breiten, schmalzigen Lächeln. Heutzutage sah man diesen Gesichtsausdruck nicht oft an ihm, aber für die Kamera hatte er immer dick aufgetragen. Und wurde dafür auch angebrüllt.

Und dann fand ich eines von ihr.

Meine Mama war eine schöne Frau gewesen. Scarlett kam ganz nach ihr. Sie hatte lange kastanienbraune Haare und Sommersprossen auf der Nase gehabt. Große graue Augen. Sie trug ein Sonntagskleid mit rosa Blümchen und hielt ein Baby in den Armen. Schwer zu sagen, wer das Baby war. Dem blauen Outfit nach bestimmt einer von uns Jungs. Wegen ihres Lächelns tippte ich auf Bowie. Er hatte es uns allen immer am einfachsten gemacht. Wahrscheinlich hatte er Mama die ganze Zeit zum Lächeln gebracht.

Ich atmete langsam aus. Ich vermisste meine Mutter. Sie war die Einzige zu Hause, die mich je tatsächlich gesehen hatte. Gegen Dad konnte sie nicht wirklich etwas unternehmen, aber wenigstens hatte sie mich manchmal bemerkt. Wenn ich ihr Bilder gemalt hatte, hatte sie sie an den Kühlschrank gehängt. Zugegeben, früher oder später wurden sie immer abgerissen, und jemand war darauf herumgetrampelt. Aber wenigstens hatte sie gesagt, dass sie ihr gefielen.

Ehrlich gesagt, war sie doch nicht die Einzige, die mich gesehen hatte. Dad war ich, so gut es ging, aus dem Weg gegangen – so war alles einfacher. Bowie war immer mit all seinen Freunden beschäftigt gewesen, und Scarlett war das Baby. Wir hatten sie zum größten Teil selbst aufziehen müssen.

Doch Gibson hatte auf seine Weise auf mich achtgegeben. Er hatte dafür gesorgt, dass ich jeden Tag etwas zum Mittagessen hatte. Hielt mir in der Schule die Schläger vom Leib. Zeigte mir, wo ich mich am besten verstecken konnte, wenn Dad getrunken hatte und man sich am besten rarmachte. Vielleicht machte mir mein Streit mit Gibson deshalb so viel aus. Gibson und ich stritten nicht. Er passte auf mich auf und ignorierte mich ansonsten. So war das seit unserer Kindheit gelaufen. Ich fragte mich, ob wir je dorthin würden zurückkehren können oder ob ich alles vermasselt hatte, indem ich Leah Mae datete.

Ich steckte die Fotos zurück in den Umschlag und legte ihn aufs Regal. Mir war nicht danach, weiter in Erinnerungen zu wühlen. Ich würde ihn Scarlett geben, und sie konnte damit anstellen, was sie wollte.

Der nächste Karton hatte die gleiche Größe. Ich hob ihn hoch, weil ich ihn auf ein Regal stellen wollte, doch er war seltsam schwer. Aus Neugier öffnete ich ihn.

Von innen sah er aus wie der andere – Papier und so weiter. Ich fand einen weiteren großen Umschlag und schaute hinein. Statt Fotos enthielt er Zeitungsausschnitte. Und zwar sehr viele.

Das Zeitungspapier fühlte sich brüchig an, deshalb zog ich sie ganz vorsichtig heraus. Da war ein Artikel über Gibson, wie er in seinem Abschlussjahr an der Bootleg Springs Highschool Football gespielt hatte. Über Bowie, als er einen Preis gewonnen hatte. Die Ankündigung einer Wohltätigkeitsveranstaltung der Bootleg Springs Historical

Society mit einem großen Foto von Mama und der lächelnden sechsjährigen Scarlett.

Ganze, in der Mitte gefaltete Zeitungen waren auch dabei. Drei Stück. Ich zog sie heraus und hatte das Gefühl, als wäre mir das Herz in die Kehle gerutscht. Bei zweien davon war Callie Kendall auf der Titelseite.

Das Foto, das ich inzwischen nur allzu gut von den Vermisstenplakaten kannte, prangte auf der Vorderseite der *Bootleg Springs Gazette.* Sie wurde dort als vermisst gemeldet, und es wurde anscheinend über die Suche nach ihr berichtet. Die zweite Zeitung enthielt noch mehr davon und war ungefähr eine Woche später erschienen. Bestimmt hatten eine Menge Bootlegger diese Zeitung aufbewahrt. Immerhin war es ein prägender Moment der Stadtgeschichte gewesen.

Die dritte Zeitung verwirrte mich besonders. Auf der Titelseite war nichts von Callie zu sehen. Ich breitete sie auf meiner Werkbank aus und blätterte sie durch, während ich mich fragte, warum meine Eltern sie aufbewahrt hatten. Dann entdeckte ich auf Seite fünf etwas, das mich über die Maßen überraschte.

Da war ich.

Ganz unten befand sich ein kleines Foto von mir, das mich vor einer Skulptur zeigte, die ich angefertigt hatte. Sie war nicht aus Metall, als Kind hatte ich mit allen möglichen Materialien gearbeitet. Diese war aus Ton, und ich hatte sie bei einem Kunstwettbewerb eingereicht. Den ersten Platz gewonnen.

Der Artikel war kaum mehr als eine Überschrift. Nur mein Name und mein Alter – elf – sowie ein Satz oder zwei über meinen Sieg bei dem Wettbewerb. Ich konnte mich nicht erinnern, dies je gesehen zu haben – ich glaube, ich wusste gar nicht, dass mein Foto in der Zeitung gewesen war. Aber dass meine Eltern es aufbewahrt hatten?

Es konnte kaum ein Irrtum sein. In der ganzen Ausgabe stand sonst nichts, das von Interesse gewesen wäre. Und die Tatsache, dass es nicht ausgeschnitten worden war wie die anderen, wunderte mich … hatte sich mein Dad nicht davon trennen können? Meine Mama hätte den kleinen Schnipsel über mich bestimmt ausgeschnitten und nicht die ganze Zeitung aufbewahrt.

Doch das ergab nicht gerade viel Sinn. Meinem Vater hatte es nie gefallen, dass ich irgendeine Art von Kunst machte. Er sagte immer, das sei nicht männlich. Ich hatte ihm Dinge gezeigt, doch er hatte immer ein finsteres Gesicht gemacht. Hatte *er* den Zeitungsartikel aufbewahrt?

Ich faltete die Zeitung wieder zusammen und legte alles zurück. Das erklärte nicht, weshalb der Karton so schwer war, deshalb schob ich ein paar Dinge aus dem Weg.

Und als ich gerade dachte, dass die Überraschung nicht mehr größer werden konnte, sah ich, was so viel gewogen hatte.

Ich zog ein Stück Metall heraus, das grob die Form eines Hundes hatte. Zumindest hatte es einer werden sollen, als ich das hergestellt hatte. Es war die erste Metallskulptur, die ich je gemacht hatte. Die Skulptur, bei der ich mich in dieses Material verliebt hatte.

Ich hatte Clint Waverly, den örtlichen Mechaniker, dazu überredet, mir das Schweißen beizubringen, nachdem ich in der Schule ein Video über einen Künstler gesehen hatte, der mit Metall arbeitete. Es war faszinierend gewesen, zuzusehen, wie die Funken flogen und wie Hitze und Elektrizität zusammenwirkten, um harte Stahlstücke zu verbinden.

Sobald ich den Dreh raushatte, durfte ich zu ihm kommen und sein Werkzeug benutzen, solange er es nicht brauchte. In der Garage hatte ich ein paar rostige alte Schraubenschlüssel gefunden – Zeug, das mein Vater wahrscheinlich längst vergessen hatte – und sie zu dem hier zusammengeschweißt. Es sah einem Hund nicht besonders ähnlich, jetzt, wo ich ihn mit den Augen eines Erwachsenen betrachtete. Doch damals war ich mächtig stolz darauf gewesen.

Ich hatte ihn meinem Dad geschenkt. Und wurde angeschrien, weil ich seine Werkzeuge geklaut hatte.

Er hatte mich gefragt, woher ich die Schraubenschlüssel hatte, deshalb erklärte ich es ihm. Ich konnte immer noch vor mir sehen, wie sein Gesicht rot geworden war vor Zorn. Er sagte, ich würde stehlen, und von seinen Söhnen würde keiner zum Dieb werden. Er hatte gebrüllt, dass ich seine vollkommen funktionstüchtigen Werkzeuge ruiniert hätte, verdonnerte mich zu einem Monat Hausarrest und warf meine Skulptur zur Hintertür hinaus.

Ich hielt sie in den Händen und starrte die unordentlichen Schweißnähte an. Sie sahen aus, als würde Füllung aus dem Rand eines Kuchens herausquellen, wenn man zu stark draufdrückte.

Aber er hatte die Skulptur behalten.

Ich wusste nicht, was das zu bedeuten hatte. Er war so wütend auf mich gewesen, dass ich Angst gehabt hatte, er könnte mich ohrfeigen. Dad hatte uns nie angerührt, aber uns immer so laut angebrüllt, dass es sich angefühlt hatte, als würde man geschlagen. Mir ging das jedenfalls so.

Warum hatte er sie all die Jahre aufbewahrt? Hatte er gewusst, dass sie hier war, oder hatte Mama sie gerettet und hier verstaut? Irgendwie glaubte ich das nicht. Mama war nicht zu Hause gewesen, als ich sie ihm gezeigt hatte. Ich glaube nicht, dass sie je davon erfahren hatte. Als ich schließlich hinausgegangen war, um nach der Skulptur zu schauen, war sie weg gewesen. Ich hatte immer geglaubt, Dad hätte sie weggeworfen.

War er hinausgegangen und hatte sie geholt, als ich nach oben gegangen war und ängstlich in meinem Zimmer gehockt hatte? Hatte er sie abgestaubt und in seinen Schrank gestellt?

Ich hatte meinen Vater nie wirklich verstanden und tat das auch jetzt nicht. Doch plötzlich sah ich die Dinge ein wenig anders. Vielleicht hatte er mich doch nicht gehasst, wie ich geglaubt hatte. Ein schreckliches Gefühl, zu glauben, dass einen der eigene Vater hasste. Ich hatte das oft geglaubt. Wenn er nett oder sogar liebevoll gewesen war, hatte mich das nur noch mehr verwirrt. Aber vielleicht waren diese Momente wahrhaftiger gewesen, als ich geahnt hatte.

Vielleicht war mein Dad stolz auf mich gewesen.

Meine Brust zog sich zusammen, und ich hatte einen Kloß im Hals.

Ich schluckte schwer und legte die Skulptur weg. Vielleicht würde ich sie wieder herausholen und irgendwo in der Werkstatt aufstellen – eine nette Erinnerung daran, wie weit ich es gebracht hatte. Aber im Moment konnte ich ihren Anblick nicht länger ertragen.

Bei Sonnenaufgang hatte ich die Werkstatt fertig aufgeräumt. Ich hatte eine lange Autofahrt vor mir, deshalb duschte ich, kochte Kaffee und packte meine Tasche für die Reise. Checkte mein Handy, weil ich dachte, Leah Mae hätte vielleicht geschrieben. Fragte mich, ob ich ihr schreiben sollte.

Letztendlich tat ich es nicht. Ich montierte das Ersatzrad an meinen Truck und fuhr in die Stadt, um den Reifen reparieren zu lassen. Danach fuhr ich, ohne mir zu erlauben, zu viel an sie zu denken, auf den Highway und ließ Bootleg hinter mir. So war es wohl besser. Ich würde einfach verschwinden. Mit dem Hintergrund verschmelzen und sie weiterziehen lassen. Darin war ich ziemlich gut – hatte jahrelange Übung. Gott weiß, dass ich keine Ahnung hatte, wie ich das zwischen uns wieder in Ordnung bringen sollte oder ob es überhaupt in Ordnung gebracht werden konnte.

Oder ob sich das überhaupt lohnte.

34
Jameson

Die feuchte Luft ließ mir das Hemd am Rücken kleben. Es war warm für Oktober, aber das lag vermutlich an Charlotte. Die Tatsache, dass ich nicht aufhören konnte, auf und ab zu gehen, machte es auch nicht besser.

Ich war im Freien, in einem Bereich in der Nähe des zentralen Hofes, in dem heute Morgen meine Skulptur installiert worden war. Sie war sicher aus Bootleg Springs hier angekommen – ohne einen einzigen Kratzer. Sie hatten sie reibungslos abgeladen, und ich hatte letzte Hand angelegt und sie an der Metallbasis befestigt, wo sie bis ans Ende ihrer Tage bleiben würde.

Noch nie war ich wohl auf ein Kunstwerk so stolz gewesen wie auf meinen Engel. Er sah prachtvoll aus – perfekt proportioniert. Weiche, organische Linien. Er sah aus, als sollte er eigentlich atmen.

Als ich gerade mit der Installation fertig gewesen war, war mein Kunde, ein Mann namens Everett Davis, vorbeigekommen, um sich die Skulptur anzuschauen. Zuerst war ich mir nicht sicher gewesen, was ich von seiner Reaktion halten sollte. Er hatte regungslos dagestanden und sie nur angeschaut. Sein Mund hatte sich leicht geöffnet, und nachdem er eine Weile so verweilt hatte, lief er einmal rings um sie herum. Als er mich endlich ansprach, schien er nicht so recht zu wissen, was er sagen sollte. Alles, was er herausbekam, war: »Sie ist schön.«

Ich verstand das so, dass sie ihm gefiel. Das hoffte ich zumindest.

»Jameson!« Deanna ging energischen Schrittes an der Security vorbei, sie trug eine fließende schwarze Bluse und eine weit geschnittene Hose. Ihr dunkles Haar war von silbrigen Strähnen durchzogen und zu einem glatten Pferdeschwanz zusammengefasst. Sie nahm ihre Sonnenbrille ab. »O mein Gott, Bodine. Mr. Davis ist momentan praktisch in dich verliebt.«

»Wie das?«, fragte ich.

»Er liebt die Skulptur so sehr, dass ihm die Worte fehlen.«

»Dann hat er wohl nicht viel gesagt.«

Sie lachte. »Du hast dich selbst übertroffen. Obwohl ich Fotos gesehen habe, hat sie mich absolut umgehauen. Ich wusste, dass du gut bist, aber das hier ... Jameson, das Stück ist überwältigend.«

Ich nickte höflich. Hätte an meinen Hut getippt, wenn ich einen aufgehabt hätte. »Danke, Dee.«

»Ich hoffe, du bist bereit, gleich wieder an die Arbeit zu gehen«, sagte sie. »Die Besucherzahl deiner Website ist um tausend Prozent gestiegen. Das ist kein Witz. Ich habe Anfragen aus dem ganzen Land. Du bist gefragter, als du je für möglich gehalten hättest.«

»Wow ... das sind tolle Neuigkeiten.«

»Ich hoffe, dass du dich hinter deiner bescheidenen Fassade freust.« Sie lächelte. »Mit deiner Karriere geht es steil bergauf.«

»Ich bin nur ein bisschen überwältigt, das ist alles.«

»Gott, du bist so hinreißend. Was für ein Jammer, dass du vergeben bist. Meine Nichte ist hier.«

Ich rieb mir den Nacken und wandte den Blick ab. »Ja ... ähm, danke, Dee.«

»Wo ist sie eigentlich?«, fragte Dee. »Doch keine Leah Larkin?«

»Ähm, nein.«

»Ist alles in Ordnung?«

Ich räusperte mich. »Sie hat es nicht geschafft. Gibt es hier irgendwo Wasser? Mir ist so heiß wie einem Sünder in der Kirche.«

»Ja, natürlich«, sagte sie. »Bin gleich wieder da.«

»Nein, nein, sag mir nur, in welche Richtung ich gehen muss, dann hole ich es selbst. Bitte mach dir keine Umstände.«

Sie starrte mich einen Moment mit seltsamem Gesichtsausdruck an. Ich wollte gerade fragen, wo sie hinschaute, doch da antwortete sie endlich. »Wenn du durch die Tür der Hauptlobby gehst, gelangst du zu einem großen Tisch, auf dem Wasserflaschen stehen.«

Wieder nickte ich. »Danke.«

In der Lobby war es angenehm kühl, die Klimaanlage in dem brandneuen Gebäude wirkte Wunder. Ich schnappte mir ein Wasser und trank ein paar Schlucke. Bald ging es los, deshalb verweilte ich nicht länger. Ich nahm mir noch eine Flasche für den Fall, dass Dee auch durstig war, und ging wieder nach draußen.

Menschen wanderten im Hof herum, erkundeten das neue Gebäude, doch meine Skulptur war verhüllt. Daneben stand eine Bühne mit Rednerpult, Mikrophon und großen Lautsprechern. Ein Mann schien dort gerade die Verkabelung zu überprüfen.

Ich machte mich wieder auf den Weg zu Dee, doch da stach mir etwas – vielmehr jemand – ins Auge. Ich musste zweimal hinschauen, dann noch ein drittes Mal. War das etwa Gibson?

Er stand bei der verhüllten Statue, die Arme verschränkt, die Sonnenbrille im Gesicht. Ich blieb stehen und starrte ihn an. Bildete ich mir schon Dinge ein? Er schien mich zu bemerken und kam herübergeschlendert. Es war tatsächlich mein Bruder.

»Was zum Teufel machst du hier?«, fragte ich. Das war vielleicht nicht gerade das Netteste, was ich hätte sagen können, aber meine Überraschung hätte nicht größer sein können, wenn mein toter Vater hier stehen würde.

»Du hättest uns davon erzählen sollen«, meinte Gibson. »Warum hast du nichts gesagt?«

»Euch davon erzählen?«, fragte ich. »Warum?«

»Willst du mich verarschen?«, fragte er. »Das ist großartig.«

»Was, meine Skulptur?«

Gibson schüttelte den Kopf und riss sich die Sonnenbrille herunter. »Ja, deine Skulptur. Herrgott, Jame. Meinst du das ernst? Das ist einer von diesen Du-hast-es-geschafft-Momenten. Verstehst du das nicht?«

»Ich denke schon.«

»Du denkst schon?«, sagte er kopfschüttelnd. »Weißt du, die wenigsten sind gut genug, auf diese Weise ihren Lebensunterhalt zu verdienen, so wie du. Oder mutig genug, das Risiko einzugehen.«

Völlig überwältigt starrte ich ihn an. Das war zweifellos das Netteste, was Gibson je zu mir gesagt hatte. Vielleicht sogar das Netteste, was er überhaupt je zu jemandem gesagt hatte – zumindest soweit ich wusste.

»Danke.«

»Wenn du was davon erzählt hättest, wären wir jetzt alle hier. Ich bin hergekommen, weil ...« Er verstummte und wandte den Blick ab. Dann räusperte er sich. »Weil ich sichergehen wollte, dass du nicht allein hier bist.«

Ich blickte zu Boden, spürte einen Kloß im Hals. Das waren keine Tränen, die da in meinen Augen brannten. Nur irgendwas, was der Wind hineingeweht hatte. »Das ist nett von dir.«

»Ich, äh ...« Wieder verstummte Gibson. Wie es aussah, rang er um Worte. »Ich war heute Morgen hier und hab deine Skulptur gesehen, bevor sie verhüllt wurde. Sie ist, ähm ... echt gut.«

»Danke, Gibs.«

Er setzte die Sonnenbrille wieder auf. »Ja, also, denk nicht an all die Menschen und den ganzen Mist. Sei einfach stolz auf deine Arbeit. Du hast das verdient.«

Ich nickte, und er boxte mir gegen den Arm, ehe er wegging. Und einfach so vertrugen sich die Bodine-Brüder wieder.

Dee fand mich, während ich immer noch ein wenig fassungslos darüber, Gibson gesehen zu haben, dastand.

»Alles okay?«, fragte sie. »Sie wollen gleich anfangen.«

»Ja, alles gut. Wasser?«

Sie nahm die Flasche. »Danke. Wir werden hier drüben warten.«

Ich folgte ihr zur Bühne, wo sich ein paar Leute, unter anderem Mr. Davis, versammelt hatten. Er schüttelte mir erneut die Hand und brachte seine Freude darüber zum Ausdruck, dass ich gekommen war. Ich bemühte mich, bloß nicht an die Leute zu denken, die sich gerade vor der Bühne versammelten. Erst sah es so aus, als wäre es nur eine Handvoll; im nächsten Augenblick war es schon regelrecht überfüllt.

Offenbar hatte jemand das Zeichen dafür gegeben, dass es gleich losging, und die Menge vor mir war immer größer geworden.

Das Herz hämmerte mir in der Brust, doch ich atmete ein paarmal tief durch, um meine Nerven zu beruhigen. Ich schaffte das.

Wir betraten die Bühne, und ein Mann, den ich nicht kannte, begann mit einem langen Grußwort, in dem er Everett Davis vorstellte. Es umfasste eine umfangreiche Liste seiner Erfolge, die in der Eröffnung des herrlichen Gebäudes hinter mir gipfelten.

Dann übernahm Mr. Davis das Mikrophon und sagte ein paar Worte. Vor allem dankte er verschiedenen Menschen und sprach über seine Vision, seine Hoffnungen für die Zukunft. Er war ein begnadeter Redner – verstand es ganz gut, die Aufmerksamkeit der Menge zu bannen.

»Nun ist der Moment gekommen, auf den ich gewartet habe«, verkündete er. »Als ich die Kunst des jungen Mannes, der hier neben mir steht, für mich entdeckt habe, wäre es enorm untertrieben, zu sagen, ich wäre beeindruckt gewesen. Ich verstehe etwas von Architektur und Design, aber Jameson Bodine versteht etwas von Schönheit. Ich hatte das große Glück, ein Kunstwerk bei ihm in Auftrag geben zu können, und ich muss sagen, dass es all meine Erwartungen bei Weitem übertroffen hat. Und sie waren groß, diese Erwartungen.«

Er gab das Zeichen, die Skulptur zu enthüllen. Mit klopfendem Herzen und schwitzigen Händen sah ich zu, wie zwei Männer das Segeltuch herabzogen.

Die Menge schnappte kollektiv nach Luft, gefolgt von einem leisen Gemurmel, als die Leute darauf reagierten.

»Es ist mir eine große Freude, Ihnen den Urheber dieses bemerkenswerten Kunstwerks zu präsentieren – Jameson Bodine.«

Die Menge applaudierte, und Mr. Davis bedeutete mir, seinen Platz hinter dem Rednerpult einzunehmen.

Ich schluckte schwer und atmete aus. Mir wurde ganz mulmig, doch ich drückte die Schultern durch und trat ans Mikro.

Und dann sah ich sie.

Leah Mae bewegte sich auf die Bühne zu, bahnte sich ihren Weg durch die Zuschauer. Sie hatte das Haar zu einem lockeren Zopf geflochten, der ihr über die Schulter hing, und trug ein hübsches gelbes Kleid, dazu eine klobige türkisfarbene Halskette und ihre Lieblingscowboystiefel.

Sie lächelte und zwinkerte mir zu, danach zupfte sie sich zweimal am Ohrläppchen. Unser Zeichen. Als wir noch Kinder waren, hatte sie mir dieses Zeichen jedes Mal, wenn ich vom Lehrer nach vorne zitiert wurde, gegeben. Ich hatte mich dann voll und ganz auf sie konzentriert und komplett vergessen, dass mich alle anderen auch ansahen.

Nun grinste ich sie ebenfalls an und tat dasselbe.

»Hi«, sagte ich, und es knackte im Lautsprecher. Ich trat ein wenig zur Seite und räusperte mich. »Ich bin Jameson Bodine aus Bootleg Springs, West Virginia. Wenn ich ehrlich bin, zählt es nicht zu meinen Stärken, vor Publikum zu sprechen. Normalerweise ziehe ich es vor, hinter den Kulissen zu bleiben und meine Arbeit sprechen zu lassen.«

Ich hielt inne und blickte hinüber zu meiner Skulptur. Ich hatte nicht vorgehabt, viel zu sagen, aber dann sah ich Leah Mae wieder an, und die Worte sprudelten nur so aus mir heraus.

»Ich wollte eigentlich etwas ganz anderes machen. Doch dann habe ich etwas im Fernsehen gesehen, und dieses Bild schoss mir durch den Kopf. Es war eine Frau. Jemand, den ich von früher kannte. Und sie war immer glücklich gewesen und hatte gelächelt, dass ihre Augen gefunkelt haben wie die Sommersonne, die sich im stillen Wasser eines Bergsees spiegelt. Als ich sie dieses Mal sah, war dieses Funkeln verschwunden. Und ich konnte nichts anderes mehr denken, als dass sie wie ein Engel für mich aussah. Aber kein Engel, der fliegen durfte. Sondern wie ein in einem Käfig gefangenes Tier, das in einem altmodischen Zirkus dazu gezwungen wird, Kunststücke aufzuführen.

Deshalb ergriff ich die Gelegenheit und folgte meiner Vision. Ich hatte noch nie zuvor etwas wie sie erschaffen, und ehrlich gesagt, wusste ich nicht so recht, ob es mir gelingen würde. Doch ich glaube, wenn man so inspiriert ist, wie ich es war, ist man durch kaum etwas aufzuhalten. Jedenfalls freue ich mich, dass sie Ihnen gefällt. Das bedeutet mir unermesslich viel.«

Ich trat zurück und nickte. Das Publikum brach in Applaus aus. Aber mir war kaum bewusst, dass es überhaupt da war. Ich hatte nur noch Augen für Leah Mae. Für ihr breites Lächeln. Ihre Augen, in denen Tränen schimmerten.

Mr. Davis schüttelte mir noch einmal die Hand und trat ans Mikrophon. Ich hörte kaum, was noch gesagt wurde. Ein paar weitere Worte, noch mehr Dank an irgendwelche Leute. Dann stellten wir uns für Fotos auf, und nach einer gefühlten Ewigkeit in den Feuern der Hölle war ich endlich frei.

Leah Mae wartete neben der Skulptur auf mich, sie hatte den Kopf in den Nacken gelegt. Als ich mich ihr näherte, sah sie zu mir. Ich wusste nicht so recht, was ich tun sollte. Auf sie zurennen und sie in meine Arme reißen? Sie küssen? Langsam gehen, um sie nicht zu verscheuchen?

»Hi«, sagte sie.

»Ich hätte nicht gedacht, dass du kommen würdest.«

Sie strich sich eine Haarsträhne hinter das Ohr und knabberte an ihrer Unterlippe. »Ich war mir nicht sicher, ob du das willst.«

»Oh, Darling.« Ich trat näher. »Ich will dich mehr als alles andere auf der Welt.«

Ich hörte auf, darüber nachzudenken, was ich tun sollte – was das Richtige wäre –, und zog sie an mich. Sie schmiegte sich an mich, ihr Körper war weich. Ich drückte ihr einen Kuss auf die Haare und atmete ihren Duft ein, während ich sie fest umarmt hielt.

»Baby, es tut mir leid«, sagte ich ihr leise ins Ohr. »Es tut mir so leid.«

»Mir auch.« Sie wich ein wenig zurück, damit sie mir in die Augen blicken konnte. »Es tut mir leid, wie ich mich in L. A. benommen habe. Und du sollst wissen, dass zwischen mir und Brock nie etwas gewesen ist. Ehrenwort.«

»Ich weiß.« Ich strich ihr über die Wange. »Verzeih mir, dass ich an dir gezweifelt habe.«

»Schon gut«, sagte sie. »Es war nicht fair, dass ich davon ausgegangen bin, dass du die Wahrheit kennst, obwohl ich sie nie ausgesprochen habe.«

»Aber ich hätte dich nicht anschreien dürfen.«

Sie rieb zärtlich die Nase an meiner. »Ich glaube ... manchmal lassen wir uns vor dem Menschen, den wir am meisten lieben, gehen, weil wir wissen, dass das keine Gefahr birgt. Weil wir wissen, dass uns derjenige trotzdem liebt.«

»Da hast du wohl recht«, sagte ich. »Aber so will ich trotzdem nicht leben.«

»Das werden wir auch nicht«, erwiderte sie, während sich ihre Lippen meinen näherten. »Wir können nur unser Bestes geben. Und wenn es hart auf hart kommt, finden wir eine Lösung.«

»Bei dir klingt das total einfach.«

»Einfach, aber nicht leicht«, sagte sie. »Aber du bist ein guter Mann, Jameson Bodine. Einer der besten, die ich kenne.«

»Ich liebe dich wie verrückt, Leah Mae Larkin.«

»Sag mir einfach, dass ich immer noch dein Mädchen bin.«

Ich umfasste ihre Wangen und sah in ihre strahlend grünen Augen. »Du bist immer noch mein Mädchen.«

Unsere Lippen trafen sich, und vor Erleichterung wäre ich fast erschauert. Ohne darauf zu achten, wer uns zusah, küsste ich sie. Küsste sie, bis wir beide atemlos waren und nach Luft schnappten. Dann küsste ich sie wieder.

Sie kicherte, als ich ihre süßen Lippen noch ein paarmal küsste. Schließlich wich ich ein wenig zurück, gerade so weit, dass es nicht mehr unanständig war.

Leah Mae blickte an meiner Skulptur hinauf. »Darf ich dich etwas fragen?«

»Klar.«

»Ich komme mir albern vor, überhaupt zu fragen, aber ... bin das ich?«

Ich lächelte. Sie hatte es gewusst. Als sie mich zum ersten Mal in meiner Werkstatt besucht hatte, hatte ich den Gedanken verworfen, dass ihr Blick etwas zu bedeuten hätte. Doch ich hatte ihn gesehen, und tief in meinem Inneren hatte ich es gewusst. Wir hatten beide gewusst, dass sie das war.

»Ja, das bist du.«

Sie berührte mit den Fingern die Lippen des Engels, und in ihren Augen glitzerte es. »Du hast noch etwas hinzugefügt, seit ich die Skulptur zum letzten Mal gesehen habe.«

Ich nickte. »Hab die Nacht durchgemacht, um sie fertigzustellen.«

»Aber ... wessen Hände sind das?«

Ich hatte zwei Hände hinzugefügt, die sich von irgendwo unten nach oben streckten – Hände, die sie retten wollten. Eine davon griff nach einem der Gitterstäbe, als würde sich derjenige, dem die Hände gehörten, nach oben ziehen. Die andere hielt einen Schlüssel.

»Das sind wohl meine.«

Eine Träne rollte ihr über die Wange, und ich wischte sie mit dem Daumen fort.

»Du hast mich tatsächlich befreit«, sagte sie. »Du und Bootleg Springs.«

»Bootleg schafft so etwas«, sagte ich. »Ich glaube, es hat genau die richtige Art von Magie.«

»Das stimmt. Und du hast sie auch.«

35

Leah Mae

Der Duft, der aus der Küche des Brunch Clubs kam, ließ meinen Magen knurren. Wir wollten hier brunchen und Alkohol trinken, wie man das im Brunch Club eben so machte, und ich war am Verhungern.

Jameson saß neben mir, die Hand auf meinem Schenkel. Die Art, wie er seine Finger unter den Saum meines Rockes schob, brachte alles an mir angenehm zum Prickeln. Er beugte sich vor und küsste mich auf die Wange – zärtlich und für die Öffentlichkeit angemessen. Was er unter dem Tisch trieb, war alles andere als angemessen.

Das liebte ich.

Sobald wir aus Charlotte zurückgekehrt waren, war Jameson von Auftragsanfragen überrannt worden. Er war inzwischen für das gesamte nächste Jahr völlig ausgebucht und hatte sogar ein paar Aufträge ablehnen müssen, weil er einfach keine Zeit dafür hatte. Dadurch, dass er nun in der Position war, sich aussuchen zu können, was er machen wollte und was nicht, war ein Traum für ihn wahr geworden. Er lebte seinen Traum, und ich war so stolz auf ihn.

Gegenüber von uns saßen Scarlett und Devlin und waren in ihre üblichen öffentlichen Liebesbekundungen vertieft.

Jameson schien das nicht sonderlich zu stören, auch wenn ich wusste, dass er seiner Schwester gegenüber noch immer Beschützerinstinkte hegte. Wahrscheinlich war er einfach nur zu sehr damit beschäftigt, mich unter dem Tisch zu erregen und es zu genießen, wie ich mich wand.

Bowie hingegen verdrehte dauernd die Augen und meinte zu Scarlett und Dev, dass sie das *endlich mal lassen sollten*. Das brachte Scarlett zum Kichern. Bowie drohte ihnen sogar mit Nachsitzen, und wir lachten alle los.

Die Kellnerin servierte den ersten Krug mit Sangria, und ich half ihr beim Einschenken. Gibson kam herein und nickte, sagte aber nicht viel. Zog nur einen Stuhl unter dem Tisch hervor, drehte ihn um und setzte sich rittlings darauf. Jameson hob das Kinn in seine Richtung, und Gibson erwiderte seinen Gruß auf dieselbe Art. Ich war so froh, dass sich die beiden wieder vertrugen – auch wenn *sich vertragen* einfach nur hieß, dass Gibson Jameson nicht die ganze Zeit anfunkelte.

Ich hatte Gibson bei der Enthüllung in Charlotte gesehen, tat aber so, als wüsste ich nicht, dass er auch da gewesen war. Ich hatte das Gefühl, dass unter der harten Schale ein weicher Kern schlummerte, den er niemandem zeigen wollte. Solange es zu keinen weiteren Taco-Schlachten käme, wäre vermutlich alles wieder in Ordnung.

»'n Morgen zusammen«, sagte Cassidy, als sie hereinkam. Sie hatte ihre Deputy-Uniform gegen Alltagskleidung eingetauscht und trug ihr dunkelblondes Haar offen. Wie immer hatte sie ihre Schwester June dabei. Junes etwas dunkleres Haar war zu einem Pferdeschwanz zusammengefasst. Sie zogen ihre Jacken aus und hängten sie über die Lehnen zweier Stühle.

»'n Morgen, Cass«, sagte Scarlett. »Und wie geht es zwei meiner Lieblingsfreundinnen an diesem herrlichen Samstag?«

»Kann nicht klagen«, erwiderte Cassidy.

Scarletts Lippen verzogen sich zu einem schelmischen Lächeln. »Heute Abend schon was vor? Ein heißes Date vielleicht?«

Ich sah zu Bowie hinüber, doch er hielt den Blick weiterhin auf seine Sangria gerichtet.

»Nee«, sagte Cassidy. »Es sei denn, du würdest es als heißes Date bezeichnen, wenn man abends im Schlafanzug zu Hause rumsitzt und sich alte Filme anschaut.«

»Wenn man das nicht allein tut, dann schon«, entgegnete Scarlett.

Cassidy lächelte nur und schüttelte den Kopf. »Männer sind unmöglich. Die Vertreter des männlichen Geschlechts an diesem Tisch mögen es mir verzeihen.«

»Schon verziehen«, sagte Devlin.

Gibson zuckte mit den Schultern. »Nee, hast ja recht, das sind wir.«

»Wenigstens bist du ehrlich«, sagte Cassidy.

Ich sah June an. »Wie macht sich dein Phantasie-Footballteam dieses Jahr?«

»Ich gewinne«, meinte June nüchtern.

»Wie schön für dich«, erwiderte ich.

»Das sollte keine Überraschung für meine Konkurrenten sein«, verkündete June. »Ich gewinne jedes Jahr.«

»Das ist tatsächlich so«, bestätigte Jameson. »Und das ist der Grund, weshalb niemand mehr von uns in Juneys Liga spielt.«

Das schien June nicht aus der Fassung zu bringen. Aber June schien sich ohnehin nie von etwas aus der Fassung bringen zu lassen.

Jonah kam herein und steckte sein Handy in die Tasche, »Sorry, aber meine Mom hat angerufen.«

»Wie geht es deiner Mama?«, wollte Scarlett wissen.

»Ganz gut, denke ich.« Jonah nahm Platz und schenkte sich ein.

»Du siehst aus, als würdest du das jetzt brauchen«, meinte Devlin.

Jonah nahm einen langen Schluck. »Sie ist einfach nur ... unglücklich über meine derzeitigen Lebensentscheidungen.«

Devlin hob sein Glas. »Willkommen im Club, Bruder.«

Sie stießen miteinander an.

»Ich habe den Fehler gemacht, ihr zu erzählen, dass ich bei Jameson ausziehe«, sagte Jonah. »Jetzt glaubt sie, ich sei obdachlos oder so.«

Jameson hatte mich gefragt, ob ich bei ihm einziehen will, und natürlich hatte ich Ja gesagt. Eigentlich wohnte ich ohnehin schon dort, doch ich war begeistert darüber, dass es nun offiziell wurde. Wir hatten Jonah mitgeteilt, dass er gern bleiben konnte – und das hätte mir absolut nichts ausgemacht –, aber er hatte daraufhin beschlossen, dass es an der Zeit wäre, eine neue Wohnung zu finden.

»Du könntest bei mir einziehen«, sagte Bowie. »Ich habe ein Zimmer, das nicht benutzt wird.«

»Bist du dir sicher?«, fragte Jonah.

»Ja, warum nicht? Ich habe Platz. Außerdem ist mir zu Ohren gekommen, dass du ein guter Koch bist.«

Jonah lachte. »Das ist mir auch schon zu Ohren gekommen. Also gut, abgemacht.«

Sie schüttelten sich die Hände, um es zu besiegeln.

»Wie läuft es mit den Hochzeitsvorbereitungen, Leah Mae?«, fragte Scarlett.

»Das wird so schön werden«, sagte ich. Mein Dad hatte Betsy Stirling einen Heiratsantrag gemacht, und ich half Betsy dabei, die Hochzeit für nächsten Sommer zu planen. »Schlicht, aber süß. Ihr seid alle eingeladen, und ich hoffe, dass ihr auch kommt.«

»Natürlich kommen wir«, sagte Scarlett. »Das würde ich mir nicht entgehen lassen.«

June hatte sich ganz beiläufig den Finger auf die Nase gelegt. Sie hatte eine Zeitschrift vor sich und blätterte schweigend durch die Seiten, wobei der Zeigefinger ihrer linken Hand auf ihrer Nasenspitze ruhte.

»Wofür ist das denn, Juney?«, fragte Jameson, während er sich selbst auf die Nasenspitze tippte.

»Ich nicht«, sagte sie.

»Was bist du nicht?«, fragte Jameson. »Niemand hat irgendwas gesagt.«

»Der Sangria-Krug ist fast leer, deshalb schätze ich die Wahrscheinlichkeit, dass die Kellnerin in den nächsten paar Minuten hier auftaucht, auf siebenundneunzig Prozent. Das wird unausweichlich dazu führen, dass hektisch entschieden werden muss, wer den nächsten Krug bezahlt. Ich plane nur voraus.«

Jameson lachte. »Also gut.«

Die Kellnerin kam und lächelte uns an. »Wollt ihr bestellen? Oder soll ich euch zuerst noch einen Krug Sangria bringen?«

»Ich nicht«, sagte June, ohne aufzublicken.

Wir Übrigen berührten unsere Nasen, ein Chor aus »Ich nicht« erscholl um den Tisch.

»Verdammt.« Devlin war der Letzte. »Na gut, noch einen Krug bitte. Der geht auf mich. Ich verstehe nicht, wie ihr alle so schnell sein könnt.«

»Jahrelange Übung«, sagte Scarlett und tätschelte ihm die Wange.

Wir hatten alle ein paar Drinks und nahmen ein riesiges Frühstück zu uns. Als wir fertig waren, war ich so voll, dass ich glaubte, platzen zu müssen. Jameson und ich beschlossen, einen Spaziergang durch die Stadt zu machen, um etwas vom Essen und der Sangria abzubauen. Er hielt die Jacke für mich, während ich hineinschlüpfte, und legte mir die Hand unten auf den Rücken, als wir zusammen hinausgingen.

Die Oktoberluft war frisch, die Sommerwärme längst verflogen. Wolken hingen tief am Himmel, aber es war trocken. Für Schnee wahrscheinlich nicht kalt genug, doch schon bald würde Bootleg Springs unter einer Schneedecke verschwinden. Ich konnte es kaum erwarten.

Wir gingen die Bathtub Gin Alley entlang bis zur Ecke Lake Street, wo ich stehen blieb.

»Ist was?«, fragte Jameson.

»Nein. Ich will dir was zeigen.«

Ich nahm ihn an der Hand und führte ihn die Lake Street entlang zu einer leeren Ladenfront. Früher gab es dort allerlei Krimskrams, doch die Besitzer hatten das Geschäft vor einiger Zeit geschlossen, und seitdem stand es leer. Ich war schon Hunderte Male daran vorbeigegangen, und in meinem Kopf hatte eine Idee Gestalt angenommen. Bisher hatte ich noch niemandem davon erzählt, und allein bei dem Gedanken, es laut auszusprechen, verspürte ich ein nervöses Prickeln im Bauch.

Wir blieben vor dem Laden stehen. Ein großes *Zu-vermieten*-Schild hing im Schaufenster.

»Ich habe nachgedacht«, fing ich an und strich mir eine Haarsträhne hinter das Ohr. »Vielleicht klingt es verrückt, und wenn es so ist, dann möchte ich, dass du mir das ehrlich sagst. Aber ich will vielleicht meine eigene Boutique aufmachen. Ich könnte einige meiner eigenen Stücke verkaufen, aber auch Kleider und Accessoires von Designerinnen und Designern, die zu dem Stil passen, den ich mag. Es wäre total einzigartig, eine Mischung aus Country- und Trendmode. Ich glaube, das könnte ein großer Hit werden, vor allem in der Touristensaison.«

Jamesons Blick huschte ein paarmal zwischen mir und dem Geschäft hin und her. »Leah Mae, das ist genial.«

Ich biss mir auf die Unterlippe. »Wirklich?«

»Absolut. Ich finde die Idee phantastisch. Du hast ein großartiges Stilbewusstsein. Die Mädels finden das auch alle.«

»Ich habe keine Ahnung davon, wie man ein Geschäft führt, aber ich könnte es lernen«, sagte ich. »Ich habe mir für den Anfang schon ein paar Online-Business-Kurse angeschaut.«

Jameson lächelte, und mir zog sich das Herz zusammen. Er legte mir seine starken Hände auf die Wangen und küsste mich. »Ich bin so stolz auf dich.«

»Danke«, sagte ich. »Ich muss mal sehen, ob mein Erspartes dafür reicht, um damit anzufangen. Ich glaube es fast.«

»Na ja, falls nicht, sollten wir mal mit June reden.«

»June? Warum?«

»Sie ist hier in Bootleg eine Art Investorin«, erwiderte er. »Sie hat Lula geholfen, ihre Wellnessoase zu eröffnen, und Clarabell und Whit einen Kredit für Renovierungsarbeiten am Moonshine gegeben.«

»Das ist toll«, sagte ich. »Meinst du, sie würde mir helfen, meine Boutique zu eröffnen?«

»Ich denke schon. Wir werden einen soliden Business-Plan brauchen. Juney mag Zahlen. Und sie kann dir auch damit helfen. Sie ist großartig darin.«

»Wow. Woher hat sie das Geld, um in all diese Geschäfte zu investieren?«

Er zuckte mit den Schultern. »Sie arbeitet für eine große Firma außerhalb von Annapolis. Klug, wie sie ist, verdient sie bestimmt ganz gut. Sie investiert dieses Geld gern in kleine Unternehmen, vor allem hier in Bootleg. Auch ich hab vor ein paar Jahren mit ihr gearbeitet.«

»Dann könnte ich das also wirklich schaffen.« Ich berührte die Glasscheibe. Ich hatte Angst davor gehabt, es auszusprechen, hatte befürchtet, dass es nach einer schlechten Idee klingen würde.

»Darling, du kannst es nicht nur, du wirst es auch schaffen«, sagte Jameson. »Ich werde dir bei jedem Schritt zur Seite stehen.«

Er nahm mich in die Arme und küsste mich wieder, tief und langsam. Die kalte Luft prickelte auf meiner Haut, doch Jamesons Wärme strömte durch mich hindurch.

»Ich liebe dich, Jameson Bodine.«

»Ich liebe dich auch. Bis zu den Sternen und wieder zurück.«

Er legte den Arm um mich, und wir standen noch einen langen Moment vor dem Laden. Ich konnte es schon vor mir sehen. Das Schild vorne. Die Schaufensterauslagen. Es würde jede Menge Arbeit geben, bis ich ihn würde eröffnen können, aber ich würde es schaffen. Ich baute mir hier, in Bootleg Springs, eine Zukunft auf, Schritt für Schritt. Eine Zukunft, in der ich einen Platz hatte. Ein Zuhause.

Und am allerwichtigsten: eine Zukunft mit Jameson. Etwas Besseres konnte ich mir überhaupt nicht vorstellen.

Epilog
Jameson

Mein Engel hatte sich zweifellos aus seinem Käfig befreit.

Leah Mae plauderte gerade mit Cassidy am Kuchenbüfett. Ihr langes lavendelfarbenes Kleid sah einfach traumhaft an ihr aus, betonte jede Linie ihres gertenschlanken Körpers. Ich starrte sie schon seit Stunden an und versuchte, meine Hände dort zu lassen, wo sie hingehörten – immerhin waren wir auf einer Hochzeit. Aber einfach war das nicht.

Endlich war der Tag gekommen, an dem Clay Larkin und Betsy Stirling in den Hafen der Ehe einlaufen wollten. Und das hatten sie nun bereits getan, an einem warmen Juliabend in echter Bootleg-Springs-Manier. Die Zeremonie hatte hier im Gin Rickey Park stattgefunden, bei Sonnenschein und frischer Luft. Anschließend gab es Selbstgebrannten und Eistee sowie ein Büfett, mit dem man das ganze Städtchen sattbekommen könnte – was gut war, weil das ganze Städtchen auch anwesend war.

Leah Mae schwebte mit einem bezaubernden Lächeln auf dem Gesicht durch den Empfang. Ihre Milch-und-Honig-Haut schimmerte in der Sonne, ihr blondes Haar glänzte wie gesponnenes Gold. Ihren roten Lippen konnte ich kaum widerstehen.

Was sollte ich sagen – ich liebte meine Freundin.

Seit wir im Herbst begonnen hatten, ihre Pläne für die Boutique umzusetzen, hatte sie hart gearbeitet. June hatte ihr mit den Zahlen geholfen und mit Freuden in das kleine Unternehmen investiert. »Mit Freuden« war relativ. Bei Juney war das immer schwer zu sagen, aber ich bin mir ziemlich sicher, dass sie es gern getan hatte. Leah Mae hatte Online-Kurse in Unternehmensgründung absolviert und alle Details für ihre Boutique ausgearbeitet – von der Ausstattung bis hin zu den Produkten, die sie verkaufen wollte.

Scarlett und meine Brüder haben uns geholfen, den Laden zu renovieren. Leah Mae hatte die Bestellungen erledigt, wobei sie sich auf andere kleine Designerinnen und Designer konzentrierte, die gerade im Kommen waren und zu ihrem Stil passten. Der ganze Laden war witzig und flippig – *Vogue mit einem Hauch von Country,* wie Leah Mae es nannte. Sie hatte ihn Boots & Lace genannt. Das passte perfekt zu ihr.

Im Frühling waren ihre Mom und ihr Stiefvater zu Besuch gekommen. Ich glaube, sie waren nicht so recht überzeugt davon gewesen, dass sich Leah Mae in Bootleg niederlassen wollte. Doch nachdem sie das Geschäft gesehen und ein paar Tage mit ihr verbracht hatten, schienen sie ihre Meinung geändert zu haben.

Ich hatte mich gefreut, sie zu sehen, und hatte ihnen eine kleine Skulptur, die ich angefertigt hatte, mit nach Florida gegeben. Es war eine Rose, bestehend aus dünnen Metallblättern, die sie an ihre Tochter erinnern sollte. Leah Maes Mutter war ganz gerührt gewesen, als ich sie ihnen überreicht hatte.

Die große Eröffnung des Geschäfts war ein bahnbrechender Erfolg gewesen. Die Einheimischen liebten es, und die Touristen waren gerade dabei, es für sich zu entdecken. Leah Maes Instagram-Follower hatten es verbreitet, und Leute waren von weither angereist, nur um in ihrem Laden einzukaufen.

Ich war so verdammt stolz auf sie, dass ich gar nicht wusste, wie mir geschah.

Ich war inzwischen ebenfalls sehr beschäftigt gewesen. Seit meiner Installation in Charlotte vergangenen Herbst war die Nachfrage nach meiner Arbeit durch die Decke gegangen. Meine kleineren Stücke waren binnen weniger Tage ausverkauft gewesen, und ich war immer noch für das kommende Jahr komplett mit größeren Werken ausgebucht. Dee war völlig aus dem Häuschen, ich tat, was ich liebte, und konnte verdammt gut davon leben. Viel mehr konnte ich mir gar nicht wünschen.

Na ja, könnte ich schon. Und das würde ich auch noch hinkriegen.

»Los, komm, Jame«, sagte Bowie, der sich angeschlichen hatte. Er sah sich um, als hätte er Angst, ertappt zu werden. »Es wird Zeit.«

Ich grinste und nickte. Wir schlichen uns von dem Empfang davon und gingen zum See hinunter. Devlin, Gibson und Jonah waren schon da, sie standen um Gibsons Charger herum.

Devlin blickte sich um. »Sagt ihr mir noch mal, was wir hier eigentlich machen?«

»Ordentliche Verabschiedung«, erklärte Bowie. »Für Clay und Betsy.«

Gibson öffnete den Kofferraum und zog ein paar Tüten und eine hölzerne Plattform heraus.

»Sicher, dass das alles ist?«, fragte ich.

»Sollte alles sein«, antwortete Gibson. »Lasst es uns aufbauen.«

»Ja, bevor Scarlett merkt, dass ich weg bin«, sagte Devlin.

»Sie weiß schon Bescheid«, meinte Bowie. »Nicht wegen Scarlett müssen wir uns Sorgen machen.«

Devlin stemmte die Hände in die Hüften. »Das ist illegal, oder?«

»Nur, wenn wir dabei erwischt werden.« Gibson fing an, Feuerwerkskörper aus den Tüten zu ziehen.

»So funktioniert das Gesetz nicht«, hielt Devlin dagegen, doch er lachte dabei.

Um Devlins Widerwillen machte ich mir keine Gedanken. Ich griff in meine Innentasche und holte ein Schaubild heraus. Gibson klappte den Kofferraum zu, und ich breitete das Papier aus, so dass alle es sehen konnten.

»Hier läuft alles zusammen«, sagte ich. »Die Reihenfolge ist wichtig, vermasselt es also nicht.«

»Bist du sicher, dass das funktioniert?«, fragte Jonah.

»Ja«, erwiderte ich, auch wenn ich mir nicht allzu sicher war. »Jedenfalls wird es wohl ein ziemliches Spektakel.«

Wir machten uns alle an die Arbeit, brachten die Feuerwerkskörper in die richtige Reihenfolge und befestigten die Geschossrohre auf der

Holzplatte. Gibson war für die Wunderkerzen verantwortlich, er band sie mit Isolierband zu einem dichten Bündel zusammen. Mithilfe des Schaubilds, das ich gezeichnet hatte, überprüfte Jonah noch mal, ob alles richtig platziert war,

»Sieht gut aus«, sagte Jonah.

Bowie blickte ihm über die Schulter. »Ja, ich glaube, das haut hin.«

Ich band die Lunten zusammen und fügte die Zündschnur hinzu, die das Ganze starten sollte. Als ich fertig war, traten wir alle ein wenig zurück und betrachteten unser Werk.

»Zünden wir das Ganze an und lassen es hochgehen«, sagte ich.

Wir ließen die Holzplatte zu Wasser. Ich überprüfte ein letztes Mal die Lunten, und zündete dann das Ende davon an. Gibson und ich stießen das Floß an, so dass es hinaus aufs dunkle Wasser des Sees trieb.

»Weg hier«, sagte ich und verscheuchte die anderen, indem ich herumfuchtelte. Wir hatten die Zündschnur zwar so lang gemacht, dass wir Zeit hatten, doch wir mussten uns verstreuen, ehe dieses Ding in die Luft ging.

Ich steckte meine Hände in die Taschen meiner Anzughose und ging rasch zurück in den Park.

»Da bist du ja.« Leah Mae kam auf mich zu. »Wo bist du denn gewesen?«

Ich schlang ihr die Hände um die Taille und küsste sie auf die Nase. »Nirgends.«

Sie ergriff meine Hand und zog daran. »Dad und Betsy fahren jetzt los. Wir müssen sie verabschieden.«

Die Hochzeitsgäste hatten sich alle unter einer Kette aus funkelnden weißen Lichtern versammelt. Jimmy Bob Prosser wartete in seinem großen Ford-Pick-up. Die Ladefläche war mit Decken ausgelegt, und hinten prangte ein großes Schild, auf dem *Just Married* stand. An der hinteren Stoßstange hingen Schnüre mit Bierdosen.

Clay und Betsy bahnten sich ihren Weg durch die Menschen, zwischen sich trugen sie einen Weidenkorb, der mit einem rot-weiß-karierten Tuch abgedeckt war. Die Leute applaudierten und gratulierten ihnen. Manche legten Backwaren und Gläser mit Selbstgebranntem oder Eingemachtem in ihren Korb. Eine kleine Wegzehrung aus Bootleg für den Beginn ihrer Flitterwochen.

Ich sah zu Gibson hinüber, und unsere Blicke trafen sich. Er hob das Kinn. Es konnte jede Sekunde losgehen. Ich legte den Arm um Leah Mae und zog sie an mich.

»Was ...«

Was immer sie hatte sagen wollen, ging im ersten lauten Knall über dem See unter. Ein Regen aus grünen Funken ergoss sich über dem Wasser, gefolgt von blauen, danach weißen Funken. Eine Fontäne aus Silber und Gold erleuchtete den Himmel. Die Hochzeitsgäste klatschten und jubelten. Clay legte den Arm um Betsy, während sie sich die kleine Show ansahen.

Das letzte Feuerwerk erstrahlte in einer Explosion aus Farben. Danach war es einen Moment still, dann klatschte und jubelte die Menge wieder. Ich räusperte mich und hob die Hände, um Leah Mae die Ohren zuzuhalten.

Die Wunderkerzenbombe ging mit einem lauten Knall in die Luft, und die Hochzeitsgäste waren völlig aus dem Häuschen. Fäuste wurden in die Luft gestoßen, Jubel erhob sich, und Clay Larkin umarmte lachend seine Braut.

Leah Mae wandte mir ihr Gesicht zu und sprach mir leise ins Ohr. »Hattest du irgendwas damit zu tun?«

»Ich habe keine Ahnung, was du meinst.«

Wir sahen, wie Clay und Betsy hinten auf Jimmy Bob Prossers Truck stiegen. Breit lächelnd winkten sie ihren Gästen zu. Clay warf Leah Mae eine Kusshand zu. Sie legte sich die Hände aufs Herz und lächelte wie die Sonne, während Tränen in ihren Augen glitzerten. Die Dosen schepperten und klirrten, als sie in die Dunkelheit davonfuhren, bereit für die erste Nacht ihres neuen gemeinsamen Lebens.

Eine Welle der Nervosität überkam mich. Einen Haufen illegaler Feuerwerkskörper anzuzünden, brachte mein Herz nicht in Wallung.

Aber das hier? Ich klopfte auf die Tasche meines Jacketts. Das reichte aus, dass ich mich völlig verkrampfte und anspannte.

Nachdem die Ehrengäste davongefahren waren, löste sich die Hochzeitsgesellschaft allmählich auf. Leah Mae ging von einem zum anderen, bedankte sich bei den Leuten, dass sie gekommen waren. Schüttelte Hände, bekam Wangenküsse. Ich schlenderte zum Kuchenbuffet zurück. Es gab immer noch Kuchen, und auch wenn ich schon ein Stück gegessen hatte, erschien es mir nicht richtig, dass so feines Gebäck liegen blieb.

Ich holte das kleine Kästchen, das ich bei mir hatte, heraus und wog es in der Hand. Ich wusste nicht so recht, ob es heute Abend zum Einsatz kommen sollte. Schon seit einer ganzen Woche trug ich Leah Maes Verlobungsring mit mir herum und zerbrach mir den Kopf darüber, wie ich sie fragen sollte. Ich hatte die Hochzeit ihres Daddys nicht in den Schatten stellen wollen, deshalb hatte ich gewartet. Hatte ihn noch behalten, in der Hoffnung zu wissen, wann der richtige Zeitpunkt dafür wäre. Nun, da ihr Dad mit seiner Braut davongefahren war, fühlte sich der Ring an, als würde er eine Million Kilo wiegen. Er bettelte geradezu darum, dass ich ihn ihr gab.

Aber ich war höllisch nervös. Ich hatte keine Ahnung, wie man einer Frau einen Heiratsantrag machte. Und ich wollte es richtig machen – Leah Mae hatte einen perfekten Moment verdient –, aber ich hatte Angst, es könnte mir die Sprache verschlagen und ich würde es vermasseln.

Ich war wohl so in Gedanken versunken, dass ich nicht aufpasste, wo ich hinlief. Kurz bevor ich das Kuchenbüfett erreichte, stieß ich frontal mit meiner Schwester zusammen.

Das Kästchen rutschte mir aus den Händen und fiel zu Boden.

Scarlett wollte gerade danach greifen, aber ich bückte mich, schnappte es ihr weg und steckte es in die Hosentasche. Doch es war zu spät. Sie hatte es gesehen. Und sie wusste Bescheid.

Sie riss die Augen auf. »Ist das ein ...«

»Nein.«

»Doch. Das ist ein ...«

»Okay, ja.« Ich trat näher. »Sprich verdammt noch mal leiser.«

Sie klappte den Mund auf, und so, wie sie Luft holte, wusste ich, dass das, was immer sie als Nächstes sagen wollte, weder leise noch subtil wäre. Ich hielt ihr den Mund zu, ehe sie mein Leben ruinieren konnte.

»Scarlett Rose, sag jetzt kein Wort. Wenn du auch nur einer Menschenseele gegenüber erwähnst, dass ich das habe, dann schwöre ich, dass ich allen erzählen werde ...« Ich verstummte, weil das keine so große Drohung war, wie ich gedacht hatte, als ich den Satz begonnen hatte. Scarlett war nicht gerade eine Geheimniskrämerin. Langsam nahm ich die Hand wieder weg.

»Was willst du dann allen erzählen?«, fragte sie mit einem amüsierten Funkeln in den Augen.

»Nun ja ... das weiß ich eigentlich nicht. Verflucht seist du, dass du keine Geheimnisse hast, mit denen man dich erpressen kann.«

Sie lachte. »Jameson, ich bin gekränkt. Du traust mir wohl nicht, wenn ich sage, dass ich schweigen werde wie ein Grab?«

»Du wolltest gerade in die Welt hinausschreien, dass ich einen Ring in der Tasche habe.«

»Wollte ich nicht.« Sie stemmte die Hände in die Hüften.

»Doch, wolltest du.« Ich sah mich um, um mich zu vergewissern, dass niemand in der Nähe war. »Versprich mir einfach nur, dass du es für dich behältst.«

»Natürlich behalte ich es für mich«, erwiderte sie. »Wann willst du sie fragen? Heute Abend?«

Ich rieb mir den Nacken. »Ich weiß noch nicht.«

»Du weißt es nicht? Hast du keinen Plan?«

»Sollte ich einen Plan haben?«

Scarlett verdrehte die Augen und stöhnte. »Ja, du solltest einen Plan haben. Wie willst du sie fragen?«

»Du weißt schon ... vor ihr niederknien und all so was.«

»Okay, guter Anfang«, sagte sie, während sie sich mit dem Finger an die Lippe tippte. »Hast du schon mit Clay geredet?«

»Natürlich.«

Ehe ich den Ring gekauft hatte, war ich bei Clay Larkin gewesen, um ihm meine Absichten zu erklären. Das war ein nervenaufreibendes Gespräch gewesen. Wie ein echter Vater aus Bootleg hatte er mich ein wenig in die Mangel genommen. Hatte mit verschränkten Armen dagestanden und die Augen misstrauisch zusammengekniffen. Aber ich war ihm wie ein Mann entgegengetreten, mit erhobenem Haupt. Nichts hielt mich davon ab, für den Rest meines Lebens seine Tochter zu lieben.

Ich war aufrichtig gewesen – hatte gesagt, was ich zu sagen hatte –, und er hatte gelächelt. Dann hatte er mir die Hand geschüttelt und gemeint, dass es ihm eine Ehre wäre, wenn seine Tochter mich heiraten würde. Ich war ein wenig gerührt, um ehrlich zu sein.

»Gut, wenigstens das hast du schon erledigt«, sagte sie. »Soll ich eine Ankündigung machen? Du könntest sie nach vorne holen und sie vor allen anderen fragen.«

»Nein.« Fast hätte ich ihr wieder die Hand auf den Mund gelegt. »Nein, ich will sie nicht vor allen fragen.«

»Ich mein ja nur. Es sieht nämlich so aus, als würde dir dieser Ring gleich ein Loch in die Tasche brennen. Wir müssen das unter Dach und Fach bringen.«

»Sagt die Frau, die sich erst verloben will, wenn sie dreißig ist.«

»Fang bloß nicht damit an, Jameson Bodine. Willst du nun meine Hilfe oder willst du sie nicht?«

»Nein, ich will deine Hilfe nicht.«

Sie grinste mich an. »Natürlich willst du meine Hilfe.«

Ich funkelte sie an. »Mach jetzt bloß keine Szene. Ich bin nur nervös, das ist alles.«

Scarlett legte mir die Hand auf den Arm und lächelte. Nicht dieses aufsässige, verschmitzte Lächeln. Ein süßes Lächeln, das einen Hauch von Mitgefühl enthielt. »Du brauchst nicht nervös zu sein. Du liebst sie, und sie liebt dich, und nur darauf kommt es an. Du wirst dann schon wissen, wann der richtige Moment ist.«

»Danke, Scar.«

Sie schlug mir auf den Arm. »Hab dich lieb, Jame. Geh dir dein Mädchen schnappen.« Ich rieb mir den Arm an der Stelle, wo sie mich geschlagen hatte – Scarlett schlug hart zu –, und sah ihr nach, wie sie zu Devlin ging.

»Ich glaube, alle wollen runter zum See«, sagte Leah Mae hinter mir.

Ich machte einen Satz und wirbelte herum.

»Sorry«, sagte sie mit einem leisen Lachen. »Ich wollte dich nicht erschrecken.«

Ich strich ihr über den nackten Arm. »Schon gut. Willst du zu ihnen gehen?«

»Ja. Ich glaube, deine Brüder bauen schon ein Lagerfeuer.«

»Dann los.«

Leah Mae zog ihre High Heels aus und ließ sie an ihrer Hand baumeln. Ich legte den Arm um sie, und wir gingen runter zum See. Meine Brüder hatten keine Zeit verschwendet und schon ein prasselndes Feuer entfacht. Ein paar Leute fuhren ihre Pick-ups rückwärts heran und öffneten die Ladeklappen. Holten Kühlboxen heraus. Jemand drehte Musik auf, und die Party ging im Mondschein am Wasser weiter.

Da der Ring in meiner Anzughose steckte, zog ich mein Jackett aus und hängte es hinten an Gibsons Auto. Leah Mae lockerte mir die Krawatte und zog sie über den Hemdkragen, dann öffnete sie den oberen Knopf. Ich grinste sie an.

»Ich mag es, wenn du mich ausziehst.«

Sie lächelte und fuhr mit dem Finger unter die übrigen Knöpfe. »Du hast heute Abend großartig ausgesehen.«

»Danke. Du siehst immer wunderschön aus, aber heute Abend? Darling, du bist umwerfend. Du solltest auf einer Hochzeit nicht so hübsch aussehen. Das ist unfair gegenüber der Braut. Auch wenn ich annehme, dass es Betsy nichts ausgemacht hat.«

»Betsy war wunderschön.«

»Sie und dein Dad haben verdammt glücklich ausgesehen.« Ich

legte ihr die Hände um die Taille, und wir fingen an, uns im Takt der Musik zu wiegen. »Du hast ihnen eine sehr schöne Hochzeit beschert.«

»Es war toll, oder?«

Der Feuerschein spiegelte sich in ihren Augen, und ihre Haut schimmerte. Das erinnerte mich an das Lagerfeuer bei Scarlett letztes Jahr. Das war tatsächlich schon ein Jahr her. Damals hatte ich Leah Mae angesehen und mir gewünscht, dass alles anders wäre. Dass sie zu mir gehören könnte.

Nun gehörte sie zu mir. Und ich war bereit, eine dauerhafte Bindung daraus zu machen.

Meine Angst flaute ab, als ich meine wunderschöne Freundin ansah. Und ich wusste, dass es an der Zeit war. Ich strich ihr die Haare aus dem Gesicht, und mein Mund verzog sich zu einem Lächeln.

»Warum schenkst du mir dein jungenhaftes Lächeln?«, fragte sie.

»Jungenhaftes Lächeln? Ich wusste gar nicht, dass ich so eins habe.«

»Doch, hast du.« Sie strich mir mit den Fingerspitzen über die Lippen. »Es ist mein allerliebstes Lieblingslächeln.«

»Dafür gibt es wohl einen Grund.«

»Was für einen?«

»Darling, ich werde gleich vor dir auf die Knie gehen. Und dann werde ich dich fragen, ob du mich heiraten willst.«

Sie schnappte nach Luft, doch ich berührte ihre Lippen mit den Fingerspitzen und zog sie näher.

»Wenn ich das tue, werden alle herschauen. Es wird still werden, und alle Augenpaare werden auf uns gerichtet sein. Ich würde ja damit warten, bis wir allein sind, aber Süße, dieser Ring singt mir sein Lied und wird nicht damit aufhören. Ich muss ihn an deinem Finger sehen, und zwar jetzt. Deshalb sage ich dir jetzt, was ich gleich tun werde.«

Sie biss sich auf die Lippen und nickte.

»Ich werde dich zuerst fragen, und zwar jetzt gleich. Ganz leise, so dass niemand mich hören kann – nur du und ich. Und wenn das vorbei ist, mache ich es richtig, dann sinke ich vor dir aufs Knie, wie ein Mann es tun sollte.«

In ihren Augen schimmerten Tränen. »Okay.«

Ich sah tief in ihre hinreißenden grünen Augen und beugte mich vor, so dass sich unsere Nasen berührten. »Willst du mich heiraten?«

Sie kam noch näher, streifte mit ihren Lippen die meinen. »Ja.«

Ich küsste ihre süßen Lippen, während ich die Hand in die Tasche gleiten ließ. Als wir uns voneinander lösten, ließ ich mich langsam auf ein Knie sinken. Ich hörte, wie einige nach Luft schnappten, Gemurmel erhob sich, als ich zu ihr aufblickte, den Ring in der Hand.

Die Geräusche um uns herum verstummten, und ich wusste, dass alle Augen auf mich gerichtet waren. Doch darüber machte ich mir keine Gedanken mehr. Alles, was zählte, war sie.

»Leah Mae Larkin, willst du mir die Ehre erweisen, meine Frau zu werden?«

Ihr Gesicht glühte im Feuerschein, die Flammen spiegelten sich auf ihrer seidigen Haut. »Ja, Jameson Bodine. Ich will.«

Ich nahm den Ring aus dem Kästchen und steckte ihn ihr an den Finger. Jubel brach los. Die Leute jauchzten und johlten. Ihr Lächeln war wie die Sonne. Ich stand auf und hob sie hoch. Sie schlang mir die Arme um die Schultern, während ich sie im Kreis wirbelte und wieder absetzte.

Ich ließ die Arme um sie gelegt und küsste sie wieder. Schmeckte ihre süßen Lippen. Diese Lippen würde ich küssen, bis wir beide alt und grau waren.

Ich hielt sie fest und küsste sie einfach weiter. Denn verdammt, ich liebte diese Frau mit allem, was ich hatte. Vielleicht würde ich nicht immer wissen, was ich tat, aber eins wusste ich genau: Ich würde sie für den Rest meines Lebens lieben und mich von ihr lieben lassen.

Liebe Leserin, lieber Leser,

Können wir nicht einfach unsere Sachen packen und nach Bootleg Springs ziehen? Wer kommt mit?

Ich kann gar nicht beschreiben, wie viel Spaß es mir macht, mit Lucy an dieser Reihe zu arbeiten. Okay, ich kann es und werde es gleich versuchen. Wir hatten so viel Freude daran, das alles zu planen, diese Charaktere zu erschaffen, die Kriminalgeschichte zu entwerfen (Manisch? Wir doch nicht!).

Jameson hatte von Anfang an einen ganz besonderen Platz in meinem Herzen. Ich wusste, dass er still und bescheiden ist, aber sehr tief empfindet. Er brauchte nur die richtige Frau, um das zutage zu fördern und in ihm den Glauben zu wecken, dass es sich lohnt, sich jemandem zu öffnen, der dieses Risiko wert ist.

Leah Mae glaubte, ihren Traum zu leben. Wir erfahren nicht viel über das Leben, das sie geführt hat, bevor sie nach Bootleg heimkehrt, aber sie jettete rund um die Welt zu Modenschauen und Fotoshootings. Das war das, was sie immer gewollt hatte. Doch manchmal entpuppen sich Kindheitsträume, wenn man sie dann lebt, als gar nicht so großartig.

Bootleg Springs hat einen ganz speziellen Zauber, und der hat diese beiden Kindheitsfreunde zusammengebracht. Und sie merkten, dass da noch jede Menge mehr schlummert.

Ich habe es so sehr genossen, Jamesons und Leah Maes Geschichte zu schreiben. Lucy hat mit ihrem Buch »Whiskey Chaser« die Messlatte sehr hoch gelegt. Lucy ist eine unglaubliche Autorin. Wie sie ihre Welten aufbaut, ihre Dialoge schreibt und sich ihr Witz entfaltet, das alles ist so phantastisch. Ich musste mich als Schriftstellerin wirklich zur Decke strecken, um den sehr hohen Standard aufrechtzuerhalten, den sie im ersten Buch gesetzt hat. Aber das war eine schöne Herausforderung, an der ich wachsen konnte.

Ich hoffe, ihr hattet Freude mit dem zweiten Band der Bootleg-Springs-Reihe! Es wird auf jeden Fall mehr davon geben. Die Reihe wird insgesamt sechs Bände umfassen, und der Kriminalfall Callie Kendall wird sich über alle sechs Bücher erstrecken. Ja, am Ende werdet ihr die Wahrheit erfahren, und ja, bis dahin wird es noch jede Menge Hinweise geben.

Und nein, ich werde die Geheimnisse jetzt nicht verraten.

Wenn ihr auf dem Laufenden bleiben wollt, abonniert meinen Newsletter oder tretet meiner Leser*innen-Gruppe *Alpha Ever After* auf Facebook bei.

Danke, dass ihr dieses Buch gelesen habt!

CK

Danksagung

Danke an Lucy, weil sie sich mit mir auf dieses verrückte, alkoholschwangere Abenteuer eingelassen hat. Prost, meine Freundin! *Gläserklirren von der anderen Seite des Landes*

An Cassy Roop für die schönen Cover, die sie für unsere Reihe gestaltet hat.

An Elayne, weil sie meinen Worten den letzten Schliff verliehen hat.

An Nikki und Jodie, weil sie sich trotz ihrer vollen Terminkalender die Zeit genommen haben, dieses verrückte Buch testzulesen und dafür zu sorgen, dass ich keinen Quatsch mache.

An David, weil er sich gar nicht darüber lustig gemacht hat, weil ich plötzlich Appalachen-Dialekt gesprochen habe. Und weil er immer Kaffee für mich gekocht und mir Schokolade geschenkt hat.

An alle meine Leserinnen und Leser ihr seid die absolut Besten, und ich hoffe, dass Lucy und ich weiterhin die verrückten, witzigen, sexy und manchmal wilden Gedanken, die uns durch den Kopf schießen, mit euch teilen können.

Claire Kingsley
Always will
Deutsche Ausgabe
Roman
Aus dem Amerikanischen von Anna Wichmann
350 Seiten. Klappenbroschur
ISBN 978-3-98751-019-9
Auch als E-Book lieferbar

Ein Date mit dem Boss – no way, oder?

Selene versucht Ordnung in ihr Liebesleben zu bekommen, das bisher ziemlich chaotisch war. Der Mann, den sie datet, sieht zwar gut aus, ist aber leider ein wenig langweilig. Beruflich läuft es bei ihr dafür richtig gut – glaubt sie. Denn ihre Firma wird verkauft, und der Käufer ist ausgerechnet der überaus attraktive Ronan Maddox, mit dem sie vor Jahren eine unvergessliche Nacht verbracht hat. Never fuck the Company, so hat Selene es sich geschworen. Ronan erinnert sich aber auch sofort an ihre heiße Nacht – und lässt nicht locker …

Eine Office Romance über gute Vorsätze und die schönste Art, sie zu brechen

Regelmäßige Informationen erhalten Sie über unseren Newsletter.
Jetzt anmelden unter: www.aufbau-verlage.de/newsletter